HEYNE
BÜCHER

SCIENCE FICTION

Herausgegeben
von Wolfgang Jeschke

Von **David Wingrove** erschien in der Reihe
HEYNE SCIENCE FICTION & FANTASY:

DIE CHRONIK DES CHUNG KUO:

1. *Das Reich der Mitte* · 06/5251
2. *Die Domäne* · 06/5252
3. *Die Kunst des Krieges* · 06/5253
4. *Schutt und Asche* · 06/5254
5. *Das gebrochene Rad* · 06/5255
6. *Der weiße Berg* · 06/5256
7. *Ungeheuer aus der Tiefe* · 06/5257
8. *Ein Herz aus Stein* · 06/5258
9. *Auf einem Feuerrad* · 06/5259
10. *Unter dem Himmelsbaum* · 06/5260
11. *Das Lied der Bronzestatue* · 06/5261 (in Vorb.)
12. *Weißer Mond, Roter Drache* · 06/5262 (in Vorb.)
13. *China am Rhein* · 06/5263 (in Vorb.)
14. *Tage bitterer Stärke* · 06/5264 (in Vorb.)
15. *König des Unendlichen* · 06/5265 (in Vorb.)
16. *Vermählung mit der Dunkelheit* · 06/5266 (in Vorb.)

DAVID WINGROVE

CHUNG KUO
Eine Chronik in sechzehn Teilen

ZEHNTES BUCH

Unter dem Himmelsbaum

Roman

Übersetzt, kommentiert
und mit Anmerkungen versehen
von
MICHAEL K. IWOLEIT

Deutsche Erstausgabe

WILHELM HEYNE VERLAG
MÜNCHEN

HEYNE SCIENCE FICTION & FANTASY
Band 06/5260

Titel der englischen Originalausgabe
BENEATH THE TREE OF HEAVEN
CHUNG KUO – BOOK FIVE
(Zweiter Teil)

Deutsche Übersetzung von Michael K. Iwoleit
Das Umschlagbild ist eine Collage
von Jan Heinecke

Umwelthinweis:
Dieses Buch wurde auf chlor- und
säurefreiem Papier gedruckt

Redaktion: Wolfgang Jeschke

http://www.heyne.de
Printed in Germany Mai 1999
Umschlaggestaltung: Atelier Ingrid Schütz, München
Technische Betreuung: M. Spinola
Satz: Schaber Datentechnik, Wels
Druck und Bindung: Presse-Druck, Augsburg

ISBN 3-453-14892-4

WIDMUNG

In Bewunderung für
Peter Hammill

»Senses dimmed in semi-sentinence,
only wheeling through this plane,
only seeing fragmented images,
prematurely curtailed by the brain,
but breathing, living, knowing
in some measure at last
the soul which roots the matter
of both beauty and the beast …«

»Die Räder stecken fest, zu vieren im Morast;
nehmt den Jade-Trommelstock und schlagt die laute Trommel!
Die Zeit ist gegen uns, die Götter voller Zorn.
Tot bis zum letzten Mann liegen alle auf dem Schlachtfeld.«

– CHIU KO: *Hymne an die Gefallenen*,
aus: Die neun Lieder, Zweites Jahrhundert v. Chr.

INHALT

PERSONEN-VERZEICHNIS

中國

HAUPTCHARAKTERE

ASCHER, EMILY – Ausgebildet als Volkswirtschafterin, war sie einst Mitglied der revolutionären *Ping Tiao*-Partei. Nach deren Auflösung ist sie nach Nordamerika geflohen, wo sie unter dem Decknamen Mary Jennings eine Stelle in dem gewaltigen ImmVac-Konzern angetreten hat und nun für den Alten Lever und seinen Sohn Michael arbeitet. Ihr eigentliches Ziel aber ist nach wie vor Veränderung und ein Sturz der korrupten sozialen Institutionen, die Chung Kuo beherrschen.

KAO CHEN – Früher ein *Kwai*, ein gedungener Mörder aus dem Netz, der untersten Ebene der großen Stadt, hat Chen sich von diesen ärmlichen Anfängen emporgearbeitet und ist jetzt Hauptmann in den Sicherheitskräften des T'ang. Als Freund und Gehilfe von Karr war Chen einer der Fußsoldaten im Krieg gegen DeVore, aber seine jüngsten Erfahrungen haben ihn seiner Illusionen über das System beraubt, dem er dient.

KENNEDY, JOSEPH – Der jüngste Sproß in der langen Ahnenreihe der Kennedys war Gründer und Wortführer der Neuen Republikanischen Partei, die angetreten ist, um in der Stadt Nordamerika positive Veränderungen durchzusetzen.

LEVER, MICHAEL – Sohn von Charles Lever. Er wurde von Wu Shih wegen seiner Mitarbeit bei den ›Söhnen Benjamin Franklins‹ inhaftiert, einer von den Söhnen wohlhabender amerikanischer Geschäftsleute gegründeten semi-revolutionären Gruppe. Nach dem Bruch mit seinem Vater, der ihm die Unabhängigkeit brachte, heiratete er Mary Jennings trotz der Einwände seines alten Herrn. Jetzt, nach dem Tode seines Vaters, ist er Erbe des mächtigen ImmVac-Konzerns.

LI YUAN – T'ang von Europa und einer der Sieben, der als zweiter Sohn von Li Shai Tung nach dem Tod seines Bruders und seines Vaters das Erbe angetreten hat. Erscheint älter als er ist, hat aber einige leidenschaftliche Wesenszüge, für die seine kurze Ehe mit der heißblütigen Fei Yen, der Frau seines verstorbenen Bruders, ein Ausdruck war. Seine neuerliche Heirat endete in einer Tragödie, als seine drei Frauen ermordet wurden. Von dieser Erfahrung verbittert, ist er zu einem Einsiedler geworden.

SHANG HAN-A – Die sechzehnjährige Tochter von Unterminister Shang Mu, eine talentierte, lebhafte junge Frau mit dem Auge eines Künstlers und dem Denken eines Revolutionärs.

TSU MA – Als T'ang von Westasien und einer der Sieben, dem herrschenden Rat von Chung Kuo, hat Tsu Ma seine zügellose Vergangenheit hinter sich gelassen, um einer der treusten Anhänger von Li Yuan im Rat zu werden. Ein starker, gutaussehender Mann Ende Dreißig, der noch heiraten muß und dessen heimliche Affäre mit Li Yuans früherer Frau Fei Yen einen Zug seines Wesens enthüllt hat, den er noch nicht völlig bändigen konnte.

WANG SAU-LEYAN – T'ang von Afrika. Seit er – nach der Ermordung seines Vaters und seiner älteren Brüder – sein Erbe antrat, hat er jeden wachen Moment dem Ziel gewidmet, Li Yuan und seine Verbündeten im Rat zu stürzen. Ein gerissener, intelligenter Gegner von hinterhältigem, berechnendem Wesen, der Vorbote der Veränderung im Rat der Sieben.

WU SHIH – T'ang von Nordamerika, einer der wenigen verbliebenen Angehörigen der alten Generation. Ein standhafter Traditionalist, der sich im Rat jedoch unter den gegebenen Umständen mit Li Yuan und Tsu Ma gegen den verachteten Wang Sau-leyan verbündet hat. Doch mit dem Wiederaufleben des amerikanischen Nationalismus sieht er sich einem Problem gegenüber, das sich keinem anderen T'ang stellt; ein Problem, für das er schnell eine Lösung finden muß, wenn er nicht untergehen will.

DIE SIEBEN UND DIE UNTERGEORDNETEN FAMILIEN

AN HSI – Prinz einer Untergeordneten Familie und fünfter Sohn von An Sheng.

AN MO SHAN – Prinz einer Untergeordneten Familie und dritter Sohn von An Sheng.

AN SHENG – Oberhaupt der Familie An (eine der ›Neunundzwanzig‹ Untergeordneten Familien).

HOU TUNG-PO – T'ang von Südamerika

LI KUEI JEN – Sohn von Li Yuan und Erbe der Stadt Europa.

Li Yuan – T'ang von Europa.
Pei K'ung – Prinz einer Untergeordneten Familie.
Pei Ro-hen – Oberhaupt der Familie Pei (eine der ›Neunundzwanzig‹ Untergeordneten Familien) und Vater von Pei K'ung.
Tsu Ma – T'ang von Westasien.
Wang Sau-leyan – T'ang von Afrika.
Wei Chan Yin – T'ang von Ostasien.
Wei Hsi Wang – zweiter Bruder von Wei Chan Yin und Sekretär von Li Yuan.
Wei Tseng-li – jüngster Bruder von Wei Chan Yin und Sekretär von Li Yuan.
Wu Shih – T'ang von Nordamerika
Wu Wei-kuo – erste Frau von Wu Shih.
Yin Chan – Prinz einer Untergeordneten Familie und zweiter Sohn von Yin Tsu.
Yin Fei Yen – ›Fliegende Schwalbe‹; Prinzessin einer Untergeordneten Familie und geschiedene Ehefrau von Li Yuan.
Yin Han Ch'in – Sohn von Fei Yen.
Yin Tsu – Oberhaupt der Familie Yin (eine der ›Neunundzwanzig‹ Untergeordneten Familien) und Vater von Fei Yen.

FREUNDE UND GEFOLGSLEUTE DER SIEBEN

Althaus, Kurt – General im Sicherheitsdienst, Nordamerika.
Blofeld – Agent in den Sondereinheiten des Sicherheitsdienstes.
Blumenblässe – Magd von Li Kuei Jen.
Chang Li – Leibarzt von Li Yuan.
Chen So – Sekretär der Inneren Kammern von Tongjiang.
Dehmel – Major im Sicherheitsdienst, Stadt Afrika.
Edsel – Agent in den Sondereinheiten des Sicherheitsdienstes.
Fan – fünfter Bruder des *I Lung*.
Fen Cho-hsien – Kanzler von Nordamerika.
Frühlingsgruss – Magd von Li Kuei Jen.
Fuller – Sergeant im Sicherheitsdienst.
Graham – Agent in den Sondereinheiten des Sicherheitsdienstes.

HERZENSFREUDE – Magd von Li Yuan.
HU CH'ANG – Hauptsekretär von Nan Ho.
HUNG MIEN-LO – Kanzler von Afrika.
I LUNG – ›Erste Drache‹, der Chef der ›Tausend Augen‹, des Großen Ministeriums.
JACOBSON – Hauptmann im Sicherheitsdienst.
JOHNSON – Hauptmann im Sicherheitsdienst.
KAO CHEN – Major im Sicherheitsdienst.
KARR, GREGOR – Major im Sicherheitsdienst.
KROL – Sergeant im Sicherheitsdienst.
LAUER – Gefreiter im Sicherheitsdienst.
LIANG YU – Magistrat der neuen Siedlung in Kang Kua City auf dem Mars.
LO WEN – Meister im *Wu Shu* und Lehrer von Li Kuei Jan.
NAN HO – Kanzler von Europa.
NAN TSING – erste Frau von Nan Ho.
PAO EN-FU – Meister der Inneren Kammer von Wu Shih.
REINHARDT, HELMUT – General im Sicherheitsdienst, Europa.
SEYMOUR – Major im Sicherheitsdienst, Nordamerika.
SHANG MU – Unterminister der ›Tausend Augen‹, des Großen Ministeriums.
SHEN LO-YEN – Hauptmann der Wachmannschaft von Tongjiang.
BEN SHEPHERD – Sohn des verstorbenen Hal Shepherd, ›Schalen‹-Künstler.
STEWART – Agent in den Sondereinheiten des Sicherheitsdienstes.
TOLONEN, JELKA – Tochter von Marschall Tolonen.
TOLONEN, KNUT – ehemaliger Marschall des Sicherheitsdienstes; Vorsitzender der GenSyn-Kommission.
WELLS – Hauptmann im Sicherheitsdienst, Nordamerika.
WILSON, STEPHAN – Hauptmann im Sicherheitsdienst unter Kao Chen.
YANG SHAO-FU – Gesundheitsminister, Stadt Europa.
YANG T'ING-HSI – Kanzler von Westasien.
YE – Haushofmeister in Tongjiang.
YIN SHU – Unterminister der ›Tausend Augen‹, des Großen Ministeriums.
YUN – Handelsminister, Nordamerika.

WEITERE CHARAKTERE

ANDRÉ – Freund von Hannah.
ANNA – Helferin von Mary Lever.
ASCHER, EMILY – ehemaliges Mitglied der *Ping Tiao*-Terroristen, jetzt bekannt als Mary Lever.
AUDEN, WILLIAM – Ex-Hauptmann des Sicherheitsdienstes und Freund von DeVore.
BERESINER – Medienagent.
BESS – Helferin von Mary Lever.
BRITTON – Privatdetektiv.
CHAMBERLAIN, GEOFFREY – Chef von WesCorp.
CHANG TE LI – ›der Alte Chang‹, *Wu* oder Wahrsager.
CHIH HUANG HUI – zweite Frau von Shang Mu und Stiefmutter von Shang Han-A.
CHRISTIAN – Freund von Hannah.
CHUNG, GLORIA – Erbin; Tochter des verstorbenen Repräsentanten Chung Yen und Freundin von Michael und Mary Lever.
CORNWELL, JAMES – Direktor des AutoMek-Konzerns.
DEVALERIAN, RACHEL – Deckname von Emily Ascher.
EBERT, HANS – Sohn von Berta Ebert, zum ›Verräter‹ erklärt.
ECHEWA, ALUKO – Oberhaupt des Osu-Stammes auf dem Mars.
EFULEFU – ›der Wertlose‹; der Name, den Hans Ebert unter den Osu angenommen hat.
EGAN – Chef von NorTek.
EVA – Freundin von Mary Lever.
FAIRBANK, JOHN – Chef von AmLab.
FISHER, CARL – NREP-Mitglied und Repräsentant in Weimar.
FUNG – *Wu* oder Wahrsager für Yin Tsu.
GREEN, CLIVE – Chef von RadMed.
HANNAH – anglisierter Name von Shang Han-A.
HART, ALEX – Dispersionist und Repräsentant in Weimar.
HSIA – *Wu* oder Wahrsager des *I Lung*.
HSU JUNG – *Wei Chi*-Meister, Stadt Afrika.
JACKSON – freischaffender Makler in Diensten von Fairbank.
JILL – persönliche Assistentin von Mary Lever.
JOHNSON – persönlicher Assistent von Michael Lever.
KAO CH'IANG HSIN – Tochter von Kao Chen.
KAO JYAN – ältester Sohn von Kao Chen.
KAO WU – zweiter Sohn von Kao Chen.
KARR, MARIE – Frau von Gregor Karr.

KARR, MAY – Tochter von Marie und Gregor Karr.
KEMP, JOHANNES – Direktor von ImmVac.
KENNEDY, JEAN – Frau von Joseph Kennedy.
KENNEDY, JOSEPH – Vorsitzer der Neuen Republikanischen und Evolutionisten Partei und Repräsentant in Weimar.
KENNEDY, ROBERT – ältester Sohn von Joseph Kennedy.
KENNEDY, WILLIAM – jüngster Sohn von Joseph Kennedy.
LECKIE, ANDREW – Direktor von ImmVac.
LEHMANN, STEFAN – ›der Weiße T'ang‹, Big Boss der europäischen Triaden.
LEVER, MARY – Frau von Michael Lever.
LEVER, MICHAEL – Chef des pharmazeutischen Konzerns ImmVac in Nordamerika und Repräsentant in Weimar.
LI MIN – ›Tapferer Karpfen‹, ein Deckname von Stefan Lehmann.
DIE MASCHINE – eine künstliche Intelligenz.
MUNROE, WENDELL – Dispersionist und Repräsentant in Weimar.
NZA – ›Kleiner Vogel‹, ein Osu-Junge.
PARKER, JACK – Repräsentant in Weimar.
PI KUNG – Attentäter.
RICHARDS – Haushofmeister in der Lever-Villa.
SAO KE – Freundin von Hannah.
SHANG CH'IU – Sohn von Shang Mu und Halbbruder von Shang Han-A.
SHANG HAN-A – Tochter von Shang Mu.
SHEN – Leibdiener von Yin Tsu.
SHEN LI – Deckname von Ishida Ikuro.
STEINER – Manager von ImmVacs Filiale in Alexandria.
STOCK – leitender Angestellter von HoloGen.
TAO-KUANG – Butler von Kennedy in Weimar.
TIAN CHING – Magd in Kao Chens Haushalt.
TONG CHOU – Deckname von Kao Chen.
TSE – Haushofmeister in der Shang-Villa.
TUAN TI FO – *Wei Chi*-Meister und Weiser.
TUNG CAI – Randalierer auf einer unteren Ebene.
UNDERWOOD, HARRY – Dispersionist und Repräsentant in Weimar.
WANG TI – Frau von Kao Chen.
WARD, KIM – im Lehm geborener Wissenschaftler.
YU – Zeremonienmeister des *I Lung*.

DIE TOTEN

AN LIANG-CHOU – Prinz einer Untergeordneten Familie.
ANDERSON, LEONID – Direktor des Rekrutierungsprojekts.
ANNE – *Yu*-Attentäterin.
BARROW, CHAO – Sekretär im Repräsentantenhaus in Weimar.
BARYCZ, JIRI – Wissenschaftler im Verdrahtungsprojekt.
BATES – führende Gestalt der Föderation Freier Menschen auf dem Mars.
BERCOTT, ANDREI – Repräsentant in Weimar.
BERDICHOW, SOREN – Chef von SimFic und später Anführer der Dispersionisten-Partei.
BERDICHOW, YLVA – Frau von Soren Berdichow.
BROCK – Wachmann in der Domäne.
CH'EN LI – Vertrauter von Gouverneur Schenck.
CHI HU WEI – T'ang von Australien und Ozeanien; Vater von Chi Hsing.
CH'IN SHIH HUANG TI – der erste chinesische Kaiser (herrschte von 221–210 v. Chr.)
CHO HSIANG – Hong Caos Untergebener.
CHU HENG – ›Kwai‹ oder gedungener Attentäter; ein Lakai von DeVore.
CHUN WU-CHI – Oberhaupt der Familie Chun (eine der ›Neunundzwanzig‹ Untergeordneten Familien).
CHUNG HSIN – ›Loyalität‹; Leibeigener von Li Shai Tung.
CLARAC, ARMAND – Direktor des Projekts ›Die Neue Hoffnung‹.
COATES – Wachmann in der Domäne.
CUTLER, RICHARD – Führer der ›amerikanischen‹ Bewegung.
DAWSON – Vertrauter von Gouverneur Schenck.
DEIO – im Lehm geborener Freund Kim Wards aus der Rehabilitation.
DONNA – *Yu*-Attentäterin.
DOUGLAS, JOHN – Konzernchef; Dispersionist.
DUCHEK, ALBERT – Administrator von Lodz.
EBERT, KLAUS – Chef des GenSyn-Konzerns; Vater von Hans Ebert.
ECKER, MICHAEL – Konzernchef; Dispersionist.
ELLIS, MICHAEL – Assistent von Direktor Spatz im Verdrahtungsprojekt.
ENDACOTT – Vertrauter von Gouverneur Schenck.

ENDFORS, PIETR – Freund von Knut Tolonen und Vater von Jenny, Tolonens Frau.
ERIKKI – Wachmann von Jelka Tolonen.
FENG CHUNG – Big Boss der Triade Kuei Chan (Schwarzer Hund).
FENG LU-MA – Linsenmann.
FENG SHANG-PAO – ›General Feng‹; Big Boss der Triade 14k.
FEST, EGAR – Hauptmann im Sicherheitsdienst.
GESELL, BENT – Anführer der terroristischen *Ping Tiao*(›Einebner‹)-Bewegung.
GRIFFIN, JAMES B. – letzter Präsident des Amerikanischen Imperiums.
HAAVIKKO, VESA – Schwester von Axel Haavikko.
HAMMOND, JOEL – leitender Techniker des Verdrahtungsprojekts.
HENG CHI-PO – Li Shai Tungs Transportminister.
HENSSA, EERO – Hauptmann der Wachmannschaft an Bord des fliegenden Palastes Yangjing.
HERRICK – illegaler Transplantationsspezialist.
HO CHIN – ›Dreifinger-Ho‹; Big Boss der Gelben Banner-Triade.
HOFFMANN – Major im Sicherheitsdienst.
HONG CAO – Mittelsmann von Pietr Lehmann.
HOU TI – T'ang von Südamerika; Vater von Hou Tung-po.
HSIANG K'AI FAN – Prinz einer Untergeordneten Familie.
HSIANG SHAO-ERH – Oberhaupt der Familie Hsiang (eine der ›Neunundzwanzig‹ Untergeordneten Familien).
HSIANG WANG – Prinz einer Untergeordneten Familie.
HUA SHANG – Leutnant unter Wong Yi-sun.
HUI TSIN – ›Roter Pfahl‹ (426er oder Scharfrichter) des Vereinten Bambus.
HWA – ein meisterhafter ›Schlächter‹ oder Nahkämpfer unter dem Netz.
JOAN – *Yu*-Attentäterin.
KAN JIANG – Siedler und Dichter auf dem Mars.
K'ANG A-YIN – Bandenboss der *Tong* Tu Sun.
K'ANG YEH-SU – Neffe von K'ang A-yin.
KAO JYAN – Attentäter; Freund von Kao Chen.
KENNEDY, WILLIAM – Ururgroßvater von Joseph Kennedy.
KRENEK, HENRYK – leitender Repräsentant der Marskolonien.
KRENEK, IRINA – Frau von Henryk Krenek.
KRENEK, JOSEF – Konzernchef.

KRENEK, MARIA – Frau von Josef Krenek.
KRIZ – *Yu*-Einsatzleiterin.
KUBINYI – Leutnant unter DeVore.
KUNG WEN-FA – Anwalt vom Mars.
K'UNG FU TZU – Konfuzius (551–479 v. Chr.)
KUSTOW, BRYN – Amerikaner; Freund von Michael Lever.
LAI SHI – zweite Frau von Li Yuan.
LAO JEN – Minister unter Lwo Kang.
LEHMANN, PIETR – Untersekretär des Repräsentantenhauses und erster Anführer der Dispersionisten-Partei; Vater von Stefan Lehmann.
LEVER, CHARLES – Chef des gewaltigen ImmVac-Konzerns in Nordamerika; Vater von Michael Lever.
LEVER, MARGARET – Frau von Charles Lever und Mutter von Michael Lever.
LI CHIN – ›der Lidlose Li‹; Big Boss der Wo Shih Wo-Triade.
LI CH'ING – T'ang von Europa; Großvater von Li Yuan.
LI HAN CH'IN – erster Sohn von Li Shai Tung und einstiger Erbe der Stadt Europa; Bruder von Li Yuan.
LI HANG CH'I – T'ang von Europa; Ururgroßvater von Li Yuan.
LI KOU-LUNG – T'ang von Europa; Urgroßvater von Li Yuan.
LI PAI SHUNG – Neffe von Li Chin; Erbe der Wo Shih Wo-Triade.
LI SHAI TUNG – T'ang von Europa; Vater von Li Yuan.
LIN YUAN – erste Frau von Li Shai Tung; Mutter von Li Han Ch'in und Li Yuan.
LING HEN – Diener von Herrick.
LIU CHANG – Bordellbesitzer/Zuhälter.
LIU TONG – Leutnant unter Li Chin.
LO HAN – *Tong*-Boss.
LU MING-SHAO – ›der Bärtige Lu‹; Big Boss der Kuei Chuan Triade.
LUKE – im Lehm geborener Freund Kim Wards aus der ›Rehabilitation‹.
LWO KANG – Li Shai Tungs Minister des Edikts.
MAITLAND, IDRIS – Mutter von Stefan Lehmann.
MAN HSI – *Tong*-Boss.
MAO LIANG – Prinzessin einer Untergeordneten Familie und Mitglied im ›Rat der Fünf‹ der *Ping Tiao*.
MAO TSE TUNG – erster *Ko Ming*-Kaiser (herrschte 1948–1976).

MATYAS – im Lehm geborener Junge aus dem Rekrutierungsprojekt.
MENG TE – Leutnant unter Lu Ming-shao.
MIEN SHAN – erste Frau von Li Yuan; Mutter von Li Kuei Jen.
MILNE, MICHAEL – Privatdetektiv.
MING HUANG – sechster T'ang-Kaiser (herrschte 713–755).
MO YU – Leutnant des Sicherheitsdienstes in der Domäne.
MOORE, JOHN – Konzernchef; Dispersionist.
MU CHUA – Madam des Hauses der Neunten Extase.
MU LI – ›der Eiserne Mu‹, Boss der Triade ›Der große Kreis‹.
PARR, CHARLES – Konzernchef; Dispersionist.
PAVEL – junger Plantagen-Arbeiter.
PECK – Leutnant unter K'ang A-yin (ein *Ying tzu* oder ›Schatten‹).
PESKOWA – Leutnant der Plantagen-Wachmannschaft.
ROSS, ALEXANDER – Konzernchef; Dispersionist.
ROSS, JAMES – Privatdetektiv.
SANDERS – Hauptmann des Sicherheitsdienstes im Zeughaus von Helmstadt.
SCHENCK, HUNG-LI – Gouverneur der Marskolonie.
SCHWARZ – Leutnant unter DeVore.
SHANG – ›der Alte Shang‹; Kao Chens Meister in seiner Kindheit.
SHANG CHU – Urgroßvater von Shang Han-A.
SHANG WEN SHAO – Großvater von Han-A.
SHEN LU CHUA – Computerexperte und Mitglied im ›Rat der Fünf‹ der *Ping Tiao.*
SHEPHERD, AMOS – Ururururgroßvater (und genetischer ›Vater‹) von Ben Shepherd.
SHEPHERD, AUGUSTUS – ›Bruder‹ von Ben Shepherd; 2106–2122.
SHEPHERD, HAL – Vater (und genetischer ›Bruder‹) von Ben Shepherd.
SHEPHERD, ROBERT – Urgroßvater (und genetischer ›Bruder‹) von Ben Shepherd.
SHU SAN – Minister unter Lwo Kang.
SIANG – Jelka Tolonens Kampfkunst-Lehrer.
SI YU WA – ›Silberrabe‹, Frau von Aufseher Sung.
SONG WEI – Feger.
SPATZ, GUSTAV – Direktor des Verdrahtungsprojektes.
SPENCE, LEENA – ›Unsterbliche‹ und ehemalige Geliebte von Charles Lever.

SSU LA SHAN – Beamter des Großen Ministeriums.
SUN LI HUA – Wang Hsiens Meister der Inneren Kammer.
SUNG – Aufseher einer Plantage.
TARRANT – Konzernchef.
TENG FU – Plantagenwachmann.
TEWL – ›Dunkelheit‹; Chef der Floßbewohner.
TOLONEN, HANNA – Tante von Knut Tolonen.
TOLONEN, HELGA – Frau von Jon Tolonen; Tante von Jelka Tolonen.
TOLONEN, JENNY – Frau von Knut Tolonen und Tochter von Pietr Endfors.
TOLONEN, JON – Bruder von Marschall Knut Tolonen.
TONG CHU – ›Kwai‹, gedungener Attentäter.
TSAO CH'UN – tyrannischer Begründer von Chung Kuo.
TSU TIAO – T'ang von Westasien; Vater von Tsu Ma.
TU MAI – Wachmann in der Domäne.
VESA – *Yu*-Attentäterin.
VIRTANEN, PER – Major in Li Yuans Sicherheitskräften.
VISAK – Leutnant unter Lu Ming-shao.
WANG CHANG YE – erster Sohn von Wang Hsien.
WANG HSIEN – T'ang von Afrika; Vater von Wang Sau-leyan.
WANG LIEH TSU – zweiter Sohn von Wang Hsien.
WANG TA-HUNG – dritter Sohn von Wang Hsien; älterer Bruder von Wang Sau-leyan.
WANG TU – Führer der Marsianischen Radikalen Allianz.
WEI FENG – T'ang von Ostasien; Vater von Wei Chan Yin.
WEIS, ANTON – Bankier; Dispersionist.
WEN TI – ›Erster Ahne‹ der Stadt Erde/Chung Kuo, auch bekannt als Liu Heng; beherrschte China von 180 bis 150 v. Chr.
WIEGAND, MAX – Leutnant unter DeVore.
WILL – im Lehm geborener Freund Kim Wards aus der Rehabilitation.
WONG YI-SUN – ›der Dicke Wong‹; Big Boss des Vereinten Bambus.
WYATT, EDMUND – Konzernchef; Dispersionist.
YANG LAI – Minister unter Lwo Kang.
YI SHAN-CH'I – Prinz einer Untergeordneten Familie.
YING CHAI – Assistent von Sun Li Hua.
YING FU – Assistent von Sun Li Hua.

Ywe Chun – ›Roter Pfahl‹ (426er oder Scharfrichter) der Wo Shih Wo-Triade.
Yun Ch'o – Leutnant unter Shen Lu Chua.
Yun Yueh-hui – ›der Tote Yun‹; Big Boss der Roten Gang.
Ywe Hao – ›Zarter Mond‹; *Yu*-Terroristin.
Ywe Kai-chang – Vater von Ywe Hao.

EINLEITUNG

Chung Kuo. Diese Worte bedeuten ›Das Reich der Mitte‹, und seit 221 v. Chr., als der Erste Kaiser Ch'in Shih Huang Ti die sieben Streitenden Reiche einte, haben die ›Schwarzhaarigen‹, die Han oder Chinesen so ihr großes Land genannt. Das Reich der Mitte – für sie war es eine ganze Welt, begrenzt von den Bergketten im Norden und Westen und dem Meer im Osten und Süden. Jenseits davon gab es nur Wüste und Barbarei. So blieb es über zwei Jahrtausende und durch sechzehn große Dynastien. Chung Kuo war tatsächlich das Reich der Mitte, der eigentliche Mittelpunkt der von Menschen bewohnten Welt, und sein Kaiser galt als der ›Sohn des Himmels‹, der ›Eine Mann‹. Im achtzehnten Jahrhundert aber wurde diese Welt von den jungen und aggressiven Mächten des Westens mit ihren überlegenen Waffen und ihrem unerschütterlichen Glauben an den Fortschritt überfallen. Es war, zur Überraschung der Han, ein ungleicher Kampf, und Chinas Mythos überlegener Stärke und Unabhängigkeit wurde zerstört. Anfang des Zwanzigsten Jahrhunderts war China – *Chung Kuo* – der kranke alte Mann des Ostens: »eine sorgsam konservierte Mumie in einem hermetisch versiegelten Sarg«, wie es Karl Marx ausdrückte. Doch aus den katastrophalen Verheerungen dieses Jahrhunderts erwuchs ein Gigant von einer Nation, der sich aus einer Position unvergleichlicher Stärke durchaus mit dem Westen und seinen eigenen östlichen Rivalen, Japan und Korea messen konnte. Das Einundzwanzigste Jahrhundert, ›das pazifische Jahrhundert‹, wie man es schon nannte, bevor es begonnen hatte, erlebte ein China, das wieder zu einer Welt für sich wurde, aber diesmal war seine einzige Begrenzung der Weltraum.

Der Krieg der zwei Richtungen

Es hatte vor fünf Jahren mit der Ermordung von Lwo Kang begonnen, dem Minister des T'ang, der gemeinsam mit seinen Unterministern in die nächste Welt gesprengt wurde, als er sich im kaiserlichen Solarium sonnte. Die Sieben – die Herren und Herrscher von Chung Kuo – hatten sofort zurückgeschlagen, indem sie eine der führenden Gestalten der Dispersionisten-Partei, die für den Tod des Ministers verantwortlich war, inhaftierten und hinrichteten. Aber damit war es nicht vorbei. Wenige Tage nach der öffentlichen Hinrichtung führten ihre Gegner einen weiteren tödlichen Schlag. Diesmal traf es Li Han Ch'in, den Sohn des T'ang Li Shai Tung und Erben der Stadt Europa, am Tage seiner Hochzeit mit der schönen Fei Yen.

Mit der Entscheidung der Sieben, keine Vergeltung für den Tod des Prinzen Han zu üben – eine Politik friedlicher Passivität, *Wuwei*, einzuschlagen –, hätte alles vorbei sein können, doch für einen Mann war diese Entscheidung unerträglich. Indem er die Dinge in die eigenen Hände nahm, war Li Shai Tungs General Knut Tolonen ins Repräsentantenhaus in Weimar marschiert und hatte den Anführer der Dispersionisten, Untersekretär Lehmann, getötet. Dieser Vorfall mußte Chung Kuo beinahe zwangsläufig in einen blutigen Bürgerkrieg stürzen, wenn es nicht gelang, den Zorn der Dispersionisten zu mildern und Zugeständnisse zu machen.

Zugeständnisse wurden gemacht, und ein unsteter Friede dauerte an, aber die Teilung zwischen Herrschern und Beherrschten blieb, die Spannung zwischen ihren gegenläufigen Interessen – die Sieben beharrten auf den Status Quo, die Dispersionisten verlangten nach Veränderung – unaufgelöst. Zu den Zugeständnissen gehörte, daß die Sieben den Dispersionisten gestatteten, ein Raumschiff, *Die Neue Hoffnung*, zu bauen. Als das Schiff fast einsatzfähig war, trieben die Dispersionisten die Dinge in Weimar noch weiter, klagten die *Tai* – die Vertreter der Sieben im Repräsentantenhaus – an und erklärten faktisch ihre Unabhängigkeit. Die Sieben reagierten mit der Zerstörung der *Neuen Hoffnung*. Der Krieg war erklärt.

Der fünfjährige ›Krieg-der-keiner-war‹ ließ die Dispersionisten gebrochen zurück. Ihre Anführer waren tot, ihre Konzerne beschlagnahmt. Der große Schub in Richtung Veränderung war niedergeschlagen worden und in Chung Kuo wieder Frieden eingekehrt. Zumindest erschien es für kurze Zeit so, denn der Krieg hatte ältere, viel stärkere Strömungen des Widerstandes neu erweckt. In den Tiefen der Stadt begannen sich neue Bewegungen zu erheben, die nicht bloß eine Veränderung des Systems, sondern eine grundlegende Revolution anstrebten. Eine dieser Parteien, die *Ping Tiao* oder ›Einebner‹, wollten die dreihundert Ebenen hohe Stadt Erde niederreißen und das Reich der Han zerstören.

Eine Zeitlang konnte der Status quo aufrechterhalten werden, aber während des Krieges waren drei der ältesten T'ang gestorben und hatten die Sieben schwächer und unerfahrener zurückgelassen als je zuvor in den langen Jahren ihrer Herrschaft. Als Wang Sau-leyan, der jüngste Sohn von Wang Hsien, dem Herrscher der Stadt Afrika, nach dem Tode seines Vaters T'ang wurde, nahm die Situation für die Sieben bedrohliche Züge an, denn der junge Mann schürte Uneinigkeit unter ihnen. Aber Li Yuan, der gerade das Erbe seines Vaters antrat, bildete eine wirksame Allianz mit seinen T'ang-Kollegen Tsu Ma, Wu Shih und Wei Feng, um Wang im Rat zu blockieren und mit vier zu drei zu überstimmen.

Dennoch mußten unter dem Druck des Bevölkerungswachstums weitere Zugeständnisse gemacht werden. Das große Edikt der Technologischen Kontrolle – mit dessen Hilfe die Sieben seit über einem Jahrhundert Veränderungen eingedämmt hatten – wurde gelockert, das Repräsentantenhaus in Weimar wiedereröffnet, wofür als Gegenleistung die Unterstützung bei bevölkerungspolitischen Maßnahmen zugesichert wurde.

Zum ersten Mal seit fünfzig Jahren hatten sich die Sieben den Problemen ihrer Welt gestellt und die Notwendigkeit begrenzter Veränderungen eingesehen, aber war es nicht schon zu spät? Sollten die großen Wellen der Unzufriedenheit, die frühere Kriege aufgewühlt hatten, sie nicht bald überschwemmen?

Der Mars war bereits gestürzt, eine zweihundertjährige Zivilisation in einer einzigen Nacht vernichtet, und nun stand Nordamerika vor seinem Ausbruch heftigster Gewalt.

ERSTER TEIL
FRÜHLING 2212

Die Stadt in Flammen

中

國

»(…) in der Klassengesellschaft (sind) Revolutionen und revolutionäre Kriege unausweichlich (…), (da) es sonst unmöglich ist, in der Entwicklung der Gesellschaft einen Sprung zu vollziehen und die reaktionäre herrschende Klasse zu stürzen, damit das Volk die Macht ergreifen kann.«

– MAO TSE TUNG: *Über Widerspruch*, August 1937[1]

»Die Welt erobern und behandeln wollen,
Ich habe erlebt, daß das mißlingt.
Die Welt ist ein geistiges Ding,
das man nicht behandeln darf.
Wer sie behandelt, verdirbt sie,
Wer sie festhalten will, verliert sie.«

– LAO TZU: *Tao-Te Ching*, Kapitel 29[2]

KAPITEL · 1

Die älteste Tochter

Wasser tropfte durch die zertrümmerte Decke der Villa und sammelte sich in Pfützen im rauchenden Schutt der ausgebrannten Halle. *Huojen,* deren hochgeklappte Visiere schwarz vor Rauch waren, arbeiteten sich mit geröteten Augen durch die Ruinen und suchten nach Spuren, auch wenn in diesem Fall Spuren nicht unbedingt gebraucht wurden. Jeder wußte, wer für dieses Massaker verantwortlich war: Jemand hatte es am Tor über die Leichen der beiden erdrosselten Wachmänner gemalt.

Wu Shih starrte den schwarzen Stempel in Form einer Hand an und schauderte. Die *Huojen* hatten bereits ein Dutzend Leichen aus dem Haus geborgen, aber die Gesamtzahl an Toten mußte doppelt, vielleicht dreimal so hoch sein.

Die Schwarze Hand hatte ihre Lektion gelernt. Diesmal hatte sie mit geballter Stärke angegriffen und einen Ablenkungsschlag gegen einen örtlichen Posten des Sicherheitsdienstes geführt, während sie mit dem Hauptteil ihrer Streitkräfte die Villa angriffen. Diesmal waren dreißig oder vierzig Mann, auf dem neuesten Stand der Technik bewaffnet, hier gewesen.

Nach der Vernichtung der kleinen Wachmannschaft des Hauses hatten sie die Besitzer und ihre Diener zusammengetrieben und im Haus eingesperrt, während sie an acht verschiedenen Stellen Feuer legten. Dann hatten sie rings um das brennende Haus abgewartet und in die Fenster gefeuert, wenn sich jemand zu zeigen wagte.

Er zog eine Grimasse, als er sich daran erinnerte. Die Kameras hatten alles aufgezeichnet, vom ersten Scharmützel am Tor bis zu den letzten Sekunden, als die Terroristen mit Gelächter und Geschrei über den Spazierweg zum Transitlift zurückgelaufen waren. Er erinnerte sich besonders an eine Sequenz, in der sich einige Terroristen umgedreht und direkt in die Kameras emporgeblickt, gelächelt und gewinkt hatten, als wollten sie sich absichtlich zu erkennen geben, während hinter ihnen die große Villa – angefüllt mit antiken Möbeln und Wandteppichen, üppiger Seide, dicken Teppichen und Vorhängen – wie ein Pulverfaß hochgegangen war. Die Schreie ihrer eingesperrten, hilflosen Bewohner waren zu schrecklich gewesen, um sie mit Worten zu beschreiben.

Sie hatten kurz nach zwei angegriffen. Um drei waren sie wieder verschwunden. Zehn Minuten später hatte man Fen Cho-hsien aus dem Bett gescheucht. Er wiederum hatte Wu Shih über die Neuigkeiten unterrichtet.

Es gab keinen Zweifel, dies war ein Wendepunkt – eine neue Phase in diesem ›Krieg‹ wechselseitiger Schläge mit der Schwarzen Hand. Wu Shih hatte das sofort begriffen und war hergekommen, um sich der Sache persönlich anzunehmen.

Die *T'ing Wei* hatte gute Arbeit geleistet. Sie hatten verhindert, daß die Neuigkeit sich herumsprach, und die wenigen Sender kaltgestellt, die von der Sache Wind bekommen hatten. Aber es würde schwierig sein, den Vorfall geheimzuhalten. Wenn man aus früheren Erfahrungen gelernt hatte, mußte man damit rechnen, daß schon zur Frühstückszeit Flugblätter auf den unteren Ebenen die Runde machen und die Nachricht in triumphalen Ton hinausposaunen würden, und von da aus würde sie sich herumsprechen. Es lag an ihm, das zu verhindern – sofort zurückzuschlagen und den triumphalen Erfolg in einen schweren Rückschlag für die Schwarze Hand zu verwandeln.

Er wandte sich seinem General zu, der ein paar Schritte entfernt wartete. »General Althaus … wissen wir, woher diese Gruppe gekommen ist?«

Althaus ging ruckartig in Habachtstellung. »Wir haben recht gute Anhaltspunkte, *Chieh Hsia*. Genaugenommen ist ihnen schon seit einer Stunde eine Sondereinheit auf den Fersen. Aber wir müssen sie möglichst schnell aufspüren, wenn wir eine Chance haben wollen, einen von den Dreckskerlen zu finden. Ihr Kernland ist schwer bewaffnet, und wir müßten uns Ebene um Ebene vorkämpfen.«

Wu Shih überlegte kurz, dann nickte er. »Dann tun Sie das. Setzen Sie alle Kräfte ein, die erforderlich sind. *Hei,* wenn es sein muß. Aber finden Sie die Kerle. Und schonen Sie sie nicht. Wenn wir irgendeinen Kopf ihrer Organisation in die Hände bekommen, erledigen Sie ihn *sofort,* auch wenn keine schlüssigen Beweise vorliegen. Jeder soll sehen, daß wir entschlossen und konsequent handeln. Ich selbst habe vor, eine Erklärung abzugeben, noch bevor sie eine Chance bekommen, den Propagandakrieg zu gewinnen. Diesmal haben sie mehr abgebissen, als sie schlucken können. Diesmal werden sie für ihre Frechheit teuer bezahlen!«

»*Chieh Hsia!*« Althaus strahlte, sichtlich erfreut über solch klare Befehle. Dann drehte er sich um, eilte zu seinen Unteroffizieren und machte sich sofort an die Arbeit.

Wu Shih betrachtete ein letztes Mal die große Villa. Minuten lang hatte er zugesehen, wie seine Männer die Leichen aus dem Schutt zerrten und heraustrugen. Er hatte sie entsetzt angesehen und Schwierigkeiten gehabt, etwas Menschliches an ihnen zu erkennen. *Welch eine Barbarei,* hatte er gedacht und geschaudert, unfähig zu begreifen, wie jemand so etwas anderen Menschen antun konnte.

Doch ein Teil von ihm hatte die Gelegenheit begrüßt, endlich handeln zu können – auch wenn er sich nicht so darüber freute wie Althaus und seine Offiziere. Fast zwei Tage lang hatte er gegrübelt und war zu keiner Entscheidung gekommen, wie er im Fall Kennedy verfahren sollte, und seine Unsicherheit hatte ihn unruhig und übellaunig gemacht. Wenigstens plagten ihn jetzt keine Zweifel mehr.

Kennedy … Er hatte die Berichte über die Entwicklung zwischen ihm und den Levers gelesen, Levers traurige Erklärung gesehen und sich gefragt, was er von dem jungen Mann halten sollte – und ob er die Lage nicht vielleicht falsch eingeschätzt hatte und Lever statt Kennedy der Mann war, den er im Auge behalten sollte. Aber das änderte nichts Grundsätzliches an der Situation. Wenn überhaupt, dann machte es die Sache nur schlimmer, denn Kennedys Popularität ließ nach, deshalb gab es keinen überzeugenden Vorwand mehr, gegen ihn vorzugehen.

›Ein Sohn‹, hatte Fen Cho-hsien vorgeschlagen, als er mit ihm das Problem diskutierte. ›Tötet einen von Kennedys Söhnen und droht ihm, auch den anderen zu töten, wenn er weiterhin vom rechten Kurs abweicht.‹

Es war ein vernünftiger Vorschlag, doch schon der Gedanke war barbarisch. Er dachte an seine eigenen Söhne, und ihm krampfte sich der Magen zusammen, wenn er sich vorstellte, einen von ihnen zu verlieren. Doch er lebte in barbarischen Zeiten – der heutige Vorfall bestätigte es –, und wenn ihm die Dinge nicht entgleiten sollten …

»Chieh Hsia …«

Sein ältester *Huojen* stand mit gesenktem Kopf neben ihm und wartete darauf, daß er ihn zur Kenntnis nahm.

»Ja?« schreckte er aus seinen Gedanken. »Ist alles bereit?«

»Ja, *Chieh Hsia!*«

Er setzte den Helm auf, den der Mann ihm gab, dann folgte er dem freigeräumten Weg in die Villa. Sie hatten diese Seite für seine Inspektion gesichert, trotzdem herrschte immer noch eine schreckliche Verwüstung.

Das ist die Zukunft, dachte er, entsetzt über den Anblick. *So wird es überall aussehen, wenn ich nicht handle.*

Für einen kurzen Moment dachte er daran, Kennedy herzubestellen, damit er dies hier sah und Anlaß hatte, seine Befürchtungen zu teilen. Doch nach kurzer Überlegung war ihm klar, daß derlei unmöglich war. Denn selbst wenn Kennedy verstand, was vor sich ging, würde er nie entsprechend handeln, denn seine Hände waren gebunden und sein Weg stand fest. Sein neuester Antrag im Repräsentantenhaus hatte keinen Zweifel daran gelassen. Es würde zu einer Konfrontation kommen, ob Wu Shih es wollte oder nicht, daher war es wohl das beste, sie gleich hinter sich zu bringen.

Heute abend, dachte er, sah zwischen den geschwärzten, eingestürzten Mauern umher und spürte den sauren Geschmack von Asche auf der Zunge. *Ja ... Ich werde heute abend meine Entscheidung treffen.*

Emily wandte sich ihrer Sekretärin zu, hob die Hand und nickte ihr zu, dann sah sie wieder ins Videophon und fuhr mit dem Gespräch fort.

»Das ist richtig. Ein Bericht von zwanzig Minuten. Wir machen die Aufnahmen live und senden sie die nächsten vier Stunden alle sechzig Minuten.«

Beresiners pausbäckiges Gesicht sah sie stirnrunzelnd an. »Das wird schwierig, Madam Lever. Wenn Sie ihre Terminpläne durcheinanderbringen, müssen Sie finanziell dafür bluten.«

»Das macht mir nichts«, sagte sie. »Buchen Sie einfach. Die fünf großen Kanäle, kontinentweit. Und versuchen Sie mich nicht reinzulegen, Berry. Ich merke das, wenn jemand versucht, mich zu hintergehen.«

Beresiner seufzte. »Warum sollte ich das tun? Betrachten Sie die Sache als erledigt. Ich nehme an, man soll Ihnen ein Team vorbeischicken?«

Sie nickte.

»Gut. Überlassen Sie das mir. Ich rufe Sie zur Mittagszeit an, ja?«

»Gut.« Sie unterbrach die Verbindung, dann tippte sie eine andere Nummer ein. Nach einer kurzen Pause wurde der Bildschirm wieder hell. Diesmal erschien das Gesicht einer Frau – eine schöne Asiatin. Gloria Chung.

»Mary?«

»Gloria ... wie geht's dir? Ich hoffe, ich rufe nicht zu früh an.«

»Nein, überhaupt nicht. Ich bin nur ... überrascht, das ist alles.«

»Es ist schon lang her, was?«

»Zu lang. Wie geht's dir denn? Was macht Michael?«

Emily lehnte sich mit einem Lächeln zurück. »Wir können nicht klagen. Ich ... ich dachte nur, es wäre schön, dich mal wieder zu treffen.«

Gloria lächelte. »Gut Idee. Wann?«

»Heute? Hier bei uns?«

»Das wäre toll. Um eine bestimmte Zeit?«

»Gegen sechs erwarte ich ein Kamerateam, aber ... Nun, wie wär's mit einem Mittagessen? Dann könnten wir uns erzählen, was es Neues gibt.«

»Zum Mittagessen?« Gloria überlegte kurz, dann lächelte sie. »Nichts dagegen. Aber was ist mit diesem Kamerateam? Drehst du einen Beitrag für eine Modesendung oder so was?«

Emily lächelte vieldeutig. »Das könnte man sagen. Aber wart's ab, ich erzähl dir alles, wenn du hier bist. Wie wär's mit ein Uhr?«

»Ist mir recht.«

»Gut. Wir sehen uns dann. Bis später.«

»Bis dann.«

Sie holte Luft, dann wandte sie sich ihrer Sekretärin zu.

»Jill, ist dieser Bericht angekommen?«

»Er ist da.« Jill gab Emily einen großen braunen Umschlag.

»Haben Sie reingesehen?«

Sie schüttelte den Kopf.

»Gut. Es ist wahrscheinlich das beste, wenn Sie, was Kemp betrifft, nicht wissen, was läuft. Wenn Sie etwas wissen müssen, werde ich's Ihnen sagen, ja?«

»Einverstanden.«

»In Ordnung. Jetzt besorgen Sie mir alles, was Sie über Michaels wichtigste wirtschaftliche Konkurrenten finden können. Vollständige Akten, keine Zusammenfassungen. Dann soll dieser Ernährungsberater kommen. Geben Sie mir ... äh ... sagen wir, zehn Minuten. Ich habe noch drei Anrufe zu tätigen.«

Sie sah die junge Frau davoneilen, dann wandte sie sich wieder dem Bildschirm zu und spürte ein Gefühl immenser Befriedigung.

Sie beugte sich vor, tippte die nächste Nummer auf ihrer Liste ein und zog dann den Bericht aus dem Umschlag. Während sie darauf wartete, daß die Verbindung zustandekam, überflog sie die handgeschriebenen Seiten.

Also haben die alten Knaben wohl geglaubt, daß sie gewinnen würden, was? Nun, nicht solange ich noch etwas ausrichten kann!

»Eva?« sagte sie, blickte auf und lächelte das strenge, mütterliche Gesicht an, das auf dem Bildschirm erschien. »Ich habe da etwas, das dich interessieren könnte …«

Der Saal war überfüllt, die Stimmung gereizt, als Kennedy eintrat.

»Rücktritt!« rief jemand von hinten, und der Ruf wurde von anderen aufgenommen. »Rücktritt! Rücktritt!«

Als er sich zum Tisch durchkämpfte, sah er in die Runde und bemerkte, daß Augen, die ihn noch vor wenigen Tagen respektvoll angestrahlt hatten, ihn nun verächtlich anstarrten. Als er Platz nahm, senkte er den Blick und versuchte sich seinen inneren Aufruhr nicht ansehen zu lassen. Die Entscheidung, ein Vertrauensvotum abzuhalten, hatte ihn, so kurz nach dem Anschlag auf die Villa der Levers, tief getroffen. Aber vielleicht war er einfach naiv gewesen. Vielleicht war er gar nicht mehr der führende Mann der NREP.

Carl Fisher, Repräsentant von Bosten und einer von Michael Levers ältesten Freunden, war zum Vorsitzenden der Sitzung bestimmt worden. Als er zur Ordnung rief, blickte Kennedy an ihm hoch und sah, wie fest der junge Mann die Zähne aufeinanderbiß, als bereite er sich auf einen Kampf vor. Seltsamerweise fand er den Anblick ermutigend.

Wenn Fisher auf meiner Seite bleibt …

»Gentlemen …« begann Fisher und bat mit einer Geste um Ruhe. »Wenn hier etwas Ruhe einkehren würde, könnten wir uns vielleicht an die Arbeit machen.« Er wartete, bis die Versammlung sich beruhigte, dann ergriff er wieder das Wort und sah streng in die Runde.

»Gut, ich möchte direkt zum Anlaß unserer Zusammenkunft kommen. Eine Anzahl von Mitgliedern hat einen Antrag aufgesetzt, den sie auf dieser Sondersitzung einbringen wollen. Er lautet folgendermaßen …«

Er zog ein Blatt Papier aus seiner Jackentasche, faltete es auseinander und räusperte sich.

»In Anbetracht der jüngsten Entwicklungen, die von Schaden für das allgemeine Wohlergehen der Neuen Republikanischen und Evolutionisten Partei sind, schlagen wir vor, daß der gegenwärtige Parteivorsitzende, Repräsentant Joseph William Kennedy, von dieser Position abgesetzt und eine Wahl abgehalten wird, um seinen Nachfolger zu bestimmen.«

Fisher ließ das Papier wie angeekelt aus den Fingern gleiten, und als er aufblickte, hatte er einen angespannten, wütenden Ausdruck im Gesicht.

»Nun, bevor wir über diese Angelegenheit diskutieren, möchte ich jene unter ihnen, die ein schlechtes Gedächtnis für die Geschichte unserer Bewegung haben, an etwas erinnern. Die Neue Republikanische Partei wurde vor gerade vier Jahren in Philadelphia gegründet. In weniger als zwei Jahren ist sie zu einer Bewegung erwachsen, die den ganzen Kontinent erfaßt hat, und bei den Wahlen fürs Repräsentantenhaus haben wir breite öffentliche Unterstützung erfahren und durch die Fusion mit den Evolutionisten die zweitgröße Anzahl an Sitzen in der Stadt Nordamerika errungen. Ein Gründungsmitglied, der wichtigste Gestalter unserer Politik und unser Vorsitzender während dieser Zeit unvergleichlicher Erfolge war, wenn ich Sie daran erinnern darf, der eben genannte Joseph William Kennedy.«

Fisher machte eine Pause und sah zu Kennedy hinunter. »Nun, ich bin nicht taub und nicht blind. Ich höre, was in den Medien gesagt wird, und kann lesen, was in den Zeitungen steht, aber ich habe nicht vergessen, daß diese Partei schon einige Male unter ungeheurem Druck der Medien gestanden hat. Viele von Ihnen wissen vielleicht noch, was passiert ist, nachdem wir die erste Abstimmungsrunde für uns entscheiden konnten. Aber bisher hat es nie – und ich meine *nie* – Zeichen von Unloyalität in unseren Reihen gegeben.«

Er atmete tief durch, straffte sich und richtete den Blick auf einige derer, die in seiner Nähe standen. »Um ehrlich zu sein, halte ich diesen Antrag nicht bloß für belanglos, sondern für eine Beleidigung eines guten Mannes … eines Mannes, ohne dessen Vision und Einsatzbereitschaft *niemand* von uns heute hier stünde!«

Klatschen und Applaus, aber auch einige ungehaltene Zwischenrufe.

»Bevor ich zum Ende komme und die Abstimmung eröffne, möchte ich noch eines sagen. Wie viele von Ihnen bin ich traurig darüber, daß mein alter Freund Michael Lever sich entschlossen hat, aus unserer Partei auszutreten. Es fällt mir schwer zu akzeptieren, daß wir nicht mehr auf seine Dienste zählen können. Aber wer Michael kennt, wird schon seit einiger Zeit gewußt haben, daß in bestimmten Punkten ein Bruch unvermeidlich war, und es überrascht mich nicht, daß wir in der Frage der Nahrungsmittelsubventionen uneinig wurden. Viele hier werden bestätigen, daß Michael immer mehr unter den Einfluß seiner Frau geraten ist, deren Anschauungen … nun, zumindest sehr fragwürdig sind.«

»Wenigstens ist sie konsequent!« rief jemand aus den mittleren Reihen.

Fisher lächelte. »Unflexibel würde ich das nennen. Aber lassen Sie mich ausreden. In den letzten Tagen ist mir aus ihren Reihen Kritik an den jüngsten Kurswechseln unserer Politik zu Ohren gekommen. Nun, ich möchte auf diese Kritik antworten. Einige von Ihnen reden so, als müßten wir, völlig unabhängig von den Umständen, Tag für Tag, Monat um Monat, Jahr für Jahr dieselbe Politik verfolgen. Ich persönlich halte einen solch dogmatischen Standpunkt nicht nur für dumm, sondern für gefährlich.«

Einige gaben mit ihrem Gemurmel zu verstehen, daß sie anderer Meinung waren, aber Fisher sprach weiter.

»Eine politische Partei muß, wenn sie effektiv arbeiten soll, zu Veränderungen in der Lage sein – sie muß auch ihre heiligsten Ideale in Frage stellen und entsprechend der öffentlichen Meinung und den Notwendigkeiten neu durchdenken.«

»Unfug!« rief ein großer Mann zu Fishers Rechten. »Das klingt nach der Politik eines Freudenhauses. Sollen wir vor den Sieben und dem Militär Bücklinge machen?«

Das Auditorium brach in Gelächter aus, aber als Fisher antworten wollte, berührte Kennedy ihn am Arm und erhob sich langsam, während Fisher wieder Platz nahm.

Es wurde ruhig.

»Gentlemen ...« Kennedy sah in die Runde seiner Freunde und Kollegen, und in seine natürliche Würde mischte sich eine Spur von Traurigkeit, als er wie zu sich selbst nickte. »Vielleicht habe ich tatsächlich Fehler gemacht. Vielleicht ist es wirklich so, wie einige von Ihnen behaupten ... daß wir zu schnell zu weit gekommen sind und unterwegs vergessen haben, mit welcher Zielsetzung wir angetreten sind.« Er seufzte, dann schüttelte er den Kopf. »Ich weiß es nicht. Vielleicht sind wir wirklich vom Weg abgewichen. Aber wenn es der Wille dieser Partei ist, daß ich zurücktrete ...«

Er rang seinem Gesicht einen Ausdruck demütiger Hinnahme ab.

»Nein!« kamen von allen Seiten Rufe. »Mach weiter, Joe!« Es gab aber auch andere, die lautstark eine Abstimmung verlangten. Kennedy hob die Hand und wandte sich, als es wieder still wurde, Fisher zu.

»Die Mitglieder sollen bekommen, was sie verlangen, Carl. Ich werde mich ihrer Entscheidung fügen.«

Kennedy setzte sich und sah auf seine verschränkten Hände.

Fisher seufzte, dann stand er auf und stellte sich dem überfüllten Saal. »Stimmen wir ab. Alle, die für den Antrag sind, heben bitte die Hand ...«

»Em?«

Michael trat zwei Schritte in den Raum, dann blieb er verdutzt stehen. Wohin er sah, standen Schreibtische, an denen Frauen – ihm durchweg unbekannt – Telephone und Komsets bedienten oder Einträge in Akten machten.

»Em? Was geht hier vor?«

Emily, die mit zwei ihrer Assistentinnen über einem Layout-Tisch hockte, drehte sich um und lächelte. »Michael! Bist du aufgehalten worden?«

»Ich ...« Er lachte, und als er zu ihr hinüberging und sie in die Arme schloß, empfand er das Geschirr nicht mehr als hinderlich. »Was ist denn hier los? Und warum hast du mir nichts davon erzählt?«

Sie ging ein Stück auf Abstand und drückte ihm einen Kuß auf die Nase. »Ich dachte mir, ich überrasche dich. Außerdem warst du beschäftigt.«

Er sah sie mit einem Stirnrunzeln an und setzte eine scherzhaft strenge Miene auf. »Und?«

»Und da dachte ich mir, ich unternehme selbst was.«

»Was denn zum Beispiel?«

Sie senkte den Blick. »Etwas Positives. Etwas ... Na, du wirst schon sehen. Ich habe für heute abend auf mehreren Kanälen Sendezeit gemietet.«

Er starrte sie verdattert an. »Sendezeit? Wofür?«

»Du wirst schon sehen.«

Er lachte gereizt. »Ist das alles, was du mir zu sagen

hast? Du gibst Millionen von meinem Geld aus, und das ist die einzige Erklärung, die ich bekomme?«

»*Unser* Geld. Und ja, das ist die einzige Erklärung, die du bekommst.«

Er sah zu Boden und schlug einen sachlichen Ton an. »Das hat doch nichts mit Kennedy zu tun, oder?«

»Nicht direkt.«

Er sah ihr in die Augen und bemerkte, wie sie ihn beobachtete.

»Ich muß das einfach tun, Michael. Ich habe lang und angestrengt darüber nachgedacht, und es ist die einzige Möglichkeit. Also vertrau mir, ja?«

»Gut. Aber was bezweckst du damit?«

Sie lachte. »Du gibst wohl nicht auf, was?«

»Nein ... Oh, und nebenbei bemerkt: Heute morgen hat eine Abstimmung stattgefunden.«

»Eine Abstimmung?«

»Die Partei hat eine Sondersitzung einberufen, um die Frage des Vorsitzes zu klären.«

»Ich wußte nicht, daß es da überhaupt Meinungsverschiedenheiten gab.«

»Nun, jetzt gibt es eins. Parker hat mich angerufen. Es scheint ein Vertrauensvotum stattgefunden zu haben. Kennedy hat gewonnen, aber nur mit elf Stimmen Vorsprung.«

Sie sah ihn mitleidig an. »Es tut mir leid. Nicht für ihn – er hat nichts Besseres verdient –, sondern für dich. Viele werden dir die Schuld geben, nicht?«

»Ich nehme an.«

»Du solltest sie ignorieren. Du bist es nicht gewesen, der eure Versprechen gebrochen hat. Und du bist es auch nicht gewesen, der für eine Kürzung der Subventionen gestimmt hat.«

»Nein. Trotzdem denke ich die ganze Zeit ...«

Sie nahm sein Gesicht in beide Hände und zwang ihn, sie anzusehen. »Halt dir eines vor Augen, Michael

Lever. Es war *nicht* deine Schuld. Der Gedanke ist genauso absurd, als müßtest du dich dafür entschuldigen, daß damals ein Attentat auf dich verübt worden ist. Es lag nicht an dir. Versteht du das nicht? Es lag *nicht* an dir.«

Aber sie sah seinem Gesicht an, daß sie ihn nur halb überzeugt hatte.

Gloria Chung traf eine Stunde später ein, begleitet von einem kleinen Troß von Dienern, die Schachteln und Taschen und verpackte Geschenke trugen, die nach Rosen dufteten.

Sie umarmte Emily, trat dann zurück und ließ sich von einem ihrer Begleiter ihren Umhang abnehmen.

»Ich bin so froh, daß du gekommen bist«, sagte Emily und bemerkte wieder einmal, wie gegensätzlich sie waren, Gloria so groß und elegant, so *feminin* …

»Red keinen Unsinn«, antwortete Gloria und sah sie mit vor Freude geweiteten Augen um. Dann faßte sie Emily mit einem leisen Lachen am Arm und ließ sich hereinführen. »Weißt du, als ich das erste Mal herkam, war ich acht. Es fand eine große Party statt, und Michaels Vater … nun, er hat mir damals schon Angst gemacht. Er war ein solcher Unhold. Michael dagegen …« Sie lächelte, dann drückte sie Emily die Hand. »Ich bin froh, daß ihr zwei geheiratet habt. Ich wußte vom ersten Moment an, daß ihr zusammengehört.«

Emily senkte den Blick, lächelte aber. »Michael hat's mir erzählt. Ich glaube, ich bin dir was schuldig.«

»Unsinn! Du solltest Michael inzwischen gut genug kennen, um zu wissen, daß man Michael zu nichts überreden kann, was er nicht will. Dich zu heiraten … man mußte ihn nur mit der Nase darauf stoßen, das ist alles!«

»Trotzdem … zwei Millionen *Yuan.* Ein schönes Hochzeitsgeschenk!«

Sie sah zu Boden und wurde plötzlich ernst. »Weißt du, ich hätte ihm selbst dann rausgeholfen, wenn es das Zehnfache gewesen wäre.«

Emily nickte. »Ich weiß. Deswegen bist du hier.«

Gloria hielt inne und runzelte die Stirn. »Was ... wegen Geld? Ausgerechnet du, die reichste Frau in Nordamerika ... du brauchst *mein* Geld?«

Emily lachte. »Nein, diesmal nicht. Aber deine Hilfe, die brauche ich.«

»Du?«

»Genau. Diesmal geht's nicht um Michael, sondern um mich. Ich habe etwas vor, und wenn es funktioniert, werde ich alle Hilfe brauchen, die ich bekommen kann, damit es läuft. Dabei kommst du ins Spiel.« Sie lächelte und verstärkte den Druck auf Glorias Arm. »Aber komm mit. Reden wir beim Essen darüber!«

Kemp lag auf dem Rücken, und das jüngere der beiden Mädchen ritt langsam und genüßlich auf ihm, während das andere hinter ihm kniete, über ihn gebeugt, um seinen Hals und seine Brust zu liebkosen, und ihre nackten Schenkel warm an seine Schultern zu drücken, während ihre kleinen Brüste über sein Haar und seine Wangen strichen. Er stand kurz vor dem Höhepunkt, und als es ihm kam, zog er sie mit einem Stöhnen zu sich herunter, grub die Zähne in ihr weiches Fleisch und zuckte unter ihren Schreien krampfhaft zusammen.

Als er hinterher dalag und zu dem großen Bildschirm in der Ecke hinaufschaute, durchfuhr ihn ein Schauer der Wohlgefühls. Das war das Gute an seinem Alter: Man machte sich keine Illusionen mehr über die Welt und hatte deshalb auch keine Hemmungen mehr. Was man wollte, nahm man einfach, ohne sich dafür zu entschuldigen. Wenn er das nur gewußt hätte, als er noch jünger gewesen war. Man stelle sich das vor! *Diese* Macht und *dieses* Wissen zu haben!

Er drehte sich um und sah lächelnd zu der jüngeren der beiden hinüber, die sich um ihre Freundin kümmerte und ihre Wunden versorgte. Sie waren liebe Mädchen, und er würde sie großzügig belohnen. Nach allem, was geschehen war, konnte er es sich vielleicht sogar leisten, sie ihrer Madam abzukaufen und in seiner Villa einzuquartieren. Schließlich waren solche guten, klaglosen Mädchen heutzutage schwer zu finden.

Als der Werbespot wiederholt wurde, setzte er sich auf und sah diesmal aufmerksamer zu.

»Fabelhaft ...« sagte er leise und schlug die rechte Faust in die linke Hand. »Einfach fabelhaft ...«

Seine Finte im Sitzungssaal war über alle Maßen erfolgreich gewesen. Michael Lever hatte die Idee, das Institut weiterhin zu betreiben, nicht bloß aufgegriffen, sondern etwas Neues daraus gemacht. In den letzten zwei Stunden waren diese Werbespots – mit den Details eines für die unmittelbare Zukunft geplanten Unsterblichkeitsprojekts – auf vier verschiedenen Kanälen gesendet worden. Und seine Kontaktleute im Institut meldeten, daß Lever einem umfassenden neuen Finanzierungskonzept zugestimmt hatte: ein Paket, das ImmVac, so vernünftig es erscheinen mochte, über kurz oder lang in den Ruin stürzen würde, während Lever hektisch darum bemüht war, etwas von den Geldern lockerzumachen, um seine schwindenden Marktanteile zu verteidigen.

»Jetzt habe ich dich«, lachte er vergnügt. »Jetzt habe ich dich endlich!«

Erst vor einer Stunde hatte Jackson, Fairbanks Mitarbeiter, angerufen, um ihn darüber zu unterrichten, daß seine Herren sehr damit zufrieden waren, was Kemp erreicht hatte, und einen Sonderbonus auf sein

Konto überwiesen hatten. Nun war es an der Zeit, die zweite Phase seines Plans in Kraft zu setzen – diesen langen, schmerzvollen Prozeß der Abnutzung, der Lever in sechs Monaten zu Kreuze kriechen lassen und für alle Zeiten vernichten würde.

Er stand auf und sah umher. Wann hatte er sich das letzte Mal so gut gefühlt? Wann hatte sein Leben das letzte Mal solche Versprechungen bereitgehalten? Noch nie. Und wer weiß ... wenn alles vorbei war und die Überreste des großen ImmVac-Imperiums verteilt wurden, würde er sich vielleicht selbst einen Anteil am Institut sichern und sich der neuen Behandlung unterziehen. Ewig zu leben ... er glaubte zwar nicht, daß das möglich war, aber noch zwanzig, dreißig, gar vierzig Jahre wären die Mühe schon wert.

»Champagner!« rief er großmütig. »Was haltet ihr von einem Gläschen Champagner, Mädchen?«

Und hinterher? Hinterher würde er sich die Ältere noch einmal vornehmen.

Kemp lächelte und sah der Jüngeren hinterher, die den Champagner holen ging, dann setzte er sich neben die andere und fuhr mit den Fingerspitzen sanft ihren Spalt entlang, bevor er sie sich auf den Schoß zog und sich zurücklehnte.

Sie hob ihren Po, spreizte die Schenkel und ließ sein halb erigiertes Glied in sich hineingleiten. Er grunzte mißvergnügt, weil es ihr erst beim zweiten Mal gelang. Er spürte, wie er gleich wieder steif wurde.

Alt? ... wer sagt denn, daß ich alt bin?

Er zerrte an ihren festen kleinen Brüsten und grub sich tiefer in sie hinein.

Wo bleibt die Kleine mit dem Champagner?!

Steiner wartete schweigend ab, während die alten Männer angespannt die HoloVid-Nachricht ansahen, die eingetroffen war. Er sah das flackernde Bild, ohne ihre Aufregung zu begreifen, und sein aufgestauter Haß auf Michael Lever machte ihn blind für alles andere. Doch als sie sich ihm wieder zuwandten, hatte sich etwas an ihrer Stimmung geändert, als hätte die Neuigkeit sie geneigter für seinen Plan gemacht.

»Nun …« sagte Fairbank, lächelte und nickte. »Ich glaube, ich kann für uns vier sprechen, wenn ich sage, daß wir interessiert sind. Haben Sie … schon mit jemand anderem darüber gesprochen?«

Steiner schüttelte den Kopf. »Ich habe mich gleich an Sie gewandt, Mister Fairbank. ich weiß, wie die Gentlemen hier Lever hassen.«

Egan beugte sich vor. »Haß ist vielleicht ein zu starkes Wort, Mister Steiner. Abneigung … Mißtrauen … *Geringschätzung* vielleicht. Aber Sie haben gute Arbeit geleistet, und dafür sind wir Ihnen dankbar. Sehr dankbar. Sie werden zu ihrem früheren Gehalt auf NorTeks Gehaltsliste stehen. Zuzüglich eines angemessenen, einmaligen Bonus.«

Steiner lächelte. »Danke, Mister Egan. Und …?«

»Ihr Plan?« schaltete sich Fairbank ein. »Oh, überlassen Sie das uns, Mister Steiner. Wir haben den besseren Überblick. Wir werden ein Team damit beauftragen, die Einzelheiten auszuarbeiten.«

Steiner senkte den Blick. Er hatte zumindest gehofft, daß sie ihn finanzieren oder sein eigenes Team innerhalb ihres Konsortiums aufbauen lassen würden. Er schluckte, versuchte seine Enttäuschung zu verbergen und senkte den Kopf. »Danke, Mister Fairbank … Gentlemen.«

»Das wär's«, sagte Fairbank. »Sie können jetzt gehen.«

Als er gegangen war, lehnte Fairbank sich zurück, verschränkte die Finger und sah zu seinen Freunden hinüber. »Das hat uns gerade noch gefehlt, was? Ein aufgestacheltes, rachsüchtiges Arschloch, das uns die besten Pläne verdirbt.«

»Wollen Sie ihn umbringen lassen?« fragte Egan und hob eine Augenbraue.

»O nein ...« Fairbank schüttelte den Kopf. »Ein Unfall vielleicht ... aber *umbringen*? Nein ...«

Sie lachten.

»Nein«, fuhr Fairbank fort. »Ich würde mich eher von diesem Spinner hernehmen lassen, als seinen irren Plan zu unterstützen. Das letzte, was wir gebrauchen können, wäre es, wenn jemand Michael Lever zum Märtyrer macht. Wir haben andere Möglichkeiten, um ihn zu vernichten. Und wo wir schon davon reden ...«

Er wurde von Chamberlain unterbrochen, der eine ganze Zeit geschwiegen hatte. »... wenn wir schon von einem aufgestachelten Arschloch reden, frage ich mich, ob Sie Kemp vertrauen, John? Ich meine, für ein bißchen Kohle kann er ziemlich verläßlich sein.«

Fairbank zuckte die Achseln. »Mag sein. Dagegen habe ich auch nichts. Es stört mich nur, wenn ein Mann jedes Maß verliert. So wie Steiner zum Beispiel.« Er lächelte nachdenklich. »He, hätten Sie das nicht gern gesehen? Ich meine, ich halte nicht viel von Lever, aber war das nicht ein Meisterstück? Den Mann splitternackt auf seinem eigenen Schreibtisch durch die Firma tragen zu lassen. Fabelhaft! Einfach genial!«

»Ich habe gehört, daß eine Aufzeichnung existiert«, sagte Green mit zusammengekniffenen Augen. »Einer der Wachmänner war so clever, eine Kamera auf die Szene zu richten. Ich werde mir von meinem Kontaktmann bei ImmVac eine Kopie besorgen lassen, wenn Sie möchten.«

Fairbank feixte. »Das gefällt mir. Sein Gesicht! Ich würde gern sein Gesicht in diesem Moment sehen! Kein Wunder, daß er Lever umbringen will.«

»Würde es Ihnen genauso gehen?«

»Vielleicht. Aber mich würde auch nie jemand dabei erwischen, wie ich auf dem Schreibtisch meine Sekretärin vögle.«

Egan lächelte. »Wo vögeln Sie sie denn, John?«

»Das geht Sie nichts an!« erwiderte Fairbank grinsend.

Chamberlain räusperte sich. »Wie auch immer … Sie wollten gerade etwas sagen, John. Über Kemp.«

»Kemp …« Fairbank überlegte kurz. »Sicher. Ich vertraue ihm. Er war uns im Laufe der Jahre ein guter Kontaktmann. Er hat uns mit vielen verläßlichen Informationen versorgt.«

»Meinen Sie nicht, daß man ihnen bestechen könnte? Ich meine, er spielt eine wichtige Rolle bei all dem. Viel ruht auf seinen Schultern. Wenn Lever ihn auszahlen sollte …«

Fairbank schüttelte den Kopf. »Kemp ist an Geld interessiert, natürlich. Wer nicht? Aber Bestechungen, vor allem von Lever … Nein, er ist vernünftig. Dafür garantiere ich. Außerdem kann ein Mann wie Kemp nur einer Seite dienen, und das sind wir. Der Alte Lever hat ihn sein Leben lang wie ein Stück Dreck behandelt. Das wird er ihm nie verzeihen. So wenig wie Sie oder ich. Also vergessen Sie Kemp. Kemp ist in Ordnung. Widmen wir uns anderen Bereichen … Bereichen, wo wir wirklich verwundbar sind.«

»Wo zum Beispiel?« fragte Egan interessiert. »Ich dachte, wir sind wasserdicht abgesichert.«

»Das hat man ja an dieser angeblichen Provisionszahlung aus unserem afrikanischen Handel gesehen«, sagte Fairbank und lenkte ihr Gespräch wieder auf den eigentlichen Grund ihres Treffens. »Wie ich schon sagte, bevor wir unterbrochen wurden …«

Draußen auf der Hauptstraße lief der Pöbel Amok. Viele waren schon tot, und es sah so aus, als entwickle sich ein ausgewachsener Aufruhr. Die Geschäfte, die noch verkauft hatten, waren verwüstet, die Ware geplündert, die Fenster eingeworfen und das Inventar verbrannt. Hinter einer verstärkten Straßensperre, die den Hauptzugang zum Interebenenlift versperrte, hockte ein Hauptmann der Sicherheitsdienstes und schrie aufgeregt in sein Handset.

»Schickt mir Verstärkung! Sofort! Die drehen hier völlig durch!«

Ein Quietschen, ein gräßliches Gekreisch, dann das Geräusch, wie eine der großen Beleuchtungsanlagen unter der Decke zu Bruch ging und Bruchstücke herabregneten. Der Hauptmann reckte den Kopf über den Wall und sah hinauf. Wenn das so weiterging, würde binnen kurzem die ganze Hauptstraße dunkel sein. Er hatte die Beleuchtungsanlagen für unzerstörbar gehalten, aber die Randalierer hatten irgend etwas in die Hände bekommen, das das Eis aufweichte, aus dem sie bestanden, und versprühten es überall. In den Mauern und Böden entstanden Löcher, Kabel wurden zerstört, und wer wußte schon, was noch alles kaputt gehen würde ... Er sah zu, wie fünfzig *ch'i* über ihm sich scheinbar furchtlos zwei Männer von einem Leuchtkörper zum nächsten schwangen. *Die Schwarze Hand,* dachte er, *die elende Schwarze Hand.* Aber er konnte nichts ausrichten. Wenn er sie herunterschoß, würde man ihn ins Visier nehmen. Und mit nur zwei Dutzend Männern gegen fünftausend Randalierer konnte er sich keine großen Chancen ausrechnen.

Sein Handset begann aufdringlich zu summen. Er betätigte die Taste und sah auf den winzigen Monitor. Diesmal war es Major Seymour, der Kommandant seiner Einheit.

»Hauptmann Wells? Was, zum Teufel, ist da unten los?«

Wells duckte sich, als ein Regen von Schutt auf die Straßensperre niederprasselte.

»Ziemlich undurchsichtig, Sir. Es hat einige Tote gegeben. Einige von den örtlichen Krawallbrüdern hat's erwischt. Scheinen verstümmelt worden zu sein. Ist viel verbrannt und geplündert worden. Und nicht nur das. Die Kerle scheinen Chemikalien in die Hände bekommen zu haben. Eisfresser ...«

»Eis ...« Der Major sah zur Seite, beriet sich mit jemandem, der neben ihm stand, dann wandte er sich wieder an Wells. »Gut. Ich schicke ein paar Leute runter. Aber unsere Kapazitäten sind fast erschöpft. Diese Operation gegen die *Schwarze Hand* ...« Er seufzte. »Oh, Scheiße ... Eisfresser, was? Das hat uns gerade noch gefehlt!«

»Sir?«

»Ja, Hauptmann?«

»Ich habe einen Gefangenen, Sir. Ich habe ihn rausgezogen, bevor sie ihn in die Finger bekamen.«

»Einen Gefangenen?«

»Ja, Sir. Er ist störrisch, aber ich habe etwas aus ihm herausbekommen. Er sagt, er arbeite für einen Mann namens Kemp. Jemand von der ersten Ebene, behauptet er. Als wir ihn rauszogen, hatte er einige ziemlich eklige Sachen bei sich.«

»Was denn?«

Wells schluckte. »Zum Beispiel einen versiegelten Beutel voller abgeschnittener Penisse.«

»*Was?* Habe ich Sie richtig verstanden, Hauptmann Wells?«

»Ich fürchte ja, Sir. Er sagt, er wird dafür bezahlt.«

»Scheiße! Was meinen Sie, wozu er die braucht? Ist das eine Delikatesse da oben? Meinen Sie, daß dieser Kemp in der Gastronomie tätig ist?«

»Ich ... ich weiß nicht, Sir. Hier unten bricht alles zusammen, deshalb konnte ich keine Nachforschungen anstellen …« Wieder das Geräusch, als einer der großen Leuchtkörper zerstob. Die Schatten wurden dunkler. »Oh, und Sir … beeilen Sie sich besser mit der Verstärkung. Wenn sie nicht schnell kommen, ist es hier unten stockfinster!«

»Alles klar! Sie sind schon unterwegs. Und Wells …«

»Sir!«

»Lassen Sie diesen Scheißer nicht entwischen, ja? Ich will wissen, was dieser Kemp vorhat …«

Die Lieferung kam um kurz nach vier. Gloria war gegangen und Michael ruhte sich nach seinem Nachmittagstraining aus. Weil sie jetzt sicher sein konnte, daß sie allein blieb, trug Emily das winzige Päckchen in ihr Arbeitszimmer, setzte sich an den Schreibtisch und ließ die Aufzeichnung abspielen, um zu sehen, wofür sie ihr Geld ausgegeben hatte.

Eine Stunde später saß sie immer noch da, als sie bemerkte, das jemand das Zimmer betreten hatte. Sie drehte sich um und sah Michael hinter sich stehen.

»Was ist das denn?« fragte er und deutete mit einem Nicken in Richtung der angehaltenen Aufnahme.

»Willst du das wirklich wissen?«

»Keine Geheimnisse …«

Sie beugte sich vor, stellte das Gerät wieder an, spulte die Aufzeichnung zehn Minuten zurück und ließ sie laufen.

Michael gab einen überraschten Laut von sich. »Ein Porno? Du schaust dir Pornos an?«

Als das Gesicht des Mannes, um den es ging, auf dem Bildschirm erschien, begann er zu begreifen. »Scheiße! Wo hast du das her?«

Sie spulte weiter zurück und hielt an der Stelle an, wo Kemp sich mit Jackson unterhielt.

»Ich habe ein bißchen nachgedacht«, sagte sie, drehte sich um und blickte zu ihm auf, »und mich gefragt, wer in der Lage ist, uns wirklichen Schaden zuzufügen. Dann habe ich eine Liste gemacht. Und als ich mit der Liste fertig war, machte ich einen Anruf und engagierte ein Team von Privatdetektiven, die für mich herausgefunden haben, wo die Leute auf meiner Liste ihre Freizeit verbringen. Hotels, Sportclubs und so weiter. Und weißt du, was ich herausgefunden habe? Ich erfuhr, daß Kemp jüngst dem *Hsien* Denver einen Besuch abgestattet hat. Und rate mal, wer gerade in Denver ist?«

»Fairbank.«

»Richtig. Und nicht nur Fairbank. Ein paar Nachforschungen förderten zutage, daß sich alle Chefs unserer drei Hauptkonkurrenten zur selben Zeit in Denver aufhielten – Green von RadMed, Egan von NorTek, Chamberlain von WesCorp. Ein komischer Zufall, was? Deshalb dachte ich mir, ich forsche noch etwas weiter und finde heraus, wo unser Freund Kemp seine Freizeit verbringt. Und dabei bin ich auf das hier gestoßen. Minderjährige Mädchen und windige Geschäfte. Jackson ist ein Freischaffender. Er arbeitet nur für sich. Aber kürzlich hat er einen Vertrag mit einer Firma namens VasChem unterzeichnet. Daran ist ja nichts Schlimmes, wirst du sagen, nur ist VasChem ein Subunternehmen von HydGel, wovon wiederum Anteile …«

»… AmLab gehören.«

Sie nickte. »Das hast du gewußt?«

»Nein. Aber gut geraten. Also arbeitet Kemp für unsere Gegner.« Er gab einen Seufzer von sich. »Scheiße! Ich habe den Mann nie gemocht, aber ich hätte nicht gedacht …«

Er sah zwischen dem Bildschirm und Emily hin und her. »Also, was sollen wir unternehmen? Sollen wir ihn damit konfrontieren?«

»Nein. Wir warten ab«, antwortete sie und löschte

den Bildschirm. »Und wir legen eine Akte an. Aber jetzt wissen wir Bescheid, nicht? Die alten Männer. Wir führen einen Krieg gegen die alten Männer, Michael. Und sie werden nichts unversucht lassen – *nichts* –, um uns zu vernichten.«

»Also gut … was, zur Hölle, führen Sie im Schilde, *Shih* Kemp?«

Kemp stand da, und seine Lippen bebten. »Ich … ich bitte um Verzeihung, Major Seymour. Sie kommen hier rein und … und haben nichts Besseres zu tun, als *mich* zu beleidigen! Ich verstehe das nicht … Ich verstehe es einfach nicht!«

»Unfug!« Seymour starrte ihn finster an und deutete auf die fleischlichen Überreste, die er auf den Tisch geworfen hatte. »Ich will wissen, was da läuft … und warum sie eine Bande von Handlangern dafür bezahlen, daß sie die unteren Ebenen unsicher machen und jedem den Schwanz abschneiden, den sie nicht leiden können! Ihretwegen muß ich Sondereinheiten einsetzen, um da unten für Ruhe zu sorgen. Es ist das reinste Schlachtfeld! Wenn ich deswegen auch nur einen Mann verliere … *einen einzigen* … dann werde ich Sie *persönlich* dafür zur Verantwortung ziehen.«

»Das hat nichts mit mir zu tun. Ich sagte doch schon …«

»Ich würde mir an Ihrer Stelle die Puste fürs Gericht sparen, mein Freund. Mir liegen die unterzeichneten Geständnisse von zwei Männern in meiner Obhut vor, die schwören, von Ihnen angestellt worden zu sein.«

Kemp schnaubte entrüstet. »Es ist mir gleichgültig, ob Sie es sich auf die Eier tätowieren lassen, Major Seymour! Wenn Sie keine Beweise dafür haben – *echte* Beweise und nicht die Aussagen von irgendwelchem *Liumang*-Abschaum –, daß ich irgendwie in diese … diese *Obszönität* verwickelt bin, sollten Sie Ihre Verdächtigungen besser für sich behalten. Wenn nicht … nun, dann wird es mir ein Vergnügen sein, Ihnen den Arsch aufzureißen!«

Seymour lachte kalt. »Sie sollten etwas vorsichtiger sein mit Ihren Drohungen, *Shih* Kemp. Wie leben in schwierigen Zeiten. Die Sonderverordnungen ermächtigen mich, jeden festzunehmen, den ich der Anstiftung zu einem Verbrechen für schuldig halte. Ich würde sagen, das trifft in diesem Fall zu, was meinen Sie?«

»Wollen Sie jetzt *mir* drohen, Major?«

Seymour wich einen Schritt zurück und schüttelte den Kopf. »Nein. Ich warne Sie nur. Noch ein Wort, und ich klebe an Ihnen wie eine Fliege an der Scheiße. Mein Job ist anstrengend genug, auch ohne mich mit Ihnen rumzuschlagen, verstanden? Also geben Sie auf. Was immer Sie vorhaben, lassen Sie's bleiben, klar? Das ist mein letztes Wort.«

Kemp öffnete den Mund, doch als ihm klar wurde, was der Major gerade gesagt hatte, preßte er die Lippen aufeinander und nickte.

»Gut. Ich bin froh, daß wir uns verstehen. Dieses … dieses Zeug da … machen Sie damit, was Sie wollen. Aber dann ist Schluß, wenn Sie mich nicht wieder auf dem Hals haben wollen. Und das nächste Mal …«

»Ich verstehe.«

»Gut. Dann einen schönen Tag, *Shih* Kemp. Gesegnete Mahlzeit!«

Kemp sah dem Offizier hinterher und fragte sich, was er mit der letzten Bemerkung gemeint hatte, und als er verschwunden war, ging er gleich ans Videophon und tippte die Geheimnummer ein, die man ihm angegeben hatte.

Eine kurze Pause, dann erschien ein verworfeltes Gesicht auf dem Monitor.

»General Althaus …« sagte Kemp und neigte respektvoll den Kopf. »Verzeihen Sie die Störung, aber ein gemeinsamer Freund sagte mir, daß ich jederzeit mit Ihnen Kontakt aufnehmen könnte, wenn ich Schwierigkeiten hätte ...«

Wu Shih stand auf dem hohen Steinbalkon seines Palastes und sah auf den Garten von Manhatten hinaus. Der Himmel war makellos blau, aber binnen einer Stunde würde es dunkel sein. Die Sonne stand schon tief über der fernen Stadt, während der Garten unter ihm bereits im Schatten lag. Von Osten blies eine angenehme Abendbrise und trug den Duft von Blumen heran, während von unten der Ruf einer Elster heraufdrang und die Stille skandierte.

Er reckte den Hals, dann massierte er mit einer Hand seine Nackenmuskeln. Er hörte leise Schritte hinter sich und spürte, wie eine sanfte Hand seine eigene wegschob und angenehmer massierte, als er es vermochte. Es war seine erste Frau Wei-kou.

»Schön, nicht wahr?« flüsterte sie ihm ins Ohr.

Er lächelte. »Der schönste Ausblick der Welt, meinte mein Vater. Ich weiß, wie er das meinte. An manchen Tagen habe ich das Gefühl, ich könnte das alles nicht ertragen, wenn ich diese stillen Wege und ruhigen Winkel nicht hätte. Und meine Frauen ...« fügte er hinzu und drehte sich halb um.

»Du hast vorhin besorgt ausgesehen. Ich dachte ...«

»Es geht mir gut, Wei-kou. Die letzten Tage ... es gab so viel zu tun, aber jetzt ... nun, jetzt ist das Schlimmste überstanden.«

Er wandte sich ihr zu, streichelte zärtlich ihre Wange und zog schließlich ihren Kopf an seine Brust. »Es muß schwer für dich sein, mich so zu ertragen.«

»Ich klage nicht, mein Mann.«

»Nein ... Dabei wirst du doch so vernachlässigt, nicht wahr?«

»Ich klage nicht ...«

Sie lachte leise, als sie merkte, daß sie sich wiederholte, dann blickte sie zu ihm auf und lächelte.

Er legte einen Arm um ihre Schulter, dann drehte er sich um und sah über den ausgedehnten, dämmrigen Garten hinaus. Hier hatte einst die größte Stadt der *Hung Mao* gestanden – eine Inselfestung, ein Tempel ihrer ökonomischen Vormacht, das schlagende Herz der neunundsechzig Staaten des großen Amerikanischen Imperiums. Doch ihre Stadt war gestürzt. Sein Ururgroßvater hatte sie ins Meer gefegt und an ihrer Stelle diesen Garten gebaut – den Garten der Höchsten Exzellenz. In Wahrheit war er eine ganze Sammlung von Gärten, Kopien der Gärten von Suchow und Wushi, Shanghai und Pei Ch'ing, aber wenn man über ihn hinwegschaute, konnte man ihn leicht als eine Gesamtheit ansehen – seinen ›Grünen Traum‹, wie er ihn manchmal nannte.

»Hör mal«, sagte er. »Hörst du die Elster?«

Sie lächelte. »Ein gutes Omen, mein Mann. Vielleicht fliegt sie herbei und setzt sich auf deine Hand …«

Er lachte, als er sich an die Geschichte erinnerte. Es wurde erzählt, daß Nurhaci, der Gründer der großen Mandschu-Dynastie[3], auf der Flucht vor seinen Feinden war, als eine Elster herbeiflog und sich auf seinen Helm setzte. Als seine Feinde das sahen, gaben sie ihre Jagd auf, und Nurhaci dankte dem Vogel, indem er ihn für heilig erklärte.

Er drückte ihre Schulter, doch der Gedanke an die jüngsten Ereignisse trübte seine Zufriedenheit. »Wir brauchen ihre Eier, um unsere Kranken zu heilen, nicht wahr?«

Sie schob ihn sanft mit einer Hand von sich weg. »Du lädst zuviel auf dich, mein Mann. Du kannst nicht alles schaffen.«

»Vielleicht. Doch ich bin ihr Vater, Wei-kou. Wenn ich mich nicht um sie sorge, wer dann?«

»Überlaß diese Sorge einmal deinen Dienern. Hast du nicht einen Kanzler? Nun, laß ihn mehr von der Bürde tragen, so wie Nan Ho es für Li Yuan tut.«

»Li Yuan wäre durchaus bereit, mehr zu tun, hätte er nicht solchen Kummer zu ertragen. Er hat drei Frauen verloren. Schon der Gedanke, auch nur eine zu verlieren …« Er drückte sie sanft. »Nun … Darüber möchte ich nicht reden. Gehen wir wieder rein.«

Sie blickte zu ihm auf und runzelte die Stirn. »Möchtest du nicht den Sonnenuntergang betrachten, mein Mann?«

Wu Shih schüttelte den Kopf. »Es war ein schwerer Tag, mein Liebling, und ich werde nicht jünger. Es wäre das beste, wenn ich mich etwas ausruhte …«

Er hatte sich halb umgedreht, als er ein Geräusch hinter sich hörte, jetzt wandte er sich ganz um und legte die Stirn in Falten. Pao En-fu, sein Meister der Inneren Kammer, stand mit gesenktem Kopf im Türbogen.

»Was liegt an, Meister Pao?«

»*Chieh Hsia* … da wird auf einem der Medienkanäle etwas gesendet. Ich dachte mir, das könnte Euch interessieren.«

Er tätschelte seiner Frau kurz die Schulter. »Entschuldige mich, Wei-kou. Mach dein Bett bereit. Ich komme zu dir, sobald ich kann.«

Sie nickte und ging ins Haus. Wenig später ließ er selbst sich von Pao En-fu in sein Arbeitszimmer im Obergeschoß führen. Die großen, gerippten Jalousien waren heruntergelassen worden und der große Monitor am anderen Ende des Zimmers bereits eingeschaltet. Er trat davor, und Licht ergoß sich über seine in Seide gehüllte Gestalt.

Es war Levers Frau. Er runzelte die Stirn und gab Pao ein Zeichen, den Ton lauter zu drehen. Sie war seltsam streng gekleidet, trug eine Art Trauerkleidung, und ihr Haar war noch kürzer geschnitten, als er es in Erinnerung hatte. Er hörte kurz zu, dann warf er Pao En-fu einen Blick zu.

»Gehen Sie zurück. An den Anfang.«

Das Bild machte einen Sprung, und die Sendung begann von vorn.

»Ist das ein Nachrichtenbeitrag, Meister Pao?«

»Nein, *Chieh Hsia*. Offensichtlich hat Madam Lever die Sendezeit gekauft. Soll ich mich erkundigen?«

Wu Shih nickte und entließ ihn, dann wandte er sich wieder dem Bildschirm zu.

Einen Moment lang blieb der Monitor schwarz. Der Ton einer Glocke war zu hören, und ein heller Fleck stieg aus der Dunkelheit in der Mitte des Bildschirms auf. Es dauerte einige Sekunden, bis er begriff, worum es sich handelte. Es war eine Lampe. Er sah sie näher kommen. Der schwache, flackernde Lichtkreis, der sie umgab, enthüllte einen langen, verschwenderisch eingerichteten Korridor, geschmückt mit Vasen und Statuen, Wandteppichen und alten Gemälden. Gehalten wurde die Lampe, ihr Gesicht, wie es schien, aus der Dunkelheit geschnitzt, von Mary Lever.

Er nickte und zupfte beeindruckt an seinem Bart. Während sie sich der Kamera näherte, wurde sie langsamer, sah direkt ins Objektiv und stellte die Lampe auf den Tisch an ihrer Seite.

»Kommen Sie«, sagte sie nur und nickte in die Kamera. »Wir müssen uns unterhalten.«

Er schauderte. *Mächtig*, dachte er, während die Kamera ihr in die Dunkelheit zu ihrer Linken, dann in die plötzliche Helligkeit eines kleinen ummauerten Gartens folgte.

Es war eine Illusion … was auch sonst … doch für einen Augenblick hatte er sich von ihr täuschen lassen. Das Licht hatte so echt gewirkt, so real …

Sie drehte sich um. Hinter ihr stand ein Apfelbaum,

die Krone hell von Laub, schwer von Früchten, während unter ihren Füßen – ihren *nackten* Füßen, wie er mit einem Schock erkannte – ein Teppich aus saftig grünem Gras wuchs.

Sie war in Braun gekleidet. Die Farbe des Herbstes und der Trauerkleidung.

»Sie kennen mich«, sagte sie, als vertraue sie der Kamera etwas an. »Oder zumindest mein Image. Sie kennen meinen Namen, Mary Lever, und Sie wissen, daß Michael Lever, mein Mann, beinahe von den alten Männern umgebracht wurde, die in unserer Stadt das Sagen haben. Und jetzt ist mein Mann selbst reich und mächtig geworden, und mit ihm auch ich. So sieht es zumindest aus, nicht wahr?«

Sie drehte sich um, pflückte eine Frucht und hielt den Apfel in die Kamera. Er glänzte im künstlichen Tageslicht, frisch und perfekt geformt, geradezu das *Idealbild* eines Apfels.

»Dieser Baum und alle seine Früchte gehören mir. Ich kann essen, was ich will, wann ich will, und alles Verbrauchte wächst wieder nach, denn so ist der Lauf der Dinge. Doch nicht alles ist in Ordnung. Ich habe genug – *mehr als genug* –, um mich zu ernähren, doch andere haben nichts, und deshalb muß ich eine Mauer errichten, um diese anderen fernzuhalten ... Eine ganze Welt von Mauern.«

Sie senkte den Blick, und dabei wurde aus dem Apfel in ihrer Hand ein kleiner Schädel, der Schädel eines Kindes.

»Unsere Welt stirbt«, erklärte sie. »Von dort, wo wir leben, von hier oben aus, könnte man sie für ein gesundes Gebilde halten, doch sie ist verseucht. Der Apfel ist von innen verfault.«

Er schauderte. Der Baum hinter ihr hatte sich verwandelt. Seine Blätter waren jetzt braun und trocken, seine Früchte verfault und von Würmern zerfressen, das Gras unter ihren Füßen versengt, und das Licht hatte eine unnatürliche Färbung angenommen.

»Wir leben in einer entstellten Welt«, sagte sie, und die Kamera konzentrierte sich auf ihre Augen und ihren starken, attraktiven Mund. »Einer Welt, in der eine ganze Seite von uns vergessen worden ist. Wir reden über den großen Vater, der sich um uns alle kümmert, doch wo ist unsere Mutter? Wo ist *sie?*«

Es war das Geräusch eines starken Windes zu hören, der durch die trockenen Blätter des Baumes rauschte. Ein Geräusch der Leere.

»Wer hütet das Haus? Wer befriedigt unsere *tieferen* Bedürfnisse, während das Männervolk seiner Arbeit nachgeht?«

Langsam fuhr die Kamera zurück.

»Niemand«, gab sie selbst die Antwort, mit klarer Stimme, die wie eine angeschlagene Glocke klang. »Wir sind leer, unerfüllt. Wohin wir blicken, stoßen wir nur auf Mauern und eine Leere, die durch keine Menge an *Dingen* ausgefüllt werden kann. Ja, und die ganze Zeit ist dort unten, unter unseren Füßen, verborgen in den Tiefen unserer großen Stadt, die Quelle unserer Verzweiflung und inneren Leere zu finden, die Ursache unserer Schuld.«

Ihr Gesicht nahm einen intensiven Ausdruck an, ihre Augen schienen von innen zu strahlen.

Sie nickte. »Ja ... *Schuld.* Doch warum sollten wir uns schuldig fühlen? Haben *wir* diese Welt der Ebenen geschaffen? Haben *wir* diese wimmelnden Milliarden gezeugt? Nein. Und doch sind sie da ... wie Geister, die uns verfolgen, um die Tische schleichen, an denen wir essen ...«

Der Baum hinter ihr hatte sich wieder verwandelt. Statt Früchten hingen nun gequälte Gesichter an den verkohlten Zweigen, mit flehentlichen Augen und in stiller Demut geöffneten Mündern.

Und davor stand, so still, so von Kraft erfüllt, daß sie einen Moment lang unwirklich schien, Mary Lever und starrte in die Welt hinaus, ihre Augen wie kleine, dunkle Punkte der Gewißheit.

»Der Weg, der vor uns liegt, teilt sich. Wir können entweder die dunkle Flamme der Verzweiflung schüren, die in jedem von uns brennt, oder wir können versuchen, diese innere Leere mit etwas auszufüllen. Die Wahl liegt bei uns. Wir haben diese Welt nicht geschaffen, doch wir können sie verändern. *Falls* wir den Willen dazu haben.«

Der Garten verblaßte langsam. Jetzt stand sie in einem Zimmer voller Bücherregale, und an der Wand hinter ihr hing das Portrait eines blonden Kindes – des jungen Michael Lever, wie Wu Shih sofort erkannte.

»Wir haben zu lang ohne die Fürsorge einer Mutter gelebt. Wir haben vergessen, wie es ist, ein Ganzes zu sein. Wir leben in einer Yang-Welt, einer harten, trockenen, maskulinen Welt. Einer rauhen Welt. Und die Rauheit hat uns gleichgültig gegenüber dem Schicksal anderer gemacht. Ihr Leid kümmert uns nicht mehr. Und doch teilen wir ihr Schicksal. Wenn wir sie ignorieren, dann ignorieren wir uns selbst. Wenn wir sie verletzen, dann verletzen wir uns selbst. Helfen wir ihnen … ja, dann helfen wir uns selbst. Das ist der Wahre Weg.«

Wieder wurde eine Glocke angeschlagen, und bei dem Ton lief Wu Shih ein Schauder der Ehrfurcht den Rücken hinunter, der ihm die Nackenhaare sträubte.

»Jenen unter Ihnen, die noch zuhören, jenen unter Ihnen, die verstanden haben, was ich sage, und dasselbe empfinden, was ich empfunden habe, möchte ich folgendes sagen: Es ist nicht zu spät. Die Entscheidung ist noch nicht gefallen. Wir können diese unsere Welt noch immer zum Besseren ändern. Aber es ist bald soweit. Der Weg, der vor uns liegt, teilt sich.«

Wieder fuhr die Kamera heran, bis ihr Gesicht den Bildschirm ausfüllte, und ihre Augen starrten ernst ins Objektiv.

»Es gibt eine alte Tradition, daß beim Tod der Mutter die älteste Tochter ihre Pflichten übernimmt und sich um ihre kleinen Brüder und Schwestern kümmert …« Sie machte eine Pause, und ihre Miene wurde sanfter. »Es scheint mir, als brauchten wir eine solche älteste Tochter. Jemanden, der für uns sorgt, der diesen Mangel an Liebe und Zärtlichkeit ausfüllt, um diese tieferen, *sensibleren* Sehnsüchte in uns zu stillen, um ihnen zum Ausdruck zu verhelfen.

Es ist meine Absicht, von heute abend an allen Reichtum, über den ich verfüge, dafür einzusetzen, um das Gewissen dieser Stadt, ihre älteste Tochter zu werden, die sie pflegt und umsorgt und an ihrem Beispiel zeigt, wie wir uns umeinander kümmern sollten.«

Die Kamera fuhr zurück.

»Sie sehen, wie ich gekleidet bin. Schlicht, nicht pompös. So wie eine gute Frau auf den Unteren Ebenen unserer Stadt sich kleidet. So werde ich mich von nun an immer kleiden, und das gesparte Geld soll in einen besonderen Fond fließen – der dazu verwendet werden wird, um Nahrung, Kleidung und Bildung von Menschen auf den Unteren Ebenen zu finanzieren, die nicht die Mittel haben, für sich selbst zu sorgen. Nicht nur das, ich werde auch einfacher essen als bisher: kleine, frugale Mahlzeiten, wie man sie dort unten ißt. Und auch dabei werden alle Einsparungen dem Fond zugute kommen.«

Jetzt trat die Spur einen Lächelns in das bisher so ernste Gesicht.

»Aber die Anstrengungen einer einzigen Person, wie mächtig sie sein mag, können allein nicht die Veränderungen herbeiführen, derer wir bedürfen. Ich allein kann es nicht schaffen. Und deshalb möchte ich Sie alle bitten, sich mir anzuschließen, sich so zu kleiden, wie ich mich kleide, so zu essen, wie ich esse, und alle Einsparungen einem gemeinsamen Fond zukommen zu lassen – einem Fond, der ›Älteste Tochter‹ heißen soll.«

Das Lächeln wurde deutlicher, provozierte eine Reaktion.

»Diese Aktionen – Gesten der Solidarität, der schieren Menschlichkeit – sollen nur der Anfang sein. Von dieser Grundlage aus werden wir größere Veränderungen einleiten – Veränderungen nicht der Politik dieser großen Stadt, sondern der Haltung ihrer Menschen, ihrer Art zu denken und zu fühlen.«

Sie nickte mit entschlossener, gewisser Miene.

»Wir *können* mitreden. Wir *können* Einfluß ausüben. Aber nur wenn wir aufwachen, die Leere in uns ausfüllen und die Last der Lethargie abschütteln, die bisher unsere Seele in Fesseln gelegt hat.«

Das Zimmer war verschwunden. Plötzlich war der Garten wieder da, doch diesmal ohne Mauer. Die sonnenbeschiene Wiese erstreckte sich bis zum Horizont. Mary Lever schaute kurz umher, dann wandte sie sich mit einem Lächeln wieder der Kamera zu.

»Noch einmal möchte ich Sie bitten, sich mir anzuschließen, diesen großen Moment mit mir zu teilen und den ersten Schritt auf dem Weg zu neuer Gesundheit, neuem Wachstum zu tun. Sie müssen nur an das Postfach schreiben, das am Ende dieser Sendung gezeigt wird, und mir Ihren Namen und Ihren Stock-Code nennen und werden heute abend noch ein umfassendes Informationspaket erhalten. Warten Sie nicht so lang, bis Sie zu den Letzten gehören. Handeln Sie jetzt und seien Sie stolz, wenn sie einmal sagen können: ›Ich war einer der ersten.‹ Und vergessen Sie nicht, Ihre *Tzu*, Ihre Älteste Schwester, wartet auf Sie.«

Das Licht wurde intensiver, honiggolden. Ihre Stimme klang aus dem Zentrum dieses Lichts, als sei sie darin eingeschlossen.

»Wir können aus unserer Welt einen neuen, besonderen Ort machen. Wir *haben* die Möglichkeit. Aber wir müssen handeln, und zwar sofort, bevor es zu spät ist. Vor uns liegt die Weggabelung. Ein Weg führt ins Dunkle, einer ins Licht. Sorgen wir dafür, daß wir den Weg gehen, der zum Gleichgewicht führt ... den Weg in den Sonnenschein.«

Ihre Stimme verstummte. Nur das goldene Strahlen füllte den Bildschirm aus. Ein Glocke ertönte, dann erschien langsam die Nummer in einem Rechteck in der Mitte des Bildschirms – blutrote Lettern, wie aus dem Gold geronnen, umgeben von einem Kreis aus winzigen, blutroten Piktogrammen, die ›viel Glück‹, ›gute Gesundheit‹ und ›viele Kinder‹ bedeuteten, immer wieder in einer endlosen Schleife guter Hoffnung.

Als das Bild verblaßte, atmete Wu Shih schwer durch, dann wandte er sich ab. Sein ganzes Führungspersonal hatte sich inzwischen im hinteren Teil des Zimmers versammelt.

»Wo wird das überall gesendet?«

»Auf den ersten fünfzig Ebenen, *Chieh Hsia*«, antwortete Pao En-fu. »Die vier wichtigsten Kanäle strahlen die Sendung aus. Sie hat insgesamt fünf Zwölfminuten-Sendezeiten gekauft. Die Zuschauerzahlen werden auf vierhundert Millionen geschätzt.«

Wu Shih senkte den Blick, dann nickte er. »Clever«, sagte er. »Und gefährlich. Wir müssen das aufhalten, Pao En-fu. Verschaffen Sie mir eine Verbindung mit den Chefs aller vier Sender.«

»Ist das klug, *Chieh Hsia?*« meldete sich Fen Chohsien, sein Kanzler, zu Wort. »Etwas Derartiges ... wenn wir es verbieten, werden wir ihm nicht gerade dadurch zu der Glaubwürdigkeit verhelfen, die es braucht? Schließlich ist die Idee absurd. Die Leute sollen der reichsten Frau in Amerika ihr Geld schicken! Und warum sollten sie sich dafür interessieren, was da unten geschieht? Meiner Erfahrung nach haben die Oberen noch nie etwas getan, um weniger Glücklichen – weniger *Erhabenen* – als ihnen zu helfen. Warum, in aller Götter Namen, sollten sie jetzt damit anfangen?«

Wu Shih antwortete barsch und war wütend, daß sein Kanzler die Gefahr nicht begriff. »Weil die Zeiten sich geändert haben, Meister Fen! Und weil diese Frau sehr klug ist. Haben sie nicht mitbekommen, wie sie das hingebogen hat? Kein Wort über ihre Gier und ihre Selbstsucht. Nein, sie hat die Leute regelrecht bearbeitet, Meister Fen, wie eine gerissene Hure. Verlust und Schuld, Furcht und Hoffnung auf eine goldene Zukunft, Bäume und Schädel, Lampen und gequälte Gesichter. All das zusammengemischt und gewürzt mit Schnipseln des Wahren Weges.«

Er zog eine Grimasse. »Nun, ich würde wetten, daß sie die Füchsin im Geschäft ihres Mannes ist. Warum sollte er solches Aufsehen mit seiner Trennung von Kennedy erregen, warum sollte er sich von der NREP trennen, wenn er nicht eigene Ambitionen hätte? Nein … Ich würde fünf *Yuan* auf jeden setzen, den sie sammeln, daß es so ist. Er plant eine neue Kampagne, eine neue Partei, und so hofft er sie zu finanzieren.«

Pao En-fu, der in der Tür auf eine Entscheidung seines Herrn gewartet hatte, meldete sich nun zu Wort. »Aber Lever ist ein reicher Mann, *Chieh Hsia*. Warum sollte er weitere Gelder brauchen?«

»Weil sein Kapital gebunden ist, Meister Pao. Das Cutler-Institut, Geschäftsanleihen, Handelsvereinbarungen. ImmVac ist im Moment äußerst empfindlich. Jede weitere Belastung des Etats könnte den Konzern ruinieren. Nein, Lever ist weder naiv noch der Einfaltspinsel, für den viele seiner Kritiker ihn halten. Er steckt dahinter, da bin ich mir ganz sicher.«

Kanzler Fen lächelte jetzt. Wu Shih sah ihn neugierig an. »Nun, Fen?«

»Ich habe nur nachgedacht, *Chieh Hsia* … Ich glaube, es gibt einen guten Grund, die Sendung nicht zu verbieten. Wenn wir eine Verbindung zwischen ihr und Lever beweisen, wenn wir zeigen können, daß dieser ›Älteste Tochter‹-Fond dazu dient, eine neue Partei aufzubauen, welche bessere Gelegenheit könnte es geben, Lever und seinen Ambitionen den Todesstoß zu versetzen?«

»Dachten Sie nicht, das würde nicht funktionieren?«

»Ganz richtig, *Chieh Hsia*. Ich glaube, daß die natürliche Gier der Oberen sich zeigen wird. Aber warum warten wir's nicht ab? Genügt Euch denn nicht ein Sieg am Tag, Herr?«

Wu Shih lachte über die Ermahnung. Sein rasches Handeln heute hatte der Schwarzen Hand einen schweren Schlag versetzt. Es würde Monate, vielleicht Jahre dauern, bis sie ihre alte Stärke würde wiedergewinnen können. Außerdem hatte ihm sein Vorgehen nur Lob auf den mittleren und oberen Ebenen der Stadt eingebracht. Also hatte Fen Cho-hsien vielleicht recht. Vielleicht sollte er sich diesmal nicht einmischen, sondern Mary Levers Programm von allein scheitern lassen. Und in der Zwischenzeit konnte er Fens Vorschlag beherzigen und herausfinden, wohin die Gelder geleitet wurden.

»Also gut«, sagte er und lächelte seinen Kanzler an. »Wir werden tun, was Sie sagen. Aber behalten Sie alles im Auge, Meister Fen. Wie ich schon sagte: Sie ist eine kluge Frau, und nichts macht mehr Ärger als kluge Frauen, nicht wahr?«

Die anderen lachten, aber als Wu Shih in seine Zimmer zurückging, war er mit seiner Entscheidung seltsam unzufrieden, als habe er einen entscheidenen Punkt übersehen. Und selbst als Wei-kou ihm den Rücken massierte, ihm die Spannung aus den Muskeln zu kneten versuchte, brütete ein Teil seines Geistes noch über dem Problem und weigerte sich, die Sache auf sich beruhen zu lassen.

Zum Teufel mit ihr! dachte er und grunzte, als Wei-kou seinen Rücken mit den Fäusten bearbeitete. Doch unter seinen Zorn mischte sich die Erinnerung daran, wie kraftvoll sie ausgesehen hatte, als sie vor dem Apfelbaum stand, in der Hand diesen winzigen Schädel. Eine Yang-Welt. Das hatte sie gesagt. Eine harte, trockene, maskuline Welt. Hatte sie recht? Hatten sie es wirklich soweit kommen lassen?

Wei-kou drückte ihre Hände fest auf seine Schultern. »Entspann dich, mein Mann, *bitte,* entspann dich …«

Aber es fiel ihm plötzlich schwer, sich zu entspannen. Die ganze Leichtigkeit, die er vorhin empfunden hatte, das Glücksgefühl, als er der Elster im Garten lauschte – all das war plötzlich verschwunden und hatte ihn leer und verzweifelt zurückgelassen. *Wie ein toter Baum,* dachte er, als er sich erinnerte, wie der Wind in den Zweigen gerauscht hatte.

Morgen. Er würde sich morgen darum kümmern. Doch als Wei-kou fertig war, stand er wieder auf, legte sein Gewand um und ging in sein Arbeitszimmer, wo er auf die helle Fläche des Bildschirms starrte und sich noch einmal die Älteste Tochter und ihre Fabel von dem sterbenden Baum ansah.

KAPITEL · 2

Im See ist Feuer

Er hatte nicht mehr als vier Stunden geschlafen, als er von einem Klopfen an der Schlafzimmertür geweckt wurde.

»Herr!« rief die Magd aufgeregt. »Herr! Ihr müßt sofort kommen! Es ist eine wichtige Nachricht für Euch überbracht worden!«

Chen kämpfte sich aus den Tiefen empor, in denen er geschlummert hatte, und setzte sich auf. Zum ersten Mal seit sehr langer Zeit fühlte er sich entspannt. Und glücklich. Er drehte sich mit einem Lächeln um und spürte Wang Ti in der Dunkelheit neben sich liegen. Sie hatten miteinander geschlafen. Zum ersten Mal seit dem Verlust ihres Kindes hatten sie miteinander geschlafen. Er zitterte, als er sich daran erinnerte, wie ihre Augen ihn angesehen, wie sie seinen Namen geflüstert hatte.

So lang hatte er darauf gewartet. So lang ...

Er beugte sich über sie, strich ihr das Haar aus der Stirn und küßte sie vorsichtig, um sie nicht aufzuwecken, dann warf er das Laken zurück und stand auf.

Er warf sich einen Morgenmantel über und ging hinaus. Draußen wartete Tian Ching, die Magd, auf ihn, ihr Nachthemd eng um sich geschlungen. Sie verbeugte sich, dann deutete sie auf das Videophon in der Ecke.

»Es ist Euer Büro, Herr. Sie haben mich gebeten, Euch unverzüglich aufzuwecken.«

Chen dankte ihr, dann ging er hinüber.

Es war Wilson, sein diensthabender Hauptmann.

»Major Kao … Ich dachte mir, Sie würden es sofort erfahren wollen. Wir haben unseren Mörder!«

»Lebendig?«

»Ja, Sir. Und offenbar auch bereit, auszusagen.«

Chens Gesicht erstrahlte. »Fabelhaft! Wie haben wir ihn erwischt?«

Wilson lachte. »Sieht so aus, als sei das ein reiner Zufall gewesen! Ein Trupp unserer Drogenfahnder hat eine Spielhölle auf einer unteren Ebene ausgehoben, und dabei ist er ihnen ins Netz gegangen. Sie wollten ihn schon laufen lassen, als sein Gesicht auf dem Bildschirm erschien. Also haben unsere umfassenden Warnungen funktioniert! Sie haben ihn in Nordhausen festgenommen, deshalb wurde er in die Garnison von Kassel gebracht. Ich bin gerade dahin unterwegs.«

»Gut. Wir treffen uns dort. Ich werde … na … höchstens anderthalb Stunden brauchen. Aber lassen Sie ihn mit niemanden in Kontakt kommen, ja? Und stellen Sie einige unserer eigenen Männer ab – vertrauenswürdige Männer –, um ihn zu bewachen. Wenn ein gewisser Konzernchef herausfindet, daß wir seinen Handlanger erwischt haben – und er wird es sicher herausfinden –, wird er sich bemühen, alle Beweise zu beseitigen, und ich will nicht, daß diesmal wieder etwas schiefgeht. Ich will diesen elenden Cornwell *festnageln!*«

»Sir!«

Er unterbrach die Verbindung, dann lief er ins Schlafzimmer, um sich anzuziehen. Aber er war gerade zwei Schritte gegangen, als das Videophon erneut klingelte.

Chen drehte sich um und schaute auf den blitzenden Monitor. »Wer, zum Teufel …?«

Er ging zurück, drückte die Empfangstaste und trat zurück, als ein junges Gesicht den Bildschirm ausfüllte.

»Hannah?«

»Sie müssen herkommen, Kao Chen. Sofort. Etwas schrecklich Wichtiges ist geschehen.«

Er starrte sie an und fragte sich, was in aller Welt so wichtig sein konnte, daß sie ihn um halb drei am Morgen anrief.

»Was ist passiert? Ist jemand gestorben?«

»Nein. Aber es wird jemand sterben, wenn Sie uns nicht helfen.«

Er seufzte. »Hören Sie, ich kann nicht. In einem meiner Fälle ist gerade eine entscheidende Wende eingetreten, und ich muß mich sofort darum kümmern. Können Sie nicht warten? Kann ich nicht auf dem Rückweg vorbeikommen?«

Sie schüttelte den Kopf. »Bitte verstehen Sie doch. Es ist so wichtig, daß ... nun, ich kann's Ihnen nicht am Videophon sagen, aber Sie müssen sofort kommen, Sie müssen *unbedingt* sofort kommen!«

Er wollte den Kopf schütteln, sah aber die echte Angst im Gesicht der jungen Frau. Erfurt ... mit einem Kreuzer konnte man von dort in fünfzehn Minuten in Kassel sein. Wenn er erst bei ihr vorbeisah, um sie zu beruhigen ...

»Gut«, sagte er schließlich. »Ich werd's versuchen. Aber ich muß mich erst um diese andere Sache kümmern, ja?«

Sie nickte dankbar, dann unterbrach sie die Verbindung.

Mist, dachte er. Er atmete tief durch, um sich zu beruhigen, dann tippte er Wilsons Code ein und wartete, bis die Verbindung zustande kam.

Die beiden Männer lehnten sich vom Monitor zurück und sahen sich an.

»Nun? Was meinen Sie?«

»Ich glaube, unser Freund, der Unterminister, hat

die Nerven verloren. Ich glaube, er hat sich seiner Tochter anvertraut, und sie hat ihn in Panik versetzt.«

»Das glaube ich auch.«

»Und was werden wir tun?«

»Was können wir denn tun? Die Anweisungen des *I Lung* waren ziemlich eindeutig.«

»Und das Mädchen?«

»Sie muß auch sterben.«

»Ein Feuer?«

»Das wäre wohl das beste, nicht? Keine Zeugen ... und es könnte ganz natürlich aussehen. Wie ein Unfall ...«

»Das gefällt mir.«

»Gut. Dann machen wir uns an die Arbeit, bevor der rührige Major wieder Gelegenheit hat, sich da einzumischen.«

»Was ist mit ihm? Was, meinen Sie, hat er mit dieser jungen Frau zu tun?«

»Wahrscheinlich haben Sie ein Verhältnis. Ich habe gehört, daß seine Frau verrückt ist. Sie haben wohl seit sechs Jahren nicht mehr miteinander geschlafen.«

»Und wie sollen wir mit ihm verfahren? Bestechen?«

»Das hängt davon ab, wie er zu dem Mädchen steht. Wenn er sich in sie verliebt hat... nun, das könnte schwierig werden. Ich glaube, wir werden ihn ebenfalls eliminieren müssen.«

»Unangenehm ... Das wird Ermittlungen nach sich ziehen.«

»Ich weiß. Aber da könnten wir etwas arrangieren. Wenn wir es so aussehen lassen, als sei er aus einem anderen Grund umgebracht worden ...«

»Das dürfte nicht zu schwierig sein. Den Akten zufolge hat er sich schon oft in Dinge eingemischt, die ihn nichts angehen.«

»Dann machen wir das so. Aber erst das Mädchen und ihren Vater.«

Sie waren die halbe Nacht aufgeblieben, hatten geredet und eine Lösung zu finden versucht, wie sie am besten vorgehen sollten.

Das Problem war einfach. Li Yuan mußte verständigt werden, aber um Li Yuan – besonders in diesen Tagen – zu erreichen, mußte man über mehrere Mittelsmänner gehen, und einer von diesen mochte in den Diensten des Ersten Drachen stehen. Es wäre naiv, etwas anderes anzunehmen.

Li Yuan direkt zu verständigen, wäre ideal, doch das war nicht möglich. Um auch um mit seinem Kanzler Nan Ho zu sprechen, mußte man sich durch ganze bürokratische Labyrinthe kämpfen, und an einem kritischen Punkt würde die Alarmglocke schrillen, der *I Lung* Bescheid wissen und das Ganze auffliegen.

Was sollten sie also tun?

Hannah war eine Lösung eingefallen. Sie würden die Sache indirekt angehen, und zwar über den Sicherheitsoffizier Kao Chen. Chen, war ihr eingefallen, hatte einen gewissen Zugang zu Li Yuan. Er hatte ihr von seinem Freund Major Karr erzählt und wie dieser zum *Chia ch'eng* befördert worden war – zum Honorarassistenten des Kaiserlichen Haushalts. Wenn Chen Karr überzeugen konnte, um eine persönliche Audienz bei seinem T'ang zu ersuchen …

Sie versuchte ihre Nerven zu beruhigen, indem sie *Ch'a* zubereitete, während ihr Vater hinter ihr durchs Zimmer auf und ab ging. Seltsamerweise hatte sie sich ihm noch nie näher gefühlt als in dieser Nacht. Während sie über diese Sache redeten, war ihr zum ersten Mal aufgefallen, wie feinsinnig er sein konnte … und welch ein Minenfeld die Welt, die er bewohnte, tatsächlich war.

Verschwendet, dachte sie. *Er hatte all diese Jahre verschwendet.* Wie so vieles in ihrer Welt waren seine Talente vergeudet, nicht positiv und kreativ eingesetzt worden, um etwas Neues und Lebendiges in die Welt zu bringen, sondern nur, um den bleichen Gebeinen der Großen Lüge zu dienen: um diese alte, fortschrittliche Welt zu begraben, die unter einer dicken, erstickenden Schicht aus Eis weitergediehen war.

Sie trug das Tablett zum Tisch in der Mitte des Zimmers und ließ sich auf die Knie nieder, um einzugießen.

»Was machst du hinterher?«

Er starrte sie an. »Hinterher?« Er hatte offenbar noch nicht über den Zeitpunkt hinausgedacht, da sie den T'ang verständigt hatten. Er runzelte die Stirn. »Dann wird alles vorbei sein. Die Lüge ...«

»Wir sind sie schon los.«

Aber sie sah seinem Gesicht an, daß er sich dessen nicht so sicher war wie sie. Sein ganzes Leben lang hatte er daran gearbeitet, das eine große Geheimnis seiner Welt zu bewahren – das war die Grundlage seines Lebens, seine ganze Philosophie gewesen. Und nun war er im Begriff, all das wegzuwerfen: alles zu verraten, wofür er gelebt hatte. Das war keine einfache Sache.

Sie nahm eine der Schalen und hielt sie ihm hin. »Und was ist mit deiner Frau?«

Einen Moment lang machte er ein verwirrtes Gesicht, dann schien er zu begreifen. »*Aiya!* Daran habe ich noch gar nicht gedacht!«

Wenn der *I Lung* des Verrats für schuldig befunden wurde – und dazu würde es sicher kommen, wenn ihr Vater mit Li Yuan redete –, dann würde sie als seine Schwester aller Wahrscheinlichkeit nach auch schuldig befunden werden. *Bis in die dritte Generation.* So lautete das Gesetz. Es sei denn ...

»Ich bin mir sicher«, überlegte er laut, »daß wir da eine Abmachung treffen könnten …«

»Willst du das?«

»Ich …« Er sah sie an, dann schaute er weg, und die Ungewißheit schien an ihm zu zehren. Sie wußte, daß er seine zweite Frau nie geliebt hatte. Die Heirat war im Grunde eine politische Maßnahme gewesen, eine Zementierung seiner Abhängigkeit – grob gesagt, ein Garantie für seine Loyalität gegenüber dem *I Lung*. Doch er hatte zwei Kinder von ihr, und obwohl er sie selten sah, fiel es ihm nicht leicht, sie zu vergessen.

»Wie lang wird dein Freund brauchen?«

»Major Kao? Er sagte, er würde so schnell kommen, wie er kann. Wenn er hört, was geschehen ist, wird er uns helfen. Daran habe ich keine Zweifel.«

»Ist er ein guter Mann, dieser Major? Ein ehrlicher Mann?«

Sie nickte.

»Seltsam. Ich habe schon gedacht, es gäbe in dieser Welt keinen ehrlichen Menschen mehr. Ich habe so viel erlebt, Hannah. Oh, ich könnte dir nichts davon erzählen. Korruption und Gier, Mord und Verrat. Dieses Verhalten greift wie eine Krankheit um sich. Wen sie ansteckt …«

Er seufzte, dann nippte er an seiner Schale. »Guter *Ch'a*«, sagte er und lächelte sie an. Dann fügte er hinzu: »Ich bin dir kein guter Vater gewesen, nicht wahr?«

Sie streichelte ihm über die Wange, und ihre Stimme wurde weicher. »Unsinn. Du warst der beste Vater, den ich mir wünschen kann. Wenn du nicht oft hier warst, dann war das nicht deine Schuld. Ich habe immer gewußt, daß du mich liebst.«

Er sah sie eine ganze Zeit an, dann nickte er. »Wenn ich dich ansehe, verstehe ich, warum ich deine Mutter so sehr geliebt habe. Sie war wie du, Hannah. Ich … ich habe viel verloren, als sie starb.«

Hannah schauderte. *Ja,* dachte sie. *Das haben wir beide.*

Der erste Mann löste sich aus dem Schatten und lief hinüber. Für einen kurzen Moment durchquerte er das Sichtfeld der Kamera, dann war er verschwunden, und die Tür zu Shang Mus Villa schloß sich wie ein Lichtkranz um seinen Rücken.

Der zweite Attentäter folgte wenig später.

Der Flur lag weitgehend in Schatten. Ein kleines Nachtlicht an der Wand sorgte für schwache Beleuchtung. Darunter lag auf einem niedrigen Sofa ein Diener. Der Mann schien etwas gehört zu haben und blickte schläfrig auf. Für einen Sekundenbruchteil riß er die Augen auf und gab einen leisen, kehligen Laut von sich, bevor die Drahtschlinge seinen Hals durchschnitt.

Los, forderte der erste Attentäter den anderen mit Lippenbewegungen auf und deutete auf die Tür zu seiner Rechten. *Schau dort nach.*

Er lief hinüber. Hinter der Tür, am anderen Ende eines Raums, das wie eine Abstellkammer aussah, schliefen zwei junge Diener Rücken an Rücken auf einem breiten Bett. Schnell und professionell tötete er sie.

Draußen hockte sein Gefährte neben den großen Doppeltüren, die in den eigentlichen Wohnbereich führten. Er hob zwei Finger, um anzuzeigen, wie viele er beseitigt hatte, dann lief er hinüber und ging neben seinem Partner in die Hocke.

Drei Tote bisher. Was bedeutete, daß sich drinnen noch zwei Diener aufhielten. Es sei denn, daß Chih Huang Hui ihren Leibdiener mitgenommen hatte. In diesem Fall wäre nur noch die Tochter der Magd übrig.

Er senkte den Blick. Es war ihm ganz recht, daß die Schwester des *I Lung* sich in dieser Nacht außer Hauses aufhielt, denn wie wichtig ihre Mission auch sein mochte, es wäre keinem von ihnen angenehm gewesen, dem Ersten Drachen *ihren* Tod erklären zu müssen.

Der erste Attentäter griff nach oben und versuchte die Klinke zu drücken. Langsam und lautlos gab sie nach. Sie schlichen hinein.

Vor ihnen erstreckte sich ein langer Korridor, zu beiden Seiten von vier Wandleuchten erhellt. Am anderen Ende befanden sich weitere Türen. Zur Linken lagen Shang Mus Zimmer, zur Rechten die seiner Frau. Die Attentäter gingen drei Schritte, dann erstarrten sie. In der Mitte des Korridors, auf einem Sofa neben Chih Huang Huis Tür, lag noch ein Diener. Anscheinend der Leibdiener der Hausherrin.

Der erste Attentäter legte die Stirn in tiefe Falten, winkte seinen Gefährten zu sich und sah zu, wie er sich über die schlafende Gestalt beugte und den Mann erdrosselte. Der Oberkörper des Dieners zitterte, sein linker Fuß zuckte etwas, dann lag er reglos da. Der zweite Attentäter drehte sich um und sah zurück.

Geh rein, befahl sein Gefährte lautlos und zeigte auf die Tür zu Chih Huang Huis Zimmer. Der andere nickte und griff nach der Klinke.

Es ließ sich nicht vermeiden, aber wenigstens war die Frau krank. Sie würde keine Schwierigkeiten machen.

Er ging weiter, und als sein Begleiter in das verdunkelte Zimmer schlüpfte, blieb er an der Tür zu Shang Mus Apartment stehen und preßte ein Ohr an die Wand.

Wie erwartet vernahm er nichts. Die Nachricht, die sie abgefangen hatten, war aus den Zimmern der Tochter gekommen. Aller Wahrscheinlichkeit nach befanden sie sich hier. Aber es war besser, sich Gewißheit zu verschaffen.

Er griff nach der Klinke. Die Tür war verschlossen. Er würde sie nicht aufbrechen und …

Plötzlich fiel ein Schuß, und es wurde laut in dem großen Haus. Er fuhr überrascht herum. *Nein* …

Als sie den Schuß hörte, blickte Shang Mu auf, und die Schale *Ch'a* fiel ihr aus der Hand.

Hannah, die sich gerade eine zweite Schale eingoß, erstarrte und blickte zur Tür. »*Aiya* …« flüsterte sie und fragte sich einen Moment lang, ob sie sich in Kao Chen nicht geirrt hatte. Dann sprang sie auf, lief zur Tür, versperrte das Schloß und schob den Riegel vor.

Sie sah zu ihrem Vater hinüber. »Geh rein!« flüsterte sie aufgeregt. »Schnell!«

Er schluckte, dann gehorchte er.

Nein, dachte sie. *Nicht Chen. Aber jemand anderes. Jemand, der weiß, was wir planen.*

Sie schauderte. *Ja, aber wer?*

Es dauerte nicht lang, bis sie darauf kam. Jemand, der für den *I Lung* arbeitet … für die Tausend Augen.

Sie fluchte über ihre eigene Dummheit. Sie hätte es wissen müssen! Der Erste Drache wäre nie so sorglos gewesen. Ihr Vater wurde sicher rund um die Uhr beschattet. Schließlich entsprach es den Gepflogenheiten des Großen Ministeriums, auch noch die Spione auszuspionieren.

Sie lief ihrem Vater nach und versperrte die inneren Türen. Dann versuchte sie sich zu beruhigen, sah umher und fragte sich, was sie überhaupt tun konnte.

Er schlich langsam und vorsichtig hinein, tastete sich blind durch den Flur und achtete auf das kleinste Geräusch.

Anfangs konnte er nichts sehen. Als er dann ein tiefes Stöhnen vor sich hörte, erstarrte er und kniff die Augen zusammen.

Sein Partner schien an der Wand hinter der Schlafzimmertür zu hocken. Als er ihn erblickte, hörte er ein Keuchen, und der Leichnam rutschte langsam zur Seite.

Er machte Anstalten weiterzugehen, verharrte aber, als er ein zweites Geräusch hörte. Einen zittrigen, unregelmäßigen Laut.

Chih Huang Hui …

Langsam und sorgsam darauf bedacht, kein Geräusch zu verursachen, zog er seine Waffe, schlich weiter und versuchte die Quelle des Geräuschs in der Dunkelheit vor sich auszumachen.

Die Magd stand in der Tür zu ihrem Zimmer und rieb sich die Augen. »*Herrin?* Was ist geschehen?«

»Geh wieder ins Bett«, sagte Hannah und schob sie ins Zimmer. »Schließ die Tür ab und verhalt dich still. Es sind Eindringlinge im Haus.«

Das junge Mädchen riß entsetzt die Augen auf.

»Tu, was ich sage«, befahl Hannah und sah sie streng an. »*Sofort!*«

Das Mädchen ließ den Kopf sinken, wich einen Schritt zurück und schloß die Tür.

Hannah gab einen gereizten Seufzer von sich, dann drehte sie sich um. Sie saßen in der Falle. Und natürlich hatte man die Leitungen der Kommunikationsanlagen gekappt. Sie konnten nicht um Hilfe rufen, selbst wenn sie es wollten.

Uns würde sowieso niemand helfen kommen, dachte sie bitter. *Uns bestimmt nicht.*

»Hannah?«

Sie sah auf ihren Vater hinunter. Er schaute sie erwartungsvoll an, als hinge ihre gemeinsame Rettung von ihr ab. Als ob …

»Wir sind so gut wie tot«, sagte sie. »Wir sind ...«

Ein Schuß fiel. Dann noch einer. Und nach einer kurzen Pause ein dritter.

Shang Mu stöhnte leise.

Sie starrte ihn kurz an und wurde vom Anblick seines zerknitterten, ängstlichen Gesichts aus ihrer eigenen Verzweiflung gerissen. Sie nickte und wußte, was sie zu tun hatte. Chen war unterwegs. Er würde kommen ... bald. Bis dahin lag es an ihr, soviel Zeit wie möglich zu schinden.

»Hilf mir«, sagte sie und ging zu ihrem Vater hinüber. »Wir müssen etwas vor die Tür schieben, eine Barrikade bauen, um sie aufzuhalten, Vater.«

Er sah sie kurz an, dann nickte er.

»Gut«, sagte sie und ermutigte ihn mit einem Lächeln. »Aber schnell. Wir haben nur wenig Zeit.«

Er griff nach der Nachttischlampe, schaltete sie ein, dann sah er auf die Frau hinunter und betrachtete sie im kränklich organgefarbenen Licht.

Sie lag auf dem Rücken auf den blutbefleckten Laken, neben ihr die Waffe mit dem Jadegriff, die sie benutzt hatte. Ihr Gesicht verriet Überraschung, ihre Lippen waren im Schock zu einem lautlosen ›O‹ geöffnet, als habe sie mit etwas anderem gerechnet. Aber sie hatte nicht die geringste Chance gehabt. Der erste Schuß hatte ihr das rechte Handgelenk zertrümmert, der zweite das Schädeldach weggerissen.

Auf dem Boden auf der anderen Seite des Bettes lag mit dem Gesicht nach unten der Junge, sein Rücken eine klebrige Masse. Er hatte nicht damit gerechnet, den Jungen anzutreffen. Er hatte geglaubt ...

Wütend darüber, daß er sich so dumm angestellt hatte, wandte er sich ab und sah zu seinem Partner hinüber, der an der Wand halb lehnte, halb lag. *Eine*

Schande, dachte er und war traurig über den Verlust. Er war ein guter Mann gewesen, lernfähig und bereit, auch einem falschen Befehl zu gehorchen. Der Gedanke, daß ihn ein glücklicher Schuß ...

Er beugte sich hinunter und spuckte der Frau ins Gesicht, dann ging er, ohne zurückzusehen, in den Flur hinaus.

Bringen wir die Sache zu Ende, dachte er säuerlich, auch wenn er inzwischen davon überzeugt war, daß nichts Gutes dabei herauskommen würde. *Geben wir dem Großen Mann, was er verlangt ...*

Als der Kreuzer in den Landeanflug überging, beugte sich Chen auf dem Copilotensitz vor und lauschte dem Komset.

»Es ist *was?*« fragte er beunruhigt. »Sie meinen doch wohl, die Leitungen sind besetzt?«

»Nein, Sir«, kam die Antwort. »Das Apartment ist *abgeschnitten.* Alle Kanäle sind tot!«

»Scheiße!« Er unterbrach die Verbindung, dann wandte er sich dem Piloten zu. »Machen Sie die Luke auf, schnell!«

»Aber, Sir. Die üblichen Prozeduren ...«

»Zum Teufel damit! Ich muß schnell da runter!«

»Sir!« Der Mann beugte sich vor und betätigte einige Schalter. Gleich darauf war ein Klicken zu hören, ein plötzlichen Zischen, dann drang ein Zug kalter Luft herein.

Chen warf seinen Gurt ab und kletterte zwischen den Sitzen in den Fond des kleinen, viersitzigen Kopters. Als er aufsetzte, sprang er hinaus, rollte sich herum und lief zum Ventilationsschacht.

Der Attentäter zog seine Maske über, bevor er zur Tür ging. Er nahm ein paar Schritte Anlauf, atmete tief durch, um sich zu konzentrieren, dann warf er sich so gegen die Tür, daß seine Ferse im Holz des Paneels knirschte.

Er ging wieder zurück und betrachtete den Schaden. Die Tür hatte standgehalten, aber das Paneel war eingerissen und zersplittert. Ein gutgezielter Schlag, und er war drin.

Er zögerte. Soviel er wußte, besaßen weder der Unterminister noch seine Tochter eine Waffe, aber damit hatten sie auch bei Chih Huang Hui nicht rechnen können. Und diese eine Fehlinformation hatte fast alles verdorben. Am besten also, er ging kein Risiko ein und benutzte seine Waffe statt seiner Fäuste.

Er seufzte, als Fatalismus wie eine dunkle Wolke sein Denken überschattete. Dies hätte der Höhepunkt seiner langen Karriere sein können – der letzte Auftrag, den er erledigte, bevor er mit allem Schluß machte –, aber nachdem die Schwester des *I Lung* umgekommen war, stand sein eigenes Überleben in Zweifel. Der Erste Drache war ein rachsüchtiger Mann, hatte er gehört, und würde die Nachricht nicht gerade gleichgültig aufnehmen. Oh, natürlich würde er sein Wort halten und ihn bezahlen – sogar einen Bonus, um zu beweisen, daß er keine feindseligen Gefühle gegen ihn hegte –, aber er konnte von Glück reden, wenn er eine Woche überlebte und Zeit hatte, wenigstens ein Zehntel des Blutgeldes auszugeben.

Er nickte. Vielleicht, aber er hatte immer noch auf den Ehrencodex der Gilde Rücksicht zu nehmen. Dieser verlangte von ihm, eine Aufgabe sauber auszuführen.

Er zog seine Waffe aus dem Halfter, feuerte zweimal in den Spalt und weitete des entstandene Loch, indem er seine Faust hindurchstieß. Er steckte die Waffe wieder ein, zog eine Granate vom Gürtel und machte sie scharf. Dann steckte er einen Arm durchs Loch und ließ sie in das Zimmer rollen. Es war ein Ploppen zu hören, dann das scharfe Zischen von entweichendem Gas.

Er zählte bis zehn, dann packte er die Seite des Paneels, trat noch einmal zu und stieg durch das Loch in das von Rauch erfüllte Zimmer.

In ihrem Versteck hinter der Barrikade hörte Hannah das metallische Klirren der Granate, als sie über die Fliesen hüpfte, und drückte sich die Hände auf die Ohren. Bei dem leisen Ploppen, das sie von sich gab, lief ihr ein Schauer der Überraschung über den Rücken, dann erst begriff sie. Dieses Zischen … das war Gas. Irgendeine Art lähmendes Gas.

Sie sah hinter sich, kroch zum Stuhl, zog die Seidendecke herunter und zerriß sie. Eine Hälfte gab sie ihrem Vater und zeigte ihm, was er damit tun sollte. »Um die Nase und den Mund«, sagte sie ruhig.

Ja, aber machte das einen Unterschied? Schließlich mußten sie atmen …

Sie hörte ein Krachen und ein splitterndes Geräusch. *Sie sind drin,* dachte sie. *Bei allen Göttern, sie sind drin!*

Sie sah umher und zwang sich zum Nachdenken. Was konnte sie gebrauchen? Was, in aller Götter Namen, konnte sie als Waffe benutzen?

Nichts … Es war nichts hier.

Dann aber fiel ihr Blick auf etwas, das ganz in der Nähe lag – etwas unter dem Durcheinander der Gegenstände, die vom Frisiertisch gefallen waren, den sie vor die Tür gezerrt hatten. Eine silberne Haarschere.

Sie umschloß sie mit der Hand und bemerkte dabei den schwachen Gasgeruch im Zimmer.

Wie lang dauert's, bis wir tot sind? fragte sie sich. Aber der Gedanke verflog. Im Moment waren stärkere, dringlichere Impulse in ihr am Werk. Die Barrikade würde die Eindringlinge nur kurz aufhalten, ins Zimmer einzudringen.

Sie schüttelte den Kopf und erkannte zu ihrem Entsetzen, daß von der Barrikade ihr Überleben abhing – sie mußte sie irgendwie zu ihrem Vorteil ausnutzen.

Ein dumpfer Schlag in unmittelbarer Nähe ließ sie zusammenzucken. Der Türrahmen erzitterte.

Denk nach, schärfte sie sich ein und starrte auf die schmale Schere in ihrer Hand.

Die Zeit wurde knapp.

Chen stand vor der Tür zu Shang Mus Haus und war überrascht, sie offen vorzufinden. Als er darauf zulief, hörte er hinter sich jemanden rufen.

»Bleiben Sie, wo Sie sind, und rühren Sie sich nicht!«

Er erstarrte und hob langsam die Hände. »Ich bin vom Sicherheitsdienst«, sagte er und drehte sich langsam, vorsichtig um, weil ihm der erschrockene Unterton in der Stimme nicht entgangen war.

Der Mann trug einen Schlafanzug, und die Waffe, die er auf Chen richtete, war ein betagtes Sammlerstück.

»Die ID-Karte steckt in meiner Brusttasche. Darf ich sie wohl rausholen?«

Der Mann überlegte mit unsicherem Blick, dann nickte er. »Gut. Aber ganz langsam.«

Sein Instinkt war dagegen, aber er gehorchte, und seine Bewegungen waren qualvoll langsam. »Hier«, sagte er und drehte den Ausweis in seine Richtung.

»Werfen Sie ihn hin …«

Aiya … Jede Sekunde war kostbar, und ein solcher Idiot hielt ihn auf. Er warf die Karte hin.

Der Mann bückte sich, ließ Chen dabei aber keinen Moment lang aus den Augen, die Waffe auf ihn gerichtet. Chen sah zu, wie er die Karte so anhob, daß er aus dem Augenwinkel einen Blick darauf werfen konnte, ohne ihn auch nur eine Sekunde aus den Augen zu lassen.

Chen wünschte sich, daß seine Offiziere auch nur halb so vorsichtig wären.

»Ein Major, häh?«

»Ja ... und jetzt lassen Sie mich endlich durch. Es hat einen Zwischenfall gegeben. Im Shang-Haushalt ...«

»Ich habe Schüsse gehört«, sagte der Mann, reichte ihm die Karte und ließ die Waffe sinken. »Einen Schuß. Dann drei. Dann noch zwei. Gerade eben.«

»Ja«, sagte Chen. Die letzten beiden hatte er selbst gehört.

»Brauchen Sie Hilfe?«

Chen straffte sich. »Nein, ich ...« Doch als ihm klar wurde, daß er bereits wertvolle Sekunden verschwendet hatte, drehte er sich um, lief zur Tür und hoffte, daß es nicht zu spät war.

Der Attentäter trat von der Tür zurück, zog ein neues Magazin vom Gürtel und lud seine Waffe nach. Er blickte in den dichten Dunst des Gases, und als er glaubte, ein Geräusch gehört zu haben, ging er auf die äußere Tür zu. Etwas knirschte unter seinem Stiefel. Er bückte sich und sah nach. Es war eine zerbrochene *Ch'a*-Schale. Auf einem niedrigen Tisch ein Stück weiter standen ein Topf und eine zweite Schale. Er streckte die Hand aus und tastete in den *Ch'a*-Topf. Er war noch warm. Gut. Das bedeutete, daß die beiden sich hier drin aufhalten mußten.

Er ging zur Tür, blieb dort einen Moment lang stehen und lauschte, hörte aber nichts. Gut. Es wurde Zeit, die beiden zu erledigen und zu verschwinden. Bevor der Sicherheitsdienst den Ausfall der Kommunikationsanlagen überprüfte.

Er hob die Waffe und feuerte: drei Schüsse, die das Schloß zerfetzten. Er ging zur Tür und schlug das Schloß mit dem Gewehrkolben raus.

Das sollte reichen, dachte er, bückte sich und spähte ins Zimmer, schob seine Waffe durch das Loch.

»Hannah!« flüsterte ihr Vater aufgeregt. »Nicht!«

Sie wandte sich ihm zu, zog eine Grimasse und legte einen Finger an die Lippen.

Ihre Ohren klingelten, und das Atmen fiel ihr immer schwerer.

Sie hörte Schritte im anderen Zimmer; das Geräusch einer Schale, die unter dem Tritt von jemandem zerbrach. Nur eine Person. Sie schauderte und sah einen Hoffnungsschimmer. Es war nur ein Mann!

Ja, aber worauf wartet er?

Sie begann sich schläfrig zu fühlen und spürte Brechreiz. Das Gas …

Plötzlich krachten drei Schüsse, gefolgt von schmetternden Schlägen.

Für einige Sekunden wurde ihr schwarz vor Augen, und sie schwankte, drohte das Bewußtsein zu verlieren. Dann wurde sie wieder klar. In diesem Moment sah sie etwas Silbernes glitzern, wo sich das Loch befand …

Sie stieß zu. Indem sie die Hand packte, die die Waffe hielt, und gewaltsam in das gesplitterte Holz rammte, stach sie gleichzeitig mit der Schere nach unten. Sie hörte hinter der Tür ein lautes Stöhnen, dann folgte ein heftiger Ruck, als der Attentäter freizukommen versuchte. Aber Hannah hatte sich mit ihrem ganzen Gewicht auf die Hand gelegt. Sie wußte, daß es ihren Tod bedeuten würde, wenn sie nachgab.

Das Gefühl war schrecklich, das Schrecklichste, was sie je erlebt hatte. Sie konnte die Metallklinge der Schere an den Knochen seines Handgelenks entlangschrammen fühlen, spürte die feuchte Wärme seines Bluts, das aus der zerschnittenen Hand schoß. Und sein Stöhnen …

Seine Schmerzenslaute machten sie krank. Es waren rohe, grunzende Laute, die an ihren Nerven zerrten, während sie darum kämpfte, ihn festzuhalten. Aber langsam, ganz langsam entglitt seine Hand ihrem Griff.

Das Gas... Sie fühlte, wie ihr das Bewußtsein schwand.

Die Hand kam frei, war verschwunden.

Sie rollte herum, weil sie wußte, daß sie von der Barrikade kommen mußte, aber es war zu spät. Als die Tür über ihr splitterte, schoß ihr ein scharfer Schmerz durch die Schulter, und sie wußte, daß der Mann sie getroffen hatte. Ein zweiter Schuß fiel, dann noch einer.

Tot, dachte sie. *Ich bin tot.* Aber ihre Gedanken überschlugen sich. Und in der Stille, die folgte, hörte sie nicht den Gott der Hölle rufen, sondern Kao Chens gedämpfte Stimme, wie hinter einer Maske.

»Sind Sie in Ordnung da drin? Hannah! Sind Sie in Ordnung?«

Yin Tsu sah seine Tochter an, dann schüttelte er den Kopf und winkte seinen Leibdiener zu sich herüber. »Nein... nein, Fei Yen. Du mußt da etwas falsch verstanden haben. Ein paar ausgelassene, heißblütige Jugendliche – das erklärt doch alles. Du kennst diese Jungs... ein Tropfen Wein zuviel und die verrücktesten Gedanken gehen ihnen durch den Kopf.«

Sie starrte ihn an und versuchte ihr Temperament in Zaum zu halten. Er hatte nicht zugehört! Er hatte nicht ein Wort verstanden, das sie ihm sagte!

»Nein...« fuhr er fort, versuchte sie mit einem Lächeln zu beruhigen und ließ sich von seinem Leibdiener die Jacke ausziehen. »Ich bin mir sicher, das ist alles ein Mißverständnis. Ich werde morgen mit Yin Chan reden und die Sache aufklären. Jetzt geh und ruhe dich ein wenig aus. Du mußt müde sein...«

»Vater!« sagte sie scharf. »Hör mir zu! Ich bilde mir nichts ein, und ich bin auch keinem Mißverständnis erlegen. Ich weiß, was ich gehört habe, und es bedeutet für uns alle eine Bedrohung. *Für uns alle!* Verstehst du das nicht?«

Er starrte sie an und wollte etwas erwidern, aber sie ließ ihn nicht zu Wort kommen.

»Nein. Jetzt hörst du *mir* einmal zu. Denn mein Kind – dein Enkel – wird darunter zu leiden haben, wenn dieser Schwachsinn weitergeht.«

Der Alte runzelte die Stirn, sichtlich erschrocken über ihren Ausbruch, und zupfte sich am Bart. »Aber, mein Liebling ...«

»Kein aber, Vater. Du mußt handeln, und zwar entschlossen handeln. Du hast keine Wahl.«

Sein Kopf ruckte hoch. »Keine Wahl?«

Sie schnaubte ungehalten. »Wir reden hier über Verrat. *Verrat,* der mit dem Tode bestraft wird. Bis in die dritte Generation.«

Wieder schüttelte er den Kopf. »Nein ...« Aber ihm war anzusehen, daß sie allmählich zu ihm durchdrang.

»Dein *Wu*«, sagte sie aus einer plötzlichen Eingebung heraus. »Berate dich mit deinem *Wu!* Schließlich irrt er sich nie.«

Sein Gesicht erstrahlte. »Mein *Wu* ... Natürlich!«

»Dann laß ihn rufen. Sofort, solang die Zeit noch auf unserer Seite ist. Laß ihn gleich hier, vor uns beiden, das Orakel befragen. Du wirst schon sehen. Ich verspreche es dir, ich werde recht behalten!«

Er starrte sie an, und langsam verblaßte sein Lächeln. Und mit einem unmerklichen Nicken in ihre Richtung gab er seinem Leibdiener ein Zeichen. »Shen ... Holen Sie Meister Fung. Sagen Sie ihm, daß ich dringenden Bedarf an seinen Talenten habe.«

»Herr ...«

Er wandte sich wieder seiner Tochter zu und wirkte nun viel ernster. »Was du da gehört hast... hast du jemandem davon erzählt?«

»Nein, Vater ...«

»Gut.« Er nickte, hatte plötzlich etwas Säuerliches in den Zügen, als sei er in diesen wenigen Augenblicken fast soweit gekommen, ihr zu glauben. Er blickte zu ihr auf. »Und wenn die Schafgarbenstengel keine Antwort geben?«

Sie schauderte, dann schüttelte sie den Kopf. »Der Weg des Himmels liegt fest, Vater. Wir Sterbliche können ihn nicht ändern.«

»Nein.« Aber als er den Blick abwandte, geschah es mit einem zutiefst besorgten Gesichtsausdruck.

Hannah saß in einem Stuhl in der Ecke und ließ sich von einem Sanitäter den Verband anlegen, während der andere einpackte. Die Wunde war nicht so schlimm, wie sie anfangs ausgesehen hatte. Die Verletzung war nur oberflächlich. Doch ihr Schlüsselbein war gebrochen, und dabei hatte sie schreckliche Schmerzen durchlitten.

Der lokale Sicherheitsdienst war fünf Minuten nach Chen eingetroffen, verständigt von ihrem Nachbarn. Die Beamten hatten allen drei kurze Aussagen abgenommen, und ein spezielles Kamerateam arbeitete sich gerade Zimmer für Zimmer durch das Haus, um das Blutbad visuell zu dokumentieren. Sie hatte sich nur kurz umgesehen und nicht viel mitbekommen, aber genug, um zu bestätigen, was sie instinktiv geahnt hatte: daß die ganze Sache äußerst ernst war. Sie mußten unbedingt mit Li Yuan reden.

Sie konnte Chen draußen mit dem Hauptmann des Sicherheitsdienstes streiten hören. »Wenden Sie sich gleich an oben«, sagte sie ihm, aber diesmal schien es ihm nicht möglich zu sein. Es gab Vorschriften für einen Vorfall wie diesen.

Sie schauderte, als sie sich daran erinnerte, wie Chen vor ihr gestanden und ihr zugehört hatte, während sie die ganze unglaubliche Geschichte hervorplapperte. Verrat. Eine Verschwörung, in der die ganzen oberen Ränge des Großen Ministeriums und die Prinzen einiger Untergeordneter Familien verwickelt waren. Es war schwer zu glauben. Doch Chen hatte einfach nur genickt, als habe er es von Anfang an gewußt. Und dann war der Sicherheitsdienst eingetroffen, und sie hatten keine Zeit gehabt, sich weiter darüber zu unterhalten.

Sie sah hinüber und spürte einen Anflug von Reue. Ihr Vater saß am anderen Ende des Zimmers, die Hände locker auf den Knien, wie ein verlorenes Kind, und starrte in weite Ferne.

Er hatte in dieser Nacht viel verloren. Eine Frau, einen Sohn, den Sinn seines Lebens. Morgen würde er wieder von vorn anfangen müssen. Wenn das überhaupt möglich war.

Wenn einer von ihnen die Morgendämmerung überhaupt noch erlebte.

Als er fertig war, kam Chen gleich zu ihr zurück. Er lächelte und warf dem Sanitäter einen Blick zu. »Entschuldigen Sie. Dürfte ich kurz mit der jungen Dame sprechen?«

Der Mann lächelte. »Ich bin sowieso fertig«, antwortete er mit einer Verbeugung und zog sich zurück.

»Nun?« fragte sie ruhig.

»Wir können gehen, wenn Sie fertig sind. Ich habe Wilson, meinen diensthabenden Hauptmann, verständigt. Er wird General Reinhardt eine Nachricht zukommen lassen. Ich habe ihm gesagt, daß ich in einer Stunde am westlichen Landeplatz in Bremen auf ihn warten werde. Wenn wir Reinhardt überzeugen, können wir uns an Nan Ho wenden.«

Sie runzelte die Stirn. »Was ist mit Ihrem Freund ... Sie wissen schon, Major Karr?«

Chen schüttelte den Kopf. »Karr hat einen Sondereinsatz auf den unteren Ebenen. Es ist Monate her, seit ich das letzte Mal von ihm gehört hatte. Wenn ich wüßte, wo er ist, wäre er der erste, an den ich mich wenden würde. Ist Ihnen aufgefallen, wer das war, Hannah? Es waren Angehörige der *Gilde*. Ausgebildete Attentäter. Die besten!«

Sie schauderte. »Ich würde nicht einmal nachgeben, wenn es Dämonen aus der Hölle wären. Das wissen Sie ...«

Er berührte sie kurz an ihrem unverletzten Arm. »Ich weiß. Jetzt machen Sie Ihren Vater reisefertig. Ich will, daß Reinhardt es aus dem Maul des Pferdes hört.«

Sie sah ihn stirnrunzelnd an. »Des Pferdes, Kao Chen?«

Er lachte. »Eine alte Redensart ... Beeilen Sie sich. Die Ehre der Gilde ist verletzt worden. Zwei ihrer Mitglieder sind tot, und dafür werden sie Vergeltung üben wollen. Außerdem gibt es Drachen, gegen die wir kämpfen müssen, nicht wahr?«

Hannah lachte, dann fragte sie ernst: »Haben Sie eigentlich keine Angst, Kao Chen?«

»Angst?« Er beugte sich zu ihr und flüsterte ihr ins Ohr. »Um ehrlich zu sein, Shang Han-A, ich bin wie gelähmt.«

Fei Yen stand in der Ecke des Zimmers neben dem hängenden Käfig und betrachtete die Vögel, die gerade in der Mauser waren. *Wu* befragte das Orakel. Meister Fung hatte länger gebraucht als üblich, war die Ergebnisse immer wieder durchgegangen und hatte die ganze Zeit die Stirn gerunzelt. Schließlich blickte er mit beunruhigtem Gesicht auf. »Es ist *Ko*«, erklärte er. »Im See ist Feuer.«

Yin Tsu hielt den Atem an. »Sind Sie sicher, Meister Fung?«

Der *Wu* nickte. »Es sind neun an der fünften Stelle. Die zwei grundlegenden Trigramme stehen in Opposition. Die jüngere Tochter dominiert die ältere. Feuer im Wasser.« Seine Stimme bebte vor Furcht. »Das bedeutet Revolution, Prinz Yin. Revolution!«

Yin Tsu schüttelte den Kopf, hatte aber vor Angst die Augen aufgerissen. Er sah zu Fei Yen hinüber, dann senkte er den Blick. »*Aiya …*«, flüsterte er. »Kuan Yin beschütze uns!«

Seine Tochter kam herüber und trat vor den *Wu*. »Sagen Sie uns mehr, Meister Fung. Ist es … *unvermeidlich?*«

»Unvermeidlich?« Er zuckte die Achseln, und ihm war sichtlich nicht wohl in seiner Haut. »Nein … nicht unvermeidlich. Doch die Zeichen sind unmißverständlich.« Er streckte eine verschrumpelte Hand aus und deutete auf den Haufen umgestürzter Stengel. »Ich habe es noch nie so deutlich gesehen. Hier Feuer, dort Wasser … die beiden stehen in Konflikt. Wenn der Mann kommt …«

»Der Mann?« Yin Tsu schreckte hoch. »Was soll das heißen, Meister Fung?«

Fung sah zu Boden. »Die Zeit ist reif, Prinz Yin. Wir warten nur noch auf den Mann. So sagt es das Orakel. Der Große Mann verändert sich wie ein Tiger …«

»Und wenn der Große Mann ein Drache ist?«

Der *Wu* blickte auf und starrte sie an. »Ein Drache?«

»Das ist nicht so wichtig …« Sie wandte sich ihrem Vater zu. »Nun? Wirst du dich jetzt an ihn wenden?«

Yin Tsu zögerte, dann schüttelte er den Kopf. »So

einfach ist das nicht, Fei Yen. Ich … ich muß erst mit meinen Vettern reden. An Sheng muß es erfahren. Sein Sohn …« Er senkte den Blick, dann fügte er hinzu: »Lassen Sie uns bitte einen Moment allein, Meister Fung.«

Als der *Wu* gegangen war, sah er sie wieder an. Im Moment war ihm jedes seiner zweiundachtzig Jahre anzusehen.

»Für dich ist das einfach, Fei Yen. Du bist deinem Sohn verpflichtet. Aber ich … nun, ich habe drei Söhne und ein Enkelkind. Und An Sheng … Nun, es wäre nicht richtig, etwas zu unternehmen, ohne zuvor mit An Sheng geredet zu haben.«

Einen Moment lang starrte er ins Leere, dann erbebte er, und plötzlich zitterte seine Stimme vor Schmerz. »Chan … wie konnte er nur so verrückt sein? *Warum nur?*«

Seine Tochter schloß ihn in die Arme und versuchte ihn zu trösten. »Vielleicht können wir behaupten, daß er angestiftet … daß er von An Hsi *verführt* worden ist. Vielleicht …«

»Nein«, sagte ihr Vater und schob sie von sich. »Yin Chan ist kein Kind mehr. Wenn er von jemandem angestiftet wurde, dann weil er es selbst so wollte.« Er seufzte schwer. »Nein, mein Liebling, wir haben Chan verloren. Wir … wir müssen so tun, als habe es ihn nie gegeben. Ich …«

Sein Mund zitterte, sein ganzes Gesicht drohte auseinanderzufallen. Er wandte den Kopf ab, rang um Beherrschung, dann sah er sie wieder an.

»Ich werde jetzt gehen und mich mit An Sheng treffen. Er muß sofort erfahren, was hier geschehen ist. Und dann werden wir uns gemeinsam an Li Yuan wenden. Noch heute, bevor weiterer Schaden eintritt.«

»Und Chan? Was wird aus meinem Bruder?«

Der Alte schüttelte den Kopf, und seine Stimme

klang plötzlich ganz schwach. »Yin Chan gibt es nicht mehr …«

Der Erste Drache lachte herzlich, nickte den drei Männern zu – seinen Brüdern –, die neben ihm saßen, dann drehte er sich auf seinem Platz herum und klatschte in die Hände. Sofort lief ein Diener herbei und kniete vor ihm nieder.

»Herr?«

»Bringen Sie uns Wein. Den besten. Sagen Sie Meister Yu Bescheid …«

Er brach ab, als ein Mann, der mit gesenktem Kopf in der Tür stand, die Schärpe eines Ministeriumsboten um die Schultern, seine Aufmerksamkeit erregte. Er entließ den Diener und winkte den Mann herbei.

Er nahm ihm den schwarzen Seidenumschlag ab und riß ihn ungeduldig auf. Was war das? Steckte in diesem Umschlag, worauf er seit drei Jahren wartete?

Er las die handgeschriebene Notiz und faltete sie mit einem Lächeln wieder zusammen.

»Wollen Sie eine Antwort schicken, Herr?«

Er schüttelte den Kopf und steckte den Umschlag in die Innentasche seines Umhangs. »Nein. Keine Antwort.«

Als er sich umdrehte, durchfuhr ihn ein leichter Schauder. Wenn man mit Aalen zu tun hatte, steckte man ihnen am besten den Haken durch die Kiemen. Und das … dieses Gelöbnis von An Sheng … das war der Haken, mit dem er ihn festhalten würde.

»Gute Nachrichten, *I Lung?*« fragte sein Zweiter Bruder und hob mit neugierigem Blick seinen Weinbecher.

»Etwas Geschäftliches«, wich er aus.

»Unsere Arbeit ist nie getan, nicht wahr?« warf sein Fünfter Bruder ein, der rechts von ihm saß. »Unsere Augen sind nie geschlossen.«

Darauf lachten sie. Es wurde noch mehr Wein gebracht.

»Sollen wir Musik spielen lassen?« fragte er, sah in die Runde und fand in allen Gesichtern seine eigene gute Laune wieder.

»Eine fabelhafte Idee«, antwortete sein Zweiter Bruder und beugte sich vor, um sich von einem Diener seinen Becher nachfüllen zu lassen. »Ist diese exzellente *Ch'in*-Spielerin noch in deinen Diensten, Bruder?«

Er lachte. »Das ist sie. Aber ich habe den Eindruck, du bist weniger an ihrem Spiel als an ihren anderen Talenten interessiert.«

»Ich habe gehört, daß sie sehr gut auf der Jadeflöte bläst«, fügte der Fünfte Bruder hinzu und zwinkerte ihm zu. »Obwohl ihr Zupfen …«

»Ihr was, Bruder?«

»Ihr Zupfen, sagte ich … ihre Fingerarbeit …«

Der Zweite Bruder beugte sich vor und amüsierte sich über ihr Spielchen. »Ihre Fingerarbeit? In welcher Hinsicht?«

»Oh, nichts … nur daß sie auch dem müdesten alten Instrument noch einen Ton entlocken könnte!«

Darauf brachen sie in lautes Gelächter aus. Der *I Lung* drehte sich um und rief seinen Zeremonienmeister herbei. »Meister Yu … Ich habe mich schon gefragt, wohin Sie verschwunden sind. Meine Brüder …«

Er verstummte, als er Yus ernste Haltung bemerkte.

»Meister Yu? Was ist los?«

Yu, der den Kopf gesenkt hatte, blickte auf, Furcht in den Augen und den Hals leicht gerötet. »Herr … verzeihen Sie mir. Eine Nachricht ist eingetroffen …«

»Ich weiß.« Er klopfte auf seine Jackentasche. »Ich habe sie schon erhalten.«

»Nein, Herr. Eine besondere Nachricht. Auf dem Monitor in Ihrem Arbeitszimmer.«

»Ach ja …?« Er runzelte die Stirn. »Und haben Sie sie beantwortet?«

Meister Yu machte eine tiefe Verbeugung. »Ich bin nur zufällig vorbeigekommen, Herr, und Sie waren hier beschäftigt. Ich habe einen Blick durch die Tür geworfen und wollte Sie holen. Aber … nun, in diesem Moment erschien ein Gesicht auf dem Bildschirm. Der Mann hat mich gesehen und mich gerufen. Es war ein Soldat. Ein Hauptmann.«

Dem *I Lung* wurde kalt. Seine Brüder hinter ihm waren verstummt und hörten zu.

»Was hat er gesagt?«

Yu schluckte, dann fuhr er fort. »Er sagte, daß er nur wenige Sekunden habe. Daß keine Zeit bliebe, um Sie zu holen. Er sagte mir …« Yu zögerte und sah in die Runde, aber der Erste Drache bedeutete ihm weiterzureden. »Er sagte, ich soll Ihnen ausrichten, daß die Attentäter tot sind. Und Ihre Schwester Chih Huang Hui auch. Und daß Shang Mu überlebt hat.«

Der *I Lung* lehnte sich zurück und spürte, wie alle Heiterkeit in ihm von einem frostigen Gefühl verdrängt wurde.

Vorhin hatte er das Orakel befragt. *Ko* hatte die Antwort gelautet. Im See ist Feuer. Eine Bestätigung seiner Vorhaben, wie er annahm. Er hatte auf der sonnenbeschienenen Terrasse seines Palastes gesessen und das Urteil des *Wu* mit Erregung zur Kenntnis genommen:

Die Revolution.
Am eigenen Tag, da findest du Glauben.
Erhabenes Gelingen, fördernd durch Beharrlichkeit.
Die Reue schwindet.[4]

Er zitterte. *Die Reue schwindet …*

Er stand auf und sah zu seinen Brüdern hinüber. Sie beobachteten ihn und warteten ab, welche Entscheidung er treffen würde. Er schickte Yu mit einem Wink weg, dann trat er an das große Fenster am anderen Ende des Zimmers und starrte blind hinaus, während eine Welle heftiger Verzweiflung ihn durchfuhr. Es war zu früh, bei weitem zu früh. Wenn sie jetzt zuschlugen, konnte sich das als verhängnisvoll erweisen. Doch welche Wahl hatten sie nun? Wenn Shang Mu tatsächlich überlebt hatte …

»Bruder?«

Er drehte sich um. Sein Zweiter Bruder stand nur wenige Schritte hinter ihm. Hinter ihm warteten schweigend sein Fünfter und sein Achter Bruder.

»Schon gut«, sagte er und kam zu einem Entschluß. »Es geht weiter.«

»Heute abend?«

Er zögerte, dann nickte er. »Shang Mu«, sagte er. »Wir müssen Shang Mu erwischen.«

»Und hinterher?«

»Der T'ang«, sagte er, sah seinen Brüdern in die Augen und fand darin den Schatten seines eigenen Zweifels wieder. »Wir müssen den T'ang töten.«

»Was meinen Sie?«

Chen starrte durch die Dunkelheit auf die von Flutlicht erhellte Masse der Bremer Festung, dann richtete er den Blick wieder auf den jungen Piloten.

»Wenn sie uns aus der Luft schießen wollten, hätten sie es schon getan. Nein. Wenn sie irgendwelche Tricks versuchen, dann erst, wenn wir auf dem Boden sind.«

Er wandte sich Hannah und ihrem Vater zu.

»Wenn wir gelandet sind, bleiben Sie sitzen. Ich gehe allein raus. Wenn es Schwierigkeiten gibt, wird dieser Leutnant Sie hier so schnell wie möglich rausfliegen.«

Shang Mu sah ihn besorgt an. »Meinen Sie, es wird etwas passieren?«

»Ich hoffe nicht. Aber wer weiß? Die ganze Situation

ist etwas Neues. Es hängt davon ab, bis in welche Ränge des Sicherheitsdienstes die Verschwörung reicht. Ich würde darauf schwören, daß Reinhardt ehrlich und Li Yuan treu ergeben ist. Aber wer weiß, was mit seinen Vertrauten ist? Wir müssen das Risiko einfach eingehen.«

Er nickte dem jungen Leutnant zu. »Dort«, sagte er und deutete auf den Rand des großen westlichen Landefeldes. »Setzen Sie auf diesem großen freien Gelände auf. Ich will, daß keiner um uns herumschleicht, verstanden?«

»Sir!«

Er legte den Kopter schräg und flog in einer langgezogenen Kurve zu der Stelle hinunter, auf die Chen gedeutet hatte.

Chen stieg aus und sah sich um. Es hatte geregnet, und die gefurchte Oberfläche des Landefeldes war naß und rutschig. Weniger als zwanzig *ch'i* hinter ihm befand sich eine Senke von fast zwei *li* Durchmesser. Mehr als zweihundert *ch'i* vor ihm erhob sich der Kegelstumpf des Kontrollturms vom westlichen Landefeld und dahinter, in die Dunkelheit vor Anbruch der Dämmerung, der schlanke Sendeturm der Bremer Festung. In die Peripherie und, in regelmäßigen Abständen, in den Boden des Landefeldes eingelassene Scheinwerfer warfen breite Lichtsäulen in den Himmel. Zwischen ihnen erstreckten sich große Flecken von Dunkelheit. Chen lächelte und ging auf den Kontrollturm zu, als er sah, daß sich auf der Aussichtsgalerie etwas bewegte.

Ihm war, als durchschritte er eine große Halle, deren Säulen die Lichtstrahlen und deren Decke der Himmel waren. Normalerweise hielt er sich im Dunkeln, scheute davor zurück, die hohe Lichtsäulen zu durchschreiten, diesmal aber ging er direkt auf den Turm zu, dessen dunkle Silhouette blitzend und flackernd, wie es schien, in das strahlende Licht schnitt, bis er nur noch zwanzig *ch'i* bis zum Turm vor sich hatte. Dort blieb er stehen und sah einer kleinen Gruppe von Männern entgegen. Licht aus den Fenstern des Turms warf vor ihm ein Muster auf den Boden, aber die Männer standen dahinter im Schatten. Chen blinzelte und versuchte zu erkennen, wer es war.

»Major Karr?«

Reinhardt trat aus den Schatten ins Licht vom Turm.

»General …«

»Wo ist Shang Mu? Ich dachte …«

»Wer ist bei Ihnen?«

Ihm entging nicht, wie Reinhardt ihn ansah, überrascht von dem Mangel an Respekt in seiner Stimme. Der General zögerte, schien nicht recht zu wissen, wie er sich in dieser Situation verhalten sollte, dann zuckte er die Achseln und antwortete: »Also gut. Ich habe drei meiner Männer mitgebracht. Leibwächter. Männer, denen ich vertraue. Die anderen beiden sind Ihnen unterstellt. Hauptmann Wilson und Ihr Sergeant.«

Chen sah an dem General vorbei. »Schicken Sie den Sergeant weg.«

Reinhardt drehte sich um und gab seinen Begleitern einen Wink. Sofort drehte sich einer der Männer um und ging davon.

Reinhardt wandte sich wieder Chen zu. »Also? Machen wir so weiter?«

»Wissen Sie Bescheid? Was vorhin passiert ist …«

»Ich denke schon. Die Gilde, wie?«

Chen nickte. Dann drehte er sich um und winkte den Leuten im Kopter zu. Wenig später stiegen zwei Gestalten aus und kamen herüber.

Reinhardt sah ihn seltsam an.

»Was ist los?« fragte Chen.

»Das …« – Reinhardt zögerte – »was Sie da andeuten, ist …«

»Unglaublich?«

Reinhardt nickte.

Chen sah die beiden Gestalten durch die Dunkelheit näher kommen und hatte dabei eine seltsame Spannung im Bauch.

Als Shang Mu an seine Seite trat, kam Reinhardt näher, bis sie nur noch zwei Schritte trennten.

»Unterminister ...«

Chen beobachtete ihn mit Falkenaugen, eine Hand an seiner Waffe. Aber Reinhardt schien nicht bewaffnet zu sein.

Die beiden Männer verbeugten sich und standen einander schweigend gegenüber. Hannah berührte Chen am Arm. Er warf ihr einen Blick zu und lächelte.

»Nun«, sagte Reinhardt. »Ich habe gehört, daß Sie mir etwas zu berichten haben. Major Karr sagte mir das ...«

Er brach ab. Chen hatte sich bewegt – war mit gezogener Waffe hinter ihn getreten.

»Major Kao?«

Reinhardt fuhr herum und sah es sofort. Einer der vier Männer hatte sich von der Gruppe gelöst und kam langsam in einem Bogen von rechts auf sie zu.

Chen hielt sich zwischen dem Mann und Shang Mu. Als der Mann einen Lichtkreis durchquerte, erkannte er, wer es war.

Chen zögerte, und die Waffe zitterte in seiner Hand. »*Wilson?* Was ist los? Was, zur Hölle, geht hier vor?«

Reinhardt fuhr herum und schrie. »Runter, Shang Mu! Sofort runter ...«

Es fiel ein Schuß, dann ein zweiter. Der Hauptmann lief nun direkt auf Shang Mu zu und feuerte dabei.

Chen ging die Knie, legte an und feuerte. Einmal, zweimal, dann ein drittes Mal trafen die Kugeln den Mann in die Brust, rissen ihn nach hinten und schließlich zu Boden. Wilson rollte herum, blieb still liegen, und seine Waffe klirrte über den Boden.

Chen drehte sich um und riß entsetzt die Augen auf.

Shang Mu lag auf dem Boden und hielt sich stöhnend den Bauch.

»*Aiya!*« sagte er, rappelte sich auf und stolperte auf ihn zu. Aber es war zu spät. Er hatte ihn gerade erreicht, als Shang Mu zusammenzuckte und still liegenblieb. Chen sah Hannah in die Augen, und ihr Gesicht verriet ihren Schock, ihre absolute Fassungslosigkeit.

»Nein ...« sagte sie mit leiser, erschrockener Stimme. »Nein ...«

Aber es war vorbei. Ihr Vater war tot. Und Reinhardt ... Reinhardt starrte, eine kalte Gewißheit im Gesicht, ins Leere und nickte.

»Vater, was führt dich her? Das ist ja eine freudige Überraschung!«

An Sheng kam Fei Yens Vater auf der Rampe entgegen, umarmte Yin Tsu, dann trat er zurück und hielt ihn, ein breites Grinsen im Gesicht, auf eine Armlänge Abstand.

Yin Tsu versuchte sein Lächeln zu erwidern, mußte aber feststellen, daß es ihm nicht möglich war. Er senkte bestürzt den Blick.

»Was ist los?« fragte An Sheng mit besorgter Miene. »Ich hoffe, deinen Kindern geht's gut?«

Yin Tsu nickte vage. »Gehen wir rein«, sagte er. »Ich muß mit dir reden, An Sheng. Etwas ist geschehen ...«

An Sheng überlegte, dann nickte er. »Komm«, sagte er und nahm Yin Tsu am Arm. »Wir gehen in meine Privatgemächer. Ich lasse uns von Mo Shan Getränke bringen.«

In einem großen Zimmer, das auf einen Garten mit einem Zierteich hinausging, setzte sich Yin Tsu auf ein langes, mit Kissen überhäuftes Sofa, während An Sheng, einen Fuß auf dem *Kang*, stehenblieb.

»Also?« fragte er. »Was ist geschehen?«

Yin Tsu seufzte und wußte nicht, wo er anfangen

sollte. *Unsere Söhne müssen sterben,* dachte er und erinnerte sich unwillkürlich an Fei Yen, die über einen Handel spekuliert hatte. Aber mit Verrätern konnte man nicht verhandeln. Es mochte eine Verrücktheit sein, aber es war eine tödliche Verrücktheit, die sie alle bedrohte. Es gab keine Alternativen.

Er blickte auf und sah seinem Vetter in die Augen. »Dein Sohn und meiner sind Verräter, An Sheng. Sie haben sich … in meinem Sommerpalast getroffen … und über eine Rebellion geredet … sie wollen die Sieben töten.«

An Shang lachte verdattert und legte die Stirn in Falten. »Du mußt dich irren, Yin Tsu. Unsere *Söhne?*«

Yin Tsu nickte. »Yin Chan und An Hsi. Oh, natürlich auch ein paar andere, aber sie waren die Rädelsführer.«

An Sheng trat an seine Seite und sah mit einem Gesichtsausdruck zwischen Angst und Unglauben auf ihn herunter. »Du mußt dich irren, Yin Tsu. An Hsi … er ist ein guter Sohn und den Sieben loyal ergeben. Und dein Chan …« Er schüttelte den Kopf. »Nein. Das kann ich nicht glauben.«

Yin Tsus Gesicht blieb ausdruckslos. »Unsere Söhne müssen sterben, An Sheng. Wir müssen Li Yuan um eine Audienz ersuchen und ihm berichten, was geschehen ist.«

»Wir sollen es ihm berichten?«

Yin Tsu blickte auf und staunte über An Shengs plötzlichen Zorn.

»Natürlich …«

An Sheng sah ihn finster an, dann wandte er sich ab. Er hatte eine Faust geballt. »Hast du Beweise, Yin Tsu?«

»Meine Tochter Fei Yen … sie hat die Jungen belauscht.«

»Deine *Tochter!*« An Sheng lachte ätzend. »Deine liebe, kostbare Tochter … die Frau des T'ang!«

Yin Tsu zuckte bei dieser bissigen Bemerkung zusammen. »Sie würde mich nicht anlügen ...«

An Sheng beugte sich mit häßlich verzogenem Gesicht über ihn. »Nein? Und ich wette, daß sie auch nie mit Stallknechten und Dienern ins Bett steigt!« Er wandte sich ab und gab einen angewiderten Laut von sich. »Sind das alle Beweise, Yin Tsu ...?«

»Warum beleidigst du mich so, Vetter?«

An Shengs Augen funkelten. »Warum beleidigst du *mich* denn so, Vetter?«

»Ich ...« Yin Tsu stand auf. »Ich glaube, ich gehe jetzt besser.«

»Du willst gehen?« An Sheng schüttelte den Kopf. »Nein, Yin Tsu. Du tischst mir hier Gerüchte und das Geschwätz deiner verhurten Tochter auf und erwartest noch, daß ich meinen Sohn für einen solchen Schwall heißer Luft opfere? Nein, Yin Tsu.« Er zog sein Messer und trat auf den älteren Mann zu. »Du wirst dich entschuldigen, sonst werde ich mich blutig rächen!«

Yin Tsu starrte entsetzt das Messer an. »Vetter, ich ...«

An Sheng packte den Greis an seinem Seidengewand und hielt ihm das Messer an die Kehle. Seine Miene war hart und kompromißlos. »Entschuldige dich, du alter Narr! *Entschuldige dich!*«

Yin Tsu stöhnte, die Augen vor Furcht weit aufgerissen. »Vetter ... vergiß nicht, wer wir sind ...«

Aber An Sheng schien für kein vernünftiges Wort mehr erreichbar zu sein. Mit einer unbeherrschten Bewegung stieß er dem Alten das Messer in den Hals, dann noch einmal. Yin Tsu kreischte, sackte keuchend auf die Knie und spuckte Blut, das seine Kehle füllte.

An Sheng trat zurück, sah ihn an und ließ das Messer fallen. »Zum Teufel mit dir, Alter ...« flüsterte er. »Zum Teufel mit dir!«

KAPITEL · 3

T'ieh pi pu kai

Das riesige Hologramm stand zwischen den drachenumkränzten Säulen und starrte, die Hände in die Hüften gestemmt, auf die Tausenden von Gefangenen hinunter, die mit gefesselten Händen im Gewölbe der Großen Halle knieten. Wenn es sprach, dröhnte seine Stimme, und wenn es sich bewegte, rauschte die Luft, als blähe sich ein großes Segel im Wind.

Zuerst hatte es das Gesicht von Li Yuan gehabt, aber langsam verwandelte es sich in das von Tsu Ma. Wie das Gesicht, so machte auch der Körper eine langsame Verwandlung durch. Brust und Schultern wurden breiter, Beine und Hüften dicker. Was sich nicht veränderte, war die Ausstrahlung großer Würde, Autorität und Macht, die von der riesigen Gestalt ausging.

Li Yuans Eröffnungsadresse hatte den Tonfall vorgegeben, nun füllte Tsu Ma die Erklärung mit Substanz. Das Große Ministerium war aufgelöst worden, ebenso die Gilde. Der Sicherheitsdienst sollte durchleuchtet und die zahlreichen Verbindungen zwischen ihm und den Untergeordneten Familien aufgeklärt werden. Schließlich drohte allen Dienern des Großen Ministeriums ein Prozeß, und alle, von denen bereits feststand, daß sie in den Putschversuch verwickelt waren, sollten hingerichtet werden.

Unter den Gefangenen erhob sich furchtsames Gemurmel. Viele von ihnen hatten von diesen Vorgängen erst erfahren, als man sie aus den Betten zerrte. Einige von diesen wagten aufzublicken und hatten noch Hoffnung, daß sie ungeschoren davonkommen könnten, aber andere, die eine dunkle Ahnung von den Ereignissen hatten – die in Andeutungen von den Plänen, aber nicht von Details wußten –, hatten keine Hoffnung mehr und ließen niedergeschlagen den Kopf hängen. Sie wußten, daß alles vorbei war und sie der Tod erwartete, wie immer die Formalitäten aussehen mochten.

Diesmal hatten die Sieben schnell und effektiv gegen ihre Feinde zurückgeschlagen. Sie hatten zwei Stunden nach Anbruch der Dämmerung eine Razzia im Hauptgebäude des Großen Ministeriums durchführen lassen, alle Unterlagen beschlagnahmt und jeden getötet, der Widerstand leistete. Zur gleichen Zeit hatten andere Einheiten die regionalen Büros eingenommen. Alle Offiziere des Sicherheitsdienstes mit bekannten Kontakten zum Großen Ministerium waren entwaffnet und festgenommen worden, und alle Mitglieder der Untergeordneten Familien, die in die Verschwörung verwickelt waren, saßen in Haft. Die Sieben hatten durch ihr schnelles Handeln offensichtlich jeden Putschversuch aussichtslos gemacht, doch der Erste Drache selbst und viele andere wichtige Verschwörer blieben auf freiem Fuß, und solang es so war, würden die Sieben sicher nicht an Aufmerksamkeit nachlassen.

Als Tsu Ma am Ende angelangt war, hob er die Hand, die größer war als ein ausgewachsener Mann, und ließ sie wie einen Hammer niederfahren.

»T'ieh pi pu kai!«

Seit dreitausend Jahren endeten Regierungserklärungen mit diesen Worten, doch diesmal klangen sie folgenschwer, *bedrohlich.*

Der eiserne Stift verändert sich nicht …

Eisen … das Symbol der Festigkeit und Stärke, der Entschlossenheit, Integrität und Gerechtigkeit. Und das Symbol der Hinrichtungswerkzeuge.

Tsu Ma trat zurück, verschränkte die Arme in den Ärmeln, deren gelber Stoff wie die Sonne leuchtete, dann verblaßte seine Gestalt unmerklich langsam, bis es zwischen den großen Drachensäulen völlig dunkel geworden war.

Vom anderen Ende der Halle war ein Schlurfen zu hören, als Wachen zwei Männer an den Haaren packten und zur Tür schleiften.

Die Enthauptungen hatten begonnen.

Nan Ho starrte auf die Liste, dann sah er den Mann an, der ihm gegenüber saß.

An Sheng wirkte entspannt, völlig unbelastet von den Anschuldigungen. Er hatte sie natürlich abgestritten und behauptet, daß sein Mord an Yin Tsu ein Akt blinder Leidenschaft gewesen war, der aus einer natürlichen Entrüstung resultierte, aber Nan Ho glaubte ihm nicht. Und die Liste …? Nun, natürlich stritt er ab, etwas von ihr gewußt zu haben. Die Liste, die aus dem Besitz des toten Shang Mu stammte, war nicht in An Shengs Händen – der Schreiber, der sie kopiert hatte, war aller Wahrscheinlichkeit nach längst tot –, doch er hegte keinen Zweifel, daß sie auf An Shengs Weisung hin zusammengestellt worden war. Seit seiner Konfrontation mit Li Yuan in der Halle der Sieben Ahnen anläßlich der Weidenpflaumen-Epidemie hatte An Sheng auf eine Gelegenheit gewartet, es dem jungen T'ang heimzuzahlen, und auf den Tag hin geplant, an dem er sich für seine Demütigung rächen konnte, und dies – die flächendeckende Auslöschung von Li Yuan und all seiner Anhänger – wäre die perfekte Vergeltung gewesen.

Natürlich würde es schwierig sein, An Shengs Verwicklung in den Putsch zu beweisen. Er hatte darauf geachtet, sich selbst nicht die Finger schmutzig zu machen, und selbst da, wo es ihm nicht gelungen war –

wie im Fall von Yin Tsu –, konnte niemand einen Zusammenhang zu den übrigen Ereignissen nachweisen, und er hatte auf sein Recht bestanden, vor ein Gericht gestellt zu werden, das seines Ranges würdig war. Ungeachtet der besonderen Umstände würde An Sheng, wenn kein Riß in der Mauer des Schweigens gefunden wurde, die ihn umgab, dem Ruch eines Verräters entgehen können. Und wenn Präzendenzfälle hier von Bedeutung waren, stand selbst die Mordanklage auf wackligen Füßen. Was immer sie persönlich glaubten, war es unwahrscheinlich, daß Personen seiner Gesellschaftsschicht ihn eines Mordes für schuldig befinden würden. Einer geringeren Anklage durchaus. Es war sogar denkbar, daß sie sich auf einen Kompromiß einigen würden und die Ankläger bereit waren, ihm einen Freispruch zuzusichern, falls er zurücktrat und seinen ältesten Sohn Mo Shan an seiner Stelle zum Oberhaupt der Familie erklärte. Und welchen Unterschied würde das schon machen?

Kein Wunder, daß der Dreckskerl so gelassen ist.

Nan Ho legte die Liste weg und räusperte sich. »Sie sind sich doch wohl im klaren darüber, was geschehen ist, Prinz An?«

An Sheng schüttelte geringschätzig den Kopf und weigerte sich, dem Kanzler in die Augen zu sehen. »Ich weiß nur, daß ich zu Unrecht aus meinem Haus geholt und ohne Erklärung inhaftiert worden bin. Ich möchte mich mit allem Nachdruck darüber beschweren …«

»Wir nehmen Ihre Beschwerde zur Kenntnis, Prinz An, aber es herrschen ungewöhnliche Umstände. Die Sieben sind zusammengetreten, und …«

»Verzeihen Sie, Kanzler, aber was hat das mit mir zu tun? Die Sache mit Yin Tsu war ein … ein unglücklicher Zwischenfall … aber ich habe nichts abgestritten. Ich habe auch nichts vertuscht. Die Aufzeichnungen des Vorfalls sind dem *T'ing Wei* übergeben worden, und ich habe mich der Gnade meiner Richter unterworfen. Was kann ich noch tun?«

Nan Ho senkte leicht den Kopf und war darauf bedacht, seine Nervosität zu verbergen, dann fuhr er fort.

»Wie ich schon sagte, sind die Sieben zusammengetreten und haben sich auf ein Sonderedikt geeinigt. Seit der zehnten Glocke heute morgen herrscht auf Chung Kuo Kriegsrecht. Außerdem ist eine umfangreiche Untersuchung über die Vorgänge im Großen Ministerium im Gange, und *das* ist der Anlaß, warum Sie hier sind.«

An Sheng zuckte die Achseln. »Ich wiederhole meine Frage: Was hat das mit mir zu tun?«

Nan Ho zog einen Berichtsbogen heran und tippte einige Zeichen in seine Konsole. Sofort erschien eine Auflistung von An Shengs Besuchen beim Ersten Drachen auf seinem Monitor, einschließlich Datum und Dauer jedes Besuchs.

»Kennen Sie den *I Lung* gut, Prinz An?«

»So gut wie jeder Prinz der Untergeordneten Familien, Kanzler. Es gehörte zu meinen Aufgaben, ihn zu kennen.«

»Das ist richtig ... aber wie ich sehe, haben sie sich noch vor wenigen Tagen mit ihm getroffen. Er hat Sie in Ihrem Palast besucht. Ist das nicht etwas ... *ungewöhnlich?*«

An Sheng legte den Kopf schräg. »Was soll daran ungewöhnlich sein?«

»Da fragen Sie noch?« Nan Ho hob überrascht eine Augenbraue. »Zweimal in drei Jahren, wie ich sehe, und das letzte Mal nur wenige Tage, bevor das Ministerium die Sieben zu stürzen versucht hat. Sagen Sie, Prinz An, wirkte der Erste Drache irgendwie ... *gestreßt?*«

Er beobachtete ihn. An Sheng zeigte keine Reaktion,

als er den Putschversuch erwähnte, und das war schon erstaunlich genug. Überhaupt wirkte seine vorgebliche Gelassenheit wie eine einstudierte Pose. An Sheng spazierte auf dünnem Eis, und er wußte es.

»Mir ... mir ist nichts aufgefallen. Wir haben über die *Wei Chi*-Meisterschaft nächstes Jahr gesprochen und wen wir für die Favoriten halten ... oh, und ein wenig über Lady Fei getratscht, aber davon abgesehen ...« Er zuckte die Achseln und sah auf seine Hände.

Nan Ho folgte seinem Blick. An Shengs Hände lagen locker in seinem Schoß, die langen Nägel perlfarben lackiert. Als er hinsah, drehte An eine Hand und verkrampfte sie wie eine Kralle, als mache er eine Übung.

... oder als versuche er irgendwie seine Spannung abzubauen.

Nan Ho schwieg eine Zeitlang, dann tippte er etwas in die Konsole und löschte den Bildschirm.

»Das war's, Prinz An. Sie können jetzt gehen. Aber bitte halten Sie mein Büro ständig darüber auf dem laufenden, wo Sie gerade sind. Wenn ich Sie noch einmal sprechen will ...«

»Sie finden mich in meinem Palast, Kanzler«, unterbrach ihn An Sheng und stand abrupt auf. Und mit einer beiläufigen Geste, mit der er Nan Hos Rang anerkannte, drehte er sich um und verließ das Zimmer.

Nan Ho lehnte sich zurück und ließ in einem langen, verbitterten Seufzer Atem ab. Dann blickte er in die Kamera auf.

»Nun, *Chieh Hsia?*«

»Er ist schuldig«, antwortete Li Yuan. »Daran habe ich keine Zweifel mehr.«

»Und was ist mit der Prinzessin Yin Fei Yen? Möchtet Ihr sie sehen und Ihre Aussage hören, *Chieh Hsia?*«

»Nein ... Ich habe genug gehört. Ich muß mich jetzt mit meinen Vettern beraten. Ich werde Sie über unsere Entscheidungen unterrichten, Meister Nan. Kurbeln

Sie in der Zwischenzeit die Suche nach dem *I Lung* an. Wenn wir ihn erwischen können …«

»Ja, *Chieh Hsia.*«

Er hörte den leisen Ton einer Glocke, die ihr Gespräch beendete. Li Yuan hatte die Verbindung unterbrochen. Nan Ho saß noch eine Zeitlang da, starrte auf die Liste und stand schließlich auf. Diesmal hatte es wenig Sinn, den Anweisungen des T'ang zu gehorchen. Schließlich waren schon mehr als genug Leute dem Ersten Drachen auf den Fersen, aber wenn der T'ang Verstärkung verlangte, würde es so geschehen. Trotzdem würden sie den *I Lung* nicht finden, denn entweder war er schon tot oder nicht mehr auf diesem Planeten – was auch immer, sie würden es nie erfahren. Im günstigsten Fall würden sie einen seiner Brüder erwischen, und selbst das war unwahrscheinlich.

Und was jetzt? fragte sich Nan Ho, trat ans Fenster und sah auf die sonnenbeschienenen Gärten hinaus. Wer sollte jetzt, da die Tausend Augen die Ebenen nicht mehr überwachten, das Große Geheimnis ihrer gemeinschaftlichen Vergangenheit bewahren? Wer würde die Menschen jetzt noch dumm halten? Würde dieses Geheimnis im Dunkeln verborgen bleiben? Oder würde jetzt die ganze Wahrheit durchsickern, wie Blut durch ein Stück Stoff?

Er biß die Zähne aufeinander. Von jetzt an hatten sie nur noch Ungewißheiten vor sich. Sie hatten die Geschichte verworfen, und nun hatte die Geschichte sie verworfen. Niemand war diesen Weg vor ihnen gegangen, und es gab keinen Halt an der steilen Klippe der Zukunft. Von jetzt an mußte improvisiert werden. Jeder für sich, und jeder mußte vor dem Sturz auf der Hut sein.

Dennoch war es etwas wert, überhaupt überlebt zu haben.

Er ging in den Garten hinaus, blieb eine Weile mit

zurückgelegtem Kopf in der Frühlingssonne stehen und genoß die Frische des Tages.

Ja, so weit gekommen zu sein …

Er lachte, dann ging er, ernüchtert von dem Gedanken an das, was noch vor ihm lag, die breite, weiße Treppe hinunter und am Karpfenteich vorbei auf die Zellen zu.

»Nun, Vetter, was meinst du?«

Wu Shih runzelte die Stirn, dann nickte er widerwillig. »Mir gefällt das nicht, Yuan, aber ich stimme Tsu Ma zu. Ihn überleben zu lassen, ist undenkbar … Nein. An Sheng darf nicht vor Gericht kommen. Er muß sterben. Wie du das anstellst … nun, das überlasse ich dir, Vetter. Aber mach es bald. Solang noch solche Verwirrung herrscht.«

Li Yuan sah vom Monitor auf Wu Shih hinunter und nickte. »Scheint so, als müßten wir unser Gewissen begraben, nicht, alter Freund? Das Notwendige bestimmt jetzt unsere Schritte.«

»Dann wollen wir uns ihm bedingungslos fügen und es hinter uns bringen. Ich für meinen Teil habe genug Schwierigkeiten ohne diese zusätzliche Bürde.«

»Diese Frau, hm?«

Wu Shih nickte. »Genau, diese Frau …«

»Dann viel Glück, Vetter. Das können wir beide gut gebrauchen, nicht?«

Wu Shih machte eine Verbeugung und unterbrach die Verbindung. *Diese Frau …*

»Meister Pao?«

»Chieh Hsia?«

Er wandte sich seinem Meister der Inneren Kammer zu. »Holen Sie mir Kennedy her. Sagen Sie ihm, daß wir zu reden haben. Und bitten Sie Fen Cho-hsien mitzukommen. Wir müssen uns dieser Sache sofort annehmen.«

Pao En-fu machte eine tiefe Verbeugung, drehte sich um und eilte davon. Wu Shih setzte sich an den Schreibtisch und zupfte an seinem Bart. Soweit es Mary Lever betraf, hatten sie sich schwer verrechnet. Vor ihnen verborgen hatte sie ein ganzes Netzwerk von ›Ehefrauen‹ aufgebaut, alles Frauen, mit denen sie bei früheren Finanzierungsprojekten zusammengearbeitet hatte. Diese hatten wiederum überall in der Stadt Parties und Wohltätigkeitsveranstaltungen organisiert, die zeitlich mit der Sendung der Werbespots zusammenfielen. Über diese Brennpunkte ihrer Mitgliederwerbung hatte sie im ersten Anlauf über fünf Millionen Teilnehmer verpflichten können. Und an diesem Morgen, während die Aktionen um das Große Ministerium die Aufmerksamkeit der Verantwortlichen beanspruchte, war sie ein weiteres Mal auf Sendung gegangen, um ihre Erfolge zu verkünden und die nächsten Schritte zu diskutieren.

Ich hätte da gleich einen Riegel vorschieben sollen. Ich hätte …

»*Chieh Hsia?* Ich habe den Repräsentanten in der Leitung.«

»Gut. Dann stellen Sie ihn durch. Es wird Zeit, daß er ein paar Wahrheiten lernt …«

Der Mann stöhnte. Es war ein leiser, ungewollter Laut, als habe er schon so viel gelitten, daß diese kleinen zusätzlichen Qualen ihm nichts mehr bedeuteten, doch Nan Ho sah ihm an, daß er es fast nicht mehr ertragen konnte. Entweder würde er gestehen und hätte es hinter sich, oder er war unschuldig und würde den Verstand verlieren.

Es kam nicht mehr darauf an.

Nan Ho ging hinaus, blieb stehen und atmete in der saubereren Luft des Korridors tief durch. Zwei Männer lagen in den Zellen, ihre Körper zerschunden, ihr

Fleisch verbrannt und verstümmelt. Einer von ihnen war gekauft worden, der andere völlig unschuldig. Doch welcher war was? Nur diese beiden – Sekretäre des Meisters der Inneren Kammer – hatten Zugang zu detaillierten Informationen über das Personal hier in Tongjiang gehabt, und nur einer von ihnen konnte die Informationen an An Sheng weitergeben haben, der sie für seine Liste benötigte. Es war natürlich möglich, daß sich beide schuldig gemacht hatten, aber das kam nur selten vor. Zwei Männer zu bezahlen war teuerer, als einen einzigen anzuheuern – denn wenn man zwei für sich arbeiten ließ, konnte einer auf den Gedanken kommen, den anderen für ein Honorar oder nach einem Streit aus purer Bosheit zu verraten, während ein einzelner Spion …

Er schüttelte den Kopf, als er merkte, wohin ihn seine Gedanken führten. Vor fünf Jahren hatte er an Tolonens Seite gestanden und zugesehen, wie ein unschuldiger Mann in eben diesen Zellen in Stücke gerissen wurde, und all das nur, um das zweifelhafte Ansehen der Frau seines Herrn zu retten. Damals hatte er sich übergeben, erschrocken über die körperlichen Qualen, die man dem jungen Mann zugefügt hatte – und erstaunt, daß der Junge nach solchen Schmerzen immer noch standhalten konnte. Dagegen war ihm jetzt …

Wenn er ehrlich war, hatte er überhaupt nichts empfunden, bestenfalls ein leichtes Bedauern darüber, daß solche Methoden notwendig waren. Hatte er sich in dieser kurzen Zeit so sehr verändert? War sein Fell so dick geworden, daß ihn nichts mehr berührte? Hatte die Macht ihn gefühllos gemacht?

Vielleicht hatte sich auch nur die Welt verändert und seine Erwartungen entsprechend. Zwar hatte er in diesem Fall keine Wahl, denn wenn es in ihren Reihen einen Verräter gab – und die Liste deutete eindeutig darauf hin –, dann war es seine Pflicht, ihn ausfindig zu machen. Gefühle … Gefühle hatten dabei keinen Platz.

Er drehte sich um und lauschte. Weiter unten, in der ersten Zelle, hatte jemand geschrien. Wenig später wurde die Tür aufgestoßen, und einer der Wachmänner trat mit gerötetem Gesicht in den Flur, die Brust feucht von Schweiß.

»Exzellenz! Ich glaube, wir haben's geschafft!«

»Ahh …« Er ging hinüber und duckte sich unter die Tür. Der Gefangene hatte den Kopf gehoben und starrte ihn mit weit aufgerissenen Augen an. »Nun?« fragte er. »Was haben Sie zu sagen?«

»Vergeben Sie mir, Meister Nan … Ich wollte nie …« Sein Kopf sackte zurück, und er brach in Schluchzen aus.

»Nein.« Jetzt, nachdem es vorbei war, tat Nan Ho der Mann leid. Er drehte sich um, gab einem der Wachmänner mit einer Geste zu verstehen, daß die Folter in der anderen Zelle beendet werden sollte, dann wandte er sich wieder dem Mann zu und legte ihm sanft, fast zärtlich eine Hand auf die Stirn. »Erzählen Sie mir alles, Chen So. Wie ist es geschehen?«

Er sah weg, schluckte und schämte sich offensichtlich so sehr, daß er Nan Ho nicht mehr in die Augen sehen konnte. »Es war das Mädchen, Exzellenz …«

»Das Mädchen?« Er hielt den Atem an. »Welches Mädchen?«

»Die Magd des Herrn … Herzensfreude … Sie war meine Geliebte. Ich …«

»*Aiya!*«

Nan Ho fuhr herum, verließ sofort die Zelle und lief die Treppe hinauf. Oben stieß er die Tür auf, schob den Wachmann weg und fing an zu laufen. Das Herz schlug ihm bis zum Halse. Als er wieder einen Laut herausbekam, rief er den Wachmännern wütende Kommandos zu und fragte sich, ob er nicht schon zu spät kam.

Kennedy wandte sich vom Bildschirm ab, und Wu Shihs Worte klangen ihm noch in den Ohren.

»Das ist Ihre letzte Chance, Mister Kennedy. Bringen Sie einfach diese verdammte Frau zum Schweigen, ja? Bringen Sie sie zum Schweigen!«

Klar. Aber wie? Er konnte Mary Lever nichts anbieten, und offensichtlich hatte er auch keine Möglichkeit, sie zu bedrohen, welche Möglichkeiten blieben ihm also? Überredungskunst? Verführung? Mord?

Der letzte Gedanke machte ihn schaudern. Als er aufblickte, bemerkte er, daß seine Frau Jean in der Tür stand und ihn beobachtete.

»Was ist los?« fragte sie. »Du siehst besorgt aus …«

Er zuckte die Achseln, stand auf und schloß sie für einen Moment in die Arme. »Was würdest du gern … Ich meine, was würdest du *wirklich* gern tun, wenn du die Wahl hättest?«

Sie blickte mit einem Stirnrunzeln zu ihm auf. »Was soll das? Bist du verrückt geworden oder was?«

»Nein. Antworte mir einfach.«

Sie dachte kurz nach, dann lächelte sie. »Ich weiß, ich würde gern durchs Meer waten … du weißt schon, durchs *richtige* Meer. Nur an der Küste lang, wie in einem dieser alten 3d-Vid-Filme.«

»Gut. Das machen wir. Gleich morgen. Und wir nehmen die Jungen mit. Wir machen uns einen schönen Tag.«

Sie lachte. »Jetzt bin ich mir sicher, daß du verrückt geworden bist.«

»Aber erst müssen wir jemanden anrufen. Einen Termin verabreden.«

Nan Ho platzte ohne alle Formalitäten in Li Yuans Zimmer, lief beinahe den Korridor hinunter und hatte davor Angst, was er finden würde. Er wollte schon ins Schlafzimmer durchgehen, als er plötzlich dem T'ang Angesicht zu Angesicht gegenüberstand, der gerade aus einem der Seitenzimmer kam.

»*Chieh Hsia!*« rief er und fiel, über die Maßen erleichtert, auf die Knie.

»Was ist den los, Meister Nan? Sie haben für einen Moment den Eindruck gemacht, als hätten Sie einen Geist gesehen!«

Nan Ho senkte den Kopf. »Verzeiht mir, Herr, aber ich habe schon befürchtet, das wäre alles, was ich noch vorfinden würde!«

Li Yuan nahm eine angespannte Haltung an. »Was soll das heißen?«

»Eure Magd, *Chieh Hsia* … Herzensfreude …«

»Was ist mit ihr?«

»Einer der Sekretäre der Inneren Kammer … sie war seine Geliebte. Es scheint …«

Li Yuan kam seinem Kanzler zuvor, indem er eine Hand hob. »Ich verstehe … Und Sie dachten …« Er schauderte. »Es ist seltsam. Ich habe vorhin nach ihr gefragt, und eine der anderen Mägde sagte, sie habe sich nicht wohl gefühlt und sei auf ihr Zimmer gegangen. Ich hätte nicht gedacht …«

»Ich auch nicht, *Chieh Hsia*«, sagte Nan Ho mit vor Reue schwerer Stimme.

»Machen Sie sie ausfindig, Meister Nan. Dann bringen Sie sie her. Ich will erfahren, warum. Ich will …« Er brach wie in Schmerzen ab und schüttelte den Kopf. »Es ist schwer zu glauben. Ich habe mit ihr geschlafen, Meister Nan, und nicht bloß einmal, sondern oft. Ein so süßes, liebenswertes Mädchen. Ich hätte nie …« Er fuhr zusammen und befahl dann: »Schaffen Sie sie her, Meister Nan. Sofort!«

Nan Ho verbeugte sich erneut, dann eilte er davon, um sie zu suchen.

Der Eingang zum Korridor war blau und gold getäfelt. Auf einer Seite stand eine Anzahl von kahlgeschorenen Jungen – Waisenkinder, die man unter dem Gesichtspunkt ihrer äußeren Erscheinung ausgewählt hatte – in einer Reihe hinter einem Seil und wartete auf ihre Almosen. Vor ihnen, im schlichten Braun der Ältesten Tochter gekleidet, stand Emily. Sie drehte sich um, winkte die Handkarren herbei, dann trat sie zurück und bickte in das Objektiv der schwebenden Kamera empor.

»Dies hier ist die erste Phase unserer Arbeit hier unten. Wie Sie sehen, haben wir Arbeiter aus diesen Ebenen für die eigentliche Handarbeit rekrutiert – der Verladung und Verteilung der Nahrung und Kleidung. Andere werden die Läden instand setzen, die wir bereits gekauft haben – Läden, die nicht nur als Verteilungsstellen sondern zugleich als Hilfs- und Beratungszentren dienen werden. Wir haben mit einem Stamm von fünfhundert Läden begonnen, aber mit der Ausweitung unserer Kampagne hoffen wir, daß es mindestens einen dieser Läden in jedem Stock in Nordamerika geben wird, der nicht nur Nahrung und Kleidung, sondern auch Ratschläge und nützliche Broschüren zu allen möglichen Themen zur Verfügung stellen wird. Jeder dieser Läden wird – ebenso wie unsere Karren und Helfer – an der charakteristischen blauen und golden Livree sofort zu erkennen sein. Das Gold steht für unsere lebensspendende Sonne, das Blau für das erfrischende Wasser.«

Sie trat ein Stück zurück und erlaubte der Kamera einen Blick auf die Reihe der Karren, die an ihr vorbeigezogen wurden.

»Aber lassen Sie mich noch einmal betonen, daß es nicht unser Ziel ist, diese Menschen zu verhätscheln. Unser Ziel ist es, ihnen ihre Würde zurückzugeben. Indem wir ihnen Arbeit verschaffen, geben wir ihrem Leben einen Sinn, und indem wir ihnen zu essen geben, verleihen wir ihnen die Kraft, um sich weiterzuentwickeln. Wenn wir ihnen erst ihre Ängste genommen und ihre Grundbedürfnisse befriedigt haben, können wir die eigentlichen Probleme in Angriff nehmen – Probleme, denen wir uns als Bewohner dieser großen Stadt alle stellen müssen. Probleme des Sinns und der Richtung.«

Beresiner, der ein Stück weiter am Bedienpult stand, blickte auf und zog sich einen Finger durch die Kehle. Sofort wurden die Deckenlampen abgedunkelt.

»Großartig!« sagte er. »Ich werde Aufnahmen von den Männer zwischenschneiden, die die Karren beladen und die Läden vorbereiten, und das Stück hinzufügen, das Sie vorhin aufgenommen haben. Wir haben einen Sendeplatz um halb zwei, kurz nach den Mittagsnachrichten, und eine weitere um drei. Wir können den Spot dann senden.«

Emily nickte, dann schaute sie sich um und empfand eine immense Befriedigung angesichts dessen, was sie hier sah. Ein Anfang war gemacht. Endlich verbrachte sie ihre Zeit mit etwas Sinnvollem. Etwas anderem, als sie anfangs vorgehabt hatte, aber trotzdem etwas Wirkungsvollem. Und vielleicht waren diese Aktionen sogar besser, denn wenigstens konnte sie so nachts schlafen.

»Hat Michael angerufen?« fragte sie.

Beresiner schüttelte den Kopf. »Nicht daß ich wüßte. Fragen Sie Jill. Sie nimmt im Moment alle Anrufe entgegen.«

Emily ging hinüber. Sie hatten auf einer Seite der Hauptstraße einen Kontrollraum eingerichtet. Von dort überwachte ihre persönliche Assistentin Jill die Aufnahmen.

»Hallo! Hat Michael angerufen?«

»Noch nicht ...«

Emily runzelte überrascht die Stirn. »Gut. Hat sich sonst jemand gemeldet? Was Interessantes?«

Jill sah sie einige Sekunden lang lächelnd an, als hege sie ein großes Geheimnis, dann reichte sie ihr ein Blatt Papier.

Emily las es durch und blickte ruckartig auf. »*Kennedy?* Er will sich mit uns treffen?«

»Sieht so aus. Die Nachricht ist vor fünf Minuten durchgekommen. Was soll ich tun? Soll ich ihm sagen, daß er uns mal kann? Wissen Sie, wahrscheinlich ist er der einzige, der noch nicht mitmacht!«

»Tja ...« Aber Emily lächelte jetzt auch. Hier herrschte soviel Initiative. Man merkte den Menschen den aufrichtigen Wunsch an, etwas zu verändern. Sie seufzte. »Gut. Ich verstehe, was er will. Aber machen Sie ihm deutlich, daß wir uns auf keine krummen Dinger einlassen. Sagen Sie ihm, das haben wir nicht nötig.«

Jill lächelte. »Gut, aber er wird's versuchen, darüber sind Sie sich doch wohl im klaren. So sind diese Männer nun einmal. In diesem Geist wurden sie erzogen.«

»Sicher. Aber das wird sich ändern. Dafür werden wir sorgen, nicht wahr?«

»Allerdings. Oh, und Gloria hat angerufen. Sie sagt, wir sind jetzt insgesamt bei über fünfzehn Millionen. Wir müssen noch mehr Leute einstellen, um das alles zu verarbeiten.«

»Gut, dann machen Sie das. Noch etwas?«

»Hythe-Mackay haben uns angezeigt, weil wir angeblich ihre Livree-Farben verwenden ...«

»Hetzen Sie ihnen unsere Anwälte auf den Hals.«

»Und ein Reporter von MedFacs ›Downline‹-Kanal. Er möchte Sie interviewen.«

»Downline, hm?« sie überlegte kurz, dann nickte sie. »Gut. Das können wir hier machen.«

»Halten Sie das für klug? Was ist, wenn das eine Falle ist? Was ist, wenn er uns schlecht darstellen will?«

Emily lächelte. »Das soll er ruhig versuchen. Wenn er sich danebenbenimmt, breche ich ihm die Knochen!«

Jill lachte. »Was frage ich Sie auch! Gut, ich mache einen Termin um sechs. Paßt Ihnen das?«

»Wunderbar. Und jetzt mache ich mich besser wieder an die Arbeit.« Sie zögerte. »Sind Sie sicher, daß Michael sich wirklich nicht gemeldet hat?«

»Es sieht schlecht aus«, sagte Johnson und warf einen Stapel altmodischer Akten in Michaels Ablagekasten. »Wir haben nur zwanzig Prozent der anvisierten Neuzugänge erreicht. Wenn das so weitergeht, sind wir Ende des Jahres erledigt!«

»Ganz ruhig«, sagte Michael und lächelte ihn an. »Das wird sich ändern. Im Moment sind die Leute vielleicht abgeschreckt, aber das geht vorbei. Und die Chance, ewig zu leben – wer außer uns kann das anbieten?«

»Vielleicht … aber es bedeutet eine schwere Belastung für uns, Michael. Die Personengruppe, die wir ansprechen wollen … nun, sie ist von Marys Aktionen abgeschreckt. Mehr noch, ein paar von den Leuten sind außer sich vor Wut!«

Michael zuckte die Achseln. »Was schlagen Sie denn vor? Meinen Sie, ich könnte zu Mary gehen und ihr sagen, sie sollte den ganzen Unsinn bleibenlassen? Wollen *Sie* das machen, Dan?«

Johnson schüttelte den Kopf, dann sah er verärgert

weg. »Das gefällt Ihnen nicht, was? Ich meine, dieses ständige Buhlen um die alten Männer …«

»Nein. Ich komme mir wie ein Betrüger vor. Aber es ist unumgänglich, wenn wir den Rest des Pakets durchbringen wollen. Gesundsheitsvorsorge und eine angemessene Bezahlung für die Angestellten, das sind doch gute Ziele, oder? Ein ganzes Stück besser als diese stumpfsinnige Jagd nach dem Profit! Wenn ein paar reiche Säcke dafür bezahlen wollen, werde ich sie sicher nicht davon abhalten!«

»Sie reden daher wie Mary …«

Er lachte. »Wirklich?« Dann: »Oh, Scheiße … Ich habe sie nicht angerufen.«

Das Komset auf dem Schreibtisch neben ihm fing an zu blinken.

»Vielleicht ist sie das …«

Michael beugte sich vor. »Ja?«

Er hörte die Stimme seiner Sekretärin. »*Shih* Lever? Es ist Repräsentant Kennedy.«

»Joe …« Er sah Johnson an und schickte ihn mit einem Wink weg. »Ich nehme an.«

Er stand auf und ging zum Bildschirm am anderen Ende des Büros.

Ein lebensgroßer Joseph Kennedy sah ihn an, auf den Lippen ein trauriges Lächeln.

»Michael … wie geht's Ihnen?«

Er lächelte. »Mir geht's gut, Joe. Und Ihnen?«

Kennedy zuckte die Achseln. »So einigermaßen. Sie wissen, wie das ist.«

»Ich …«

»Nein, Sie brauchen sich nicht zu entschuldigen. Sie hatten recht, Michael. Sie *und* Mary. Ich hätte meinen Standpunkt viel entschlossener verteidigen müssen. Ich habe zuviel aufgegeben. Ich …« Er zuckte die Achseln.

»Was kann ich für Sie tun, Joe?«

»Um ehrlich zu sein, geht es nicht um Sie. Es geht um Mary. Ich ...« Hinter ihm summte etwas. Er wandte den Blick ab und drehte sich um. »Bleiben Sie dran, meine Sekretärin will mir etwas sagen. Was ist los? Ach ja. Gut.«

Er wandte sich wieder der Kamera zu. »Soll ich Ihnen etwas verraten? Das war das Büro Ihrer Frau, das auf meine Anfrage geantwortet hat.«

Michael lächelte. »Worum es auch geht, Sie werden es nicht schaffen, Sie zu überzeugen.«

»Nein?« Kennedy lachte leise. »Vielleicht nicht. Wissen Sie, Sie haben standesgemäß geheiratet, Michael. Eine Frau von Ihrer Ebene, und das meine ich nicht abschätzig. Unter zehn Milliarden gibt es nur eine wie sie, das habe ich inzwischen erkannt.«

»Sicher. Und warum werden Sie sie treffen?«

»Nur um über ihre Aktionen zu reden. Sie wissen, wie das ist. Politik eben ...«

»Ich hätte nie gedacht, daß ich das einmal von Ihnen hören würde.«

»Nein? Ich auch nicht ... Aber ich bin müde, Michael. Ermattet bis ins Mark. Dieses Leben ... Ich hätte nicht gedacht, daß es so hart wird. Dieser Rausch, als wir die Wahlen gewonnen haben ... Wissen Sie, ich dachte, das würde immer so bleiben. Ich dachte wirklich ... Nun, aber das ist jetzt Geschichte, nicht wahr?«

»Das muß nicht so sein.«

»Nein. Es liegt jetzt hinter uns. Ich werde zurücktreten. Ein anderer soll die Last tragen. Parker vielleicht. Oder Fisher. Jemand, der jünger ist.«

»Blödsinn ... Sie sind erst fünfunddreißig. Sie haben noch dreißig Jahre vor sich!«

»Versuchen Sie's mir auszureden, Michael?«

Michael schüttelte den Kopf. »Nein. Ich weiß, wie Sie sich fühlen. Nach Bryns Tod ... es war nie wieder so wie vorher.«

»Nein … Nun, ich werde jetzt besser etwas arbeiten. Ich habe Jean versprochen, sie morgen auszuführen, also räume ich jetzt besser meinen Schreibtisch auf.« Er machte eine Pause, als wollte er eigentlich nicht auflegen, und hatte feuchte Augen. »Ich vermisse Sie, Michael. Ich vermisse es, mit Ihnen zu arbeiten.«

»Ja … Wie auch immer … passen Sie auf sich auf, ja?«

»Sie auch …«

Michael stand noch eine ganze Weile vor dem erloschenen Bildschirm und hatte ein seltsames Gefühl, ohne zu wissen warum.

Kennedy sagte die Wahrheit. Man fing etwas an und glaubte, es würde immer so weitergehen, doch es veränderte sich. Ständig veränderte sich etwas. Das war das einzige, worauf man sich im Leben verlassen konnte. Auf die Veränderung.

Sie lag auf dem Rücken im Bett, und ihr ausdrucksloses Gesicht starrte ins Sonnenlicht, das durchs Fenster fiel. Sie schien zu schlafen, aber ihre Brust rührte sich nicht, und als Nan Ho sie am Arm berührte, stellte er fest, daß ihre Haut kalt war.

Er wandte sich dem Wachmann zu, der hinter ihm in der Tür stand. »Holen Sie Doktor Lu. Und sagen Sie ihm, er soll eine Wiederbelebungskammer mitbringen.«

Es war vermutlich zu spät, aber …

Er sah sich im Zimmer um und suchte nach Hinweisen, wie sie gestorben war. Sie hatte keine sichtbaren Verletzungen, und es roch weder nach Gas, noch lagen Medikamentenpackungen herum. Aber etwas fiel ihm ins Auge. Ein Zettel. Er faltete das Blatt auseinander, trat ans Fenster und las den Text.

An Sheng … Da steht An Sheng!

Er sah sie mitleidig an. Offensichtlich hatte An Sheng ihre Mutter und ihren jüngeren Bruder entführt und drohte sie umzubringen, falls sie sich nicht ›anständig benahm‹.

Er seufzte. Er hatte einen schlimmen Tag hinter sich. Doch wenigstens hatten sie An Sheng gefaßt. Er ging zur Tür, als zwei Wachen erschienen. Ihnen übergab er die Notiz. »Sie da … bringen Sie das dem T'ang. Und Sie bewachen die Tür, bis Doktor Lu eintrifft.«

Und mit einem letzten Blick auf das tote Mädchen verließ er das Zimmer und begab sich zurück in sein Büro.

Es wurde Zeit, sich An Sheng vorzunehmen.

Emily verspätete sich, aber Kennedy hatte gewartet. Ein Leibwächter durchsuchte sie vor der Tür, dann klopfte er an und stieß die Tür auf. Es war ein unerwartet kleines Zimmer. Kennedy saß zu ihrer Rechten an einem Tisch und sprach in ein kleines Komset. Als sie eintrat, blickte er mit einem Lächeln auf und unterbrach hastig die Verbindung.

Er stand auf, kam hinter dem Tisch hervor und streckte ihr die Hand entgegen. »Mary …«

Sie schlug ein und sah sich um. »Also? Was wollen Sie?«

Sein Lächeln wurde breiter. »Kein Small talk, was?«

Sie sah ihn an; ein klarer, kalter Blick. »Wir haben beide viel zu tun. Außerdem bin ich mir sicher, daß Sie mich nicht eingeladen haben, um über meine Gesundheit zu plaudern.«

Er lachte. »Nein. Also gut … Ich will gleich zur Sache kommen. Ich will wissen, ob Sie Ihre ›Älteste Tochter‹-Kampagne abblasen werden.«

»Weshalb?«

Er zuckte die Achseln. »Sie machen uns Schwierigkeiten, das ist alles. Mir … und Michael auch …«

»Michael kann für sich selbst reden.«

»Sicher. Dann mir.«

Sie schüttelte den Kopf, wurde nicht aus ihm schlau. »Ich kann Sie nicht begreifen, Joseph Kennedy. Sie haben einmal öffentlich erklärt, daß Sie Veränderungen anstreben. Sie sagten, Sie wollten den Menschen auf den unteren Ebenen helfen. Was ist schiefgegangen?«

Er seufzte. »Ich nehme an, das heißt nein.«

»Allerdings.« Sie sah ihn kurz an, rechnete mit mehr, dann fragte sie: »War's das? Keine überzeugenden Argumente, keine vernünftigen Gründe, weshalb ich aufgeben sollte? Ich bin überrascht, Joe. Sie haben früher nie so rasch nachgegeben.«

»Nein. Vielleicht nicht.« Er wirkte jetzt seltsam entspannt, als sei irgendwie eine Last von ihm genommen worden. »Ich mußte es versuchen, aber … nun, ich bin froh darüber. Sie tun, was Sie tun müssen, Mary Lever. Dafür bewundere ich Sie, das können Sie mir glauben.« Er lächelte, doch diesmal sah es gequält aus, aus irgendeinem Grund viel aufrichtiger als das Lächeln, das sie von ihm gewöhnt war. »Wir haben uns nie besonders gut verstanden, nicht wahr? Ich glaube, das war meine Schuld. Ich hätte mich mehr anstrengen sollen. Aber Sie hatten recht. All diese Kompromisse … sie sind der Mühe nicht wert. Das Ganze ist der Mühe nicht wert!«

Sie starrte ihn verblüfft an, dann lachte sie. »Sie haben die Schnauze voll, was?«

Er schüttelte den Kopf. »Nein. Und ich wünsche Ihnen viel Glück. Wirklich. Vielleicht werden Sie schaffen, was mir nicht gelungen ist. Oh, und danke für das zweite Geschenk … Sie wissen schon, die Zeitung. Scheint so, als hätten wir Kennedys nicht viel Glück, was?«

Sie schüttelte sich vor Überraschung. »Sie haben einen Entschluß gefaßt, wie?«

Er nickte. »Ich trete zurück. Ich werde es morgen

abend bekanntgeben. Ich habe einen Sendeplatz gebucht.«

»Ach ja …«

Er hielt ihr nochmals die Hand hin. »Dann auf Wiedersehen.«

Mary sah seine Hand stirnrunzelnd an, dann überraschte sie ihn, indem sie die Arme ausstreckte und ihn für einen Moment an sich drückte.

»Viel Glück, Joseph Kennedy …«

Dann drehte sie sich um und ging.

Er starrte einige Sekunden lang auf die Tür, einen seltsam schmerzvollen Ausdruck im Gesicht, dann sah er sich mit einem Seufzen ein letztes Mal um, fand aber nichts, was ihn hier halten konnte, und folgte ihr nach draußen.

Als der Kreuzer aufsetzte, löste An Sheng seinen Gurt und sah nervös durch das Bullauge zu seiner Rechten. Nichts. Er rutschte zur anderen Seite und blickte hinaus. Wieder nichts! Nicht das geringste! Er schnaubte vor Zorn, drehte sich um und schaute umher.

Was ist, wenn er nicht kommt? Was ist, wenn …?

Er ging in den hinteren Teil des Kopters.

»Aufmachen!« schnauzte er. »*Sofort!*«

Der Wachmann schlug auf das Tastfeld. Die Luke begann aufzuschwingen.

An Shang starrte durch den sich weitenden Spalt hinaus. *Nun los,* dachte er. *Komm schon!*

Aber nichts geschah. Das Dach der Stadt erstreckte sich bis zum Horizont, eine flache, schmutzig-weiße Einöde, die hier und dort von den aufragenden Türmen der Ventilationsschächte unterbrochen wurde.

Er stieg hinunter und kaute dabei auf seinen Knöcheln. Der Dreckskerl hatte es versprochen – er hatte ihm, verdammt noch mal, sein Wort gegeben!

Er hörte ein leises Wort, das vom Wind herangetragen

wurde und dem Summen eines Insekts ähnelte. Er drehte sich einmal um die eigene Achse, beschirmte sich die Augen und sah zum Schiff zurück. »Wo ist Süden?«

Der Wachmann zeigte an ihm vorbei.

Er sah eine ganze Zeit angestrengt in die Richtung, bis ihm schließlich etwas auffiel, das von Süd-Westen aus großer Höhe heranflog.

Endlich kam er! Den Göttern sei dank! Wang Sauleyan hatte doch sein Versprechen gehalten!

Er sah den Kopter größer werden, hörte den immer lauteren Lärm der Turbinen. Als er aufsetzte, lief An Sheng hinüber, und eine Welle der Erleichterung und des Triumphs verdrängte die Schwere – die *Furcht* –, die er den ganzen Tag empfunden hatte.

Als die Luke sich mit einem Zischen öffnete und die Rampe zu ihm ausgefahren wurde, erblickte er im Innern eine Ehrenwache. Als die Rampe sich entfaltet hatte, trat ein Mann, in dem er einen von Wang Sauleyans Haushaltsangestellten erkannte, ins Freie und machte eine tiefe Verbeugung. »Prinz An, wenn ich Sie als unseren Gast begrüßen darf …?«

Er entließ die Leute in seinem Kopter mit einem Wink, dann stieg er die Rampe hoch. Afrika … in Afrika würde er in Sicherheit sein.

Drinnen nahm er in einem Sitz aus weichen Seidenkissen Platz, wo ihm ein Mädchen den Nacken massierte und ein Diener Wein brachte.

Den Göttern sei Dank für den guten Wein, dachte er und erinnerte sich an den Abend mit seinem Fünften Bruder, als er das erste Mal von diesem ›Kaninchenloch‹ gehört hatte. *Und Dank für die Dienstmädchen,* denn ohne Dienerinnen und Wein hätte er dem Mistkerl nie die Zunge gelöst.

Ja, und wäre der *I Lung* nicht überrascht, ihn zu sehen? Das war ein Wiedersehen, auf das er sich wirklich freute.

Und Wang Sau-leyan? Wang würde ihn benutzen, dessen war er sich ganz sicher. Wie und für welchen Zweck wußte er nicht, aber es war besser, als zu sterben, und weit besser, als sich vor diesem elenden Li Yuan zu verbeugen.

»Ist alles zu Ihrer Zufriedenheit, Exzellenz?«

Er lächelte und nickte. »Ganz hervorragend, danke.« Dann schloß er die Augen und entspannte sich, und der sanfte Druck der Mädchenhände auf seiner Brust überzeugte ihn davon, daß ein Exil doch gar keine so schlechte Sache war.

Der Reporter baute sich vor dem Schreibtisch auf und beugte sich ihr fast bedrohlich entgegen. »Sie hat sich verspätet«, sagte er.

»Ja«, erwiderte Jill und blickte müde zu ihm auf. »Ich weiß. Das kommt gelegentlich vor.«

»Eine halbe Stunde zu spät.«

Sie sah ihn grimmig an. »Sie wird schon noch kommen, ja?«

Er wandte sich verärgert ab. Aber es war nicht so sehr seine Wut, die ihr Sorgen machte, sondern seine Nervosität. Er wirkte ziemlich aufgebracht, unangemessen empört über Marys Unpünktlichkeit. Anfangs hatte sie es dem Termindruck zugeschrieben – sicher saß ihm irgendein Produzent mit der Erwartung im Nacken, daß er unverzüglich etwas ablieferte –, aber als sie ihn fragte, hatte er etwas in der Art gebrummelt, daß es morgen vorbei wäre. Da hatte sie begriffen. Sender wie Downline hielten sich selten länger als eine Stunde mit einer Neuigkeit auf, geschweige denn einen ganzen Abend. Aber seine Akkreditierung war in Ordnung, und eine kurze Recherche im Zentralarchiv hatte sie darüber aufgeklärt, daß er schon seit sieben Jahren für Downhill arbeitete. Warum war er also so nervös? Oder lag es an

Mary? Machte ihn der Gedanke nervös, Mary Lever kennenzulernen?

Sie senkte wieder den Blick. Vielleicht lag es daran. Vielleicht war dieses Interview seine große Chance, und er hatte eine Riesenangst, es irgendwie zu versauen. Nun, wenn er nur halbwegs gescheit war, würde er die erste Frage stellen, das Mikrofon auf Mary richten und sie erzählen lassen.

Das Schreibtisch-Komset summte. Sie nahm den Anruf entgegen und sah auf den geneigten Monitor. »Ja?«

»Es ist wieder Michael ... er möchte wissen, ob sie schon zurück ist.«

»Nein. Sagen Sie ihm, ich werde ihm Bescheid geben, sobald sie eintrifft.«

»Gut ...«

Sie unterbrach die Verbindung und blickte auf. Der Reporter kam wieder an ihren Tisch.

»War sie das?«

Jill zögerte, dann nickte sie. »Sicher. Sie sagte, sie wird in zehn Minuten hier sein. Gut?«

Er nickte, wandte sich ab und nahm wieder Platz, zog dann ein Handset hervor und murmelte etwas hinein.

Er übt schon mal, dachte sie und nahm den jüngsten Printout aus dem Auffangkorb zu ihrer Linken. Zweiundzwanzig Millionen, und ständig kam mehr herein. Bei diesem Tempo würden sie morgen zur Mittagszeit schon ihr Zwischenziel erreichen und konnten die zweite Phase einleiten – eine ganze Woche früher, als sie geplant hatten.

Sie lehnte sich zurück und lächelte. Ihr ganzes Leben lang hatte sie darauf gewartet, etwas Sinnvolles tun zu können – etwas Nützliches – und plötzlich, aus heiterem Himmel, war es ihr in den Schoß gefallen. Sie lachte. Es war wie ein Wunder. Und Mary ... ihr Lächeln wurde breiter ... Mary ... sie war wie Kuan Yin persönlich, die Göttin der Gnade, die Überbringerin aller Geschenke.

Mary … sie senkte den Blick und seufzte. Sie hatte sich schon fast in Mary Lever verliebt.

Der Wachmann streckte den Arm aus und hielt sie auf.

»Es tut mir leid, aber Sie dürfen da nicht runter.«

»Aber ich bin Mary Lever. Ich …«

»Ich weiß, wer Sie sind, Ma'am, aber es hat einen Zwischenfall gegeben. Wir haben eine Mannschaft reingeschickt, die Ordnung schafft.«

»Einen Zwischenfall?«

»Ich …« Er zögerte, weil er den Druck der Leute hinter sich spürte, dann fuhr er herum und rief der Gruppe von Wachmännern hinter sich etwas zu. »Leutnant!«

Der junge Offizier kam herüber, und als er die Frau erkannte, machte er eine tiefe Verbeugung und hatte den Glanz tiefen Respekts in den Augen.

»Madam Lever … wenn Sie bitte mit ins Büro kommen möchten.«

Sie folgte ihm, setzte sich ihm gegenüber an den Schreibtisch und verschränkte angespannt die Hände.

»Also gut. Was ist passiert?«

»Ich fürchte, es hat Ärger gegeben. Ihr Stand hier wurde … sagen wir angegriffen. Es scheint das Werk von drei oder vier Männern gewesen zu sein. Wir überprüfen gerade die Kameraaufzeichnungen. Es …«

Er blickte zu ihr auf.

»Bitte, Madam Lever. Setzen Sie sich doch. Sie können nichts tun. Wie ich schon sagte …«

»Ich muß da hin«, sagte sie und starrte ihn an. »Begreifen Sie das nicht? Ich muß mit eigenen Augen sehen, was geschehen ist.«

Er schluckte. »Es gibt da nicht viel zu sehen, fürchte ich. Sie … nun, sie haben nicht viel übriggelassen.«

»Was soll das heißen?«

»Ich ... ich erkundige mich mal, ob der Hauptmann zu sprechen ist. Vielleicht kann er ...« Er zögerte, dann schüttelte er den Kopf. »Hören Sie, Sie wollen das doch nicht wirklich sehen, oder? Es ist ...«

Sie beugte sich über den Tisch. »Sie verstehen mich wohl nicht, Leutnant. Ich muß es sehen. Ich muß einfach wissen, wozu meine Feinde imstande sind – was sie tun wollen, um mich aufzuhalten. Ganz gleich, wie schlimm es ist – ich muß es mit eigenen Augen sehen.«

»Ich ...« Er nickte, dann stand er auf und ging zur Tür. »Geben Sie mir eine Minute Zeit, Madam Lever. Ich rede mit dem Hauptmann.«

Während sie wartete, quälte sie ein Gedanke wie ein kalter, harter Schmerz in der Magengrube. Kennedy! Das war *sein* Werk. Kein Wunder, daß er keine Anstrengungen unternommen hatte, sie zu überzeugen. Und es sah ihm ganz ähnlich – ihm und seinesgleichen –, daß er sie selbst verschonte, um Michaels Gefühle nicht zu verletzen.

Sie zitterte vor Empörung und kalter, harter Wut. Wenn er dafür verantwortlich war, würde sie dafür sorgen, daß er es noch bedauerte. Sie würde ihn eigenhändig umbringen.

Sie waren tot, das wußte sie. Jill und Anna, Eva und Bess und all die anderen, die eine Sonderschicht eingelegt und auf ihre Rückkehr gewartet hatten. Sie waren alle tot. Sie schloß die Augen, versuchte ihre Wut zu schüren, bemühte sich angestrengt, der Welle tiefer Trauer nicht zu erliegen, die beim Gedanken an den Tod ihrer Freunde in ihr emporwallte.

Nein, schärfte sie sich ein. *Du mußt stark sein, Emily Ascher. Weine später. Im Moment mußt du hart und unnachgiebig wie Stahl sein.*

Sie atmete tief durch, dann ging sie zur Tür und wartete auf die Rückkehr des Offiziers.

KAPITEL · 4

Hologramme

Kennedy kniete vor dem winzigen Altar und seinem Ururgroßvater. Ein Räucherstäbchen glomm in dem Topf zwischen ihm und der Gestalt. Rauch trieb durch die hellen Flächen des Hologramms.

Der Greis blickte besorgt auf seinen Nachkommen herunter und streckte die Hand aus, als wolle er ihn trösten.

»Du stehst vor ernsten Problemen, Joseph, aber du mußt in dein Inneres schauen und die Kraft finden, sie zu bewältigen.«

Kennedy senkte gequält den Blick. »Es hat keinen Sinn, Großvater. Ich habe es versucht, und ich kann keinen Frieden finden. Überall trifft mein Blick nur auf Mauern, innere und äußere. Ich schlafe wenig, und wenn doch, dann quälen mich Träume, in denen jeder die Hand gegen mich erhebt.«

Der Alte schwieg eine Zeitlang, als stieße er in dieser Situation an die Grenzen seiner Programmierung, dann seufzte er.

»Es gibt nur eine Lösung, Joseph. Du mußt dich für eine Weile aus dem öffentlichen Leben zurückziehen. Werde ein schlafender Drache. Doch ich kann dir diesen Vorschlag kaum machen, denn ich habe den Eindruck, daß du mir etwas vorenthältst. Natürlich wird ein Mann mit der Zeit der Welt müde, aber du bist jung und auf der Höhe deiner Kräfte. Ich kann nicht begreifen …«

»Wir leben in verschiedenen Zeiten, Großvater. In deinem Zeitalter gab es mehr Gewißheiten. Ein Mann wußte noch, was von ihm erwartet wurde. Heute dagegen … nun, die Regeln ändern sich täglich.«

Der Alte zuckte die Achseln. »Wenn du das sagst, Joseph – doch ich finde es seltsam. Wenn ein Mann sich seiner selbst so sicher wie ein Fels ist, mag die Flut ihn überschwemmen, doch zur Ebbe ist er immer noch da, fest und unbewegt, während alles andere fortgeschwemmt wurde.«

Sein Blick ruhte für einige Sekunden auf seinem Urgroßvater. »Du mußt dich entscheiden, welch ein Mann du sein willst, Joseph. Ein Blatt oder ein Fels.«

Kennedy machte eine tiefe Verbeugung, dann nahm er das Räucherstäbchen aus dem Topf. Die nebelhafte Gestalt verschwand sofort und ließ ein kaltes, leeres Zimmer zurück.

Er stand langsam auf, eine schmerzhafte Müdigkeit in den Gliedern, ein Gefühl der Schwere in der Brust. Wenn er gehofft hatte, hier Antworten zu finden, dann hatte er sich geirrt. Doch in einer Hinsicht hatte der Alte recht – er mußte eine Entscheidung treffen, und nicht bloß über seine politische Zukunft. Es stand noch sehr viel mehr auf dem Spiel.

Als er das Zimmer verließ, blieb er abrupt stehen und war erstaunt, daß seine Frau Jean auf ihn wartete.

»Was ist los?«

Sie sprach mit leiser, erschrockener Stimme. »Es ist ein Attentat verübt worden. Auf Mary Levers Hauptquartier.«

»*Aiya* … Wann ist das passiert?«

»Vor einer Stunde. Es werden gerade die Einzelheiten gemeldet. Man ist sich nicht sicher, wer für den Anschlag verantwortlich ist – bisher hat sich niemand dazu bekannt –, aber es gibt Gerüchte, daß es die Schwarze Hand gewesen sein könnte.«

Er schauderte und ließ sich von ihr führen. Vor einer Stunde …

»Ich muß Michael anrufen ...«

»Meinst du nicht, wir haben selbst genug Sorgen ...?«

»Nein.« Er schüttelte den Kopf. »Du verstehst das nicht. Ich war möglicherweise die letzte Person, die sie gesehen hat. Ich habe mich mit ihr getroffen ... vor anderthalb Stunden. Ich ... Oh, Scheiße! Sie haben wahrscheinlich auf sie gewartet ...«

Jean starrte ihn an. »Du hast dich mit ihr getroffen? Weshalb?«

»Wu Shih. Er wollte, daß ich ihr die Sache ausrede. Ich wußte, daß mir das nicht gelingen würde, aber wir haben uns trotzdem getroffen. Ich wollte ... nun, ich wollte ihr sagen, daß sie im Recht ist. Ich schätze, ich wollte eine Brücke bauen. Ich ...« Er seufzte schwer, dann trat er ans Videofon, tippte Michaels Privatnummer ein und wandte sich Jean zu, während er darauf wartete, daß die Verbindung zustande kam.

»Wu Shih hat *dich* darum gebeten?«

Er nickte. »Er sagte, es sei meine letzte Chance.«

Er sah die Regung in ihrem Gesicht – sie hatte begriffen, was er meinte. Wie er selbst waren sie und seine Söhne verdrahtet, trugen kleine Steuerelemente in ihren Köpfen. Wenn Wu Shih die Geduld verlor, stand es ihm frei, sie mit Hilfe dieser Geräte zu verletzten oder zu lähmen. Kennedy sah weg, so sehr schmerzte ihn der Gedanke. Diese Drohung – dieser Schatten über ihrem Leben – hing jetzt schon seit zwei Jahren über ihnen, aber er hatte sich nie daran gewöhnt. Keinen Augenblick lang. Wohin sie auch gingen – was immer sie taten –, sie waren nie frei davon. Es machte sie alle zu Geiseln.

Als er Monitor piepste, drehte er sich um und sah in Michael Levers Gesicht.

»Michael ...«

»Joe! Dann haben Sie's also gehört ...«

»Gerade eben. Ich ... Ist Mary ...?«

»Ihr geht's gut.«

»Den Göttern sei Dank!« Er lachte erleichtert. »Was ist geschehen?«

Michael runzelte die Stirn. »Das ist noch nicht ganz klar, aber es sieht so aus, als seien sie hinter Mary her. Die ganze Sache ist sorgfältig vorbereitet worden ...«

Kennedy starrte seinen alten Freund einen Moment lang an, dann nickte er. »Es tut mir leid. Es muß ein Alptraum sein. Hören Sie, ich lasse Sie jetzt in Ruhe. Wenn ich noch etwas für Sie tun kann ...«

»Sicher. Danke ...«

Er unterbrach die Verbindung, dann drehte er sich um. Jean beobachtete ihn immer noch.

»Was ist?« fragte er, dieses eine Mal nicht imstande, sie zu durchschauen.

Sie kam näher und schloß ihn so fest in die Arme, als habe sie Angst, ihn zu verlieren. »Gehen wir weg«, sagte sie mit gequälter Stimme. »Sofort. Solang wir noch können.«

Wu Shih schaute zum Monitor hinauf und erlebte eine sehr wütende Mary Lever, die den Milliarden Zuschauern ihren Schmerz und ihre Frustration klagte. Die meisten hochrangigen Beamten des T'ang standen hinter ihm. Sie hatten sich auf seine dringende Aufforderung hin in diesem Raum versammelt. Jetzt warteten sie und fragten sich, was er tun würde.

Als der Beitrag beendet war, drehte Wu Shih sich um, und ihm war anzusehen, daß er kurz vor einem Wutausbruch stand. »Hat niemand *irgendwelche* Informationen darüber?«

Fen Cho-hsien sah sich um und beschloß, für die anderen die Rolle des Wortführers zu übernehmen. »Es gibt erste Hinweise darauf, daß die Schwarze Hand verantwortlich ist, *Chieh Hsia*. Die Brutalität dieses Anschlags …«

»… ist jedem zuzutrauen«, unterbrach ihn Wu Shih. »Nein, Meister Fen, ich glaube nicht, daß es so einfach ist. Außerdem dachte ich, wir hätten diese Idioten schon erledigt. Wollen Sie mir etwa erzählen, daß diese Verbrecher nach allen Maßnahmen gegen sie immer noch in der Lage sind, von einer Minute zur anderen einen Sechs-Mann-Trupp in einen Einsatz zu schicken?«

»Vielleicht waren wir nicht so erfolgreich, wie wir dachten. Es war schließlich schwer zu sagen, wie viel von ihrer Organisation wir zerstören konnten. Mit einem Attentat wie diesem könnten sie beweisen, daß sie unsere Maßnahmen überlebt haben.«

»Und haben sie sich zu diesem Massaker bekannt?«

Fen Cho-hsien senkte den Blick. Alle Anwesenden kannten die Antwort. »Nein, *Chieh Hsia*. Aber vielleicht liegt das daran, daß sie nicht öffentlich mit diesem Vorfall in Verbindung gebracht werden wollen. Sie haben gute Gründe, sich vor Mary Levers Kampagne ebenso zu fürchten wie wir, aber Lever hat sich großes Ansehen unter denen erworben, die sie als ihre natürliche Anhängerschaft betrachten. Dort unten hat sich schon herumgesprochen, was sie tut, und einige Medienkanäle, die die unteren Ebenen beliefern, haben sich der Geschichte angenommen. Die Schwarze Hand müßte davon wissen und wird sicher etwas dagegen unternehmen wollen. Je stärker Mary Lever wird, desto schwächer wird die Schwarze Hand. Die einzige Antwort wäre Levers Tod. Aber sie umzubringen und es auch noch zuzugeben … das wäre eine andere Sache.«

Wu Shih strich sich über den Bart und dachte darüber nach, dann runzelte er die Stirn. »Ihre Argumente haben etwas für sich, Meister Fen. Dennoch bin ich nicht überzeugt. Ich habe General Althauses Berichte über die Aktion gegen die Schwarze Hand gelesen, und ich neige dazu, seinen Folgerungen beizupflichten. Wir haben vielleicht nicht ihr ganzes Netzwerk zerstört, ihnen aber genug Schaden zugefügt, um es unwahrscheinlich, wenn auch nicht unmöglich erscheinen zu lassen, daß sie in nächster Zeit noch einmal einen solchen Anschlag verüben könnten. Doch wenn sie es nicht waren, wer dann? Wem könnte sonst noch an Mary Levers Tod gelegen sein?«

»Den alten Männern vielleicht, *Chieh Hsia?*«

Wu Shih wandte sich seinem Handelsminister zu. »Die alten Männer? Welche alten Männer, Minister Yun?«

»Verzeiht mit, *Chieh Hsia*. Ich beziehe mich auf eine Gruppe von Individuen, die eine Geheimorganisation gegründet haben, um Michael Lever zu ruinieren. Es handelt sich vor allem um seine wichtigsten Geschäftskonkurrenten, aber es gehören auch einige andere Interessengruppen dazu, darunter auch eine Anzahl früherer Partner von Levers Vater.«

»Ich verstehe. Und Sie halten es für möglich, daß sie hier ihre Hände im Spiel haben könnten?«

»Mehr als möglich, *Chieh Hsia*. Michael Lever über seine Frau zu treffen, wäre die wirkungsvollste Methode, ihn zu schwächen. Es heißt, daß er seit seinem Unfall sehr abhängig von ihr ist.«

Wu Shih nickte. Es war eine interessante Idee, und je mehr er darüber nachdachte, desto plausibler erschien sie ihm. Er hatte natürlich schon vorher gewußt, daß Michael Lever sich Feinde geschaffen hatte, aber bisher war es seiner Aufmerksamkeit entgangen, daß eine solche organisierte Opposition gegen ihn bestand. Wenn er sich *das* zunutze machen konnte …

Er trat vor seinen Minister. »Finden Sie über diese

Männer heraus, was Ihnen möglich ist, Minister Yun, und bieten sie ihnen, wenn nötig, Unterstützung an. Aber achten Sie darauf, daß niemand Ihre Spur bis hierher zurückverfolgen kann. Wenn sie Erfolg haben, muß es so aussehen, als sei es allein ihre Schuld.«

»*Chieh Hsia!*«

»Und jetzt gehen Sie alle ... Ich will allein sein.«

Langsam verließen die Männer im Gänsemarsch den Raum. Nur sein Kanzler Fen Cho-hsien blieb zurück.

»Verzeiht mir, *Chieh Hsia*, aber da ist noch eine Kleinigkeit.«

Wu Shih nickte. Er mußte nicht daran erinnert werden. Er hatte immer noch zu entscheiden, was mit Kennedy geschehen sollte.

Es war ganz einfach. Sein Versuch, mit Kennedys Hilfe die nordamerikanischen Radikalen im Zaum zu halten, war gescheitert. Die Bedrohung seiner Familie hatte einen gewissen Erfolg gehabt, aber Kennedy hatte sich nach und nach gegen den Druck aufgebäumt. Vielleicht hatten sie das Messer zu lang an seine Kehle gehalten, und die Waffe war stumpf geworden. Vielleicht wurde es Zeit, ihn an seine Schärfe zu erinnern.

»Also gut«, sagte er. »Ich möchte, daß Sie folgendes tun ...«

Michael hörte die Eingangstür zuschlagen und sprang von seinem Schreibtisch auf. Während er zur Tür lief, fluchte er über das Geschirr, das ihn bremste, doch ohne die Unterstützung des federleichten Exoskeletts wäre er nie imstande gewesen, sich wieder zu bewegen. *Wir leben,* erinnerte er sich. *Wir sind beide noch am Leben ... freuen wir uns darüber!*

Er blieb vor der Tür stehen und sah sie am anderen Ende des Korridors, wo sie mit dem Personal sprach, das sich um sie versammelt hatte. Er schaute sie an und war erleichtert, sie wiederzusehen, nachdem er befürchtet hatte, ihr Bild auf dem Monitor sei nur eine Illusion gewesen, dann lief er auf sie zu und rief ihren Namen.

»Em …«

Sie fuhr herum, lief ihm entgegen, umarmte ihn, krallte die Hände in seinen Rücken und barg ihren Kopf an seine Brust.

»Em … Em …« murmelte er und küßte sie, den Tränen nahe, auf den Haaransatz. »War es schlimm?«

Sie blickte zu ihm auf. »Ich muß darüber reden, Michael. Vor der Öffentlichkeit …«

»Ich dachte, du hättest schon genug gesagt«, erwiderte er lächelnd, aber sie legte den Finger an seine Lippen.

»Nein. Ich meine über die alten Männer … und Kennedy. All das. Was für ein stinkender Abschaum das ist. Die Leute müssen es einfach wissen.«

Er runzelte die Stirn. »Kennedy? Warum Kennedy?«

Plötzlich war ihr Blick voller Zorn. »Weil er dahintersteckt.«

»Nein … Du irrst dich, Em. Joe … er würde so etwas nicht tun. Es ist nicht …«

»… sein Stil?« Sie schauderte. Ihre Anspannung war greifbar. »Warum dann das Treffen? Es ergibt keinen Sinn. Nein, es sei denn, daß er mich in Sicherheit sehen wollte, solange seine Handlanger meine Leute abschlachteten.«

Michael starrte sie verblüfft an. »Nein … *Nein,* Em. Das sieht ihm nicht ähnlich. Außerdem hat er mich angerufen, kurz nachdem die Neuigkeit bekannt wurde. Er schien wirklich erschüttert zu sein. Besorgt um dich …«

»*Besorgt?* Wach auf, Michael. Was sollte er sonst tun? Nein, es war eine Warnung. Erst das Treffen, die höfliche Aufforderung, meine Kampagne zu beenden, und dann das Attentat …«

»Es war ein Zufall, das ist alles. Begreif doch … daß du ihn besucht hast, hat dir wahrscheinlich das Leben gerettet!«

Sie starrte ihn an. *»Was?«*

»Überleg doch mal, Em. Denk mal richtig nach. Was würde er dadurch gewinnen, wenn er dich umbringt?«

»Nichts. Aber du hörst mir nicht zu, Michael. Er wollte mich nicht umbringen, er wollte mich nur warnen.«

»Aber warum? Ich verstehe nicht warum.«

»Weil ich mit meiner Kampagne sein ganzes aufgeblasenes Getue entlarve. Und vielleicht, weil er mir die Schuld für das gibt, was dir zugestoßen ist.«

Er schloß die Augen. *»Aiya …«*

»Es ist wahr, Michael. Du willst es nur nicht wahrhaben, das ist alles!«

»Hör zu, du bist wütend, Em … und verletzt. Aber du denkst nicht geradeaus. Du solltest dich beruhigen. Bis zehn zählen …«

»Nein …« Sie stieß ihn von sich, war plötzlich wütend auf ihn. »Ich könnte bis eine Million zählen, und dieses Gefühl würde nicht verschwinden. Man muß sie *aufhalten,* Michael, bevor sie uns umbringen.«

»Em … Liebling …«

Sie hob die Hände, wehrte den Versuch ab, sie wieder in die Arme zu nehmen. »Nein, Michael. Hör mir zu. Meine Wut … mehr habe ich nicht. Ich muß sie mir von der Seele reden. Ich muß sagen, was noch nicht gesagt, und zeigen, was noch nicht gezeigt worden ist. Es ist meine Pflicht … kannst du das denn nicht begreifen?«

»Sicher. Ich verstehe das. Aber schau mal … du mußt dich zurückhalten. Diesmal mußt du dich zurückhalten. Morgen … Mach es morgen, nachdem du Zeit hattest, noch einmal in Ruhe darüber nachzudenken. Im Moment ... nun, im Moment ist einfach nicht die richtige Zeit dafür. Der Sicherheitsdienst hat Resultate versprochen ... und zwar schnell. Also laß den Leuten Zeit, ihre Untersuchungsergebnisse bekanntzugeben. Dann kannst du dich zu Wort melden. Ich werde dir den Rücken stärken ... darauf kannst du dich verlassen. Aber überstürze nichts. Andernfalls wirst du selbst darunter zu leiden haben. Und das möchte ich nicht.«

Sie starrte ihn an, beruhigte sich langsam, dann nickte sie andeutungsweise.

»Gut«, sagte er und schloß sie wieder in die Arme. »Jetzt komm mit. Ich glaube, wir brauchen beide einen ordentlichen Drink.«

Nan Ho lehnte sich zurück, verschränkte die Finger und atmete tief aus. Tsu Mas Kanzler Yang T'inghsi hatte ihn gerade über die jüngsten Nachrichten von seinen Spionen in Wang Sau-leyans Haushalt in Alexandria unterrichtet. Die Abtrünnigen waren gefaßt! An Sheng, der *I Lung* und eine Anzahl anderer prominenter Verschwörer, hieß es, waren nun Gäste des verhaßten T'ang von Afrika.

Es überraschte ihn nicht. Er hatte fast damit gerechnet, Wangs fetten Fingerabdruck an allem haften zu sehen. Doch das warf ein Problem auf – und kein kleines. Wenn Wang Sau-leyan tatsächlich diese Rebellion unterstützte, dann mußte er seines Amtes enthoben werden. Doch das konnte sich als schwieriger erweisen, als es anfangs erschienen war.

Er war nicht besonders angesehen, weder bei seinen Untergebenen noch bei seinesgleichen, und doch war er ein T'ang, ein Sohn des Himmels, und sie brauchten schlüssige Beweise, bevor sie ihn öffentlich anklagen konnten. Wenn er abstritt, die Verräter zu schützen, mußte man sie ihm vielleicht gewaltsam entreißen.

Und das wäre alles andere als leicht. Nein. Diesmal reichte das bloße Wissen nicht aus. Sie mußten ihn irgendwie unter Druck setzen … oder ihn bekämpfen.

Nan Ho stand auf und begab sich zu Li Yuan, der seines Wissens gerade trainierte.

Während der Hauptmann der Wachmannschaft ihn anmeldete, sprach er sich in Gedanken noch einmal vor, was er sagen wollte. Doch als Li Yuan herauskam und sich mit einem Handtuch abrieb, war das erste, was er fragte: »Haben Sie sie gefunden, Meister Nan?«

»Ja, *Chieh Hsia*.«

»In Afrika?«

Er nickte.

»Wen alles?«

Er nannte elf Namen, den von An Sheng zuletzt, und bemerkte, wie überrascht Li Yuan darüber war, in welch hohe Ränge die Verschwörung hineinreichte. Der junge T'ang überlegte kurz, dann nickte er.

»Und Tsu Ma? Was sagt er?«

»Er möchte sich mit Euch beraten, *Chieh Hsia*.«

»Natürlich …« Er warf das Handtuch einem der barbrüstigen Diener zu, der mit gesenktem Kopf hinter ihm stand, und spreizte die Arme, als ein zweiter einen Uniformrock brachte und ihm überzog. »Was meinen Sie, Meister Nan? Haben wir genug, um unseren Vetter herauszufordern?«

Nan Ho zog eine Grimasse. »Ich … ich glaube nicht, *Chieh Hsia*. Nicht öffentlich.«

»Nein. Aber privat …« Er lächelte, schien fast froh zu sein, daß er etwas Positives anpacken konnte. »Also gut. Ich werde mit Tsu Ma und Wu Shih Kontakt aufnehmen und mir anhören, was sie zu sagen haben. Dann werde ich mit unserem Vetter, dem T'ang von Afrika, reden und herausfinden, was er mir denn zu sagen hat.«

»Major Kao … Chen … Ich habe Sie nicht erwartet.«

Hannah stand in einem Arbeitskittel in der Tür zu ihrer Suite. Ihr Haar war zurückgebunden, ihr Gesicht und ihre Hände mit Asche verschmiert. Hinter ihr blickten zwei Diener auf und machten dann mit ihrer Arbeit weiter.

»Ich mußte kommen. Ich wollte wissen, wie es Ihnen geht.«

»Ach ja …« Sie senkte den Blick. »Ich … ich komme schon zurecht. Sie wissen, wie es heißt. Schwere Arbeit kann einen alles vergessen machen.«

Er seufzte. »Sie sollten mehr Rücksicht auf sich nehmen, Hannah. Diese Schulterverletzung … Sie sollten sie erst ausheilen lassen. Außerdem ist Ihr Vater …«

Sie sah ihn mit ihren klaren Augen an. »Ich werde um meinen Vater trauern, wenn ich dazu bereit bin. Im Moment …« Sie zuckte die Achseln. »Nun, ich glaube, im Moment bin ich noch nicht dazu bereit.«

Er starrte sie eine Zeitlang an, dann nickte er. »Dann bleiben Sie also hier … nach allem, was geschehen ist?«

Sie drehte sich um, schaute auf die zertrümmerte Tür. »Dies ist mein Zuhause. Zumindest kommt es einem Zuhause so nahe wie nichts anderes. Was geschehen ist … nun, das ist nun einmal geschehen, nicht wahr? Ich kann es nicht rückgängig machen, und ich werde auch nicht davor weglaufen. Also ja … Ich werde hier bleiben. Natürlich werde ich einiges verändern. Die Zimmer meiner Stiefmutter …«

Sie senkte den Blick und schluckte. Chen begriff, was in ihr vorging. Es war so viel geschehen, daß sie es immer noch nicht ganz verarbeiten konnte. Ihre ganze Familie war tot – bis auf ihre Stiefschwester, und für die war sie wie eine Fremde. Sie konnte im Grunde nirgendwo mehr hin. Doch hier allein weiterzuleben … das kam ihm irgendwie verkehrt vor.

»Warum ziehen Sie nicht bei uns ein? Wang Ti hätte nichts dagegen … wir haben Platz und …«

»Nein. Ich …« Sie lächelte. »Hören Sie, ich bin Ihnen dankbar, Kao Chen. Es ist eine liebe Idee, und Sie sind ein guter Mann, aber … nun, ich muß hierbleiben.«

»Aber die Wohnung ist so groß. Die vielen Zimmer … Werden Sie sich nicht einsam fühlen?«

»Nein, ich …« Sie brach ab, als fiele ihr etwas ein, dann verschwand sie durch die Tür. Als sie Sekunden später zurückkehrte, hielt sie vorsichtig einen Seidenpapierumschlag zwischen Daumen und Zeigefinger ihrer linken Hand. Chen nahm ihr den Umschlag ab, als er das gebrochene kaiserliche Siegel auf der Rückseite bemerkte, und zog den Brief heraus.

Es war ein Edikt, ein Sonderedikt, das ihren Vater begnadigte. Er sah sie mit einem Grinsen an und freute sich für sie, als er ihr den Brief zurückgab.

Sie starrte Chen kurz an, dann steckte sie den Brief in ihren Kittel. »Ich habe nachgedacht, Chen, und versucht … nun, alles an seinen Platz zu schaffen. Mein Vater … er hat sein Leben im Dienst eines Ideals verbracht. Ein faules Ideal, zugegeben, aber … nun, ich verstehe, warum er es getan hat. Einem Weg zu folgen … eine Art *Brennpunkt* im Leben zu haben … brauchen wir das nicht alle? Also habe ich beschlossen, mit meinem Leben etwas anzufangen, mich auf etwas zu konzentrieren, zu sein, was mein Vater hätte sein können.«

Er nickte. »Das verstehe ich. Aber Sie sind gerade erst sechzehn. Es dauert noch neun Jahre, bis Sie volljährig werden. Was soll aus Ihnen werden?«

Sie lachte. »Offensichtlich soll ich zum Kaiserlichen Mündel erklärt werden. Jemand wird zu meinem Vormund ernannt. Tolonen vielleicht oder, was wahrscheinlicher ist, General Reinhardt. Aber darauf kommt es nicht an. Es ist wirklich nicht so wichtig. Jetzt zählt nur noch, daß ich beherzige, was ich gelernt habe, und es sinnvoll umsetze.«

Er runzelte die Stirn, verstand nicht ganz, was sie meinte. Doch sie strahlte eine Entschlossenheit aus, die ihn beeindruckte – die ihn von Anfang an beeindruckt hatte.

»Und Sie?«

Ihre Frage traf ihn unvorbereitet. »Ich … ich habe noch einiges zu erledigen. Wilson … das Ganze war ein Schock für mich. Herauszufinden, daß der Mann, der einem am nächsten steht, vom Großen Ministerium dafür bezahlt wird …«

»Aber er war nicht der einzige, stimmt's? Der Sicherheitsdienst scheint von Handlangern des *I Lung* verseucht gewesen zu sein.«

»Ja …« Er seufzte. *Trotzdem …*

»Oh«, sagte sie und senkte die Stimme. »Die Sondereinheiten des T'ang – seine *Shen T'se* – waren vorhin hier und haben herumgeschnüffelt. Sie haben alles mitgenommen, was ihrer Meinung nach als Beweismaterial gegen den Ersten Drachen dienen könnte.«

Er kniff die Augen zusammen. »Haben Sie die Akte mitgenommen?« Das Wort *Aristoteles* lag ihm auf der Zunge, aber es blieb unausgesprochen.

Sie nickte.

»Was haben Sie gesagt?«

»Daß sie meinem Vater gehört.«

»Und das haben die Ihnen geglaubt?«

»Warum sollten sie es anzweifeln? Schließlich hatte er mit solchen Dingen zu tun.«

»Ja …« Aber beim Gedanken daran fröstelte ihm. Damit war sie auf einem schmalen Grat gewandelt. »Wie auch immer … Ich gehe jetzt besser.«

»Viel Glück«, sagte sie mit einem Lächeln und hielt ihm die Hand hin.

Er schlug ein und drückte sie fest, dann senkte er

den Kopf. »Das wünsche ich Ihnen auch, Shang Han-A. Wir bleiben in Verbindung, ja?«

»Das werden wir ...«

Wang Sau-leyan wandte sich der Kamera zu, und sein aufgedunsenes, mondartiges Gesicht rückte näher, bis es den riesigen Bildschirm ausfüllte. »Ja, Vetter, wie kann ich dir helfen?«

Li Yuan holte Luft und kam gleich zur Sache. »Ich bin darauf aufmerksam gemacht worden, daß ... daß gewisse Personen deine Gastfreundschaft genießen.«

»*Gewisse Personen,* Vetter? Nun komm schon ... etwas genauer. Ich habe viele Gäste. Wen meinst du denn?«

Li Yuan unterdrückte seinen Zorn, als er begriff, daß Wang ihn reizen wollte. »Ich meine gewisse Verräter ... darunter Prinz An Sheng und den *I Lung*.«

»Ach ja ...« Wang lächelte. »Das ist dir also zu Ohren gekommen, ja? Aber sag mir ... du sprichst von Verrätern. Ist die Beweislage denn nicht zu unsicher, um von Verrat zu reden? Oder hat mein Vetter Informationen, die mir vorenthalten wurden?«

Von den Kameras unbemerkt ballte Li Yuan die Fäuste. »Es gibt genug Beweise, Vetter. Diese Männer sind Verräter. Sie haben geplant, die Sieben zu stürzen und unsere Familien zu ermorden.«

»Ich verstehe.« Wang zögerte und strich sich übers Kinn, dann lächelte er. »Und sind unsere Vettern Tsu Ma und Wu Shih deiner Meinung?«

»Allerdings.«

»Dann bist du deiner Sache völlig sicher, ja?«

»Ganz sicher«, antworte Li Yuan bestimmt und fragte sich, was Wang vorhatte.

»Nun«, sagte er. »Wenn dir das zu Ohren gekommen ist, möchte ich dir etwas zeigen.«

Er wich ein Stück zurück, dann machte er in Richtung der Kamera ein Handzeichen. Langsam schwenkte sie von ihm weg, bis sie eine Reihe von knienden Gestalten erfaßte.

»Sind das die Gesuchten?«

Li Yuan starrte verblüfft auf den Monitor. Alle elf, die Nan Ho genannt hatte, knieten dort. Ihre Hände waren hinter dem Rücken gefesselt, ihre Köpfe geschoren. Sie glotzten mit leerem Blick in die Kamera. Er betrachtete sie eine Weile und fragte sich, warum sie so still waren ... dann sah er es. Ihre blutigen Münder waren leer. Wang Sau-leyan hatte ihnen sämtliche Zähne herausgerissen und die Zunge abgeschnitten.

»Das sind sie«, sagte er leise, und ein Schauer des Ekels durchfuhr ihn.

»Und diese Männer gelten als Verräter ... das hast du doch gesagt, ja?«

Li Yuan ließ Atem ab und nickte.

»In diesem Fall ...« Wang stemmte sich aus seinem Thron und trat neben An Sheng. Er lächelte, dann gab er dem Wachmann hinter sich ein Zeichen. »Exekutieren Sie den Verräter ...«

»Vetter!« schrie Li Yuan, aber es war zu spät. Der Wachmann trat vor, riß An Sheng den Kopf nach hinten und zog ihm ein Messer durch die Kehle.

Wu Shih stand im unteren Garten, als er die Neuigkeit erfuhr. Pao En-fu machte eine tiefe Verbeugung, dann trat er zwei Schritte auf ihn zu und hielt dabei etwas unter dem Arm, das wie ein schwarzer Schemel aussah.

»*Chieh Hsia,* Euer Vetter, der T'ang von Afrika, wünscht Euch zu sprechen.«

»Wang Sau-leyan?« Wu Shih lachte ungläubig. »Was, in aller Götter Namen, kann dieser Gauner von mir wollen?«

»Er wollte nichts sagen, *Chieh Hsia,* nur daß es dringend ist. Ich habe mir die Freiheit genommen, einen mobilen Holo-Projektor mitzubringen.«

Wu Shih nickte. »Danke, Meister Pao. Stellen Sie ihn hin, dann lassen Sie mich allein.«

»Chieh Hsia.«

Pao En-fu baute das Gerät auf, dann zog er sich zurück und war rasch außer Hörweite. Wu Shih wartete kurz, dann gab er den akustischen Befehl. Sofort verdichtete sich das Bild seines Vetters, des T'ang von Afrika, in der Luft. Er stand mit dem Rücken zu Wu Shih.

»Vetter? Bist du dran?«

»Ich bin hier, Wang Sau-leyan. Was willst du?«

Wang wandte sich der Quelle der Stimme zu. »Ich hoffe, daß ich dich sehen kann, Wu Shih. Wo bist du? In deinem Garten?«

»Ich bin hier«, antwortete er. Ihn sollte der Schlag treffen, wenn er dem Dreckskerl verriet, wo er war.

Wang zuckte die Achseln. »Ich nehme an, du hast gehört, was geschehen ist?«

»Habe ich.«

»Dann kannst du wohl wieder ruhig schlafen, nicht, Vetter? Könnte man jedenfalls glauben …«

Wu Shih musterte mißtrauisch die massige Gestalt seines Vetters. »Wie meinst du das?«

»Nur daß es viele Möglichkeiten gibt, seine Gefährten zu verraten …« Wang griff in sein Seidengewand und zog ein zusammengefaltetes Blatt Papier heraus. »Weißt du, als gestern abend der *I Lung* zu mir kam, versuchte er sich mein Vertrauen zu erkaufen. Er hat mir gewisse Papiere angeboten – Dinge, die ihm bei seinen finsteren Geschäften in die Hände gefallen sind. Unter anderem das hier.« Er tippte das Blatt auf die Fingerspitzen der anderen Hand und lächelte. »Man hat mir gesagt, es sei keine Fälschung. Diese Kopie wurde direkt vom Original angefertigt. Aber derlei läßt sich schwer beweisen, nicht? Heutzutage kann alles mögliche kopiert werden, vor allem Siegel und Dokumente. Es ... es sieht aber echt aus, wie man so sagt.«

Wu Shih wich ein Stück zu Seite, weg vom raubtierhaften Blick seines feisten Vetters.

»Was ist das?«

Wang wandte sich wieder der Stimme zu, offenbar wenig beunruhigt von dem Unvermeidlichen. »Es ist eine Vereinbarung. Ein Brief, um genau zu sein, geschrieben von unserem Vetter Wei Chan Yin an Li Yuan, in dem er seine Loyalität erklärt.«

»Seine *Loyalität?* Wie meinst du das? Unser Vetter Wei ist selbst ein T'ang. Nun, er ...«

Er brach ab, als er verstand. Hatte Wei Chen Yin sich *deshalb* im Rat so ruhig verhalten? Hatte er sich deshalb stets ohne zu zögern Yuans Votum angeschlossen?

Dennoch ergab das Ganze keinen rechten Sinn. Wu Shih schüttelte den Kopf. »Es muß eine Fälschung sein.«

Wang nickte. »Genau das habe ich auch gedacht. Doch selbst unter Folter hat der *I Lung* darauf beharrt, daß das Dokument echt ist. Er sagte, ich sollte Wei Chan Yin fragen, aber ... nun, *er* würde es doch auch nicht mehr zugeben, oder?«

»Nein ...« Wu Shih drehte sich um und ging auf und ab, verwirrt von den Neuigkeiten, dann kam er zurück. »Zeig mir das Dokument!«

Wang hielt es hoch. Wu Shih beugte sich über das Gerät und studierte das Papier. Es schien tatsächlich Wei Chan Yins Handschrift zu sein. Trotzdem ...

»Schickst du mir bitte eine Kopie, Vetter?«

Wang faltete das Blatt zusammen und steckte es in sein Gewand zurück. »Natürlich. Es ist bereits eine an dich abgeschickt worden. Ich habe mir die Freiheit genommen, einen Sonderboten zu entsenden. Ein Dokument wie dieses darf auf keinen Fall in unbefugte Hände geraten.«

Wu Shih erschauderte. »Vetter, ich … ich danke dir für dein Vertrauen. Ich kann nicht sagen, wie ich mich im Moment fühle, aber …«

»Natürlich«, beeilte sich Wang zu sagen. »Ich verstehe. Das muß ein großer Schock für dich sein. Ich weiß genau, wie du dich fühlst, falls dir das hilft. So etwas … nun, so etwas richtet uns zugrunde, nicht wahr?«

Wu Shih starrte das Bild seines Vetters an wie ein Blinder, dann pflichtete er ihm mit einem Grunzen bei.

»Dann bis später, Vetter Shih.«

Wu Shih winkte dem Bild vage zu, vergaß dabei, daß der Mann am anderen Ende der Leitung ihn nicht sehen konnte, dann fügte er hinzu: »Oh, und danke, Vetter …«

»Ich habe nur meine Pflicht getan. Bis morgen …«

Das Bild verblaßte allmählich. Langsam schien, wie aus weiter Ferne, das Sonnenlicht zurückzukehren.

Wu Shih schaute umher, sah aber nicht die natürliche Harmonie, das üppige Grün des Gartens, sondern ein Durcheinander unregelmäßiger Formen, ein ausgedehntes Meer sich dehnender Schatten.

Und wenn es sich als wahr herausstellt?

Wenn es sich als wahr herausstellen sollte, wäre zwischen ihnen alles vorbei, denn ein solcher Vertrauensbruch …

Er schüttelte heftig den Kopf und stöhnte. Eine Lüge. Es mußte eine Lüge sein! Li Yuan … nun, er war wie ein Sohn für ihn. Er hätte sich nie für so etwas hergegeben.

Nie? fragte er sich, dachte an den Wortlaut des Dokuments und wie sehr es ihn an Li Yuans Wortwahl erinnerte. *Nie* war eine lange Zeit. Li Yuan war ein junger Mann, und junge Männer waren notorisch ungeduldig.

Vielleicht ... aber es war kein vernünftiger Grund denkbar, warum Wei Chan Yin sich Yuan unterwerfen sollte. Nicht der geringste. Wogegen Wang ... Wang konnte nur davon profitieren.

Ja, dachte er. Doch Wang hätte sich niemals etwas so Einfaches, Direktes ausgedacht. Nicht wenn es die Unwahrheit war. Außerdem klang es ganz plausibel, daß der *I Lung* versucht hatte, sich mit einer solch pikanten Information seine Sicherheit zu erkaufen. Vielleicht also ...

Wu Shih atmete zittrig aus, dann wandte er sich ab, und als er über den langen Spazierweg zum Palast zurückging, zuckte er unter einem krampfartigen Schmerz zusammen, der ihm in die Seite fuhr.

Wenn sich das als wahr herausstellt ...

Jean hatte inzwischen aufgehört zu weinen, aber das machte es nicht besser. Er begriff jetzt, wie vergeblich es gewesen war, wie dumm nur der Gedanke, Wu Shih zu übervorteilen. Das war so, als versuche er das Schicksal auszutricksen.

So mußte er sich endlich dem Unvermeidlichen stellen. Seine Söhne waren fort – man hatte sie mitgenommen, während er und Jean wie gelähmt dasaßen.

Ja ... und erst jetzt begriff er, in welcher Lage er war. Er begriff jetzt, was die Drähte in ihren Köpfen bedeuteten – er hatte erlebt, wie sie den persönlichen Willen völlig ausschalten, das Ich zermalmen konnten. Es war schrecklich gewesen, das Schrecklichste, was er je durchlitten hatte. Er hatte aufgehört, er selbst zu sein. Er hatte wie ein Gefangener in seinem eigenen Schädel zugesehen, wie sie seine geliebten Söhne gefesselt und die schreienden Kinder aus dem Zimmer geschleift hatten. Wie in einem Alptraum ... einem Alptraum, in dem man nichts tun konnte, in dem man zur Reglosigkeit verdammt war.

Kennedy löste sich von seiner schlafenden Frau, setzte die Füße auf den Boden, stand auf und ging schweigend zur Tür. Dort blieb er stehen, um mit schmerzverzerrtem Gesicht in das dunkle Zimmer zurückzublicken. Dann ging er, weil er wußte, daß er keine andere Wahl hatte, ins Bad und machte sich für die Sendung frisch.

»Aufwachen! Na los, du Scheißkerl, wach auf!«

Cornwell grunzte und drehte sich benommen auf den Rücken. »Häh …?«

Chen versetzte ihm einen derben Schlag zwischen die Beine. »Auf! Sofort!«

Cornwell riß die Augen auf. »Was zur …?« Dann bemerkte er, wer vor ihm stand. »*Sie?* Was zur Hölle machen *Sie* denn hier?«

Chen warf ihm die Vollmacht auf die Brust. »Lesen Sie das! Dann ziehen Sie sich an. Ich will Ihnen etwas zeigen.«

Mit einem Schnaufen stemmte Cornwell sich hoch. Er sah Chen finster an und raffte den seidenen Morgenmantel um seinen aufgedunsenen Bauch. »Haben Sie keine Manieren, Major? Konnten Sie nicht draußen warten oder so?«

Chen schüttelte den Kopf. »Lesen Sie das durch und halten Sie den Mund!«

Cornwells Augen flackerten vor Zorn. Seine Stimme entwich ihm wie ein Zischen. »Dafür werden Sie bezahlen, Sie Idiot! Ich werde mich an Reinhardt wenden. Er wird ihnen einen Tritt in die Eier verpassen, Sie dämlicher Chink!«

Chen hob eine Augenbraue. »Werfen Sie besser einmal einen Blick auf die Vollmacht, *Shih* Cornwell. Oh, und sehen Sie mal, von wem sie unterzeichnet wurde!«

Cornwell nahm die Vollmacht, riß das Siegel auf und faltete das Papier auseinander. »Reinhardt?« Er blickte Chen mißtrauisch an. »Gut ... was, zum Teufel, geht hier vor?«

»Das werden Sie noch früh genug erfahren. Jetzt ziehen Sie sich an. Oder wollen Sie so mitkommen?«

Eine Stunde später saßen sie Knie an Knie in der Sänfte und schienen endlich an ihrem Ziel angelangt zu sein.

»Also?« fragte Cornwell und beugte sich Chen entgegen. »Wo sind wir?«

Sie hatten Cornwell die Augen verbunden und Handschellen angelegt, doch er wirkte schon viel entspannter. Er hatte sicher nicht damit gerechnet, daß jemand in seine Villa eindringen würde. Und die Vollmacht ... das hatte seiner Selbstachtung einen merklichen Dämpfer zugefügt. Aber mit der Zeit hatte er den ersten Schock überwunden und wieder großmäulige Reden geschwungen und Chen mit empfindlichen Konsequenzen gedroht, wenn sich die Sache erst geklärt hatte. Chen hatte die ganze Zeit schweigend dagesessen und seinen Gefangenen konzentriert im Auge behalten, für keine Worte, keine Beleidigungen zu erreichen. Es war schon fast komisch, den Fettwanst so prahlen zu hören. Doch allmählich ging er ihm auf die Nerven.

»Also was?« beharrte Cornwell. »Antworte, du dummer, pickliger Chink!«

Chen ignorierte die Frage. Statt dessen beugte er sich vor und löste die Handschellen. Cornwell hob überrascht die verbundenen Augen, dann griff er nach oben und riß sich die Binde herunter. »Das wird aber auch Zeit«, sagte er blinzelnd. »Also, was passiert jetzt? Ich verlange eine Antwort.«

»Sie *verlangen* eine Antwort?« Chen lachte sarkastisch. »Sie verlangen gern etwas, nicht wahr, *Shih* Cornwell?«

»Sicher. So bekomme ich, was ich will. Und im Moment will ich eine Erklärung hören. Sie dringen in meine Villa ein, verbinden mir die Augen und legen mir Handschellen an und bringen mich wer weiß wohin, und all das auf Grundlage einer vagen Anweisung, daß ich Ihnen bei Ihren Ermittlungen behilflich sein soll. Und … und wenn ich jetzt nicht bald eine Antwort bekomme, werde ich Ihnen solchen Ärger bereiten, daß Sie sich wünschen werden, Sie wären nie auf die Welt gekommen.«

Chen sah ihn mit steinerner Miene an. »Ich mußte dafür sorgen, daß Sie mitkommen.«

»Ja? Und was sollte dann diese Scheiße mit der Augenbinde und den Handschellen?«

»Weil ich es für nötig gehalten habe …«

Cornwell starrte ihn einige Sekunden lang an, dann lachte er. »Wissen Sie was … Allmählich gefallen Sie mir, Major Kao. Für einen Chink sind Sie gar nicht so übel. Ich kann verstehen, warum man Sie zum Major befördert hat. Sie haben Mumm.«

Chen fröstelte. Von einem Mistkerl wie Cornwell gehaßt zu werden, war gut und natürlich, aber wenn er einen bewunderte … das war abstoßend. Zumindest wenn es aufrichtige Bewunderung war und nicht wieder eines seiner Spielchen.

»Warum unterhalten wir uns nicht ein bißchen?« fragte er und lehnte sich zurück. »Wir haben noch etwas Zeit, während alles vorbereitet wird.«

»Vorbereitet? Wovon reden Sie?«

»Sie wissen, wie das ist, *Shih* Cornwell. Gewisse Dinge müssen wir vorbereiten …« Er lächelte kühl. »Sie müssen in Ihrer Position doch selbst oft etwas vorbereitet haben.«

Cornwell kniff die Augen zusammen. »Worauf spielen Sie an, Major? Ist das eine Erpressung? Soll ich das so verstehen?«

»Wie kommen Sie denn darauf?«

»Weil ich Leute wie Sie kenne. Weil ich schon mehr in inoffizielle ›Fonds‹ eingezahlt habe, als Sie je verdienen werden. Fünf-, zehnmal soviel!«

Chen nickte, als sei er beeindruckt. »Sie müssen viele Geschäfte dieser Art getätigt haben, um zu werden, was Sie sind. Sie haben einen weiten Weg hinter sich ...«

Cornwell beugte sich vor. »Ganz richtig. Ich hatte keinen reichen Vater im Rücken wie manche von diesen Pissern. Ich hatte nichts. Ich habe mich hochgearbeitet. Und ich habe auf mich geachtet. Nicht wie diese Weicheier, mit denen ich zu tun hatte. Eine einzige Bande von Muttersöhnchen ... Wirrköpfe!« Er lachte. »Man muß hart sein im Geschäftsleben. Man kann sich keine Skrupel leisten. Wissen Sie, was ich meine, Major?«

»Oh, ich weiß, in welch einer Welt wir leben, *Shih* Cornwell. Ich war ein Waisenkind. Tief unten, unter dem Netz.«

Cornwell betrachtete ihn mit neuerwachtem Interesse. »Unter dem Netz, häh? Wie haben Sie denn ... wie haben Sie's bis hier oben geschafft?«

Chens Lächeln ätzte wie Säure. »Ich habe einen Minister umgebracht.«

Cornwell starrte ihn einen Moment lang an, dann brach er in Lachen aus. »Einen Minister umgebracht ... Das gefällt mir. Wirklich köstlich! Aber im Ernst, was haben Sie gemacht?«

»Ich war ein *Kwai*. Schon mal gehört?«

Cornwell nickte, war ungewollt beeindruckt. »Ich nehme an, Sie waren gut.«

»Ich habe überlebt.«

Er beugte sich vor und berührte Chen fast mit seinem parfümierten Wanst. »Wie war das denn?«

»Was?«

»Ich meine, für Geld Leute umzubringen … Wie fühlt man sich dabei?«

Chen starrte den Mann an, und empfand einen so tiefen, so heftigen Widerwillen, daß er ein Gefühl wie Feuer in den Adern hatte. Er hätte dieses feiste Gesicht am liebsten zu einer blutigen Masse zerdroschen, doch er ließ sich seine Gefühle nicht anmerken.

»Es ist schon lang her … Man vergißt es.«

»Man vergißt es?« Cornwell pfiff durch die Zähne. »So etwas würde ich bestimmt nicht vergessen! Haben Sie es *so* oft gemacht?«

Chen nickte. »Ich habe die scheußlichsten Dinge gesehen.«

»Sicher … und ich wette, für einige sind Sie gut bezahlt worden!«

Chen sah auf die Hand, die Cornwell ihm aufs Knie gelegt hatte. Langsam zog der Dicke sie weg.

»Also?« fragte Cornwell. »Wieviel verlangen Sie?«

»Wieviel ich verlange? Habe ich etwas derartiges gesagt?«

»Kommen Sie … wir sind hier allein. Deshalb haben Sie mich doch hergebracht.« Er lächelte aufmunternd. »Nun kommen Sie schon … wieviel muß ich auf den Tisch legen, um Sie vom Hals zu haben?«

»Was ist, wenn ich sage, daß ich an Ihrem Geld nicht interessiert bin?«

»Dann würde ich sagen, daß Sie Scheiße statt Hirn im Kopf haben, Major Kao! Geld ist das einzige, was in dieser Welt zählt. Ohne Geld ist man ein Niemand. Mit Geld … nun, da kann man alles haben.«

»Vielleicht. Aber ich will es trotzdem nicht.«

Cornwell beobachtete ihn aufmerksam. »Dann wollen Sie wohl auf die Gehaltsliste?«

»Bezahlen Sie viele Beamte, *Shih* Cornwell?«

»Ein paar … keine Namen. Sie wissen, wie das ist.«

»Und Wilson? War er einer davon?«

Cornwell seufzte großtuerisch. »Der arme Wilson. Ich habe gehört, daß man ihn umgelegt hat. Ja, allerdings … er stand auf meiner Gehaltsliste. Ein nützlicher Mann, nicht? Beim letzten Mal hat er Sie ganz schön reingelegt! Im ersten Moment dachte ich, jetzt hätten Sie mich, aber … keine Beweise, keine Anklage, nicht?« Er lächelte. »Trotzdem, vergessen wir die Sache, ja, Major? Sie und ich … Ich schätze, wir verstehen uns. Ich schätze, wir können wirklich gut zusammenarbeiten.«

»Und diese Arbeiter, die Sie an die Luft gesetzt haben … die ihr Handlanger umgebracht hat … was ist mit denen?«

Cornwell legte die Stirn in Falten. »Warum zerbrechen Sie sich immer noch den Kopf über die? Vergessen Sie diese Scheißer … wen interessieren die schon? Die Frage ist die: Wollen Sie dabei sein, und wenn ja, auf welcher Ebene?«

Chen stand auf und zog den Vorhang zurück. »Raus!«

»Was?«

»Sie haben mich schon verstanden. Raus. Draußen ist jemand, der mit Ihnen reden will.«

Cornwell starrte ihn einen Moment lang säuerlich an, dann stand er auf und quetschte sich aus der Sänfte. Chen folgte ihm.

Das Gelände wirkte kahl und menschenleer. Es war Lärm zu hören – so wie immer –, aber er klang fern und gedämpft. Cornwell sah sich um und verzog das Gesicht beim Anblick des schuttübersäten Bodens.

»Wo, zur Hölle, sind wir hier?«

Chen gab keine Antwort, schubste ihn nur mit Stößen seines rechten Handballens voran, und mit jedem Schlag ließ sein Zorn, seine Anspannung ein wenig nach.

»Hier«, sagte er schließlich und blieb vor einer Tür ohne Namensschild stehen. »Da sind wir.«

Cornwell drehte sich um und sah ihn finster an. »Ich kriege dich noch, du kleiner Scheißer! Du hast deine Chance gehabt, aber jetzt … Ich mich dich fertig, verlaß dich drauf! Wenn ich mit dir fertig bin, kannst du froh sein, wenn du noch auf einen Scheißhaufen aufpassen darfst!«

Chen lächelte gepreßt. »Ziemlich passend, finden Sie nicht?«

»Was …?«

»Sie … wie Sie Menschen behandeln, was Sie tun … das ist nichts als Scheiße. Sie meinen, die Welt sei nach Ihrem Ebenbild geschaffen … daß alles zum Ansichraffen da ist und die größte, fetteste Made alles frißt. Nun, aber so ist es nicht … nicht für jeden. Aber Sie …« Chen schüttelte angewidert den Kopf und zog seine Waffe. »Aus Ihrer Sicht sind wir vielleicht alle nur Hologramme. Ist es nicht so?«

Cornwell riß die Augen auf. »Ich verstehe nicht …«

»Klopfen Sie an. Los! Klopfen Sie an die Tür!«

Cornwell drehte sich um und klopfte zaghaft.

»Lauter! Die Leute sollen hören, daß Sie da sind!«

Cornwell sah ihn mißtrauisch an. »Wer? Von wem reden Sie?«

»Dieser Abschaum, Sie wissen schon … Oder erinnern Sie sich nicht?«

Die Tür hinter ihm glitt auf. Eine Frau stand da und hinter ihr ein älterer Han. Hinter ihm stand ein Dutzend weiterer großer Männer, die wie Arbeiter aussahen. Cornwell drehte sich um, starrte sie mit offenem Mund an, und als er wieder herumfuhr, war Furcht in seinem Blick.

»Nein …« sagte er, fiel vor Chen auf die Knie und packte seinen Uniformrock. »Nein, Kao Chen … das dürfen Sie nicht! Sagen Sie mir nur, was Sie haben wollen. Ich …«

Chen setzte Cornwell die Waffe auf die Stirn, direkt

zwischen die Augen, und drückte sie ihm in die Haut. »Rein! Sofort!«

Cornwell rappelte sich auf und wandte sich der Tür zu. In diesem Moment trat die Frau zurück, als wollte sie ihm den Weg freigeben, auch wenn sie dabei einen harten, unnachgiebigen Ausdruck, etwas Erbarmungsloses im Gesicht hatte.

»Versuchen Sie's mit Geld ...« sagte Chen mit angewiderter Stimme. »Warum versuchen Sie die Leute nicht zu bestechen ...?«

Er setzte Cornwell den Fuß auf den Rücken und stieß ihn ins Zimmer, wo er der Länge nach hinstürzte..

»Es fängt gerade an«, sagte Michael und berührte sie sanft an der Schulter. »Kommst du mit?«

»Gleich ... Ich will das hier nur fertig machen ... Geh ruhig rein.«

Sie saß da, und ihr Zorn nahm immer klarere Konturen an. Kennedy ... Es lief alles auf Kennedy hinaus.

Ein zweites Mal rief Michaels Stimme nach ihr, diesmal aus dem Nebenzimmer. »Em ...?«

»Schon gut!«

Zum Teufel mit diesem Mann! Zum Teufel mit all seinen Absprachen und faulen Kompromissen! Und zum Teufel mit dem aalglatten, redegewandten Charmeur, den er in der Öffentlichkeit spielte!

Sie folgte Michael, trat hinter seinen Stuhl und schaute an ihm vorbei auf den Bildschirm.

»Was sagt er denn?«

»Pscht ... es ist wichtig. Er ...«

Kennedy sah merkwürdig aus. Und dann wurde ihr klar warum. Diesmal lächelte er gar nicht.

»Wir hatten solche Hoffnungen«, sagte er. »Wir wollten soviel in unserer Welt verändern. Aber manchmal sind uns die Hände gebunden. Manchmal ...«

Er zögerte und ein Schauder durchfuhr ihn. »Ich möchte Ihnen etwas sagen. Heute nachmittag hat Wu Shih, der T'ang von Afrika, mir meine Kinder weggenommen ... meine beiden Söhne Robert und William. Sie sind jetzt seine Geiseln. Ich sage das heute, aber eigentlich sind wir alle schon seit einiger Zeit seine Geiseln. Jean, ich selbst und die Jungen ...«

Emily hörte entsetzt zu, während er die Einzelheiten erklärte, und allmählich begann sie zu begreifen.

»Und das ist der Grund«, schloß er, »warum ich heute zu Ihnen spreche, warum ich diese kleine, vielleicht vergebliche Geste wage, um die Dinge irgendwie wieder in Ordnung zu bringen. Der Traum ...« Er seufzte schwer. »Mein guter Freund Michael hatte recht, als er sich vor ein paar Tagen an die Öffentlichkeit wandte. Der Traum scheint schon vor einiger Zeit gestorben zu sein.

Wie auch immer.« Kennedy straffte sich und sah mit einer Spur seiner alten Entschlossenheit in die Kamera. »Es verhält sich folgendermaßen. Ich habe diesen Live-Sendeplatz vorhin gemietet und diese Rede vor etwa einer Stunde aufgezeichnet. Sie sehen also das Bild eines Bildes ... ein Hologramm.« Er setzte ein blasses, gequältes Lächeln auf. »Mein wirkliches Ich, Joseph Kennedy, ist tot. Oder wird tot sein, wenn Sie diese Worte hören.«

»Was?« Emily schlug die Hand vor den Mund. Michael war aufgesprungen.

»Frei sein«, sagte Kennedy. »Ich glaube, das ist alles, was ich je gewollt habe ... frei sein. Und jetzt ...«

Das Bild erzitterte, bekam Risse, verschwand, um Sekunden später von einem der Moderatoren des Senders abgelöst zu werden. Er blickte verwirrt auf, und einen Moment lang brachte er keinen Ton heraus, dann schluckte er und begann die Nachrichten vorzulesen.

»*Aiya* ...« Michael ächzte und verzog das Gesicht. »Nein ... *Nein* ...«

Emily starrte ihn verwirrt an. *Habe ich mich geirrt?* dachte sie. *Kann ich mich so geirrt haben?*

»*Em* ...«

Sie schloß ihn in die Arme, drückte ihn an sich, und eine gewaltige Last drückte auf sie nieder, als sie sich vorzustellen versuchte, wie es für Kennedy gewesen sein mußte, Tag für Tag mit diesem Wissen zu leben. Und nun war er nicht mehr da ...

Sie schloß die Augen. Plötzlich schienen alle Dinge weniger Substanz zu haben als noch vor wenigen Minuten. Plötzlich wirkte alles so ... so *hohl*.

Michael lehnte sich an sie und schluchzte. *Tröste mich,* schien er zu sagen. *Halt mich fest und nimm mir meinen Schmerz.* Aber diesmal konnte sie nichts für ihn tun, denn der Schmerz, den sie empfand, war größer als seiner – war so groß wie diese Welt.

»Was jetzt?« murmelte sie leise, mit vor Schmerz und Trauer erstickter Stimme. »Bei allen Göttern, was soll nun werden?«

KAPITEL · 5

Die Stadt in Flammen

Wu Shih ging auf und ab und wartete darauf, zu seinem Vetter durchgestellt zu werden. Er war müde und wütend und nicht in der Stimmung, Kompromisse einzugehen. Er hatte eine lange, schlaflose Nacht hinter sich, und die nächsten beiden Tage würden wahrscheinlich weitere Ausbrüche von Gewalt mit sich bringen. Alle Versuche, den Aufruhr einzudämmen, den Kennedys öffentlicher Selbstmord ausgelöst hatte, waren gescheitert, selbst ein Aufruf Mary Levers zur Ruhe …

»Es ist alles *seine* Schuld«, murmelte er und starrte nervös auf den leeren Monitor. »Wenn er mich bloß nicht zu diesen elenden Implantationen überredet hätte …«

Es war die Wahrheit. Tief im Innern gab er Li Yuan für alles die Schuld. Wenn er nur seinem Instinkt vertraut und mit älteren, sichereren Methoden gegen Kennedy vorgegangen wäre.

Ich hätte auf meine Berater hören müssen, dachte er. Ich hätte ihn umbringen sollen, dann wäre das alles nicht passiert.

Nein … wie hätte ich dann ruhig schlafen können?

Eine leise Glocke tönte. Der Bildschirm erstrahlte golden. Und dann sah Li Yuan ihm besorgt entgegen.

»Vetter Shih … wie geht's dir?«

»Li Yuan«, erwiderte er kühl und förmlich. Sofort änderte sich der Gesichtsausdruck des jungen T'ang.

»Was ist los? Was ist denn noch geschehen?«

Statt zu antworten hielt er den Brief so hoch, daß Li Yuan ihn lesen konnte.

»Ach ja ...« sagte er.

Der letzte Funke des Zweifels – oder der Hoffnung – erstarb in Wu Shihs Brust. »Dann streitest du es also nicht ab?«

Li Yuan schüttelte den Kopf. »Ich wollte nie davon Gebrauch machen. Es war Wei Fengs Idee. Er hatte eine Vision, was auf uns zukommt. Eine düstere, erschreckende Vision. Er hat sich von seinen Söhnen auf dem Sterbebett etwas schwören lassen. Ich habe versucht ...«

»Ach, zum Teufel ...« Schmerz und Enttäuschung verzerrten Wu Shihs Gesicht. »Wie konntest du nur, Yuan?«

Li Yuan senkte den Blick und wirkte für einen Moment wie ein Sohn, der von seinem Vater gezüchtigt wurde. Doch als er wieder aufschaute, war sein Blick klar. »Ich dachte, es könnte sich als notwendig erweisen. Die Zeiten ...«

»Das entschuldigt nichts, Yuan. Gut und Böse ändern sich nicht mit den Zeiten. Die Moral ist eine Konstante. Außerdem muß ein T'ang ein T'ang sein, nicht die Marionette anderer. Wie sonst könnte er verläßlich und in vollem Bewußtsein seiner Macht regieren?«

Li Yuan starrte ihn an und sagte nichts.

»Also ... ist es schon soweit gekommen? Können wir uns nicht einmal mehr gegenseitig trauen?«

»Ich bin immer noch dein Freund, Wu Shih. Wir können uns weiterhin vertrauen.«

Wu Shih schüttelte den Kopf und ließ den Brief fallen. »Nein, Li Yuan. Zwischen uns gibt es kein Vertrauen mehr. Wir können auch keine Freunde mehr sein.« Ein leiser, zittriger Seufzer entfuhr ihm. »Du bist eine Schande für das Andenken deines Vaters.«

Li Yuans Miene war hart und gereizt. »Nein, Wu

Shih. Ich habe nur zu verhindern versucht, daß unsere große Welt ins Chaos abgleitet. Mein Vater ... er hätte mir beigepflichtet, daß es unabdingbar war.«

»Es gibt andere Möglichkeiten ...«

»Es gibt nur Möglichkeiten, die funktionieren, und andere, die nicht funktionieren. Du sagst, daß die Zeiten nichts bedeuten, aber ich bin anderer Meinung. Wenn ein Mensch gelegentlich Böses tun muß, um Wohl für alle zu erreichen, dann ist das der Weg, dem er folgen muß. Das Verdrahtungsprojekt zum Beispiel ...«

»Ein Greuel!« rief Wu Shih wütend. »Ich hätte nie zugestimmt. Wie soll ein Mensch zur Tugend finden, wenn ihm die Wahl zwischen Gut und Böse verwehrt ist?«

»Du meinst, diese Wahl hätten wir nicht mehr, Vetter? Niemand von uns?«

Wu Shih starrte den jungen T'ang an und war erstaunt, daß ihm solche Worte über die Lippen kamen. »Sicher ... natürlich haben wir eine Wahl. Wenn ich der Ansicht wäre ...«

»Du gibst mir dir Schuld an Kennedys Tod, nicht wahr?«

Wu Shih zögerte, dann nickte er.

Li Yuan mußte das erst verarbeiten und sah weg, dann blickte er ihn wieder an. »Vielleicht hast du recht. Vielleicht habe ich dir einen schlechten Rat gegeben. Aber haben du oder ich gewußt, wie sich die Zukunft entwickeln würde? Hättest du vor zwei Jahren für möglich gehalten, daß er sich das Leben nimmt?«

»Nein ...«

»Ich auch nicht. Und wer weiß schon, ob andere Methoden nicht dieselben Folgen gehabt hätten? Nein, Wu Shih. Du hast einen Tiger geritten ... Ich dachte, du hättest das begriffen.«

»Vielleicht ...«

Li Yuan senkte den Blick und seufzte. »Also was jetzt? Ich nehme an, daß ich meine Vettern über die Existenz dieses Briefes aufklären soll …«

»Allerdings …« Wu Shih nickte. Alles Feuer war in ihm verlodert, aller Zorn in einem Meer aus Verzweiflung versunken. Die Zukunft lag in Dunkelheit, in Asche.

»Übrigens …« fragte Li Yuan leise. »Wie hast du es herausgefunden?«

Er blickte auf und war überrascht, daß ihn ein Stich der Scham traf. »Durch unseren Vetter Wang«, antwortete er ruhig.

»Ach ja …« Li Yuan lächelte traurig. »Das hätte ich mir denken können …«

Erst verlor sie langsam an Höhe, dann begann der Sturz, und die panische Meldung ihrer Wartungsmannschaft wurde im allgemeinen Chaos auf der Erde anfangs nicht beachtet, und als man sie schließlich zur Kenntnis nahm, war es bereits zu spät. Sie schlug wie eine gewaltige Bombe mit einer Geschwindigkeit von über zwanzigtausend *ch'i* pro Sekunde ein. Die Auswirkungen waren verheerend. Die Stadt wurde von ihr zermalmt wie ein zerknülltes Blatt Papier unter einem Faustschlag. Über dreihundert Stöcke wurden augenblicklich ausgelöscht, und in über fünfzig *li* Umkreis waren die Schäden nicht abzuschätzen.

Wieviel Millionen starben in diesen ersten Augenblicken? Wie viele durch die große Schockwelle und den Feuerball, die folgten? Das Undenkbare war geschehen. Eine Orbitalstation war vom Himmel gefallen und hatte ein Loch von der Größe des Oberen Sees in die Stadt Nordamerika gestanzt.

Die Stadt stand in Flammen.

Sie hatten sich um den Monitor im Wohnzimmer versammelt, Michael, Mary und das verbliebene Personal. Viele waren bereits gegangen, wollten in dieser Krisenzeit ihre Familien nicht alleinlassen, doch wie viele es bis nach Hause schaffen würden, stand auf einem anderen Blatt.

Die Nachrichten waren von Minute zu Minute schlimmer geworden. Schon vor dem Einschlag hatte eine angespannte Lage geherrscht, doch nun schien alles zu kochen. Die Stadt war verrückt geworden. Kamarasonden, die die Medienkanäle in die Unteren Ebene schickten, übertrugen die Bilder schrecklicher Gemetzel, bevor sie ausfielen.

Emily starrte auf den Bildschirm, kaute auf den Nägeln und stöhnte leise, während ein schreckliches Bild das nächste jagte. Jetzt war endgültig etwas in den Menschen durchgebrannt oder weggerissen worden. Er war, als sähe man Tieren zu. Von Angst verzerrte Gesichter hetzten vorbei oder glotzten in die Objektive – grinsende, abstoßende Gesichter, getrieben von Haß, Wahnsinn oder gewalttätigem Zorn. Gesichter, die kläfften, bissen und heulten.

»Wir müssen etwas unternehmen«, sagte sie zum dutzendsten Mal. Natürlich. Aber was? Was sollte man gegen ein solches Chaos unternehmen? Vielleicht konnte man wirklich nur zusehen … ja, und beten, daß etwas überlebt hatte, wenn dieses Bellen verstummte, und ein menschlicheres Licht in diese irren Augen zurückkehrte.

Die Stadt stand in Flammen.

»Em …«

Michael berührte sie am Arm, zog sie weg und sagte ruhig, trotz sichtlicher Erregung: »Hör zu, wir müssen hier weg. Die Kreuzer sind oben auf dem Dach gelandet. Wir haben Plätze in einem der Shuttle. Wenn wir jetzt fliehen …«

Sie schüttelte seinen Arm ab. »Fliehen? Wie kannst du nur daran denken? Schau dir das an! Die Menschen brauchen uns, Michael ...«

»Sie brauchen *uns?* Meinst du im Ernst, wir könnten etwas dagegen ausrichten? Nein, Em ... Es ist vorbei. Alles bricht zusammen. Und wir müssen raus hier, bevor es uns auch erwischt.«

Sie starrte ihn an, als sei er ein Fremder. *Vorbei?* Nein, das war undenkbar. Nicht so schnell.

Sie schaute wieder auf den Bildschirm. Wu Shih war jetzt im Bild. Er stand, umgeben von hochrangigen Offizieren seines Sicherheitsdienstes am Rande des Kraters, inspizierte einen eingefallenen Stock, das Gesicht von Schmerz verzerrt, die Augen tränenfeucht.

»Vorbei ...« sagte sie und begriff es endlich. »Es ist wirklich alles vorbei, ja?«

»Ja«, sagte er und drückte ihren Arm. »Hör zu, Em ... Ich weiß, daß du helfen willst, aber wir können nichts mehr tun. Nicht von hier aus. In Europa ... wir fliegen nach Europa, und dann ... nun, vielleicht können wir zurückkommen, wenn alles abgeklungen ist. Vielleicht können wir beim Wiederaufbau helfen ...«

Sie starrte ihn an und ließ sich von der Lüge trösten, auch wenn sie wußte, daß es eine war. Es würde keinen Wiederaufbau geben. Nicht nach dem, was hier geschah.

Die Stadt stand in Flammen.

St. Louis war verschwunden, Springfield auch und der Großteil des Gebiets bis rauf nach Peoria im Norden und Evansville im Westen.

Wu Shih starrte auf die behelfsmäßige Karte, die auf dem aufgebockten Tisch ausgebreitet lag, und schüttelte ungläubig den Kopf. Der Krater war auf der Karte schwarz eingezeichnet – ein großer Kreis, dessen Mittelpunkt bei einem Ort namens Pana lag. Ihn umschloß ein rotes Band von der Form eines Eidotters, das mehr in Richtung Osten und der Plantagen ausgebeult war als zum Westen hin, wo die Stadt der vollen Wucht der Explosion ausgesetzt gewesen war. Sie selbst befanden sich im Oststock von Indianapolis am Rande des äußeren Kreises, knapp außerhalb der roten Zone, mehr als fünfhundert *li* vom Epizentrum entfernt, doch selbst hier war der Schaden nicht zu überblicken.

Er war über eine Landschaft hinweggeflogen, die solchen Schaden genommen hatte, daß sie ihm wie ein Traumbild vorkam. Weiter zum Epizentrum hin waren die Stöcke zu seltsamen Formen zusammengeschmolzen, wie häßliche zusammengepreßte Bündel, die kaum größer waren als ein Mensch ... doch hier waren sie fast unbeschadet. Unbeschadet, doch schrecklich still. Nur Tote bewohnten diese Ebenen noch.

Er trat vom Tisch weg und sah sich in dem gewaltigen, ausgeweideten Deck um. In gewisser Hinsicht war es hier schlimmer als am Rande des Kraters. Dort hatte sich wenigstens alles so gründlich verändert, daß die Vorstellungskraft keinen Anhaltspunkt mehr fand. Hier dagegen fiel es einem allzu leicht, sich das Leid vorzustellen. Hier war alles versengt und verrußt. Asche und Schutt knirschten unter jedem Schritt. Und die Leichen ...

Er schauderte, und als er die Augen schloß, sah er wieder die beiden Leichname vor sich, als seien sie in die Innenseite seiner Augenlider eingeäzt. Sie lagen Rücken an Rücken zusammen, die Knie hochgezogen, die Arme in einer seltsam flehentlichen Haltung, beinahe wie Hunde, die Kunststückchen vorführten. Bei näherem Hinsehen war ihm aufgefallen, wie die Hitze ihre Gesichtszüge ausgelöscht, sie zu anonymen Masken zusammengeschmolzen hatte. Schwarzer Teer bedeckte ihre grinsenden Schädel.

Und dann der Gestank …

Es wurden Männer hergeflogen, um die Leichen zusammenzutragen, aber es war ein hoffnungsloses Unterfangen. Wo immer man hinsah, wurden sie aufgestapelt und verbrannt …

Er hob die Hand vors Gesicht und schluchzte. Dasselbe war schon auf dem Mars geschehen. Als ob sich die Ereignisse wiederholten.

Eine Strafe … das ist die Strafe der Götter. Zerstörung … endlose Zerstörung. Und nichts bleibt verschont.

General Althaus kam herüber und verbeugte sich. »Werde ich hier noch gebraucht, *Chieh Hsia?* Falls nicht …«

Er fuhr zusammen, blickte auf und machte keine Anstalten, sein tränenfeuchtes Gesicht abzuwischen. Er bemerkte, daß seine Hände von Asche befleckt waren.

»Nein«, antwortete er matt. »Sie gehen jetzt besser. Es gibt hier nichts mehr für uns zu tun. Versuchen wir zu retten, was noch zu retten ist …«

Kemp lief den Korridor hinunter. Er keuchte, und sein Gewand bauschte sich hinter ihm.

Ein wildes Geschrei und das Klirren einer berstenden Vase hatten ihn aufgeweckt. Er hatte seine Schlafzimmertür hinter sich abgeschlossen, war zur Kommunikationsanlage des Hauses gelaufen und hatte in zunehmender Panik von einer Überwachungskamera zur anderen umgeschaltet. Es waren Fremde im Haus, die durch die Korridore lärmten, junge Männer mit schmalen Gesichtern und in ausgebleichten Einteilern. Ihrem Aussehen nach zu urteilen, waren es *Liumang* – Punks. Die Schreie kamen aus der Spülküche im Erdgeschoß, wo drei Jugendliche reihum seine jüngste Magd vergewaltigten. Er sah einen Moment lang zu, und das Herz pochte ihm in der Brust, dann schaltete er aufs Haupttor um. Die Wachhütte war leer …

»Aiya …« stöhnte er leise. Die Idioten hatten ihn im Stich gelassen! Weil er wußte, daß ihm wenig Zeit blieb, lief er zur Tür am anderen Ende des Zimmers, zog einen Schlüssel aus der Tasche und schloß im Nebenraum hinter sich ab.

Das Bad war ein großer hallender Raum. Hoch an der Rückwand befand sich ein Fenster. Er schob einen Hocker davor, stieg darauf und sah hinaus. Der Spalt war schmal – vielleicht zu schmal – und bis zum Boden waren es mindestens zehn, zwölf *ch'i*, vielleicht noch mehr … Wenn er fiel, würde er sich das Becken, vielleicht das Rückgrat brechen, doch wenn er blieb …

Er roch Feuer. Sie hatten die Villa in Brand gesetzt. Er fing an zu wimmern und versuchte sich hochzuziehen, doch die Anstrengung war fast zuviel für ihn. Allerdings verlieh ihm die Angst zusätzliche Kräfte, und für einen Moment balancierte er auf der Kante, halb drin, halb draußen.

Hinter ihm rüttelte jemand an der Tür. Er hörte triumphierendes Geschrei.

»Da drin! Der Scheißer hat sich da drin versteckt!«

Er schrie auf, bekam plötzlich Angst und versuchte sich durch die Öffnung zu quetschen.

Ich hänge fest … Aiya! Ich hänge fest!

Hinter ihm schlug etwas gegen die Tür, als werfe sich jemand heftig dagegen. Jemand rief etwas, dann herrschte Stille. Wenig später fiel ein Schuß. Etwas Metallisches schepperte über den Boden, dann flog die Tür auf.

Er konnte sich nicht umdrehen. Er steckte fest und konnte sich nur vorstellen, was von hinten auf ihn zukam. Er schloß die Augen und erwartete einen weiteren Schuß, aber es fiel keiner. Statt dessen hörte er ein schreckliches, höhnisches Gelächter.

»Lao jen!« hörte er einen von ihnen rufen. *»Lao jen!«*

Alter …

Er hörte das Knarren des Hockers, als jemand drauf stieg, dann wurde er gewaltsam an den Beinen gezogen, und er fiel zu Boden und brach sich den Kiefer, als er aufschlug.

Er blieb bewegungslos und mit taubem Rücken liegen. Während sich sein Mund mit Blut füllte, sah er doppelt und verschwommen drei junge, zähnefletschende Gesichter. *»Lao jen«,* sagte einer von ihnen sanft, fast zärtlich, und legte eine Hand in seinen Nacken, als wollte er ihn stützen. Dann traf ihn der erste Schlag, zertrümmerte ihm das Nasenbein und machte ihn blind vor Schmerz.

»Lao jen …«

Der kaiserliche Kreuzer stieg langsam zu den beiden Wachschiffen auf, die bereits in einer halben *li* Höhe ihre Positionen eingenommen hatten. Wu Shih sah durch die Einstiegsluke hinaus und runzelte in ungläubigem Staunen die Stirn über die Szenerie, die sich ihm darbot. Es war kaum vorstellbar, daß hier jemals irgend jemand gelebt hatte.

Als sie in Schräglage über die Ruinen hinwegflogen, blieb der Kreuzer einen Moment lang stehen, und seine Abgase bliesen den ausgezackten Rand eines eingestürzten Stocks frei. In diesem Moment stieg von unten eine Rakete auf und traf den Kreuzer nahe des Hecks.

Die Explosion erschütterte das Schiff, doch als sich der Rauch verzog, war es wie durch ein Wunder immer noch da. Langsam, ganz langsam begann es zu rotieren, und eine Rauchfahne trat aus dem aufgerissenen Heck. Einige Sekunden lang stieg es weiter an, als wollte es die brachliegenden Decks leerfegen, dann erbebte es mit einem schauerlichen Knirschen und stürzte auf den Erdboden zurück.

Wu Shih fuhr herum und starrte auf das ausgezackte Loch unmittelbar hinter sich. Er bekam vage mit, wie jemand in seiner Nähe schrie, ein schrecklicher, schriller Laut, der aber von dem Klingeln in seinen Ohren übertönt wurde. Plötzlich wurde ihm kalt, obwohl die Kabine in Flammen stand. Rauch wallte wie ein unscharfes Hologramm.

Raus, dachte er. *Ich muß raus hier …*

Benommen versuchte er seinen Gurt zu öffnen, aber aus irgendeinem Grund waren seine Finger taub und wollten ihm nicht gehorchen. Er sah hin und bemerkte das Blut auf seinem Seidengewand und ein glänzendes Knochenstück, das sich durch die Haut seines linken Arms bohrte.

Nein, dachte er. *Unmöglich …*

Vom Boden blickten Soldaten mit offenem Mund zu ihm empor, als das Schiff abzusacken begann. Wenig später suchten sie nach Deckung, als das Feuer von Handfeuerwaffen und Mörsern aus sicheren Stellungen in unmittelbarer Nähe auf sie niederprasselte.

»Es ist die Schwarze Hand!« rief jemand. »Es ist die verdammte Schwarze Hand!«

Es wurde durcheinandergeschrien und -gerufen, während über ihnen zwei Kreuzer hin- und hermanövrierten und sich in den Kampf einzuschalten versuchten.

Das Schiff des T'ang stieß mit der Nase zuerst auf dem Boden auf, und sein gepanzertes Chassis wölbte sich.

In seinem Sitz gefangen, stöhnte Wu Shih auf und schloß die Augen. *Ich lebe noch. Ich bin immer noch am Leben.* Aber nachdem das Schiff zur Ruhe gekommen war, wurde der Rauch immer dichter, und die Flammen …

Er schlug die Augen auf. Herabrinnendes Blut erschwerte ihm die Sicht. Er keuchte, und der Schmerz explodierte wie eine Bombe in seiner Brust.

Die Flammen …

Er schluckte schmerzhaft. Sein Gewand stand in Flammen. Und seine Beine … beide Beine waren mehrfach gebrochen.

Er stöhnte. *Helft mir … bei allen Göttern, helft mir. Ich bin ein Sohn des Himmels …*

Doch als Soldaten ihm zur Hilfe eilten, erschütterte eine weitere Explosion das Schiff. Eine Mörsergranate hatte es frontal getroffen.

Über ihnen wurde der Hauptmann des zweiten Kreuzers Zeuge, wie das Geschoß einschlug, und zuckte zusammen, weil er wußte, daß niemand diesen Treffer überlebt haben konnte.

»Oh, Scheiße …«, jammerte er. »Oh, verdammte Scheiße! Kuan Yin beschütze uns!«

Die Luke war geschlossen, die Turbinen liefen warm. In einer Stunde würden sie in Europa sein.

Emily saß auf einem Fensterplatz, Michael neben ihr. In wenigen Minuten würden die Fensterblenden herunterfahren, und damit wäre es vorbei. Amerika wäre dann wie ein Traum. Etwas, das einem anderen Leben angehörte.

Inzwischen war es dunkel; dennoch strahlte der Himmel über der fernen Stadt hell. Gerüchten zufolge war Wu Shih tot … von einem Attentäter erschossen oder im Bett von einem seiner Wachen ermordet … die Einzelheiten waren unklar. Gewiß war nur, daß für den großen T'ang und seine Stadt alles vorbei war.

Flammen flackerten im dicken Glas der Einstiegsluke wie Schlangen …

Sie war so nah dran gewesen … so nah daran, etwas von Bedeutung zu schaffen … etwas zu *verändern.*

Träume, dachte sie. *Nichts als Träume …*

Sie drehte sich um, drückte Michael kurz die Hand und lächelte ihn aufmunternd an. Nach Hause … für sie war es eine Heimkehr, aber für ihn …

Für Michael war es ein Alptraum, eine Reise in die Finsternis.

Als die Fensterblenden heruntergefahren wurden, duckte sie sich und warf einen letzten Blick auf Amerika.

Auf Amerika … und auf die Stadt in Flammen.

INTERLUDIUM
SOMMER 2213

Wahre Tugend

»Die Nacht ist unsere Mutter. Sie spendet uns Trost. Sie sagt uns, wer wir sind. Mutter Himmel ist alles. Wir leben, wir sterben unter ihr. Sie sieht alles. Selbst die Dunkelheit tief in uns.«

– Sprichwort der Osu

»Ihr habt von Wissen gehört, das Wissen ist, doch nie von Wissen, das Nichtwissen ist. Schaut in dieses geschlossene Zimmer, die leere Kammer, wo die Helligkeit geboren wird! Glück und Segen sammeln sich dort, wo Stille ist.«

– CHUANG TZU: *In der Welt der Menschen*

Hans Ebert saß reglos an dem Felstisch, wie eine aus dem uralten Stein gehauene Statue, und sah in die sterngesprenkelte Finsternis der Marsnacht hinaus. Unter den Felsen nah dem Eingang hinter ihm hockte ein Junge, beobachtete ihn und ahmte die Stille des Wandlers nach.

Die *Ndichie* – die Älteren – waren zusammengetroffen. Heute abend würden sie sich um den Felstisch versammeln und darüber beraten, welchen Weg sie in Zukunft einschlagen sollten. Im Moment schliefen sie allerdings nach ihren langen Reisen durch die Wüste. Nur der Wandler wachte und unterhielt sich lautlos mit der Mutter Himmel.

Der Junge schauderte aus Ehrfurcht vor der stillen, reglosen Gestalt. *Tsou Tsei Hei* nannten sie ihn: ›Der Wandler in der Dunkelheit‹. Und der Name paßte zu ihm. Als seine Eltern bei dem Unfall gestorben waren, wer war da aus der Dunkelheit herbeigekommen, um ihn zu retten? Wer hatte sich aus dem Nichts schimmernd materialisiert, um ihn aus dem brennenden Halbkettenfahrzeug zu zerren? Der Wandler …

Und so hatte er zugesehen, sich selbst geformt, soviel gelernt, wie er konnte, und auf die rechte Zeit gewartet.

»Nza?«

Er flitzte hinüber und setzte sich neben den Mann.

»Ja, Efulefu?«

»Sag mir eins. Was willst du?«

Nza zögerte. Wie oft hatte er ihn schon auf diese Weise begrüßt? Wie oft hatten sie immer wieder dieses eine Gespräch geführt? Hundert Mal? Noch öfter? Er wußte die richtige Antwort. *Nichts. Ich will nichts.*

Doch das stimmte nicht. Und der Wandler wollte die Wahrheit von ihm wissen.

»Ich will so sein wie Sie, Efulefu …«

Er rührte sich nicht, gab durch nichts zu erkennen, daß er ihn verstanden hatte, schwieg nur. Erst als der Junge schon glaubte, daß er nichts erwidern würde, antwortete er.

»Du darfst nichts wollen. Du mußt lernen, zu rudern, als gäbe es kein Boot.«

Der Junge runzelte die Stirn. Boote … Er hatte das nie verstanden, und der Wandler hatte es nie für nötig gehalten, es ihm zu erklären. Schließlich hatte er Aluko gefragt, aber Aluko hatte nur etwas über die Erde gemurmelt und über Meere, die aus Wasser bestanden, und er hatte gelacht und ihm gesagt, daß er sich irren müsse, denn schließlich bestanden Meere aus Sand …

»Nza?«

»Ja, Efulefu?«

»Bist du glücklich, Nza?«

»Glücklich? War er denn glücklich?«

»Ich bin zufrieden, Efulefu.«

»Gut. Sei mit dem Hier und Jetzt zufrieden.«

Wieder verstand er ihn nicht ganz. Manchmal, so wie jetzt, war er zufrieden. Aber es kam auch vor, daß er aus Träumen von brennenden Kettenfahrzeugen aufwachte, in denen er deutlich das zerbroche Helmvisier seiner Mutter sah, und dann weinte er, weil der Schmerz so tief saß …

»Nza?«

»Ja, Efulefu?«

»Vermißt du deine Mutter?«

Ebert setzte seinen Helm ab und stellte ihn in das Regal neben seiner Koje, dann wandte er sich dem winzigen Rechteck des Monitors zu. Sein Zimmer war klein wie eine Zelle, aber es genügte ihm. Mehr brauchte er nicht.

Nun? fragte er sich.

Seit zwei Jahren lebte er jetzt schon unter diesen Menschen. Zumindest zwei Jahre nach den Maßstäben seines alten Lebens unten auf Chung Kuo. Hier auf dem Mars war nur ein einziges Jahr vergangen – ein langer, kalter Umlauf um die ferne Sonne.

Er lächelte und sprach die Worte aus, die ihm in den Sinn kamen. »Wenn das Rad sich dreht, verwandeln sich alle Dinge in ihr Gegenteil.«

Vor einem Jahr hatte Chung Kuo Schiffe zum Mars entsandt, um den Schaden einzuschätzen. Inzwischen waren weitere eingetroffen, diesmal mit einem Kontingent an Siedlern. Sie sollten Kang Kua wieder aufbauen … einen neuen Anfang versuchen.

Das war auch der Grund, warum sie sich heute trafen, warum alle *Ndichie* der fünfzehn Stämme hier in Iapygia zusammengekommen waren, wo sie die erste Siedlung errichtet hatten.

Und welche Beschlüsse würden sie fassen?

»Efulefu?«

Er wandte sich der Tür zu. Der Junge stand da, seine Augen wie zwei winzige Monde in der makellosen Schwärze seines Gesichts.

»Ja, Nza, was gibt's?«

»Chef Echewa wünscht Sie zu sprechen. In seinem Quartier. Er bittet Sie …«

»Ja?«

Er bemerkte, wie der Junge schluckte, und den ängstlichen Blick, den er dem schwarzen Kästchen in seiner Koje zuwarf.

»Er bittet Sie, die … Sie wissen schon, die Maschine mitzubringen.«

»Ach so …« Er nickte. »Sag ihm, daß ich gleich komme. Und Nza?«

»Ja, Efulefu?«

»Du braucht keine Angst davor zu haben. Es ist nur eine Art, die Dinge zu betrachten. In der Welt der Menschen gibt es viele solche künstlichen Dinge. Wie seltsam sie auch erscheinen mögen, sind sie doch alle Teil des großen Tao.«

Der Junge nickte. »Ja, Efulefu.« Aber Ebert sah, daß er bei weitem noch nicht überzeugt war. Für ihn wie für die meisten Osu war die Maschine eine Art mächtiger Zauber, und er zweifelte nicht daran, daß die Osu sie, wäre er nicht hier, bei nächster Gelegenheit vernichtet hätten.

Doch ohne sie ...

Er wandte sich ab und hob sie hoch. Sie war ganz leicht. Manchmal kam sie ihm fast gewichtslos vor.

»Nun geh, Nza«, sagte er, weil er spürte, daß der Junge immer noch zugegen war. »Sag Aluko, daß ich komme.«

»Ja, Efulefu.«

Ebert lächelte. Nza – der ›kleine Vogel‹ – war ein guter Junge. Früher oder später würde er selbst Chef werden, vielleicht sogar ein *Ndichie*. Falls ihnen soviel Zeit blieb. Wenn die neuen Siedler – wie ihre Vorgänger – nicht darauf aus waren, die Osu zu vernichten.

Er ging hinaus und folgte dem schmalen Gang, den sie aus dem Fels gehauen hatten, bis zu Echewas Quartier.

Aluko saß in seiner Koje, allein in der Vier-Mann-Zelle.

»Wo sind die anderen?«

»Sie sind zum Essen«, antwortete der große Schwarze. »Außerdem halte ich es für das beste, wenn wir uns unter vier Augen unterhalten.«

»Mhm ...« Er schloß hinter sich die luftdichte Tür und wandte sich wieder seinem Freund zu. »Du willst mir etwas sagen, das sie anderen nicht hören sollen, habe ich recht?«

Echewa nickte. Sein Blick richtete sich auf den Kasten. »Und dann gibt es noch das da …«

Ebert nahm ihm gegenüber Platz, das Kästchen im Schoß.

»Sie werden dir Fragen stellen«, sagte Echewa. »Sie werden das Ding benutzen wollen. Das weißt du doch sicher.«

»Ja.«

»Und was wirst du sagen?«

»Daß die größte Macht – *Te* – nur von denen erlangt werden kann, die sie begehren. Daß sie mit Gewalt nicht zu erlangen ist.«

Echewa seufzte. »Das mag so sein, mein Bruder. Doch diesmal werden kluge Worte nicht reichen. Es gibt eine neue Bedrohung …«

»Ihr habt schon oft mit solchen Bedrohungen zu tun gehabt.«

»Das stimmt. Doch die Lage hat sich geändert. Die Stämme erwarten …«

»… daß die Sieben sie in Ruhe lassen? Daß sie für immer in Frieden leben können? Nein, alter Freund. Es liegt nicht in ihrer Natur, den Dingen ihren Lauf zu lassen. Sie müssen sich in alles einmischen. So wie jetzt.«

»Was wirst du dann tun?«

»*Ich?* Ich werde nichts tun. Ich bin kein *Ndichie*. Ich kann nicht über euer Schicksal entscheiden, Aluko Echewa, das hast du vergessen. Ich bin Efulefu, der ›Wertlose‹.«

»O nein …« Für einen Moment verzog Echewa frustriert das dunkle Gesicht, doch als er bemerkte, wie Ebert ihn ansah – ruhig und mit einem ironischen Lächeln auf den Lippen –, lachte er. »Also gut, was wirst du wirklich sagen?«

Eberts Lächeln wurde breiter. »Um das zu erfahren, wirst du abwarten müssen, Bruder Aluko.« Er klopfte auf das Kästchen. »So wie ich.«

Der alte Han saß Ebert gegenüber, sah auf das *Wei Chi*-Brett und strich sich über den sauber geschnittenen Bart.

»Sie werden immer besser«, sagte er, ohne aufzublicken. »Dennoch würde ich eine hohe Summe darauf wetten, daß Nza Sie jedesmal schlägt.«

Ebert lachte. »Bin ich so schlecht?«

Tuan Ti Fo hob den Blick. »Schlecht? Habe ich gesagt, das sei schlecht? Nein ... der Junge ist sogar sehr gut. Er hat eine natürliche Begabung für das Spiel. Er schaut zu und lernt.«

Ebert nickte, ernüchtert von dem Gedanken. »Ja ... aber ich habe nicht gewußt, daß er spielt.«

»Ich spiele oft gegen ihn.«

»Wirklich?« Ebert runzelte die Stirn. »Sie meinen ... *ohne* die Maschine?«

Der Alte lachte. »Meinen Sie, ich lebe darin?«

»Nein, ich ...« Er schaute zu Boden. »Ich weiß nicht, wo Sie leben.«

»Hinter all dem«, erwiderte Tuan Ti Fo und setzte einen weißen Stein in *Shang*, im Süden. »Unter den Namenlosen.«

»Mhm ...«

Die Augen des Alten funkelten schelmisch. »Ich glaube, manchmal nehmen Sie das alles zu ernst, Hans Ebert. Sie sind in den letzten beiden Jahren weit gekommen, aber Sie stehen immer noch am Anfang des Weges. Es ist so, wie Sie dem jungen Nza schon sagten. Sie müssen lernen, zu rudern, als gäbe es kein Boot. Wissen ist nur die Hälfte. Jetzt müssen Sie lernen, zu vergessen. Und zu lachen. Sie haben vergessen, wie man lacht.«

Er starrte den Greis eine Weile an, dann nickte er. Es

stimmte. Er lachte, ja, aber es war ein höfliches, überraschtes Lachen, nicht das vollmundige Lachen wirklicher Freude. Dunkelheit … in den letzten Jahren hatte er nichts als Dunkelheit gekannt, doch das war nur die Hälfte wert.

Er setzte in *Tsu,* im Norden, einen schwarzen Stein aufs Brett.

»Mhm …« machte Tuan Ti Fo und kicherte. »Vielleicht irre ich mich. Vielleicht haben Sie doch Sinn für Humor.«

Es war einige Zeit her, seit er die Maschine das letzte Mal zu etwas anderem benutzt hatte, als mit dem Alten zu sprechen, und diesmal war ihm nicht wohl dabei, als er mit dem leuchtenden Bildschirm redete.

»Maschine … Zeig mir die Neuankömmlinge. Zeige mir Ihren Anführer.«

Sofort entstand ein Bild. Ein großer, korpulenter Mann – natürlich ein Han – sah zu, wie zwei Diener eine prunkvoll verzierte Badewanne vollgossen. Ebert starrte, fassungslos über die Verschwendung von solchen Mengen Wasser, auf den Bildschirm.

»Hol sein Gesicht heran. Ich will es sehen …«

Seine Stimme versagte, als das feiste Gesicht des Han den Bildschirm ausfüllte. Es war kein perfektes Bild, denn die Kamera filmte von rechts unter der Decke, doch es war gut genug. So deutlich, als sei es in die Haut eingeprägt, sah er, daß dies ein eitler, ein grausamer Mann war – einer, der nicht zögern würde, seine Befehle auszuführen, wie immer sie lauten mochten.

Ebert kniff die Augen zusammen.

»Wer ist das?«

»Sein Name ist Liang Yu, und er ist der *Hsien L'ing,* der Chefmagistrat der neuen Siedlung. Möchten Sie seine Archiveinträge sehen?«

Er nickte. Umgehend erschien eine Zusammenfassung von Liang Yus Karriere auf dem Bildschirm.

»Möchten Sie etwas über seine Laster wissen?«

Er lächelte über die Klugheit der Maschine. »Nein. Mehr brauche ich nicht. Und übrigens ... stehst du noch in Kontakt mit Chung Kuo?«

»Chung Kuo, Titan, den Asteroiden ... Solang die Satellitenkanäle noch verwendet werden, kann ich mich überall einschalten.«

»Ich verstehe.« Ebert zögerte und sah weg. »Die Tochter des Marschalls ... ist sie sicher heimgekehrt?«

»Jelka Tolonen? Möchten Sie sie sehen?«

Er blickte überrascht auf den Bildschirm. »Ist das möglich?«

Eine kurze Verzögerung trat ein, dann erschien das Bild einer jungen, blonden Frau auf dem Monitor. Das Zimmer, in dem sie sich aufhielt, war fast völlig abgedunkelt, und das einzige Licht kam von einer kleinen Glühlampe, die unweit des Schreibtischs schwebte, an dem sie schrieb. Er betrachtete sie eine Zeitlang fasziniert, im Blick einen Schmerz und eine Sehnsucht, von denen all die Jahre ihn nicht befreit hatten, dann nickte er zufrieden. Die Maschine registrierte die Bewegung und löschte den Bildschirm.

»Möchten Sie wissen, was Sie in der Zwischenzeit gemacht hat?«

»Nein. Ich ... Ich will nicht neugierig sein.«

»Die Zusammenkunft heute abend ... Werden Sie hingehen? Werden Sie mich mitnehmen?«

Ebert runzelte die Stirn. »Soll ich?«

»Was sagt der Alte?«

»Er sagt, ich soll Geduld haben.«

»Aha ...« Die Maschine machte eine Pause, als dächte sie darüber nach, dann redete sie weiter. »Vielleicht hat der Alte diesmal recht.«

Mitten in der Nacht hatten sie sich unter dem Felstisch versammelt. Der Älteste der *Ndichie* stand auf dem Sims über ihnen, eine Hand gehoben, und wandte sich an die *Umunna,* die Älteren der Osu.

In ihren altmodischen, schweren Anzügen sahen sie aus wie Gespenster oder wie die Mannschaft eines lange verlassenen Schiffs. Die metallischen Riemen ihrer Helme glänzten im schwachen Licht zweier Glühlampen.

»Brüder …« sagte der Älteste. Sie hörten seine Stimme durch ihre Anzuglautsprecher, ein tiefe, rauhe Stimme, die von einem uralten Akzent gefärbt war. »Sie sind hier. Sie sind wieder da. Was sollen wir tun?«

»Vernichten wir sie«, sagte einer.

»Verstecken wir uns«, sagte ein anderer.

»Begrüßen wir sie«, schlug ein dritter vor.

Sie wandten sich dem letzteren zu. Es war Ebert.

Der Älteste trat einen Schritt auf ihn zu, dann winkte er ihn auf den Fels.

Ebert kletterte hoch und trat vor die *Ndichie.*

»Sprich!« forderten die Anwesenden.

»Wovor fürchten wir uns?« fragte er.

»Daß sie uns jagen«, antwortete einer der *Ndichie* zu seiner Linken. »Daß sie unsere Frauen und Kinder umbringen. Daß es die Osu nicht mehr geben wird.«

»Und wie können wir das verhindern?«

»Indem wir sie *vernichten*«, antwortete dieselbe Stimme.

»Ist das die einzige Möglichkeit? Ist *Ochu* die einzige Antwort, die die Osu kennen?«

Ochu … Mord. Endlich hatte er es ausgesprochen.

»Verteidigung«, antwortete dieselbe Stimme. »Wir töten, um zu überleben.«

»Aha …« Ebert nickte. »Und das ist wohl richtig, ja?«

»Nicht richtig. Aber notwendig. Sie oder wir.«

»Und wenn ich sie daran hindern könnte, die Osu zu jagen?«

Unter den *Ndichie* erhob sich Gemurmel. Es war nicht zu überhören, daß sie darauf gehofft hatten.

»Verrate uns, Tsou Tsai Hei«, rief einer, »wie das gehen soll!«

»Hört zu …« sagte er, und in diesem Moment erschien eine Gestalt an seiner Seite – ein alter, verschrumpelter Han, dessen graues Haar im bitterkalten Wind wehte und dessen Augen in der luftlosen Atmosphäre blinzelten.

Liang Yu, der *Hsien L'ing* der neuen Siedlung, schreckte hoch und brachte die Wanne zum Überschwappen.

»Wer, zur Hölle, sind Sie?«

Tuan Ti Fo hatte ein schwaches Lächeln auf den Lippen, als er sich verbeugte. »Verzeihen Sie mir, Magistrat Liang. Ich wollte sie nicht erschrecken. Aber Sie sind ein vielbeschäftigter Mann. Sie sind selten allein. Da dachte ich mir …«

Liangs Gesicht verfinsterte sich vor Zorn. »Wer hat Sie, verdammt noch mal, reingelassen?«

»Ach so …« Tuan Ti Fo schaute sich um und zuckte die Achseln. »Ich … anscheinend habe ich mich selbst reingelassen. Man sagt, ich sei gut darin.«

»Ein Dieb! Ah, ich verstehe …« Mit tief gerunzelter Stirn krallte Liang sich an den Wannenrand. »Wo, in aller Götter Namen, kommen Sie eigentlich her? Waren Sie ein blinder Passagier?«

»Aber nicht doch. Ich lebe hier.«

»Hier? Wie … in Kang Kua City? Aber ich dachte …«

»O nein. Nicht direkt *hier*. Oder besser, *nicht nur* hier. Auf dem Mars, meine ich.«

Mit vorgeschobenem Kinn stieg Liang aus der Wanne und vertröpfelte Wasser. Er griff nach einem

Handtuch, schlang es sich um den Bauch und trat Tuan Ti Fo entgegen.

»Das ist eine Unverschämtheit, *Lao jen* … Ohne eine Einladung hier reinzuplatzen und dann noch …«

Er blieb mit offenem Mund stehen. Er hatte die Hand ausgestreckt, um Tuan Ti Fo die Faust gegen die Brust zu stoßen, und verblüfft feststellen müssen, daß sie den Körper des alten Mannes widerstandslos durchdrang.

»*Aiya* …« schrie er mit zitternder Stimme. »Ein Geist!«

»Ganz und gar nicht«, sagte Tuan Ti Fo, hob die Rechte und schob Liangs Faust mit flacher Hand zurück.

Liang Yu starrte auf die Stelle, wo er ihn berührt hatte, und als er wieder aufblickte, zuckte sein linkes Auge.

»Wer sind Sie?«

Tuan lächelte und machte eine Verbeugung. »Verzeihen Sie, Magistrat Liang … ich habe vergessen, mich vorzustellen. Ich bin Tuan Ti Fo, Bürger des Mars und ein Freund der Osu …«

Echewa schüttelte ungläubig den Kopf. »Du hast etwas *arrangiert …?* Was soll das heißen, ›du hast etwas arrangiert‹?«

»Es ist erledigt«, antwortete Ebert mit einem Lächeln.

»Aber woher willst du das wissen? Bist du in Kang Kua gewesen?«

»Nein. Aber wir werden keinen Ärger mehr haben. Nicht mehr. Von jetzt an werden die Han und wir in Frieden leben. Sie werden in den Städten und wir in den Ebenen leben.«

»Und die Siedler wissen davon?«

»Wir haben ihr Wort.«

Echewa schüttelte den Kopf. »Bist du denn sicher, daß sie uns in Frieden lassen?«

»Ich bin ganz sicher, Bruder Aluko. Sie werden uns keinen Ärger mehr machen.«

Als Echewa gegangen war, schlüpfte der Junge in sein Zimmer.

»Und?« fragte er. »Hat er Ihnen geglaubt?«

Ebert lächelte. »Noch nicht. Aber er wird mir glauben. Mit der Zeit.«

Er lachte und stellte sich vor, wie es gelaufen war. Als Magistrat Liang sein Komset auf den Kanal seines diensthabenden Hauptmanns umgeschaltet hatte, war Tuan Ti Fo erschienen. Und als er versucht hatte, sich in die interplanetaren Satellitenkanäle einzuklinken, hatte er wieder das grinsende Gesicht des alten Tuan vor sich gehabt. Wo immer er hinsah, würde sein Blick auf Tuan treffen.

Die neue Siedlung war wirksam isoliert. Sollten sie eine Nachricht an Chung Kuo schicken, in der sie über die hiesigen Vorkommnisse berichteten, würde die Maschine sie abfangen und bearbeiten … augenblicklich. Sie konnten nichts sagen, nichts tun, ohne daß die Maschine davon erfuhr. Und was die Maschine wußte, das wußte auch Tuan Ti Fo.

Eine Zeitlang würden sie sich sträuben – sich vermutlich wie Gefangene fühlen –, doch mit der Zeit und wenn ihnen nichts zustieß, würden sie einsehen, daß der ›Geist‹ des alten Han ein wohltätiger Geist war, und der Tag würde kommen, an dem sie ihre Städte verlassen und die Osu begrüßen würden.

Ein Tag der Versöhnung.

Er wandte sich dem Jungen zu und deutete auf das *Wei Chi*-Spiel auf dem Eckregal.

»Wie wär's mit einem Spiel, Nza? Ich habe gehört, daß du sehr gut spielst.«

ZWEITER TEIL
HERBST 2213

Der Pfad ins Zwielicht

中

國

»In Trauer die Hügel des Südens!
Ein geisterhafter Regen sprenkelt das leere Gras.
In Ch'ang-an zu Mitternacht im Herbst,
Wie viele Menschen altern vor dem Wind?
Düster, allzu düster ist der Pfad ins Zwielicht,
Zweige krümmen sich an schwarzen Wegeseichen.
Die Bäume werfen gerade Schatten, und der Mond steht im Zenit
Überzieht die Hügel mit dem weißen Dämmerschein.
Dunkle Fackeln grüßen neue Blutsverwandte:
Leuchtkäfer schwärmen durch geheime Grüfte.«

– Li Ho: *Kritik*, 9. Jh. n. Chr.

KAPITEL · 6

Leere Zimmer

Li Yuan stand am Fenster an der Rückwand des großen Arbeitszimmers und sah auf die östlichen Gärten hinaus, während sein Kanzler Nan Ho an seinem Schreibtisch saß und die Sitzung leitete.

General Reinhardt war zusammen mit Tolonen und dem Riesen Karr gekommen. Der Riese war gerade von einem fünfzehnmonatigen Undercover-Einsatz auf den unteren Ebenen zurück, wo er sich über die dortige Situation kundig gemacht hatte. Als er ihm einen Blick zuwarf, fragte sich Li Yuan, wie es einem solchen Mann überhaupt möglich sein sollte, ›undercover‹ zu arbeiten. Er erregte Aufmerksamkeit, wohin er auch ging, machte die Leute neugierig. Und doch hatte er einen sehr guten Bericht abgeliefert, der aufschlußreiche Details enthielt. Nan Ho befragte ihn gerade und blickte von der schriftlichen Ausfertigung von Karrs Bericht auf, um ihm in die blauen *Hung Mao*-Augen zu sehen.

»Nach dem, was Sie hier schreiben … dieser Li Min … er scheint sich ein kleines Imperium aufgebaut zu haben, nicht wahr? Sie meinen, er sei dabei, zu expandieren, ja? Zwanzigtausend Stöcke, vielleicht mehr. Und fünfzig Ebenen. Sind Sie dessen ganz sicher, Major Karr?«

Karr, der in Habachtstellung vor ihm stand, die Hände hinter dem Rücken gefaltet, senkte leicht den Kopf. »Ganz sicher, Exzellenz.«

»Und Sie sagen, daß dieser Li Min im großen und ganzen gerecht regiert und in den von ihm kontrollierten Gebieten Frieden herrscht?«

Karr zögerte. »Gerecht würde ich nicht sagen, Exzellenz. Hart ist vielleicht das bessere Wort. Seine ›Beamten‹, wie er sie nennt, sind korrupt, ihr Verständnis von Gerechtigkeit ziemlich willkürlich. Er herrscht durch Angst, nicht durch Gerechtigkeit.«

»Trotzdem herrscht dort Frieden, ja? Während anderswo in den unteren Ebenen das Chaos ausgebrochen ist und lautstark nach radikalen Veränderungen verlangt wird.«

»Das mag sein, Exzellenz, aber ...«

Nan Ho brachte den Mann zum Schweigen, indem er die Hand hob. Li Yuan sah weg und ließ sich seine Belustigung nicht anmerken. Er hatte es noch nicht erlebt, daß Nan Ho sich von jemandem einschüchtern ließ, wie beeindruckend ein Mann in physischer Hinsicht auch sein mochte.

»Ich will auf folgendes hinaus, Major Karr. Als ich Ihnen diesen Auftrag erteilte, geschah das, weil ich das Schlimmste befürchtete. Ich hatte Angst, die Lage könnte sich soweit verschlimmern, daß sie nicht mehr zu kontrollieren ist. Doch was Sie hier schreiben, beruhigt mich.«

Tolonen, der bisher geschwiegen hatte, schob sich an Karr vorbei, setzte beide Hände auf den Schreibtisch und sah Nan Ho an. »Das *beruhigt* Sie? Ist das denn nicht das schlimmste, was passieren konnte? Daß jemand anstelle des großen T'ang regiert – halten Sie das für *gut*, Meister Nan? Oder bin ich gestorben und in einer Welt aufgewacht, in der alle Werte auf den Kopf gestellt sind? Wissen Sie, wie man diesen Mann dort unten nennt? Man nennt ihn den Weißen T'ang, und man sagt, daß er eines Tages unseren Herrn entthronen und seine Herrschaft bis in jeden Winkel dieser Stadt ausweiten wird. Ist das etwa gut? Ist das nicht das schlimmste, was denkbar ist?«

Nan Ho lehnte sich zurück und lächelte den alten

Mann nachsichtig an. Hätte jemand anderes als Tolonen diese Worte geäußert, dann hätte er ihm kein Lächeln, sondern eine eisige Feindseligkeit entgegengebracht.

»Sie haben mich wieder mißverstanden, Marschall Tolonen. Ich habe weder behauptet, daß alles in Ordnung ist, noch daß ich billige, was geschehen ist, nur daß – im Zusammenhang allen übrigen Ereignissen – eine solche Stabilität in den unteren Ebenen wünschenswert, ja *nützlich* ist. Wir leben in schwierigen Zeiten, und es wäre nicht klug, in diesem Fall überstürzt zu handeln.«

»Aber was ist *damit?*« fragte Tolonen und knallte ein dünnes Flugblatt auf den Tisch – identisch mit dem, das Nan Ho bereits in der Akte gesehen hatte. »Ist das kein guter Grund einzugreifen? Oder ist Verrat kein Vergehen mehr?«

Li Yuan hatte das Flugblatts schon gelesen und verstand die Wut des Alten. Im Grunde war es eine Unabhängigkeitserklärung von der Herrschaft der Sieben, die Gründung einer eigenen Nation innerhalb der Stadt Europa. Dennoch hatte Nan Ho recht. Der Mars und Nordamerika waren dahin. Es war nicht der richtige Zeitpunkt, um Li Min und seine Anhänger in die Schranken zu weisen. Im Moment drohten weit größere Gefahren.

Nan Ho schlug die Akte zu. Er blickte mit gleichbleibender Miene zu Tolonen auf, ruhig und mit unangekratzter Autorität.

»Es ist Verrat, da stimme ich zu. Und wir *werden* Maßnahmen ergreifen. Aber keine Kriege, Marschall Tolonen. Wir können uns keinen Krieg mehr leisten.«

Tolonen richtete sich auf, holte einmal tief und zittrig Luft und sträubte sich sichtlich, die Sache fallenzulassen. Dann wandte er sich seinem T'ang zu.

»Ist das Euer letztes Wort, *Chieh Hsia?*«

Li Yuan senkte den Blick. Schon einmal – nach dem Attentat auf seinen älteren Bruder Han Ch'in – war Tolonen gezwungen worden, einen Kurs der Handlungslosigkeit, des *Wuwei* einzuschlagen, ein Kurs, der jeder Faser seines Wesens zu widerstreben schien. Damals war er durchgedreht – ins Repräsentantenhaus in Weimar marschiert und hatte den Mann umgebracht, dem er die Schuld am Tod des jungen Prinzen gab. Nur das rasche Eingreifen seines Vaters hatte einen Krieg verhindert. Aber die Zeiten hatten sich geändert. Für Tolonen hätte es verhängnisvolle Konsequenzen, sollte er noch einmal überstürzt handeln. Nan Ho hatte recht. Unter günstigeren Umständen hätten sie alle erforderlichen Kräfte eingesetzt, um eine solche Unverschämtheit im Keim zu ersticken, aber heute lebten sie in gefährlichen Zeiten. Dies war nur eine von vielen Bedrohungen. Das große Reich Chung Kuo stand im Belagerungszustand, und ein einziger Fehler – eine einzige Fehleinschätzung – konnte den ganzen zerbrechlichen Bau zum Einsturz bringen.

Er blickte auf. Alle vier Männer sahen ihn an und warteten ab, was er sagen würde; Nan Ho ganz gelassen, während die anderen drei zu hoffen schienen, daß er seinen Kanzler zurechtwies. Er lächelte und wußte, wieviel Glück er hatte, solch gute Männer in seinen Diensten zu wissen.

»Meister Nan hat recht. Uns sind die Hände gebunden. Wir können nichts tun.«

»Aber *Chieh Hsia* … Jeden Tag wächst seine Macht, und das auf *unsere* Kosten. Allein die Einkünfte aus dem Drogenhandel erlauben es ihm, seine Privatarmee um täglich hundert Mann aufzustocken. Bald werden ihm die ganzen unteren Ebenen gehören, und dann …«

Li Yuan hob die Hand und brachte Tolonen zum

Schweigen. »Das mag sein, Knut, aber Sie vergessen, was auf dem Mars und in der Stadt meines Vetters geschehen ist.«

»Das letztere war ein Unfall, *Chieh Hsia*.«

»Vielleicht. Aber ein Unfall, auf den man nur gewartet hat, nicht?«

Tolonen schüttelte den Kopf, und seine wie gemeißelten Züge verrieten seine Sorgen. »Wir hätten ihn zermalmen sollen, als wir noch die Gelegenheit dazu hatten. Nach dem Krieg zwischen den Bruderschaften.«

Li Yuan lächelte traurig. »Ich habe den Befehl gegeben. Wissen Sie noch? Aber dann traf der Sturm Nantes.« Er seufzte. »So kann es geschehen. Wir können nicht mit jedem Problem umgehen, als sei es das einzige. Die Dinge geschehen nie isoliert voneinander. Prioritäten ... Es ist immer eine Frage, die richtigen Prioritäten zu setzen, und im Moment ist unsere Priorität, um jeden Preis den Frieden zu erhalten.«

Er machte eine Pause und sah die Männer streng an. »Doch verwechseln Sie mein Zögern nicht mit Schwäche. Ich werde zuschlagen, wenn ich muß. Aber nicht sofort. Wie Sun Tzu uns lehrt, kann Behutsamkeit auch eine Tugend sein.«

Als die anderen gegangen waren und Li Yuan sich seinem Kanzler zuwandte, entfuhr ihm ein großer Seufzer der Erleichterung.

»Natürlich haben die anderen recht. Die Situation ist wirklich nicht zu tolerieren.«

Nan, der während der ganzen Sitzung ernst geblieben war, erlaubte sich den Luxus eines Lächelns.

»Nicht ganz, *Chieh Hsia*. Es gibt nicht nur Licht und Schatten. Mein Plan ...«

»... ist ein guter Plan, und bevor Sie noch ein Wort sagen, möchte ich ihm zustimmen. Arrangieren Sie einen Termin mit dem Mann und unterbreiten Sie ihm unseren Vorschlag. Aber vorher möchte ich, daß Sie noch etwas anderes in Gang bringen.«

Nan Ho legte die Stirn in Falten. Damit hatte er nicht gerechnet. »Noch etwas, *Chieh Hsia?*«

Li Yuan sah sich um und umschrieb mit einer Geste die feierliche Stille des Interieurs. »Leere Räume, Meister Nan. Ich habe genug leere Räume gesehen. Es wird Zeit, daß ich mir wieder eine Frau nehme.«

Während er durch den langen Korridor ging, der in seine Bürosuite führte, grübelte Nan Ho immer noch darüber nach. Nach dem Tod von Li Yuans Frauen hatte er nicht mehr darauf gedrängt, weil er wußte, wie sehr den jungen T'ang die Todesfälle bedrückt hatten. Aber in letzter Zeit hatte er sich immer wieder gefragt, ob er ihn darauf ansprechen sollte.

Nur einen Sohn zu haben – das war eine gefährliche Schwäche. Mit fünf oder sechs Söhnen dagegen …

Als die großen Türen vor ihm aufschwangen, befahl er mit einem Fingerschnippen seinen Hauptsekretär zu sich.

»Hu Ch'ang, bringen Sie mir das Drachen- und Phönix-Buch. Und schicken Sie mir Pi Kung. Ich muß sofort mit ihm reden.«

Er nahm Platz und war sich all der dringenden Angelegenheiten bewußt, die seiner harrten. Seit Li Yuan ihm die Macht übertragen hatte, blieb ihm wenig Zeit für sich selbst. Er hatte seine Familienangelegenheiten schwer vernachlässigt. Seine Frau, seine Kinder – wie lang hatte er sie nicht mehr gesehen? Eine Woche nicht. Er sah sich auf seinem Schreibtisch um, betrachtete die großen Stapel offizieller Dokumente, dann zog er einen massigen Ordner zu sich heran. Es war der Antrag auf Einbürgerung, den er sich vor der Sitzung angesehen hatte. Er schlug den Ordner auf, dann griff er nach seinem Siegel und drückte den großen Amtsstempel aufs Kissen, bevor er ihn unter das offizielle Formular setzte.

Er löste ihn vom Papier und stellte ihn in den Ständer zurück, dann betrachtete er den glänzenden Abdruck. *Da. So einfach ist das.* Jetzt mußte er nur noch diesen Termin verabreden. Er zog einige Blätter Papier aus der Schublade, tauchte seine Feder ins Tintenfaß und schrieb mit einer Hast, die für ihn untypisch war, die Einladung nieder.

»Heute abend …« murmelte er bei sich, als Hu Ch'ang ins Zimmer kam.

»Darf ich stören, Exzellenz?« fragte Hu Ch'ang und blieb in der Tür stehen, das große Buch in den Armen.

»Ja, ja, Hu Ch'ang. Ich habe nur mit mir selbst geredet.«

»Aha …« Hu Ch'ang wandte den Blick ab, dann trat er ein und wartete, bis Nan Ho Platz für das große Buch gemacht hatte. Als Hu Ch'ang das Buch ablegte, blickte Nan Ho zu ihm auf.

»Es ist Jahre her, nicht? Sie wissen, was das bedeutet?«

Hu Ch'ang errötete. »Wollen Sie sich eine zweite Frau nehmen, Exzellenz?«

Nan Ho zuckte leicht zusammen. »Nein, ich …« Aber die Idee war gar nicht so schlecht. Vielleicht würde Nan Tsing die Gesellschaft einer jüngeren Frau begrüßen? Und vielleicht kam ihm die verjüngende Wirkung einer neuen Frau im Bett ganz recht …

Er starrte auf den Buchdeckel, zeichnete das mit Gold in den blutroten Samt geprägte Drachen- und Phönix-Emblem mit den Fingerspitzen nach und nickte. Nein, gar keine schlechte Idee!

»Nicht ich brauche eine neue Frau, sondern unser Meister.«

»Der große T'ang … wird *er* wieder heiraten?«

»Ja, Hu Ch'ang. Und es ist unsere Aufgabe, unsere heilige Pflicht, ihm eine Lebensgefährtin auszusuchen. Eine zurückhaltende Frau, sittsam, aber stark. Attraktiv, aber nicht schön.«

»*Nicht* schön, Exzellenz? Ich verstehe nicht ...«

Nan Ho schlug das große Buch auf und enthüllte das erste von vielen Gesichtern – die Gesichter von allen Prinzessinnen Untergeordneter Familien, die für eine Heirat in Frage kamen –, dann blickte er wieder zu Hu Ch'ang auf.

»Schönheit vergeht ... Andere Qualitäten ... nun, sie werden im Laufe der Jahre immer wichtiger. Wenn der große T'ang Schönheit will, können wir ein Dutzend Mägde einstellen, um sein Bett warmzuhalten und ihm ein Lächeln aufs Gesicht zu zaubern. Aber eine Frau ... eine Frau ist etwas anderes.« Er lachte. »Eine Frau ist wie ein guter Kanzler, habe ich recht?«

Zwei Stunden später war es geschafft und offizielle Einladungen an sechs der jungen Prinzessinnen geschickt, bei Nan Ho im Palast vorzusprechen. Er saß zufrieden da und hatte diesmal endlich wieder ein gutes Gefühl nach getaner Arbeit. In diesen Tagen wurde ihm die Bürde, die große Stadt zu regieren, manchmal zuviel. In einem anderen Zeitalter hätte er seinen Posten vielleicht für erfreulich, ja für anregend gehalten, aber im Moment fühlte er sich wie ein Dammaufseher, wenn die Flut kam. Er konnte wenig mehr tun, als den Schaden in Grenzen zu halten und ein paar Felder zu retten. Die Lage war schlecht – schlimmer, als er es je erlebt hatte –, und in seinem tiefsten Herzen fühlte er sich nicht wie der Steuermann eines großen gsellschaftlichen Unternehmens, sondern wie der Hüter des Verfalls.

Jemand klopfte. Wenig später trat ein großer, schlanker Mann Mitte Zwanzig ins Zimmer. Er ging zwei

Schritte, dann fiel er auf die Knie und drückte seine Stirn auf den dicken Teppich.

»Sie wollten mich sprechen, Exzellenz?«

»Ja, Pi Kung. Ich habe eine Arbeit für Sie. Ich will, daß ein Mann umgebracht wird. Ein großer Mann. Ein ganz besonderer Mann, wie man mir gesagt hat. Gibt es jemanden … jemanden mit besonderen Fähigkeiten, der Ihnen für diese Aufgabe einfällt?«

Pi Kung hob den Kopf und lächelte breit. »O ja, Exzellenz. Ich kenne jemanden, der genau richtig dafür ist.«

Karr lehnte sich zurück und brüllte vor Lachen. Auf der anderen Seite des Küchentisches saß Chen, eine Schale *Ch'a* in der Hand und ein fast albernes Grinsen in dem gewöhnlichen Gesicht.

Karr beugte sich wieder vor und nickte, eine natürliche Wärme im Blick. »Ach, Chen, es tut gut, dich wiederzusehen. Ich habe deine Gesellschaft sehr vermißt. Da unten … ah … es ist schwer in Worte zu fassen, wie verkommen dort alles ist. Dieser Kerl, Li Min, ist ein eiskalter Hund. Ich habe ihn zweimal gesehen, und, um ehrlich zu sein, es ist mir kalt den Rücken hinuntergelaufen.«

Chen runzelte die Stirn und schlug einen freundlichen, spöttischen Ton an. »Dir? Das glaube ich nicht, Gregor. Dir … dir soll es vor einem anderen menschlichen Wesen gegraust haben?«

»*Gegraust?* Habe ich das gesagt? Nein, Bruder Chen. Aber dieser Mann strahlt etwas aus, das mich an Yen Wang erinnert, den König der Höllen. Und seine beiden Gefolgsleute Soucek und Visak … Ochsenkopf und Pferdegesicht! Niu T'ou und Ma Mien persönlich! Ja … die Wächter der Hölle.«

Chen lachte und wurde wieder ernst. »Und der T'ang unternimmt trotzdem nichts.«

Karr zuckte die Achseln. »Was sollte er denn tun? Selbst wenn er etwas unternehmen wollte, würde es unsere ganzen Kapazitäten erfordern, die unteren Ebenen niederzuhalten, und was dann? Ohne Li Min, der dort unten für Frieden garantiert, würden wir selbst für Ordnung auf den unteren Ebenen sorgen müssen – mit hundert Mann pro Deck, vielleicht mehr. Und in der Zwischenzeit würden unsere Feinde – unsere wirklichen Feinde – die Gelegenheit beim Schopfe fassen, uns zu vernichten.«

»Unsere wirklichen Feinde?«

»Unter anderem Wang Sau-leyan …«

»Ach ja …« Chen hob die Schale, trank einen großen Schluck und setzte sie wieder ab. »Ich dachte, du seist dafür, daß wir entschlossen gegen Li Min vorgehen.«

»Dafür bin ich auch. Zumindest ein Teil von mir. Ihn walten zu lassen … nun, dazu hat Tolonen schon alles gesagt. Er wird mit jedem Tag stärker. Und am Ende … nun, am Ende wird es zum Krieg kommen. Zu einem weit schrecklicheren Krieg, fürchte ich, als wir ihn je erlebt haben. Und wenn Li Min triumphiert, dann …« Wieder zuckte er die Achseln.

»Du sagst, da unten sei es ruhig.«

Karr lächelte schwach. »Das ist das Seltsamste daran. In gewisser Weise erinnert es mich an früher. Vor den Dispersionisten. Vor den *Ping Tiao,* den *Yu* und all den anderen Gruppierungen. Überall herrscht Ordnung. Natürlich haben die Menschen Angst, aber auch Hoffnung. Viele Menschen dort unten leben gern unter Li Min. Sie sagen, es sei besser als unter Li Yuan. Und wer weiß schon die Wahrheit. Vielleicht macht es wirklich keinen Unterschied.«

»Moment mal! Paß auf, was du sagst, alter Freund. Der Unterschied ist natürlich, welcher Mann herrscht. Dieser Li Min … du sagst, du hättest ihn kennengelernt. Du sagt, dir fröstelt in seiner Gegenwart. Was ist mit Li Yuan? Du hast ihn doch auch kennengelernt, ja? Fröstelt dir in seiner Gegenwart? Kommt er dir wie der König der Höllen vor?«

»Nein.«

»Vielleicht besteht *darin* der Unterschied. Vielleicht sollte man einen Blick hinter das System und auf den Mann werfen, der es regiert.«

»Du meinst Nan Ho?«

Chen lachte. »Ich meine, daß Ordnung nicht alles ist. Außerdem ist Frieden kein Garant für Glück. Die Lage ist schlecht, das bestreitet niemand, aber sie könnte schlimmer sein, und wenn dieser Li Min regierte, wäre sie dann nicht sehr viel schlimmer?«

»Vielleicht ... Und was ist mit dir, Chen? Wie ist es dir ergangen? Ist Wang Ti ...« Er zögerte. »Ich meine, ist sie immer noch in diesem Zustand?«

Chen schwieg eine Zeitlang, dann trat ein strahlendes, fast schelmisches Lächeln auf seine Lippen. »Nun ... komm doch mit und schau sie dir an.«

Er ging Karr voran und blieb vor der Tür zum Schlafzimmer stehen.

»Sie ist im Moment recht schwach«, flüsterte er. »Ein Virus, sagen die Ärzte, aber sie wird's schon überstehen. Die anderen Probleme ... na, du wirst schon sehen.«

Er ließ die Tür aufgleiten, blieb stehen und sah zu, wie Karr sich vor das Bett kniete und Wang Ti zur Begrüßung in die Arme schloß.

»Wang Ti ... wie geht's dir denn? Es ist ewig her ...«

Karr ging ein Stück auf Abstand und genoß den Anblick von Wang Ti, die ihn anlächelte. *Danke,* flüsterte sie tonlos und fuhr leicht zusammen, als eine Träne über ihre Wange rann.

»Schön, daß es dir besser geht«, sagte Karr leise, beugte sich vor und küßte sie auf die Wange. »Marie läßt liebe Grüße ausrichten. Wir haben ein Kind bekommen, weißt du …«

»Ein *Kind?*« fragte Chen erstaunt. »Du meinst, du hast ein Kind, und ich habe nichts davon erfahren? Also, Wang Ti wäre nicht eine Woche schwanger, und du wüßtest schon davon.«

Karr drehte sich um und sah ihn mit todtraurigen Augen an. »Es kam zur Welt, während ich im Einsatz war. Sie hatte eine schwere Schwangerschaft, und das Kind kam krank zur Welt. Die Ärzte glaubten nicht, daß es überleben würde. Sie wollten mich zu ihr rufen, aber Marie hat es ihnen verboten. Sie hat alles allein ertragen. Zwei lange Wochen lag das Kind in einem speziellen Brutkasten. Sie sagen, sie mußten es ein dutzend Mal wiederbeleben. Und doch hat es überlebt.«

»Es?« Wang Ti sprach das Wort leise und mit zutiefst besorgtem Gesicht aus.

»Ein Mädchen«, sagte Karr und wandte sich ihr mit fröhlichem Gesicht zu. »Ein wunderschönes kleines Mädchen. Wir haben sie nach dem Monat, in dem sie geboren wurde, May genannt. Und weil sie etwas ganz Besonderes ist.«

Wang Ti schaute ihn mit vor Freude weit aufgerissenen Augen an, und Tränen strömten ihr übers Gesicht. Karr dagegen konnte sich, wenn er sie ansah, nicht richtig freuen, wenn er an das Kind dachte, das sie verloren hatte.

»Tut es noch weh?« fragte er sanft und streichelte ihr zum Trost über den Hinterkopf.

Ja, antwortete sie wortlos. *Aber nicht mehr so sehr. Nicht mehr so sehr.*

Im Kaiserpalast in Alexandria räkelte sich Wang Sauleyan, T'ang der Stadt Afrika, auf einem Sofa und aß Erdbeeren, während in einer kreisrunden Senke ein

Stück weiter zwei Graubärte, beides Meister des Spiels, einander über einem *Wei Chi*-Brett gegenübersaßen.

Das Spiel war fast beendet. Muster schwarzer und weißer Steine füllten die neunzehn mal neunzehn Linien des Brettes aus. Die beiden Meister beugten sich, die Beine unter dem Körper gekreuzt, mit aufmerksamem Blick über das Brett. Sie befanden sich in einer kritischen Phase der Partie, und ein einziger Stein konnte über Sieg oder Niederlage entscheiden.

An der Seite von Wang Sau-leyan schauten eine Anzahl vornehm gekleideter Höflinge mit abgestumpfter Gleichgültigkeit zu, griffen nach Delikatessen in den Schalen, die um ihre Sofas standen, oder nippten an silbernen Trinkbechern. Ihnen gegenüber hockten, auf einer niedrigen Bank hingekauert und bewegungslos wie Statuen, beide das Kinn auf die Hand gestützt, die beiden anderen Finalisten – Graubärte, die sich von den beiden am Spielbrett kaum unterschieden – und sahen mit zusammengekniffenen Augen zu, weil sie wußten, daß dieses eine Spiel über alles entscheiden würde.

Hinter ihnen stand Hung Mien-lo, der Kanzler der Stadt Afrika, dessen aufmerksamem Blick nichts entging. Er hatte viel zu tun – mehr denn je, um zu verhindern, daß nicht alles auseinanderfiel, aber der T'ang hatte darauf bestanden, daß er bei diesem letzten Spiel zugegen war, und so war er erschienen, vielleicht weniger abgestumpft als die Höflinge, aber trotzdem müde. Müde der Launen seines Herrn, seines lasterhaften Wesens, seiner gleichgültigen Brutalität. Und vor allem müde, sein Prügelknabe zu sein, sein Diener.

Nichts davon war seinem Gesicht anzusehen; nur ein höfliches Interesse an dem Spiel. Aber dann und wann löste sich sein Blick von den beiden Greisen und wandte sich seinem Herrn zu; dann sah er, wie dessen schwere, unersättliche Kiefer beim Verzehr einer neuen Köstlichkeit mahlten.

Als könne er alles verzehren …

Plötzlich hörte er ein scharfes Klicken, und der alte Meister Hsu Jung rückte mit einem befriedigten Lächeln vom Brett ab.

Hung Mien-lo bemerkte, wie Hsus Gegner das Gesicht verzog, als ihm die Bedeutung dieses Spielzuges aufging. Dann senkte der Mann mit einer ruckartigen Bewegung den Kopf und gab das Spiel auf. Es war vorbei. Hsu Jung hatte gewonnen. Und das bedeutete …

»Scheiße!« murmelte Hung Mien-lo unterdrückt und stieg in die Arena hinunter.

»Ist es vorbei?« fragte Wang und blickte auf, das Kinn feucht von Pfirsichsaft. »Haben wir einen Meister?«

Hung Mien-lo zögerte und wußte nicht recht, wie er es ausdrücken sollte, dann schüttelte er den Kopf. »Ich fürchte …«

»Sie fürchten sich, Hung Mien-lo? Das sollten Sie auch. Sie fürchten, daß ich Ihnen den Kopf abschlagen oder die Eier oder einen anderen Körperteil abschneiden lasse, stimmt's?«

Wang setzte sich halb auf und schüttelte seinen fetten Wanst vor Lachen. Seine Höflinge, Männer wie Frauen, lachten mit ihm. Aber ihre Augen drückten etwas anderes als Heiterkeit aus. Sie kannten Wangs plötzliche Launen.

»Nun?« fragte Wang und fixierte Hung Mien-lo mit kaltem Blick. »Habe ich einen Meister, oder haben wir alle hier unsere Zeit vergeudet?«

Hung schluckte. »Wir haben ein Ergebnis, *Chieh Hsia*. Unglücklicherweise …«

Das letzte Wort ließ Wang mit unnachgiebiger

Miene hochfahren. »Was, zur Hölle, versuchen Sie mir zu sagen, Mann? Habe ich einen Meister oder nicht?«

Hung schüttelte den Kopf. »Die Tradition verlangt, daß die vier besten Spieler untereinander den Meister aller Meister ausspielen. Jeder Teilnehmer muß zweimal gegen jeden anderen Spieler antreten, und Sieger ist derjenige, der die meisten Spiele gewonnen hat.«

Wang neigte den Kopf nach hinten und zeigte kein Dreifach-, sondern schon ein sechs-, siebenfaches Kinn, eine gewaltige Fleischkaskade wie die gerundeten Felsen am Fuß eines Wasserfalls. Im letzten Jahr hatte er in erstaunlichem Maße an Gewicht zugelegt, während die Nahrungsmittelrationierung die meisten Einwohner der Stadt in geisterhafte Gestalten verwandelt hatte – wandelnde Gerippe, die kaum die Kraft zum Protestieren hatten. Aber während sein Körper immer weicher und schwammiger geworden war, hatte sich an seinem Verhalten nichts geändert. Wenn überhaupt, dann war er nur noch härter und grausamer geworden.

»Also?« fragte er, und seine trügerisch weiche Stimme war eine deutliche Warnung.

Hung Mien-lo schluckte ein zweites Mal, dann sah er zu den vier Meistern hinüber, die mit gesenktem Kopf nebeneinander standen und auf das Urteil ihres T'ang warteten. »Also ... jeder von ihnen hat drei Spiele gewonnen, und jeder ...«

»... hat drei verloren«, schloß Wang mürrisch. Er beugte sich einmal, zweimal und ein drittes Mal vor, bis er sich aus den weichen Polstern des Sofas befreit hatte. Langsam wankte er auf Hung Mien-lo zu. Wieder schlug er einen sanften Ton an.

»Sie wollen damit also sagen, daß wir zwei Wochen dabei zugesehen haben, wie diese ... diese Meister ihre unendlichen Strategien ausknobeln, um am Ende wieder da zu stehen, wo wir am Anfang waren?«

»Ja, *Chieh Hsia.*«

Er verwandelte sich in Sekundenbruchteilen. Im einen Moment lächelte er noch, im nächsten schrie er mit weit aufgerissenen Augen, und Speichel spritzte von seinen Lippen.

»Ich will einen Gewinner! Ich will keine *vier* Meister, ich brauche *einen*! Wollen Sie das nicht begreifen, Sie Dummkopf?«

Hung senkte den Blick und wagte es nicht, sich den Speichel von den Wangen zu wischen. »Es ist Tradition, *Chieh Hsia* ...«

»Eine blödsinnige Tradition. Ihr vier da, kommt sofort hierher!«

Die vier Greise schlurften herüber und warfen sich vor Wang Sau-leyan zu Boden.

»Also gut. Hört mir genau zu. Diesmal machen wir es anders. Ihr zieht Lose, die darüber entscheiden, wer gegen wen antritt, und die Sieger beider Partien spielen gegeneinander um die Ehre, mein Meister zu sein. Habt ihr mich verstanden?«

Die vier antworteten wie aus einem Mund. »Ja, *Chieh Hsia.*«

»Gut.« Wang ging zurück zum Sofa und hatte ein seltsam zufriedenes Lächeln auf den Lippen, als er sich wieder setzte. »Ach ja ... und noch eine Regel. Wer verliert, der *stirbt.*«

Li Yuan hielt sich in den Ställen auf und sah zu, wie der Stallknecht sein Lieblinsgpferd bürstete und ihm die Mähne flocht, als Hu Ch'ang aus dem Haus herbeieilte.

»*Chieh Hsia*«, rief der Mann atemlos, blieb in der Tür stehen, ging in die Knie und berührte mit der Stirn die dunkle Erde des Stallbodens. »Kanzler Nan bittet Euch, schnell zu kommen. Euer Sohn ...«

»Kuei Jen?« Li Yuan runzelte die Stirn und riß vor

Sorge die Augen auf. »Warum? Was ist mit ihm geschehen?«

»Ich weiß es nicht, *Chieh Hsia*. Nur daß der Junge sich nicht gut fühlt und Fieber hat. Die Ärzte sind gerufen worden ...«

Noch auf den Knien, rutschte Hu Ch'ang herum, als der T'ang an ihm vorbeistürmte, dann rappelte er sich auf und lief, ohne sich den Dreck abzuklopfen, seinem Herrn hinterher.

Die Ärzte waren gerade eingetroffen, als Li Yuan das Schlafzimmer seines Sohnes erreichte. Die Vorhänge waren vorgezogen, und es hing ein kränklich scharfer Geruch in der Luft. Kuei Jens beide Mägde standen am Fußende des Bettes und sahen angespannt zu. Li Yuan warf ihnen einen Blick zu, dann winkte er Frühlingsgruß, die ältere, zu sich.

»Was ist passiert?« fragte er, ohne sie anzusehen und den Blick von seinem Sohn abzuwenden, der sich blaß, mit geschlossenen Augen und Schweißperlen auf der Stirn im Fieber unter den Laken wälzte, offenbar ohne die Hände des Arztes zu spüren, die ihn untersuchten.

Das Mädchen ging in die Knie und senkte den Kopf. »Ich ... ich weiß nicht genau, *Chieh Hsia*. Vorhin ging es ihm noch gut. Nach dem Mittagessen haben wir im Westgarten Ball gespielt, aber dann klagte er, daß er müde sei, und wir brachten ihn wieder rein. Er sagte, er wollte ein Nickerchen machen. Ich habe hier auf dem Stuhl neben ihm gesessen. Er hat ... äh, über eine Stunde geschlafen, dann fuhr er plötzlich hoch, stöhnte und hielt sich die Seite. Ich habe ihn gefragt, was los sei, aber bevor er antworten konnte, ist er in Ohnmacht gefallen. Ich habe Blumenblässe Meister Nan rufen lassen. Den Rest kennt Ihr.«

Li Yuan nickte und entließ sie mit einer Geste. »Nun?« fragte er den Arzt neben sich. »Wissen Sie, was mit ihm nicht in Ordnung ist? Ist es Gift?«

Der Mann blickte erschrocken auf. »Gift, *Chieh Hsia?*«

»Sehen Sie ihn sich doch an«, verlangte Li Yuan. »Sehen Sie doch, welche Schmerzen er hat.«

Wie auf ein Stichwort fing der Vierjährige an zu stöhnen, und Li Yuan verzog entsprechend das Gesicht.

»Also? Haben Sie keine Ahnung?«

»Verzeiht mir, *Chieh Hsia*«, antwortete der andere Arzt und blickte von dem Jungen auf, »aber eine gründliche Diagnose kostet Zeit.«

Li Yuan richtete sich auf, und die Sorge um seinen Sohn machte ihn reizbar. »Die Götter mögen uns helfen! Wenn Sie nicht wissen, was los ist, sagen Sie es wenigstens und schaffen Sie mir jemanden her, der mir mehr sagen kann!«

Hinter Li Yuan raschelte etwas. Er drehte sich um und stand unversehens Nan Ho gegenüber, der den Kopf leicht gesenkt hielt.

»Den Göttern sei Dank, daß Sie hier sind, Meister Nan. Diese Dummköpfe wissen nichts. Wo ist mein Leibarzt? Wo steckt Chang Li?«

»*Chieh Hsia,* bitte ... beruhigt Euch. Es ist nichts Ernstes. Wenn Ihr mir bitte kurz folgen möchtet.«

»Soll ich meinen Sohn alleinlassen?«

»*Chieh Hsia* ... bitte.«

Widerwillig folgte er Nan Ho durch den Korridor in eins der kleinen Vorzimmer, wo sein Kanzler die Tür hinter ihm schloß.

»Also, Meister Nan?«

Nan Ho kratzte sich am Hals, als hätte er etwas Schwieriges zu sagen, und räusperte sich, bevor er antwortete.

»Ich habe Nachforschungen angestellt, *Chieh Hsia.* Ich kann mich irren, aber ich glaube, ich bin auf die Ursache dieses kleinen Zwischenfalls gestoßen.«

»Und?« fragte Li Yuan ungeduldig.

»Kuei Jen ist krank, weil er am Mittagstisch zuviel gegessen hat. Um es unverblümt zu sagen: Er hat sich regelrecht vollgestopft.«

»Er hat *was*?«

»Es ist die Wahrheit, *Chieh Hsia.* Man hat ihn vor den Folgen gewarnt, aber der Junge will einfach nicht hören. Wenn es nicht nach seinem Willen geht, kriegt er einen Wutanfall oder macht Sachen kaputt.«

Li Yuan lachte. »Ist das Ihr Ernst, Meister Nan?«

»Ich fürchte ja, *Chieh Hsia.*«

»Und warum habe ich nichts davon erfahren?«

»Es war ... schwierig, *Chieh Hsia.* Manchmal braucht der Junge etwas ... etwas *Disziplin,* aber ... Ihr erlaubt ja nicht, daß er bestraft wird.«

»Und mit Recht. Schließlich ist er ein Prinz.«

»Mag sein, *Chieh Hsia,* aber auch Ihr wart einmal ein Prinz, und Euer Vater hat nie befohlen, daß Ihr nicht bestraft werden dürft. Nun, ich erinnere mich noch gut daran, wie ...«

»Das reicht!« Li Yuan erbebte vor plötzlichem Zorn. »Seit wann ist es Ihre Aufgabe, mir zu sagen, was ich tun soll und was nicht?«

»Seit Ihr mich zu Eurem Kanzler ernannt habt, *Chieh Hsia.*«

»Meinetwegen, aber Kuei Jen ist *mein* Sohn, und ich werde tun, was ich für richtig halte. Er ist ein Prinz und wird eines Tages T'ang sein.«

»All das sind gute Gründe dafür, daß er Selbstbeherrschung lernt.«

»Sie wagen sich zu weit vor, Nan Ho.«

»Ich sage, was ich sagen muß, *Chieh Hsia.* Anders würde ich meiner Pflicht nicht gerecht werden. Ich sehe einen guten Jungen, der langsam schlecht wird. Verzeiht mir, wenn ich das so sage, *Chieh Hsia,* aber Ihr behütet das Kind zu sehr. Beschützt es mit allen Mitteln, aber macht kein Ungeheuer aus ihm.«

Li Yuan stand eine ganze Zeit da und starrte seinen Kanzler an. Dann senkte er den Blick. »Ich … ich habe das nicht gewußt. Vielleicht haben Sie recht, Meister Nan. Vielleicht …« Er seufzte. »Was würden *Sie* an meiner Stelle tun?«

»Ich kenne da einen Mann, *Chieh Hsia*. Sein Name ist Lo Wen, und er ist ein Meister der *Wu Shu*, der Kampfkünste. Er ist ein aufrechter und ehrenhafter Mann und wäre dem Jungen ein gutes Vorbild. An Eurer Stelle würde ich ihn in den Palast einladen und ihm die Verantwortung für den Jungen übertragen. Das heißt, wenn das Euer Wunsch ist.«

Li Yuan seufzte. »Aber ist er nicht etwas jung dafür? Ich meine, er ist noch nicht mal fünf.«

Nan Ho schaute ihn mit strenger Miene an. »Es ist nie zu früh, *Chieh Hsia*. Als Ihr fünf wart, hattet Ihr nicht bloß einen, sondern fünf Lehrer, erinnert Ihr Euch?«

»Nur zu gut. Es war mir zuwider.«

»Natürlich. Wenn man zu jung ist, um es zu begreifen, haßt man immer, was gut für einen ist. Und doch habt Ihr Eure Lehrer mit der Zeit respektiert, nicht wahr? Später habt Ihr einen von ihnen sogar zu Eurem Kanzler ernannt.«

Li Yuan lächelte. »Daran brauchen Sie mich nicht zu erinnern, Nan Ho. Trotzdem habe ich immer noch Zweifel. Kuei Jen ist so jung …«

»Es ist zu seinem Besten, *Chieh Hsia*. Wenn ich der Ansicht wäre, daß es dem Jungen schadet, hätte ich es nicht erwähnt. Das wißt Ihr.«

»Ich weiß …« Li Yuan zögerte noch kurz, dann nickte er. »Dann kümmern Sie sich darum.«

Nachdem Nan Ho gegangen war, stand er eine Zeitlang da und dachte über das Gesagte nach. Nan Ho war sein ältester Freund, sein vertrautester Berater. In all den Jahren, die er ihn schon kannte, hatte Meister Nan immer zu seinem Besten gehandelt. So auch jetzt. Vielleicht war er als einziger dazu imstande, zu sagen, was gesagt werden mußte. Und nun, nachdem sein Ärger verraucht war, sah er ein, daß es unumgänglich gewesen war. Aber wie lang hatte Meister Nan davon gewußt und nichts gesagt? Wie schlimm mußte es geworden sein, daß er die Sache so auf den Punkt brachte?

Ein Ungeheuer, dachte er und fuhr zusammen, als er sich an Nan Hos Worte erinnerte. Entsprach es der Wahrheit? War es wirklich so schlimm? Wenn ja, war es seine Schuld? Hatte er als Vater versagt? Als er in Kuei Jens Zimmer zurückging, nagte der Gedanke an ihm.

Vielleicht hatte er versagt. Aber es war nicht zu spät für einen Neuanfang. Zu lieben, ohne etwas zu verderben, ohne …

Er blieb in der Tür stehen und sah hinein. Kuei Jen hatte sich aufgesetzt und sah ihn an, ein boshaftes Lächeln auf den Lippen.

»Was habe ich da gehört?« sagte er und schickte die Ärzte und die Mägde weg. »Ich glaube, es wird Zeit, daß wir uns einmal unterhalten.«

Michael Lever stand unter der Dusche, als der Bote eintraf. Er erfuhr davon, als Emily ihn aufschreckte, indem sie gegen die transparente Kabine klopfte.

»He, was ist denn so dringend?«

»Ich glaube, es ist gekommen. Das Siegel des T'ang ist drauf.«

Er stieß die Tür auf, warf einen Blick auf das Paket, das sie ihm hinhielt, dann duckte er sich wieder hinein und drosch auf den Aus-Schalter. Als er herauskam, hielt ihm Emily ein Handtuch hin.

»Soll ich dich abtrocknen?«

Er lachte. »Nicht wenn ich's eilig habe!«

Dennoch ließ er sich von ihr abrubbeln, während er grübelnd auf das Paket starrte, das sie auf den hochlehnigen Badezimmerstuhl gelegt hatte.

»Meinst du ...?« fragte er nach einer Weile.

»Was meine ich?« erwiderte sie und blickte auf Knien zu ihm auf, während sie die empfindlichen Körperteile abtupfte, wo die Haut am frischesten war. Die jüngste Operation war erst zwei Monate her, und er klagte immer noch über Wundheit, aber jetzt, da er das Geschirr abgestreift hatte, fühlte er sich wie neu, als habe er auch die letzte Erinnerung an das Bombenattentat abgestreift. Aber das traf nicht ganz zu. Ein Teil von ihm würde immer unter dem Schock des Geschehens stehen.

»Meinst du, er hat es bewilligt? Ich meine, warum sollte er ein Paket schicken, wenn er es abgelehnt hat?«

Sie stand auf und sah zu, wie er zur Seite trat und sich anzuziehen begann. »Du meinst, Nan Ho könnte nein sagen?«

»Vielleicht. Das heißt, wenn es je bis Nan Ho vorgedrungen ist. Du weißt, was man sagt – das Gebäude hat neun Stockwerke und jedes Stockwerk neun Türen. Daran ist etwas Wahres. Es gibt wirklich einundachtzig Ebenen der Bürokratie, und wenn man Pech hat, muß man sich durch jede einzelne durchkämpfen.«

»Dann glaubst du nicht, daß Glorias Empfehlungsschreiben geholfen hat?«

Er zuckte die Achseln und zog seinen Uniformrock über. »Ich weiß nicht. Zu dem Zeitpunkt hielt ich es für eine gute Idee. Jetzt bin ich mir nicht mehr so sicher. Ich meine, sie ist in derselben Position wie wir. Zumindest war sie das.«

Er hat recht, überlegte Emily. Das galt für sie und

viele andere, die aus Nordamerika entkommen waren. Und das war das eigentliche Problem. Ohne Bürgerschaft konnte man hier nichts anfangen. Vor allem konnte man sich ohne keine Erstebenenvilla kaufen. Die Anforderungen waren so hoch, daß man nicht einmal eine mieten konnte. Was darauf hinauslief, daß sie, wie viele andere, die Monate seit dem Untergang als Dauergäste von einer großen Villa in die nächste gezogen waren, stets zu Dank verpflichtet, stets unzufrieden, nie allein.

Als habe er ihre Gedanken erraten, schaute Michael sie verdrießlich an. »Das schlimmste daran ist, Em, daß mir hier drüben sechs Firmen gehören – die insgesamt über eine Milliarde *Yuan* wert sind – und ich immer noch als Flüchtling gelte.«

»Nun, vielleicht bist du gar kein Flüchtling mehr. Schau doch mal nach.«

Er warf einen Blick auf das Paket und sah ihr mit einem Lächeln in die Augen. »So war ich schon als Kind. Meinen Vater hat das immer verrückt gemacht. ›Warum machst du's nicht einfach auf, Junge!‹ sagte er immer wieder, aber ich hab's ständig vor mir hergeschoben. Es war so, als … nun, als sei das Geschenk für sich nichts wert. Ich bekam viele Geschenke. Es war die Vorfreude. Das war das Schöne daran.«

Sie lächelte und spürte den Schmerz, der immer in ihm aufkam, wenn er über seinen Vater redete. »Ich weiß. Aber das ist doch etwas anderes, nicht? Wenn er zustimmt, bedeutet das einen Bruch mit unserer Vergangenheit – mit Amerika und allem, was wir dort getan haben. Und wenn er ablehnt …«

»Das kann er doch nicht, oder?«

»Machen wir's auf und lassen wir uns überraschen. Oder soll *ich* es aufmachen?«

Er schüttelte den Kopf.

»Also?« Aber sie begriff sein Zögern. Ihr war es genauso ergangen, als sie damals aus Europa geflohen war. Sie erinnerte sich noch lebhaft an diesen letzten Augenblick auf dem Raumhafen, als sie durch die Luke einen, wie sie glaubte, letzten Blick auf ihre Heimat geworfen hatte. Aber jetzt war sie wieder da. Diesmal trat Michael sein Exil an.

Er schloß sie kurz in die Arme, drückte ihr einen Kuß auf die Stirn, dann ging er zum Stuhl und hob das Paket auf. Es war schwer und hatte durch das blutrote Wachssiegel des T'ang, das die Rückseite bedeckte, ein offizielles Aussehen. Er ritzte mit einem Fingernagel die Verpackung ein und riß sie ab.

»Was zur …?«

Emily trat an seine Seite und betrachtete den Gegenstand, den er in der Hand hielt. Es war eine Speisekarte, die sehr teuer aussah – die Speisekarte der Neuen Hoffnung, wie sie zu ihrer Überraschung erkannte. Die Neue Hoffnung war ein Restaurant in Weimar, das insbesondere unter den radikaleren Mitgliedern des Repräsentantenhaus beliebt war.

Er schlug sie auf und runzelte die Stirn. Sie enthielt eine handschriftliche Notiz – eine Einladung zum Essen für den heutigen Abend. Das war für sich genommen keine Überraschung, denn sie erhielten viele Einladungen. Michael war ein beliebter junger Mann und nicht ohne Einfluß innerhalb wie außerhalb des Hauses, in der großen Geschäftswelt. Nein, eine Überraschung war der Name, der unter der Einladung stand – ein Name, der über einen zweiten blutroten Stempelabdruck geschrieben war.

Nan Ho.

Emily gab einen Pfiff von sich. »Was meinst du, was er will?«

Michael zuckte die Achseln. »Meinst du denn, wir sollten hingehen?«

Sie sah ihn überrascht an. »Willst du etwa nicht?«

»Das ist schon eine komische Idee, findest du nicht? Uns *dorthin* einzuladen.«

»Mag sein. Aber du kannst nicht absagen. Dann hätten wir auch keine Aussicht auf eine Bürgerschaft mehr.«

»Möglicherweise. Aber würde es den Kanzler nicht in Verlegenheit bringen, wenn es öffentlich bekannt wird? Die Leute würden Fragen stellen. Vor allem warum Li Yuans Erster Minister ein Ex-Mitglied der Neuen Republikaner zum Abendessen einladen sollte. Ich meine, er hat uns sicher ein Angebot zu machen. Li Yuan will etwas von uns.«

Sie lächelte. »Allmählich redest du wie ein Politiker.«

Er lachte. »Na ja, ich war mal einer! Und vielleicht bin ich das immer noch.«

Sie schüttelte den Kopf. »Du irrst dich. Es gibt viele typische Politiker, und wir scheinen in den letzten Jahren alle kennengelernt zu haben, aber du bist anders. Die Menschen respektieren dich, weil du immer als Mensch denkst und handelst, nicht als Politiker. Du hast schon recht. Li Yuan will ganz sicher etwas von dir. Es ist nur … nun, ich würde mich auf meinen Instinkt verlassen. Ich würde mich mit ihm treffen und mir anhören, was er zu sagen hat. Du brauchst ja nicht zuzustimmen. Schließlich ist er es, der sich herausgelehnt hat. Wenn jemand das Gesicht verliert, dann Nan Ho, nicht du.«

»Und du? Schließlich bist du auch eingeladen.«

Sie warf noch einen Blick auf die Notiz und lachte überrascht auf, als ihr auffiel, daß Nan Ho sie ausdrücklich erwähnt hatte, und zwar unter ihrem Beinamen ›die Älteste Tochter‹.

»Denkst du, das sei ironisch gemeint?« fragte sie und war überrascht, daß ihr Puls bei dem Gedanken plötzlich raste.

»Vielleicht. Aber das werden wir herausfinden, ja? Heute abend.«

»Dann gehen wir also?«

Er ließ die Speisekarte fallen, legte einen Arm um sie und schaute zu ihr auf. »Sicher. Aber das ist heute abend. Bis dahin ...«

»Wo sind wir hier?«

Karr stand vor dem großen verzierten Tor und sah sich unbehaglich um. Chen wartete an seiner Seite geduldig, als täte er so etwas regelmäßig.

»Das ist Shang Mus Villa«, sagte Chen ruhig.

»Shang Mus? Du meinst derselbe Shang Mu, der bei der Verschwörung im Großen Ministerium die Zügel in der Hand hatte?«

»Genau.«

»Und wir sind hier, um ihn zu besuchen?«

Chen schüttelte den Kopf. »Nicht Shang Mu. Er ist getötet worden. Es ist seine Tochter Hannah, die wir besuchen wollen.«

Karr runzelte die Stirn. »Als du gesagt hast, es gibt da jemanden, den ich kennenlernen sollte, dachte ich ...«

»Du dachtest was?« Chen drehte sich um und musterte seinen alten Freund mit seinen lebhaften dunklen Augen. »Es ist viel geschehen, während du unten unterwegs warst, Gregor Karr, und die Medien haben nicht über alles berichtet. Es gab Momente, da dachte ich, ich sei am Ende. Aber nun sind wir beide doch hier. Und wir leben noch, nicht wahr? Und nicht bloß körperlich.«

Karr wollte gerade fragen, was er damit meinte, als über ihnen eine Kamera herumschwenkte, mit einem leisen Klicken das Tor anruckte und aufglitt.

Drinnen verbeugten sich zwei livrierte Diener vor ihnen.

»Major Karr«, sagte der ältere, drehte sich zur Seite und forderte sie mit ausgestrecktem Arm auf, ihm über das freie Gelände zur Villa zu folgen. »Wir haben Sie nicht erwartet.«

»Verzeihen Sie, Haushofmeister Tse. Wenn ich unterrichtet gewesen wäre, daß Sie kommen …« Er machte eine Pause und mahnte sich, seine guten Manieren nicht zu vergessen. »Das ist übrigens Major Karr aus der kaiserlichen Elitetruppe des T'ang.«

Der Haushofmeister zog den Kopf ein und sah, sichtlich beeindruckt von dem riesigen Mann, an Karr hoch. »Ist dies ein … ein *offizieller* Besuch?«

Chen lächelte. »Nein. Überhaupt nicht. Ist die *Nu shi* Shang zu Hause?«

»Natürlich. Sie arbeitet, aber ich werde ihr sagen, daß Sie da sind. Wenn Sie mir bitte folgen.«

Während sie in der marmornen Eingangshalle warteten, starrte Chen in einen vertieft angelegten Karpfenteich. Karr sprach mit hastiger, gedämpfter Stimme.

»Also? Was ist los?«

Chen drehte sich lächelnd um. »Entschuldige. Ich hätte dich warnen sollen. Aber … nun, du wirst schon sehen.«

»Was werde ich sehen?«

»Etwas, das du wahrscheinlich eine ganze Zeit nicht mehr gesehen hast. Etwas, das für die Augen gewöhnlicher Menschen nicht sichtbar ist.«

Karr lachte. »Hast du etwa getrunken, Chen? Oder hast du einen üblen Anfall von religiösem Wahn erlitten, während ich unterwegs war?«

Chen hob eine Augenbraue. »Und wenn? Wäre das so schlimm?«

Karr verstummte. Der Haushofmeister war in der Tür am anderen Ende der Eingangshalle erschienen.

»*Ch'un tzu?* Würden Sie mir bitte folgen?«

Karr sah Chen fest in die Augen, dann schüttelte er den Kopf und folgte ihm und dem Haushofmeister.

Drinnen war es kühl und schattig. Ein langer Korridor führte zu einem Paar hoher Türen, die sich öffneten, als sie näher kamen. Dahinter befand sich ein vornehmes Speisezimmer, in dem eine junge Frau stand, die ihr langes, pechschwarzes Haar zu einem Pferdeschwanz zurückgebunden und die Hände vor dem Körper verschränkt hatte. Sie war schlicht, doch elegant gekleidet, doch was Karr gleich beeindruckte, war die schiere Wärme ihres Lächelns, als sie Chen erblickte. Es war die Art von Lächeln, das man nicht spielen konnte. Als sich die Türen hinter ihnen schlossen, streckte sie die Hände nach Chen aus, trat vor, faßte ihn an den Händen und drückte ihm einen Kuß auf beide Wangen.

»Chen! Wie schön, Sie zu sehen!« Sie wandte sich Karr zu. »Und Sie auch, Major Karr. Es freut mich sehr, Sie endlich kennenzulernen. Chen hat mir viel von Ihnen erzählt.«

Karr lachte, und sein Unbehagen kehrte zurück. »Tatsächlich?«

»Oh, nichts Schlechtes. Zumindest nichts, was *ich* schlecht finde.«

Ihre Augen glänzten schelmisch, als sie das sagte, und der Griff ihrer Hände war unerwartet kräftig.

»Kommen Sie«, sagte sie und schob sie in ein kleineres, weiblicher anmutenderes Zimmer, das in weichen Pastelltönen möbliert war. »Ich lasse die Diener *Ch'a* bringen.« Sie drehte den Kopf und warf Karr ein Lächeln zu. »Ich habe gehört, daß Sie ein regelrechter *Ch'a*-Experte sind, Major. Ich hoffe, Sie mögen unser bescheidenes Gebräu.«

Karr nickte einmal knapp. »Ich bin mir sicher, es ist köstlich.«

»Und wenn nicht? Würden Sie mir das sagen?«

Karr sah Chen, dann wieder sie an. »Wäre Ihnen das recht? Ich meine, es gibt Leute, die das für eine Unverschämtheit halten würden … für eine Beleidigung.«

Sie warf Chen einen Blick zu, dann sah sie Karr wieder in die Augen. »Er hat Ihnen nichts gesagt, was? Er hat Sie einfach hergebracht, ja?«

Karr nickte, und ein schwaches Lächeln trat ihm auf die Lippen.

Sie tadelte Chen mit ausgestrecktem Finger wie eine Schwiegermutter, die die Tochter ihres Sohnes ausschimpfte. »Also, Kao Chen, das war aber nicht anständig, den Major im unklaren zu lassen. Sie hätten ihn darauf vorbereiten sollen.«

Chen lachte. »Und mir den Spaß verderben? Auf keinen Fall!«

Sie wandte sich wieder Karr zu. »Ihr Freund Chen ist ein bemerkenswerter Mann, Major. Ich habe ihm viel zu verdanken. Meine Freiheit. Und sicher auch mein Leben.«

Bei dieser nüchternen Erklärung runzelte Karr die Stirn, und er war wieder unsicher, wie er die Beziehung zwischen den beiden einschätzen sollte. Er hatte schon geglaubt …

»Ich … ich verstehe nicht.«

»Nein«, sagte sie, lächelte wieder und deutete auf eins der Sofas. »Aber es wird sich schon alles aufklären. Jetzt bestelle ich erst mal den *Ch'a,* dann können wir Platz nehmen und uns unterhalten.«

Die Steine verschwammen vor seinen Augen, verschmolzen miteinander wie zu einer geschlossenen Truppenfront, einer großen weißen Mauer, die ihn einschloß. Schweiß tropfte von seiner Stirn aufs Brett, Tropfen für Tropfen, als löse er sich langsam auf; als sollte, noch bevor der letzte Stein gesetzt wurde, nur noch eine Pfütze Salzwasser von ihm übrig sein.

Er schluckte trocken. Es war unmöglich. Es gab keinen Ausweg. Meister Hsu war mindestens vier Steine im Vorteil, und wenn er jetzt diese Gruppe verlor, gab es keine Hoffnung mehr.

Sein Blick löste sich vom Brett, wanderte durch den Raum und blieb an den beiden Leichen hängen, die in der Ecke lagen. Wie still sie waren. Wie vollkommen, *schrecklich* still. Eine Stille, wie sie einst dem großen Tuan Ti Fo zu eigen gewesen sein soll.

Er sah wieder aufs Brett, versuchte sich zu konzentrieren, doch er war einer Ohnmacht nahe. Diese Hitze ... Es war plötzlich so heiß hier drin. Als ob ...

Es fiel ihm wieder ein. Das Spiel ... Er mußte das Spiel unbedingt gewinnen. *Schwarz. Ich spiele Schwarz,* gemahnte er sich. Aber es hatte keinen Sinn. Der Druck ... Der Druck war zu stark. Das letzte Mal, als ihm klargeworden war, daß er gewonnen hatte, da hatte ihn eine Welle der Erleichterung durchströmt. Ein Glücksgefühl! Aber jetzt ...

Er blickte auf und sah Meister Hsu in die Augen. Nichts. Auch sie waren wie eine Mauer, die ihn aussperrte, die ihn zurückwies.

»Es ist ein Spiel«, wollte er schreien. »Es ist nur ein Spiel!« Aber die Regeln hatten sich geändert. Dann wurde ihm plötzlich etwas klar.

Darum geht es in diesem Spiel wirklich. Leben und Tod. Ein Kampf, den nur einer überlebt. Und der Verlierer?

Ja, er verstand schon.

Er rückte ein Stück vom Brett ab und wischte sich die Stirn mit seinem Seidenärmel. Er studierte noch einen Moment lang das Brett, dann richtete er sich auf, nickte seinem alten Freund Hsu unmerklich zu und akzeptierte, was die Steine ihm bereits gesagt hatte. Er hatte verloren. Vor sechs, acht Steinen hatte er bereits verloren und es da schon gewußt. Aber er hatte weitergespielt und gehofft, obwohl es keine Hoffnung mehr gab. Aber diesmal genügte Hoffen nicht mehr. Diesmal kannte das Spiel nur schwarze und weiße Steine.

Er lachte fast darüber. Aber es war nicht die richtige Zeit zum lachen. Es war die Zeit, Würde zu zeigen. Würde … und innere Stärke.

Er wandte sich dem großen T'ang zu. Wang Sau-leyan schaute weg, und seine mächtigen Kiefer zermahlten irgendeine Delikatesse. Dann, als habe er bemerkt, daß etwas geschehen war, drehte er den Kopf und sah ihn an.

»Ist es vorbei?«

Der Mann nickte.

»Gut.« Und mit einer ganz beiläufigen Geste winkte er seine Wachen herbei.

Der Mann warf einen letzten Blick auf das Brett und erkannte das erste Mal, auf welch tiefe, *intime* Weise er sein Leben mit den Mustern dieses Spiels verwoben hatte. Er war ein Kind von vier Jahren gewesen, als er in die Lehre gegangen war, acht Jahre alt beim Sieg seiner ersten professionellen Meisterschaft und war mit sechsundzwanzig zum ersten Mal Meister geworden. Sein ganzes Leben lang hatte er um Perfektion gerungen, aber bis heute hatte er vergeblich danach gestrebt.

Er schauderte, sah zu Hsu hinüber und erwies dem Mann seine Ehre, indem er sich tief verbeugte. Wenn nur jedes Spiel so bedeutungsvoll gewesen, wenn er tausend Leben gehabt hätte, die er verlieren konnte … Oder vielleicht auch nicht. Vielleicht war das der Grund.

Er spürte, wie ihn grobe Hände packten, vom Boden hoben und forttrugen, spürte …

»Was für ein Jammer«, sagte Wang Sau-leyan und lachte so laut, daß es zu den Höflingen widerhallte. »Aber wenigstens hat es funktioniert, nicht? Jetzt habe ich endlich einen Champion, der mich auf dem Turnier in zwei Wochen vertreten kann.« Er stemmte sich in eine sitzende Position hoch, rutschte auf dem Sofa herum und setzte einen Fuß auf den Boden. »Meister Hsu, ich gratuliere Ihnen.«

Der Alte senkte den Kopf, behielt noch einen Moment lang seine würdige Haltung bei, dann erbrach er sich unversehens über dem Brett.

»Bei allen Göttern …« rief Wang und seufzte. Seinem Gesicht war der Ekel deutlich anzusehen. »Hung … bringen Sie ihn weg und machen Sie ihn sauber, ja? Oh … und geben Sie ihm zehntausend *Yuan.* Er ist ein würdiger Gewinner.«

Hung hob eine Augenbraue und war überrascht, daß Wang nicht entgangen war, wie gut Hsu Jung gespielt hatte.

»Und die anderen, *Chieh Hsia?*«

»Die *Verlierer?*« Wang lächelte, und sein Mund war wie ein Spalt in der schwammigen Masse seines Gesichts. »Werft sie den Vögeln zum Fraß vor.«

Der *Ch'a* hatte sich als ein *T'ieh Huan Yin* herausgestellt, eine Eiserne Göttin der Gnade, ein Oolong aus den Wu-I-Bergen in Fukien. Karr hatte Hannah für seinen bittersüßen Geschmack, sein dezentes Aroma Komplimente gemacht, aber der *Ch'a* war noch die geringste Annehmlichkeit. Eine Stunde nach ihrem Kennenlernen hatte ihn die junge Frau regelrecht verzaubert, und wenn er in einer Gesprächspause Chen einen Blick zuwarf, lächelte ihn sein Freund stets an.

»Siehst du?« sagte Chen. »Was habe ich gesagt?«

»Du hast gar nichts gesagt, du Halunke. Wenn ich das gewußt hätte …«

»Wenn du es gewußt hättest, dann hättest du's uns beiden verdorben. Ist meine Hannah nicht fabelhaft?«

Karr nickte, dann senkte er aus einer Laune heraus

den Kopf, um ihr seinen Respekt zu erweisen. Sie strahlte ihn an.

»Aber Ihre Idee …«, sagte Chen plötzlich. »Sie haben Ihre Idee noch nicht erwähnt.«

Sie wollte abwinken, aber Chen war hartnäckig. »Nein. Sie müssen Gregor davon erzählen. Ich halte es für eine bemerkenswerte Idee.«

Karr sah sie fragend an. »Nun?«

Sie zuckte die Achseln und lächelte. »Also gut. Es geht um folgendes: Wir haben die Medien, nicht wahr? Sie unterrichten uns darüber, was in der Welt vor sich geht. Zumindest bilden wir uns das ein. In der Regel zeigen sie uns nur, was sie uns zeigen wollen. Sie haben es selbst erlebt. Die Nachrichten der Ersten Ebene sind nicht die Nachrichten der unteren Ebenen. Auf jeder Ebene sind die Dinge … *anders.* Nicht nur das, sondern es gibt Institutionen wie die *T'ing Wei,* die oberste Gerichtsbehörde, die für schwarze Propaganda verantwortlich ist, und dann das Große Ministerium, die Tausend Augen – zumindest was davon übrig ist, nachdem die Sieben dort aufgeräumt haben. Sie alle dienen dazu, den Gesamteindruck der Ereignisse zu verzerren. Sie alle sind … Barrieren, die den Weg zur Wahrheit verstellen, wie Stellwände, die Geister abwehren sollen. Nun, ich habe die Idee … die *kühne* Idee, diese Barrieren irgendwie niederzureißen. Oder sie zu umgehen. Ich suche nach einer Möglichkeit, die Menschen darüber aufzuklären, was wirklich vor sich geht. Wie die Sache in Kibwezi, von der Chen mir erzählt hat, oder die Nachrichtensperre über die Sturmschäden in Nantes, oder … nun, es gibt hundert Beispiele, die man nennen könnte. Die Sache ist die, daß Chung Kuo ein Gewissen braucht. Jemand, der den Menschen, ohne etwas zu fürchten oder zu beschönigen, die Wahrheit sagt. Und dieser jemand will ich sein.«

Karr lehnte sich zurück und ließ mit einem langen Pfiff Atem ab. »*Aiya* ... Na, das ist ja eine bemerkenswerte Idee, junge Frau.«

Sie nickte, aber ihr Blick war jetzt todernst. »Und? Was meinen Sie, Gregor Karr? Halten Sie mich für verrückt, weil ich auch nur davon träume?«

Karr senkte den Blick, dann streckte er die Hand aus und goß *Ch'a* nach. »Nein. Um ehrlich zu sein, habe ich schon seit einiger Zeit ähnliche Gedanken. Ich hatte das Gefühl, ich müßte platzen, wenn ich nicht jemandem erzähle, was ich gesehen und getan habe. Ich bin ...« Er sah zu Chen hinüber. »Nun, Chen geht's genauso. Ich bin nicht froh darüber, zwei Herren zu dienen.«

»Zwei Herren?« Sie starrte ihn verständnislos an.

»Li Yuan ... und meinem eigenen Gewissen. Manchmal kommt's mir ... einfach *ungesund* vor. Aber wenn es eine Möglichkeit gäbe ... vielleicht ein Möglichkeit, meine Gefühle auszudrücken, sie zu kanalisieren – nun, vielleicht würde ich mich dann besser fühlen.«

»Und?« hakte Chen nach.

Karr lachte. »Vielleicht weiß ich eine Möglichkeit. Hört zu ...« Er breitete die Hände aus. »Es wird vielleicht nicht funktionieren, aber es wäre einen Versuch wert, nicht?«

Sie nickte.

»Gut. Nun ... es geht um etwas, das ich vor Jahren gesehen habe. Etwas, worin die *Ping Tiao* gut waren. Flugblätter. Einfache Handzettel, handgedruckt auf dünnem Papier. Sie haben hundert Millionen auf einen Schlag hergestellt und von Hand verteilt. Nach allem, was ich feststellen konnte, hatten sie zehntausend Originale und überließen es anderen – aufrührerischen Sympathisanten –, davon weitere Abzüge herzustellen.« Er lächelte. »Vielleicht könnten Sie etwas Ähnliches machen?«

Sie lachte. »Sie wollen mich veralbern, was?«

Karr lächelte. »Überhaupt nicht. Es könnte funktionieren. Du lieferst den Text, Chen, und ich werde ihn verteilen lassen. Zumindest werden wir's versuchen.«

Hannah schüttelte den Kopf. »Aber Sie sind beide Majore ... hohe Beamte im Sicherheitsdienst des T'ang. Sie dürfen sich in so etwas nicht einmischen!«

»Und wer könnte so etwas besser organisieren als Männer in unserer Position?« fragte Karr mit ungetrübtem Lächeln. »In den letzten fünfzehn Monaten habe ich viele nützliche Kontakte geknüpft. Kontakte, die wir nutzen könnten, um die Zettel zu verteilen. Und zwar in alle Winkel der Stadt.«

Er verstummte. Chen starrte ihn mit zusammengekniffenen Augen an. »Vielleicht. Aber du hast jetzt ein Kind, Gregor Karr.«

»Und du hast drei. Aber das Risiko ist es wert, findest du nicht?«

Chen zögerte, dann nickte er steif.

»Gut. Dann sage ich Ihnen etwas, junge Hannah. Sie schreiben uns etwas – vielleicht über das Geschehen in Nantes –, und damit fangen wir an. Einverstanden?«

Die Neue Hoffnung war dunkel, als sie eintrafen, nur eine einzige Lampe brannte über dem Eingang, doch als sie näher kamen, traten zwei Wachmänner aus den Schatten, drückten sie ohne große Umschweife an die Wand und durchsuchten sie nach Waffen.

»Wie nett«, brummte Emily durch zusammengebissene Zähne, als die Hand des Wachmanns übermäßig lang auf der Innenseite ihrer Oberschenkel liegenblieb, bevor der Mann mit einem Klaps davon absah, sich weitere Freiheiten zu nehmen.

»Ist das unbedingt nötig?« fragte Michael, als er grob der anderen Wache zugedreht wurde. Aber der

Mann antwortete nicht und bedeutete ihnen bloß, daß sie eintreten sollten.

»Tja«, sagte Emily und faßte ihn am Arm. »Das raubt mir meine letzten Illusionen über die Zivilisiertheit dieses Volkes. Gewalt ist die einzige Sprache, die alle verstehen.«

Michael zuckte die Achseln, blieb stehen und lugte ins düstere Interieur des Restaurants. Wie auf ein Stichwort flammte eine Lampe auf einem Tisch am anderen Ende des Lokals auf und beleuchtete die einsame Gestalt von Na Ho, dem Kanzler des T'ang. Als sie hinsahen, winkte er sie zu sich.

»Repräsentant Lever«, sagte er, stand auf, als sie den Tisch erreichten, und verneigte sich knapp vor Emily. »Madam Lever ... Bitte nehmen Sie doch Platz.«

Michael half Emily mit ihrem Stuhl und nahm selbst Nan Ho gegenüber auf der anderen Seite des leeren Tisches Platz. Das leichte Schwanken der Lampe über ihren Köpfen tauchte ihre Gesichter momentweise in Schatten.

»Was soll das Ganze überhaupt?« fragte Michael mit starrem Gesicht und schien dabei fest entschlossen, nicht nachzugeben.

»Das waren nur Vorsichtsmaßnahmen«, erwiderte Nan Ho ruhig, drehte sich halb um und schnippte mit den Fingern. Sofort trat ein Kellner an seine Seite – allerdings kein Angestellter der Neuen Hoffnung. Nan Ho lächelte Michael liebenswürdig an. »Würden Sie gern einen Wein trinken, bevor wir essen?«

Michael warf Emily einen Blick zu, die nickte. »Ja«, sagte er. »Aber das habe ich nicht gemeint. Ich verstehe, daß Sie vorsichtig sein müssen, aber diese überflüssige Brutalität. Was wollten Sie damit beweisen?«

Nan Hos Lächeln wurde breiter. »Ich glaube, das wissen Sie schon. Aber die Frage ist sehr interessant. Sie zeigt, daß Sie mit festen Vorstellungen hergekommen sind. Sie glauben zu wissen, was ich will. Aber Sie haben mich noch nicht angehört. Das ist seltsam. Ich habe sehr viel mehr von Ihnen erwartet, Michael Lever. Ich habe mit … mit einer gewissen *Subtilität* gerechnet, um es so auszudrücken. Etwas, das ich bei anderen Männern ihres … ihres Schlages nicht finden würde.«

Emily senkte bei dieser Bemerkung den Blick und verschränkte unter dem Tisch die Hände. *Ihres Schlages,* wiederholte sie in Gedanken, und die häßlichen Worte hallten tief in ihr wider. Aber was meinte er damit? Menschen ihrer Rasse? Oder meinte er nur Michaels Partei – die Neuen Republikaner?

»Ich werde Sie anhören«, sagte Michael und faltete vor sich auf dem Tisch die Hände. »Aber ich bin nicht gekommen, um mich auf ein Geschäft einzulassen.«

Nan Ho kicherte. »Ein *Geschäft?* Ist das alles, was Ihnen einfällt?«

Michael starrte ihn schweigend an, bis Nan Ho die Achseln zuckte. In diesem Moment kam der Kellner mit einem Tablett zurück, auf dem einige Weinbecher und eine offene Flasche standen. Als er die Becher auf den Tisch stellte und den Wein eingoß, sah Nan Ho mit einem Lächeln zwischen ihnen hin und her. Und als der Kellner sich in den Schatten zurückzog, prostete er ihnen zu.

»Auf Amerikas perfektes Paar!«

Michael fuhr mit dem Finger den Rand seines Bechers entlang und kniff die Augen zusammen. »Also, was wollen Sie?«

»Ich?« Nan Ho nippte an seinem Wein, dann lehnte er sich zurück, als sei er nur zum Vergnügen hier und ein regelmäßiger Besucher dieses Restaurants. Er sah kurz in die Runde, dann richtete er seinen Blick wieder auf Michael. »Ich werde es Ihnen sagen. Ich will Frieden.«

»Frieden? Ist das alles?«

Nan Ho nickte. »Ja, aber dabei gibt es ein Problem.

Sehen Sie, das Repräsentantenhaus verlangt wirklich Macht, und wenn es die erhält, kann es keinen Frieden geben. Also …« – er trank noch einen Schluck und lächelte – »kann ich ihm keine wirkliche Macht zugestehen. Verstehen Sie mein Problem?«

Michael beugte sich ihm entgegen, und sein Gesicht erstrahlte im Licht der Lampe. »Ich verstehe, aber ich weiß nicht, wie man es verhindern kann. Die Dinge ändern sich. Das Haus wird unvermeidlich an Macht gewinnen. Wenn nicht in diesem Jahr, dann im nächsten.«

»So bald schon?« Nan Ho verzog nachdenklich das Gesicht. Dann lachte er zu ihrer Überraschung. »Vielleicht sollte ich schon mit dem Packen anfangen, was meinen Sie?«

Michael starrte ihn kurz an, und als er seine Stimmung erfaßt hatte, lächelte er.

»Schon besser«, sagte Nan Ho und beugte sich über den Tisch. »Sie sind voller Feindseligkeit gegen mich hergekommen. Voller Anspannung und falscher Erwartungen. Was Sie draußen erlebt haben – und wofür ich mich übrigens aufrichtig entschuldigen möchte –, diente dazu, diesen Gefühlen Vorschub zu leisten. Aber so sind wir nicht wirklich. Wir sind keine abstrakten Kräfte. Wir sind *Menschen,* und wir wollen, was *Menschen* wollen. Wenn ich von Frieden rede, habe ich kein vages Ideal vor Augen, sondern Frieden in dem Sinne, wie Sie oder ich diesen Begriff verstehen. Freiheit von Gewalt, Tyrannei und Mangel. Die Freiheit, zu heiraten, wen man will, und eine Familie zu gründen. Freiheit …«

»Ich verstehe, was Sie meinen«, unterbrach ihn Mary ziemlich schroff, »aber läuft Ihre Politik nicht ihrer angeblichen Sehnsucht zuwider?«

»Überhaupt nicht. Wir stehen einer Vielzahl von Problemen gegenüber, es gibt aber nur wenige Lösungen. Es gibt zu viele Menschen, deshalb müssen wir die Anzahl von Kindern einschränken, die man zeugen darf. Es steht weniger Nahrung zur Verfügung, als gebraucht wird, deshalb müssen wir entweder die Produktion ankurbeln – fast ein Ding der Unmöglichkeit, wie Sie mir beipflichten werden –, oder wiederum die Anzahl von Menschen einschränken. Und was die Überbevölkerung angeht … nun, Sie verstehen mich sicher. All unsere Probleme haben nur eine Ursache – wir sind zu viele. Bei weitem zuviel. Wenn wir uns Frieden wünschen – und das wollen Sie sicher nicht weniger als ich –, dann müssen wir etwas daran ändern.«

Michael wollte etwas sagen, aber wieder kam ihm Emily zuvor. »Ja, aber warum beschränken Sie die Verordnung auf die untersten hundertfünfzig Ebenen? Warum machen Sie kein Gesetz, das für alle gilt? Wäre das nicht viel gerechter?«

»Gerechter? Vielleicht. Aber nicht sehr. Unser Problem sind nun einmal die untersten hundertfünfzig Ebenen. *Dort* ist die Bevölkerungsexplosion außer Kontrolle geraten. Aber es ist noch ein weiterer Faktor zu berücksichtigen, für den Sie sicher Verständnis aufbringen, und das ist die Macht der einflußreichen Finanzgrößen. Und das ist der Punkt«, er machte eine Pause und sah sie nacheinander an, »wo Sie ins Spiel kommen.«

Emily lehnte sich zurück, musterte ihn prüfend und wußte nicht so recht, ob sie den Mann mochte oder verabscheute. »Wie meinen Sie das?«

Nan Ho betrachtete sie mit einem fast respektvollen Ausdruck. »Ich habe Sie beobachtet«, sagte er ernst. »Ich weiß, was Sie drüben in Amerika versucht haben. Es war ein tapferer Versuch, eine wirkliche innovative Reaktion auf eine ernste Lage. Und hätten Sie genug Zeit gehabt, dann hätte es auch funktioniert. Sie hätten etwas verändert, Mary Lever. Da bin ich mir ganz sicher. So wie ich mir sicher bin, daß Ihnen dasselbe hier bei uns gelingen könnte. Ihnen und Michael.«

Michael lachte. »Wir sind nicht einmal eingebürgert …«

Nan Ho drehte sich um und schnippte mit den Fingern. Sofort trat mit gesenktem Kopf ein Diener vor und hielt ihm einen glänzenden schwarzen Ordner hin. Nan Ho nahm ihn entgegen und reichte ihn an Michael weiter.

Michael schlug ihn auf und zeigte Emily die versiegelten Dokumente.

»Eine Bestechung?« fragte er Nan Ho.

»Nein. Sie hätten die Dokumente sowieso bekommen. Oh, und bevor Sie fragen, Sie dürfen Sie behalten, ob Sie meine Vorschläge annehmen oder nicht.« Er lächelte. »Aber ich verlange auch nichts von Ihnen, was Sie nicht selbst schon aus freien Stücken getan haben – nämlich die Menschen vom Guten zu überzeugen.«

»Und das hier?« fragte Emily und hielt ein Blatt Papier hoch, das Sie in dem Ordner gefunden hatte. »Ist das ein Teil der Vereinbarung?«

Michael nahm ihr das Blatt ab und las es durch. Es war eine Notiz, die auf eine zum Verkauf stehende Villa hinwies. Er blickte auf. »Und?«

Nan Ho lächelte, dann winkte er einen Kellner herbei, nahm eine Speisekarte und reichte sie Emily.

»Sie ist noch nicht auf dem Markt, aber ich habe gehört, daß sie zu einem sehr vernünftigen Preis zu haben sein wird.« Das Lächeln des Kanzlers war sanft und liebenswürdig, doch Emily spürte hinter dieser Fassade einen messerscharfen Verstand. »Sie brauchen eine solche Unterkunft, wenn Sie Gäste empfangen wollen. Und wenn Sie sie beeinflussen wollen, werden Sie das wohl müssen, nicht wahr?«

KAPITEL · 7

Städte der Ebene

Lo Wen zog den Sattelgurt fest und rückte die Steigbügel zurecht, dann legte er die Zügel zusammen und gab sie dem Jungen in die Hand.

»Bist du bereit, Kuei Jen?«

Der Prinz schüttelte mit einem Ausdruck heftigen Widerwillens den Kopf. »Ich will nicht...« brummte er.

Lo Wen richtete sich auf, bis er auf Augenhöhe mit dem Jungen war. »Es geht nicht darum, was wir wollen, Prinz Kuei, sondern was wir brauchen. Wenn du ein guter Reiter werden willst, mußt du die Kunst von frühester Jugend an lernen. Du mußt ein Teil des Pferdes werden.«

Kuei Jen zappelte unbehaglich im Sattel herum.

»Ruhig, Kuei Jen! Du machst das Pferd scheu.«

Der Prinz sah zu Boden, war wütend und fühlte sich verletzt. Wie konnte es dieser Mann wagen, so mit ihm zu reden? Was bildete er sich überhaupt ein?

»Nein«, sagte er störrisch, rutschte wieder herum und spürte, wie das Pferd sich unter ihm bewegte. »Ich will nicht.«

»Du willst und du mußt. Dein Vater hat es befohlen.«

Kuei Jen starrte ihn finster an, dann schob er das Kinn vor und trieb dem Pony die Fersen in die Flanken. Sofort wieherte das Pony los und trat aus.

»Verdammt noch mal, Junge!« rief Lo Wen, packte das Geschirr und versuchte gleichzeitig, den Jungen vom Herunterfallen zu bewahren. »Was in aller Götter

Namen machst du denn da! Du bringst dich ja noch um!«

»Ich will nicht!« schrie Kuei Jen zurück. »Ich will nicht reiten!«

Li Wen beruhigte das Pferd, aber sein Gesicht war jetzt finster vor Zorn. Er zog Kuei Jen aus dem Sattel, schob ihn zur Seite und bedeutete einem der Stallknechte, das Pferd wegzubringen.

Dann wandte er sich wieder dem jungen Prinzen zu.

Kuei Jen hatte die Hände in die Hüften gestemmt und starrte ihn trotzig an. »Ich will nicht«, wiederholte er. »Ich will nicht.«

Lo Wen atmete tief durch, dann nickte er. »Du willst nicht, ja? Du willst also deinem Vater den Gehorsam verweigern?«

Kuei Jen schüttelte den Kopf. »Er würde nicht von mir verlangen … *Sie* sind das!«

Lo Wen hob zornig die Stimme. »Du wirst tun, was ich sage, Kuei Jen, sonst …«

»Sonst *was*?«

Etwas zuckte in Lo Wens Augenwinkeln, als er sich an dem jungen Prinzen vorbeischob und eine Reitpeitsche von der Wand hinter ihm nahm. »Das hier«, sagte er und winkte ihn zu sich.

Doch Kuei Jen schüttelte den Kopf, warf sich mit einem letzten trotzigen Blick herum und lief aus dem Stall.

»Papa! Papa!«

Erschrocken über die plötzliche Störung, drehte Li Yuan sich auf seinem Stuhl um. Als Kuei Jen durchs Zimmer auf ihn zufiel und Diener wie Bittsteller gleichermaßen auseinanderstieben ließ, stand Li Yuan auf und legte die Stirn in tiefe Falten.

»Kuei Jen! Was ist denn los? Wie oft muß ich dir noch sagen …«

Er blieb stehen. Lo Wen, der neue Lehrer, stand mit gesenktem Kahlkopf in der Tür und zögerte einzutreten, solang man ihn nicht hereingebeten hatte.

Kuei Jen kam hinter den Schreibtisch und klammerte sich an seinen Vater. »Papa! Papa! Er will mich schlagen!«

Li Yuan holte einmal tief und zittrig Luft und warf seinem Vetter Tsu Ma, der am Fenster saß, einen Blick zu. Tsu Ma zuckte die Achseln, doch seine Miene sprach Bände.

Li Yuan stieß seinen Sohn von sich und hielt ihn auf eine Armlänge Abstand. Es fiel ihm schwer, denn der Junge war nicht einmal fünf, und es kam ihm wie ein Vertrauensbruch vor, doch inzwischen war er davon überzeugt, daß es sein mußte. Dennoch senkte er die Stimme, als wollte er es seinem Sohn leichter machen.

»Kuei Jen … das hat keinen Zweck. Du weißt, was los ist. Lo Wen … sein Wort gilt wie meines. Ich habe es befohlen.«

»Aber Papa«, bettelte Kuei Jen, die Augen voller Tränen. »Ich habe nichts Schlimmes getan. Überhaupt nichts …«

Li Yuan betrachtete seinen Sohn, dann blickte er zu Lo Wen hinüber, der mit säuerlicher Miene in der Tür wartete.

»Lo Wen. Kommen Sie rein. Ich muß mit Ihnen reden.«

Lo Wen nickte angespannt, dann bahnte er sich offenbar mit großen Widerwillen einen Weg zwischen den Anwesenden und trat vor Li Yuans Schreibtisch.

»*Chieh Hsia?*«

»Sagen Sie mir, was passiert ist. Warum soll mein Sohn bestraft werden?«

Lo Wens Kopf sank fast bis auf die Brust. »Er war ungehorsam, *Chieh Hsia*. Ihm habe ihm gesagt, er soll reiten, aber er hat sich geweigert. Als ich ihn noch mal dazu aufforderte, hat er das Pferd zum Scheuen gebracht. Und als ich ihn dafür bestrafen wollte, ist er weggelaufen.«

»Ich war müde, Papa! Ich muß soviel für ihn machen. Er läßt mich nie ausruhen. Er ist immer ...«

»*Ruhig,* Kuei Jen. Noch ein Wort, und ich werde wirklich böse.« Er wandte sich wieder Lo Wen zu, der mit ausdrucksloser Miene, in würdevoller, doch angespannter Haltung vor ihm stand.

»Ist das wahr, Lo Wen? Setzen Sie meinem Sohn wirklich zu sehr zu?«

Er bewegte nur unmerklich den Kopf. »Nein, *Chieh Hsia.* Er ist ein gesunder Junge. Vielleicht etwas übergewichtig für seine Größe, aber gesund. Was ihm fehlt, ist Muskelkraft. Wenn er vernünftig reiten und schießen soll, muß er Kraft in den Beinen und Oberarmen entwickeln. Das ist die Voraussetzung, um *Ch'i,* die innere Kraft, zu entwickeln, die Ruhe, die ein großer Mann braucht.«

»Das mag so sein, Lo Wen, aber schließlich ist er noch ein Kind. Kann er nicht leichter eingeführt werden?«

Lo Wen blickte auf und sah dem jungen T'ang in die Augen. »Ihr habt mir den Jungen anvertraut, *Chieh Hsia,* und mich aufgefordert, ihn so zu erziehen, wie ich es für nötig halte, ihn zu *formen.* Aber wie soll ich das tun, wenn er jedesmal davonläuft?«

»Aber wenn es zu schwer für ihn ist ...«

Lo Wen richtete sich etwas auf. »Erinnert Ihr Euch an die Geschichte von Sun Tzu und König Ho-lus Konkubinen?«

Es war eine alte Geschichte von zweifelhafter Herkunft, aber Li Yuan begriff sofort, worauf er hinauswollte. In der Geschichte wurde der große Sun Tzu, der die Armee des Königs Ho-lu von Wu befehligte, vom König dazu aufgefordert, ihm seine Ausbildungsmethode zu demonstrieren. Dazu ließ Sun Tzu die Konkubinen des Königs mit Besen in zwei Gruppen im Hof des Palastes antreten und ernannte die beiden Lieblingskonkubinen des Königs zu ›Kommandanten‹. Er gab den beiden Befehle und forderte sie auf, diese Befehle weiterzugeben, aber die Frauen kicherten nur. Unverzagt wandte Sun Tzu sich an den König und fragte ihn, ob er als sein General über seine volle Autorität verfüge. Als er König das bejahte, erklärte Sun Tzu, daß die beiden ›Kommandanten‹ ihre Pflicht verletzt hatten, und befahl, sie enthaupten zu lassen. König Wu wandte ein, daß dies seine Lieblingskonkubinen seien, aber Sun Tzu trat ihm mutig entgegen. *Sagtet Ihr nicht, daß ich mit Eurer ganzen Autorität spreche?* fragte er, und als der König nickte, führte er die Hinrichtungen durch. Danach gab es kein Gekicher mehr. Binnen einer Stunde waren die Konkubinen folgsam wie alte Hände.[13]

Li Yuan senkte den Blick und nickte. Er hätte sich am liebsten entschuldigt, seinem Sohn erklärt, warum das nötig war, aber er wußte, daß auch das ein Fehler gewesen wäre. Wenn er seinen Sohn wirklich liebte, mußte er ihn stark machen.

»Sie haben gut gesprochen, Lo Wen. Hier, nehmen Sie den Jungen. Tun Sie mit ihm, was erforderlich ist.«

»Papa!« kreischte Kuei Jen, aber Li Yuan schüttelte den Kopf.

»Du bist nun einmal ein Prinz, Kuei Jen, nun benimm dich auch wie ein Prinz!« Er drehte das Kind grob herum – vielleicht etwas zu grob – und schubste es Lo Wen entgegen.

»Du wirst Lo Wen gehorchen. Und wenn du noch einmal hier hereinplatzt, werde *ich* dich bestrafen, hast du verstanden, Junge?«

Kuei Jen starrte ihn finster an, und mit einem Stolz, der nach seinem bisherigen Auftreten seltsam unpassend wirkte, marschierte er langsam aus dem Zimmer, gefolgt von Lo Wen.

Li Yuan ließ sich zurücksinken und fühlte sich schwach und emotional erschöpft. Und mit einem Anflug von Zorn darüber, daß so viele Personen Zeugen ihres Gesprächs geworden waren, entließ er mit einer barschen, übellaunigen Geste die wartenden Diener.

»Du hast das Richtige getan, Vetter«, sagte Tsu Ma, als sie gegangen waren, stand auf und kam zu ihm herüber. »Und keine Angst. Er haßt dich vielleicht jetzt, aber er wird dich dafür lieben, wenn er alt genug ist, es zu verstehen.«

»Vielleicht. Aber er ist alles, was ich habe. Ich habe ihn fast verloren. Der Gedanke, daß er glauben könnte, ich liebe ihn nicht ...« Er fuhr zusammen und blickte auf. »Warum müssen wir soviel *fühlen?* Warum können wir, die wir zum Herrschen geboren sind, nicht kühlere, härtere Naturen sein?«

»Einige sind es«, erwiderte Tsu Ma und setzte sich auf die Schreibtischkante. »Unser Vetter Wang zum Beispiel. Ach ja, wo wir ihn schon erwähnen: Wird er morgen zum Turnier hier erscheinen? Ich habe gehört, er hat Gewicht zugelegt, seit wir ihn das letzte Mal gesehen haben.«

Li Yuan nickte. »Das fette Schwein wird uns seine Aufwartung machen. Zumindest hat sein Kanzler uns davon unterrichtet.«

»Es sieht schlecht aus, nicht? Es heißt, in seiner Stadt herrsche ein einziges Chaos.«

»Überrascht dich das, Ma? Dieser Kerl war nie zum Herrscher geboren. Und wenn er seinen Bruder nicht umgebracht hätte ...« Li Yuan brach ab und sah Tsu Ma in die Augen. »Ich nehme an, du hast die Gerüchte gehört?«

Tsu Ma beugte sich seinem T'ang-Kollegen entgegen, und seine Stimme klang plötzlich viel weicher.

»Laut der Version, die ich gehört habe, hat er sie alle umgebracht. Drei Brüder, seinen Vater, zwei Onkel und mindestens fünf Frauen seines Vaters. Verglichen mit ihm war Tsao Ch'un der reinste Wohltäter!«

Li Yuan lächelte, aber das Lächeln verblaßte schnell. »Und wenn er stürzt? Wenn er abgesetzt wird und es Afrika wie dem Mars und Nordamerika geht?«

»Dann werden wir über das herrschen, was übrig ist. Du, ich und Wei Chan Yin. Bis die Lage sich bessert und wir verlorene Gebiete zurückerobern können. Aber zerbrechen wir uns darüber noch nicht den Kopf. Machen wir eine kleine Pause. Satteln wir unsere besten Pferde und reiten ein paar Stunden aus. Was meinst du?«

Li Yuan zögerte und dachte an die viele Arbeit, die bis morgen noch zu erledigen war. Doch als er die Vorfreude im Gesicht seines Vetters sah, gab er nach. »Also gut. Gehen wir reiten. Aber wir müssen um sechs zurück sein, sonst ist Nan Ho böse auf mich.«

»Bis sechs ... was geschieht denn um sechs?«

Li Yuan verschränkte die Finger unter dem Kinn, ehe er Tsu Ma wieder ansah. »Das erzähle ich dir später, Ma. Beim Essen. Aber jetzt sollten wir aufbrechen, solang der Tag noch jung ist.«

Wang Sau-leyan ließ sich auf den Berg von Seidenkissen auf seinem Bett zurücksinken, einen Weinbecher auf der aufgedunsenen Brust, und sah auf den flackernden Bildschirm. Es waren alte Aufzeichnungen aus den Archiven, Szenen aus der Zeit der ›Aussaat‹, den letzten Tagen, bevor über Afrika die Stadt errichtet worden war. Der T'ang sah ungerührt zu, wie sich vor ihm ein Panorama aus Elend, Leid und Hoffnungslosigkeit ausbreitete, das sich vor der Kamera in jedem Gesicht widerspiegelte.

»Bankrott«, sagte er und drehte sich zu seinem Kanzler um, der ein Stück hinter ihm im Schatten wartete. »Sie waren moralisch bankrott. Sie hatten etwas vergessen, Meister Hung. Sie wußten nicht mehr, woher sie eigentlich gekommen sind.« Er lachte und verlagerte sein Gewicht in den Kissen, verschüttete Wein, schien es aber nicht zu bemerken. »Das da waren die Fundamente«, sagte er und deutete mit einer plumpen, juwelenberingten Hand auf den Monitor. »Achthundert Millionen haben Sie allein in Afrika umgebracht. Weitere zweieinhalb Milliarden anderswo. Und wofür? Um eine Welt aus Mauern und Ebenen zu errichten! Eine Welt, der aller Anstand fehlt!«

Hung Mien-lo senkte den Blick. Die beißende Ironie in den Worten seines T'ang war ihm nicht entgangen, trotzdem war er bestürzt über das, was er gesehen hatte. »Es war der Tyrann Tsao Ch'un, *Chieh Hsia*. Das war alles *sein* Werk.«

Wang Sau-leyan gab einen angewiderten Laut von sich und sah seinen Kanzler schief an. »Das hat man Sie glauben gemacht. Aber lassen Sie mich Ihnen eines sagen, Hung. Es war nicht so. Es waren unsere Vorväter – unsere Ururgroßväter –, die dafür verantwortlich waren. Sie haben es organisiert und ausgeführt, sie haben die Befehle gegeben. Das ganze Gerede, den Tyrannen zu stürzen ... ja, sie haben es getan, aber aus alles andere als altruistischen Motiven. In Wahrheit wollten sie seine Macht. Sie waren krank vor Gier danach. Und unsere heutige Welt ist noch von dieser Gier verseucht.«

Und Ihr? hätte Hung fast gefragt, verbiß es sich aber. Er stellte nie Fragen. Statt dessen reichte er Wang Sauleyan die Liste, die jüngste Liste der Verräter, diesmal mehr als tausend Namen. Wang überflog sie beiläufig, dann lachte er.

»Sie hassen mich, nicht wahr, Hung? Deshalb gehen sie dieses Risiko ein ... deshalb setzten sie ihr Leben aufs Spiel, um meines zu gefährden. Aber was sollen diese ganzen Pläne und Intrigen? Wenn ich an ihrer Stelle wäre, würde ich mir einfach Sprengstoff umschnallen und meinen Feind als lebende Bombe in die Hölle schicken!«

»Das wäre nicht so einfach, *Chieh Hsia*. Man muß erst eine Audienz gewährt bekommen. Außerdem durchsuchen meine Wachen jeden Besucher.«

Wang starrte ihn eine ganze Zeit an, dann nickte er. »Ja, Hung. Sie passen gut auf mich auf, *nicht?*«

In dem letzten Wort klang eine so seltsame Bitterkeit mit, daß Hung Mien-lo aufblickte.

»Geben Sie mir die Feder, Hung. Ich unterzeichne sofort.«

Hung gehorchte, dann legte er die Vollmacht weg. Als er sich wieder umdrehte, bemerkte er, daß Wang Sau-leyan ihn immer noch ansah. Auf dem Bildschirm hinter ihm flackerten tausend Bilder des Todes. Des Todes eines schwarzen Kontinents. Bevor die Han erschienen waren.

»Wir halten den Ofenmann bei Arbeit, Sie und ich, nicht wahr, Hung? Wir führen das Werk unserer Vorväter weiter.«

Hung schluckte und senkte den Blick. Die Versuchung, etwas zu entgegen, war beinahe unerträglich.

»Ihr Schweigen spricht Bände, Hung. Oh, ich weiß, daß Sie mich auch hassen. Ich bin kein liebenswerter Mensch, stimmt's? Aber ich bin kein Heuchler. Ich bin nicht so wie meine elenden Vettern, die das Schlechte als gut ausgeben. Ich weiß wenigstens, was ich bin. Wenn aufrichtige Selbsterkenntnis eine Tugend ist, dann bin ich so aufrichtig wie kein anderer.«

Er lachte, rollte herum und wandte sich wieder dem Bildschirm zu.

»Das bringt Sie aus der Fassung, nicht wahr, Hung? Diese ganze Ehrlichkeit. Sie hätten es lieber, wenn ich ein wenig mehr wie meine Vettern wäre und mehr vorgeben würde. Nun, ich kann mich genauso verstellen wie sie, aber nur aus guten Gründen. Ich würde mir nur vormachen, daß ich wirklich bin, was ich zu sein behaupte, so wie diese armen Dummköpfe.«

Hung wartete, aber es kam nichts mehr. Wang lag mit geschlossenen Augen da, als schliefe er. »Und das Turnier morgen, *Chieh Hsia?* Werdet Ihr anreisen?«

»Vielleicht«, antwortete Wang, ohne die Augen zu öffnen. »Sehen wir mal, wie ich mich fühle. Mein Meister ist bereits dort, richtig?«

»Er ist gestern eingetroffen, *Chieh Hsia.*«

»Meinen Sie, er wird gewinnen?«

Hung zögerte. »Ich ... ich halte es für unwahrscheinlich, *Chieh Hsia.*«

Der T'ang gluckste. »Vielleicht hätten Sie ihm sagen sollen, daß er ein toter Mann ist, wenn er nicht gewinnt. Das hat ihn das letzte Mal doch auch zu Höchstleistungen angespornt, nicht?«

»Allerdings, *Chieh Hsia.*«

»Und jetzt brauche ich meine Ruhe. Sie können gehen, Hung. Oh, und schicken Sie mir diese Frau. Sagen Sie ihr, ich hätte wieder meine Kopfschmerzen. Sagen Sie ihr ...« Er machte eine vage Handbewegung. »Ach, schicken Sie sie einfach her.«

»*Chieh Hsia.*« Hung machte eine Verbeugung, dann zog er sich zurück, und sein Gesicht war dabei wie eine Mauer, die seine tiefsten Gefühle verbarg.

Die Frau stand nackt in der Tür und sah ihn an. Sie war unnatürlich groß und gebaut wie eine Statue. Ihr üppiges blondes Haar hing in vier langen Zöpfen über ihrer blendend hellen Haut. Jeder Zopf war dicht mit Goldfäden verflochten, während ihre Augen von einem so kalten Blau waren, daß das große Nordmeer verglichen damit fast warm erschien.

Während Wang Sau-leyan sie anstarrte, trat langsam ein Lächeln auf seine schmalen Lippen. Sie war eine Schönheit, keine Frage. Eine kalte, machtvolle Schönheit. Seine Schwäche, seine einzige wahre Lust.

Sie stieg zu ihm ins Bett, und ihre vollen, schweren Brüste schwangen sanft über ihm, während er ruhig dalag. Er sah fasziniert zu, wie sie die Zöpfe löste und ihr Haar wie einen Vorhang aus feiner goldener Seide herabfallen ließ. Und als ihre Lippen über seine Brust strichen, schloß er die Augen und entspannte sich.

Hinterher lag sie schlafend neben ihm im Bett, die Strähnen ihres Haars wie ein Fächer über ihrer glatten weißen Schultern ausgebreitet, die straffen Lippen leicht geöffnet, das Blau ihrer Augen verhüllt. Das Licht einer Lampe am anderen Ende des Zimmers hob ihre nackte Gestalt hervor, machte sie zu einem Gebilde aus Kurven und Schatten.

Er richtete sich auf die Ellbogen auf und betrachtete sie, überrascht davon, daß er selbst jetzt noch, nach achtzehn Monaten, immer wieder neue Aspekte an ihr entdeckte. Sie war nicht wie die anderen *Hung Mao*-Frauen, die er gehabt hatte – diese billigen, parfümierten Huren, die so gediegen taten. Und sie würde auch nicht deren Schicksal erleiden. Sie war von einer anderen Garnitur. Sie hatte Klasse. Jede Bewegung, jede Nuance eines Worts oder einer Geste zeugte von enormer Kultiviertheit. In einem seltsamen, fast paradoxen Sinne war sie *Tsu Kuo* … das Mutterland, nach dem er stets gesucht hatte.

Er fuhr zusammen, dann stand er auf, wuchtete sich aus den Seidenlaken des Bettes und spürte die Unruhe, die ihn immer erfaßte, wenn er darüber nachdachte.

Mit einem Lächeln drehte er sich um und sah sie erneut an. Sie hatte sich im Schlaf umgedreht und lag jetzt ganz verwundbar vor ihm da, die linke Hand auf der Innenseite des Oberschenkels, die rechte Hand an ihrem Gesicht. Im Schlaf kam das Kind wieder zum Vorschein. In Gedanken sah er sie vor sich, jünger und viel kleiner, noch weit vom Erwachsenenalter entfernt, genauso auf dem Bett liegen, und spürte einen Stich von Sehnsucht danach, die Vision verwirklichen zu können.

Während er seinen Morgenmantel überzog, blickte er sich um. Auf einem Tisch auf einer Seite standen die drei Statuetten, die er für sie gekauft hatte. Es war ein weißer Jadeschwan, der die Flügel nach hinten und den langen Hals nach vorne streckte, als stieße er ins Wasser hinab. Er zuckte zusammen, als die perfekte, zerbrechliche Figur eine Erinnerung in ihm wachrief.

Die Erinnerung war scharf und klar. Er war dreizehn und für sein Alter zu klein gewesen. Am Tag, als sein ältester Bruder Chang Ye heiratete, hatte er sich mit seinen Brüdern und ihren Freunden – alles untereinander verschwägerte Prinzen – in dem Pavillon am halbmondförmigen See von Tao Yan getroffen. Er wäre am liebsten davongelaufen, als jemand ihm spöttisch etwas zurief.

»Sau-leyan? Stimmt es, daß du auf *Hsueh Pai* stehst?«

Er hatte den jüngsten der Gruppe, seinen zweiten Bruder Lieh Tsu, finster angestarrt und war wütend davongestürmt, zutiefst gedemütigt, daß er öffentlich ausplauderte, was er ihm in aller Verschwiegenheit anvertraut hatte. Und während er über die Wiese lief, hatte sich das Bild der lachenden Gesichter seiner Brüder ins Gedächtnis eingebrannt.

Er sprach das Wort leise aus, »*Hsueh pai …*« dann die europäische Form: »Schneeweißchen …« – der Kosename, den die Jungen für die *Hung Mao*-Frauen verwendeten, die sie auf den oberen Ebenen kennenlernten. Schon damals hatten sie ihn fasziniert, hatte er sie den Frauen seiner eigenen Rasse vorgezogen.

Auf einmal fror er, raffte den Seidenmantel enger um sich und atmete mit zusammengepreßten Lippen aus. Das Geräusch klang wie das Meer, das sich an der nördlichen Küste brach. *Und jetzt,* dachte er, *sind ihre Münder kalt und still.*

Nein, von denen, die ihn damals ausgelacht hatten, lebte keiner mehr. Kein einziger. Dafür hatte er gesorgt.

Wang drehte sich um. Sie beobachtete ihn vom Bett aus. Der Blick ihrer blauen Augen tastete ihn ab, als versuche sie etwas aus seiner Haltung zu schließen. Und als ihre Blicke sich trafen, erstrahlten ihre Lippen und ihre Augen in einem Lächeln, das tief und warm und liebevoll war.

»Was denkt Ihr, Sau-leyan?«

»Hsueh pai«, sagte er und fügte hinzu, weil sie mit dem Wort offensichtlich nichts anzufangen wußte: »Ach, nichts. Das ist nur etwas aus der Kindheit. Der Schwan hat mich daran erinnert.«

Sie stand auf, trat an seine Seite und betrachtete den Schwan. Selbst nackt wirkte sie wie eine Königin. Er legte die Hand auf ihre Seite und war überrascht, wie warm sie sich anfühlte. Sie sah auf seine Hand und lachte. »Hat es Euch nicht genügt, Herr?«

»Es ist *nie* genug. Wenn du herkommst, dann ...« Er zuckte die Achseln. »Nun, dann fühle ich mich wie zu Hause. Als sei alles übrige ein Traum, und dies hier ...«

Sie faßte seine Hände. »Ich weiß.«

Es war eine seltsam zerbrechliche Geste, ganz anders als die Stärke, die er normalerweise mit ihr verband. Er ging in die Knie, zog sie an sich und schloß sie fest in die Arme.

»Daran wird sich etwas ändern«, sagte er. »Ich werde dich zu meiner Kaiserin machen.«

Sie stieß ihn weg und sah ihn scharf an. »Unmöglich.«

Er schüttelte den Kopf. »Nein. Ich werde es möglich machen.«

Sie schauderte. »Ihr meint, die Sieben werden es zulassen?«

»Diese Mistkerle … sie erlauben mir nichts. Aber schließlich bin ich ein T'ang. Kann ich etwa nicht tun, was ich will?«

Sie musterte ihn mit unverändertem Gesichtsausdruck. Und als habe sie einen Entschluß gefaßt, senkte sie den Blick und schüttelte langsam den Kopf. »Nein, Wang Sau-leyan. Das erlaube ich Euch nicht. Ihr würdet Euch meinetwegen ruinieren, und was sollte dann aus uns werden?«

Sie berührte ihn an der Wange und brachte ihn dazu, sie anzusehen. »Versprecht mir eines, Herr. Versprecht mir, daß Ihr nichts Unüberlegtes tut.«

Er lächelte und küßte sie zärtlich. »Ich verspreche es dir.« Aber in Gedanken stellte er sich schon vor, wie es sein würde, wenn die Sieben dem Einen Platz machen und er sie als Sohn des Himmels zu seiner Braut machen und ihre Blutlinie mit seiner vermischen würde, um eine neue große Dynastie zu begründen. An diesem Tag würde niemand über ihn lachen. Nein, er würde keinen Spott mehr dulden, wenn er *Huang Ti* war.

»Gut«, sagte sie, zog ihn an sich und vergrub ihr Gesicht in seinen Bauchfalten. »Dann kommt ins Bett. Ich brauche Euch …«

Nan Ho blickte von seinem Schreibtisch auf und sah den Mann, der vor ihm saß, streng an. »*Aiya!* Warum bin ich nicht früher darüber unterrichtet worden? Wie konnte es soweit kommen, ohne daß ich informiert worden bin?«

Eingeschüchtert vom Ton des Kanzlers hielt der Minister den Kopf gesenkt, den Blick abgewandt. »Ich dachte, es würde vorübergehen, Exzellenz. Ich dachte …«

»Sie *dachten?* Es sieht eher so aus, als hätten Sie gerade *nicht* nachgedacht. Als hätten Sie die Memoranda ihres Unterministers einfach ignoriert und Ihre Zeit in Freudenhäusern vergeudet!«

Der Minister riß den Kopf hoch, fassungslos über Nan Hos Ausbruch. »Also, Exzellenz, ich protestiere!«

»Halt's Maul, Mann!« schnauzte Nan Ho und stand auf, das Gesicht finster vor Zorn. »Begreifen Sie nicht, was los ist, Yang Shao-fu? Wir haben eine ausgewachsene Epidemie am Hals – was wir seit über einem Jahrhundert nicht mehr erlebt haben –, und Sie sitzen seit vier Tagen auf Ihrem faulen Arsch herum und hoffen, daß es ›vorübergeht‹! Was soll ich dem T'ang sagen? Daß sein Minister die Tatsachen einfach ignoriert hat? Daß wegen seiner Inkompetenz nahezu dreißigtausend Menschen gestorben sind, bevor er es überhaupt zur Kenntnis genommen hat?«

Minister Yang hatte sich inzwischen zu einem kleinen Häufchen zusammengeduckt und berührte fast mit dem Kopf die Knie, als er antwortete. »Es war alles so … so *unvorhersehbar,* Exzellenz. So etwas ist, wie Sie schon sagten …« – er schluckte – »seit Generationen nicht mehr vorgekommen.«

»Und macht es das nicht umso besorgniserregender, *häh?* Warum, in aller Götter Namen, haben Sie sich nicht gleich an mich gewandt?« Der Kanzler seufzte theatralisch. »Und heute, ausgerechnet heute, wo schon genug zu tun ist!« Er wandte sich ab und hob eine Hand an die Stirn. »Also … was haben Sie unternommen? Welche Maßnahmen haben Sie ergriffen?«

»Exzellenz?«

Nan Ho fuhr herum und konnte es nicht fassen, daß

der Minister ihn mit ausdrucksloser Miene anglotzte. »Sie haben doch wohl Maßnahmen ergriffen, nehme ich an. Quarantäne und so weiter.«

Yang Shao-fu schüttelte den Kopf.

»Die Götter mögen uns beschützen!« Er holte tief Luft, bevor er weitersprach, und bemühte sich nach Kräften, nicht vollends die Fassung zu verlieren. »Hören Sie zu. Was wissen wir eigentlich? Kennen wir zum Beispiel den Ursprung der Infektion?«

»Den Ursprung? Nein, Exzellenz. Das wissen wir noch nicht. Aber wir wissen, wo die ersten Fälle in der Stadt aufgetreten sind.«

»Dann wissen wir ja wenigstens etwas! Na gut ... Also, sprechen Sie, Yang Shao-fu. Bitte seien Sie so gut.«

»Die ersten Fälle wurden aus den südlichen Häfen berichtet. Aus den *Hsien* Neapel und Marseilles.«

Nan Ho setzte sich und wußte gleich Bescheid. »Afrika ... die Seuche kommt aus Afrika.«

»Natürlich«, plapperte Yang weiter und schien erleichtert, daß er wenigstens etwas zu berichten hatte. »Wir wissen nicht genau von wo, aber erste Hinweise ...«

»Ach, halten Sie den Mund, Mann! Ich muß nachdenken!«

Wieder sackte Yang Shao-fu zurück und starrte den Kanzler mit offenem Mund an. In all den Jahren als Minister war er noch nie so schroff, so ... von oben herab behandelt worden.

»Ja«, sagte Nan Ho nachdenklich, als rede er mit sich selbst. »Es gibt keine andere Möglichkeit. Wir müssen die Häfen schließen und allen Verkehr zwischen den beiden Städten unterbinden. Es ist ein folgenreicher Schritt, aber es gibt keine Alternativen. Was die Epidemie angeht, müssen wir Sofortmaßnahmen ergreifen, um die betroffenen Bezirke zu isolieren.«

»Die Häfen schließen?« fragte Yang mit weit aufgerissenen Augen. »Mit welcher Befugnis?«

»Mit der Befugnis, die mir Li Yuan übertragen hat!« sagte Nan Ho und beugte sich in trotziger Haltung über den Schreibtisch. »Hören Sie, Minister Yang, wir haben schon genug Zeit verschwendet. Es hat keinen Sinn, auch nur eine Stunde länger zu warten. Ich will, daß die betroffenen Bezirke sofort abgeriegelt und den strengsten Sicherheitsvorkehrungen unterworfen werden, und alle, die diese Gebiete bereist haben, müssen aufgespürt und ebenfalls unter Quarantäne gestellt werden. Jeder einzelne, klar? Oh, und ich verlange, daß Sie mir stündlich Bericht erstatten, haben Sie mich verstanden? Von jetzt an will ich über *alles* auf dem laufenden gehalten werden.«

Der Minister zögerte, dann nickte er.

»Gut. Dann machen Sie sich an die Arbeit, Yang Shao-fu. *Sofort!*« Nan Ho stand auf und scheuchte ihn weg wie einen Büroboten. »Los, Mann! Reißen Sie sich zusammen ...« Und mit unterdrückter Stimme fügte er hinzu: »Falls das möglich ist.«

Emily schaute in dem geräumigen Ballsaal der Villa umher, betrachtete die wallenden Flaggen und bunten Seidentücher und seufzte schwer. Es war fast geschafft, die letzten Vorbereitungen waren abgeschlossen, drei Tage anstrengender Arbeit beendet, aber sie war immer noch nicht zufrieden. Sie hatte solche Veranstaltungen nie gemocht, auch wenn sie drüben in Amerika nicht oft die Gelegenheit gehabt hatten, eine Party zu veranstalten, aber sie war einfach nicht dafür geboren, und das Vergnügen, das ihr solche Feiern bereiteten, hatte ihr Unbehagen nie aufgewogen. In der Vergangenheit hatte sie nur Michael zuliebe Parties besucht. Aber diesmal war es ihre eigene, und es gab keine Möglichkeit, sich einfach davonzumachen, wenn es ihr zuviel wurde, keine Flucht vor dem Rampenlicht, ehe der letzte Gast gegangen war, irgendwann in den frühen Morgenstunden.

Sie drehte sich um, als sie Schritte im Flur hörte, dann lächelte sie.

»Gloria! Den Göttern sei dank, daß du da bist.«

Gloria Chung kam strahlend auf sie zu, umarmte ihre Freundin, dann trat sie zurück und begutachtete die Vorbereitungen.

»Sieht toll aus, Mary. Wirklich. Wen hast du damit beauftragt?«

»Eva hat sie mir empfohlen. Die Leute sind sehr gut. Ich wüßte nicht, wie ich ohne sie zurechtgekommen wäre. Allerdings hatten wir heute morgen noch ein paar Probleme. Drei ihrer Mädchen haben sich krank gemeldet, und wir hatten schreckliche Schwierigkeiten, Ersatz zu finden. Man sollte nicht glauben …«

Emily verstummte. »Bei allen Göttern, hör mir zu …« Sie drehte sich um, überflog mit Blicken die Fahnen und Dekorationen, vergewisserte sich noch einmal, daß alles in Ordnung war. Die Gewohnheiten der letzten Tage waren schwer abzuschütteln. »Mir gefällt das nicht. Dieses ganze Getue …« Sie fuhr abrupt herum. »Hör mal, warum spielst du nicht die Gastgeberin?«

»Red keinen Unsinn, Em. Das ist unmöglich. Es ist dein Haus, deine Party. Die Leute erwarten, daß du sie empfängst. Nein … du wirst das schon schaffen, glaub mir. Aber ich werde dir zur Seite stehen, wenn du magst, um den Druck von dir zu nehmen. Einige von diesen Erstebenenfrauen können ziemlich unangenehm sein. Hexen erster Garnitur. Aber damit werden wir schon fertig, ja? Wir können selbst ziemliche Biester sein, wenn's drauf ankommt. *Amerikanische* Biester …«

Emily lachte. »Was würde ich nur ohne dich anfangen?«

»Du würdest überleben. Und jetzt verrate mir, wer alles kommt. Hast du allen auf meiner Liste Einladungen geschickt?«

Emily nickte.

»Und … wer hat zugesagt?«

»Alle.«

»Alle?« Gloria hob die Augenbrauen. »Auf der Ersten Ebene kommen nie alle auf eine Party. Jedenfalls hier nicht. Es finden ständig unzählige Feiern statt, besonders am Vorabend eines Turniers. Es gibt *immer* Leute, die sich entschuldigen.«

»Nun, diesmal nicht. Sie werden alle kommen. Alle achthundertvierundsechzig.«

»Achthundertund …« Gloria keuchte. *»Aiya!* Die kriegst du nie hier rein … Und außerdem … du brauchst zusätzliche Kellner, noch mindestens fünf, sechs Köche, mehr Wein. Du brauchst …«

Emily legte ihrer Freundin eine Hand auf den Arm. »Es ist alles erledigt. Wein, Kellner und ein Dutzend Extraköche!«

Gloria starrte sie mit ihren haselnußbraunen Augen ungläubig an. *»Alle?* Bist du dir sicher?«

»Alle.«

»Dann mögen die Götter uns beistehen, Mary Lever, aber Hauptsache du bist da. Endlich wieder im Mittelpunkt. Die Königin der Oberen, die Älteste Tochter … und heute abend …« Sie lächelte, und ihre Augen strahlten vor Stolz, dann drückte sie Emily einen Kuß auf die Wange. »Heute abend werden sie dir ihre Aufwartung machen.«

Der Besucher kam unangemeldet. Pei K'ung erfuhr erst davon, als ihr Vater in ihre Räume kam und sie bat, sich schnell anzuziehen.

»Wer ist da?« hatte sie gefragt, und als sie eine Antwort bekam, einige Momente völlig ungläubig dagestanden. Warum sollte der große T'ang sie besuchen? Ihren Vater schon, aber *sie*?

Sie hatte sich schlicht und bescheiden angezogen, wie es ihre Art war, dann war sie heruntergegangen und hatte sich ihm präsentiert, in der Tür niedergekniet und dreimal mit der Stirn den kalten Mamorboden berührt.

Er war vor sie hingetreten und hatte sie gebeten, wieder aufzustehen. Dann hatte er sie eine scheinbar unendliche Zeit lang betrachtet.

»Sie wäre geeignet«, hatte er schließlich mit einer Abruptheit entschieden, die sie seltsam fand, sich dann abgewandt und war zu seinem Kanzler Nan Ho hinübergegangen, der auf ihn wartete.

»Pei Ro-hen«, hatte er sich an ihren ältlichen Vater gewandt. »Würden Sie uns bitte für einen Moment alleinlassen? Ich habe Ihrer Tochter etwas zu sagen.«

Ihr Vater hatte sich tief verbeugt und zurückgezogen, und sie hatte gewartet, ohne zu wissen, was auf sie zukam. Achtunddreißig Jahre alt, ein einfaches Mädchen, wie ihre Mutter immer gesagt hatte, als sie noch am Leben gewesen war. Kein Wunder, daß sie nie geheiratet hatte. Nicht wie ihre Schwestern, die – worauf *immer* hingewiesen wurde – hübsche Mädchen waren.

»Schau mich an«, hatte er in einem Ton befohlen, der keinen Widerspruch duldete. Und sie hatte gehorcht.

Er war ein gutaussehender Mann, fünfzehn Jahre jünger als sie. Und natürlich ein mächtiger Mann, was seiner Ausstrahlung anzumerken war. Sie war selbst überrascht gewesen, als sie lächelte.

»Warum lächelst du?« hatte er mit neugierigem Blick gefragt.

Sie hatte selbst nicht recht gewußt, warum sie lächelte, nur daß ihr etwas an der Situation absurd vorkam.

»Ich nehme an, *Chieh Hsia*, daß Ihr gekommen seid, um mich zu heiraten.«

»Tatsächlich?« Und dann hatte er gelacht. »Nun, ich glaube, das war nicht schwer zu erraten. Aber wir sollten von Anfang an klarstellen, was ich von dir als meiner Frau erwarte.«

Er hatte eine Pause gemacht und wie nachdenklich eine behandschuhte Hand ans Kinn gelegt. »Ich will keine Kinder, Pei K'ung. Und es soll nur dem Anschein nach eine Ehe sein. Wir werden keine körperliche Beziehung haben. Aber du wirst mir helfen, verstanden? Du wirst meine Lasten teilen und mir einige meiner zeremoniellen Pflichten abnehmen. Ist das klar?«

Aus irgendeinem Grund hatte sie die Stirn gerunzelt.

»Ja?«

»Warum ich, *Chieh Hsia?* Es gibt hundert andere Prinzessinnen, für die Ihr Euch entscheiden könntet, und sie sind alle viel hübscher als ich. Also warum ich? Wollt Ihr Euch selbst bestrafen, Li Yuan?«

Er lachte. »Meister Nan sagte schon, daß du kein Blatt vor den Mund nimmst. Aber das gefällt mir. Ich glaube, wir werden gut miteinander auskommen. Aber ich will dir offen antworten. Ich habe dich ausgewählt, weil du keine Brüder hast, die die Sache komplizieren – keine raffgierigen Verwandtenhorden, die mich mit Bittstellungen malträtieren. Und weil du alt bist.«

Darüber hatte sie gelächelt. »Alt, *Chieh Hsia?*«

Er blinzelte. »Ich meine ...«

»Oh, Eure Worte verletzen mich nicht, *Chieh Hsia*. Ich sehe mich selbst oft genug im Spiegel, um zu wissen, wie ich aussehe. Und zu Euren Bedingungen ... wäre ich nicht abgeneigt. Wann soll es soweit sein?«

»Nächste Woche«, hatte er gesagt und zu seinem

Kanzler hinübergesehen, der alles mit ausdruckslosem Gesicht mitgehört hatte. »Es wird eine private Zeremonie in Tongjiang stattfinden. Im engsten Familienkreis, mehr nicht.«

Sie hatte gewartet, als sollte noch mehr kommen, aber damit war es vorbei. Li Yuan hatte ihren Vater ins Zimmer zurückgerufen und ihn unterrichtet, und sie hatte wieder gelächelt und sich mehr für ihn als für sich selbst gefreut. Doch in Wahrheit hatte sie die Sache verwirrt. *Warum macht er das?* hatte sie sich gefragt, und: *Was will er von mir?*

Früher oder später würde sie es vielleicht erfahren. Mit der Zeit würde das Geheimnis – die Absurdität der Situation – einer klareren Sicht auf die Dinge Platz machen. Aber in diesem Moment kam ihr noch alles höchst merkwürdig vor, als hätte einer der alten Unsterblichen sie besucht, um ihr einen Wunsch zu erfüllen.

Mein Leben war vorbei, sagte sie sich, als sie über die Treppe in ihr Zimmer zurückging. *Vor einer Stunde hatte ich nichts. Und jetzt …*

Jetzt sollte ihr Leben erst richtig anfangen. Sie blieb auf dem Treppenabsatz stehen und lachte fassungslos, als sie die Turbinen des kaiserlichen Kreuzers tosen hörte, der gerade von der Landefläche auf dem Dach abhob. Jetzt, mit achtunddreißig, sollte ihr Leben endlich anfangen.

Chen blieb stehen und wandte sich der jungen Frau zu. »Nun … da sind wir. Kommen Sie mit rein?«

Hannah zupfte an einer Haarsträhne und zuckte die Achseln. »Es ist schon spät. Ich sollte wirklich heim.«

Chen lächelte und klopfte ihr auf die Schulter. »Kommen Sie. Trinken wir einen *Ch'a* und essen wir einen Happen. Dann können Sie heimfahren.«

»Es ist Ihre Familie, Chen. Ich würde mir wie … wie ein Eindringling vorkommen.«

»Unsinn. Sie werden Wang Ti mögen. Außerdem ist Karr da. Er wird wissen wollen, wie weit wir sind.«

Sie zögerte kurz, schürzte widerwillig die Lippen, dann gab sie nach und lächelte. »Also gut. Eine halbe Stunde. Dann muß ich aber wirklich gehen.«

»Einverstanden.« Er grinste sie an und tippte die Kombination in die Tür.

Sie saßen alle in der Küche. Als Chen eintrat, stürmte Ch'iang Hsin, die Jüngste, auf ihn zu und schlang die Arme um seine Hüfte.

»Papa! Endlich bist du wieder da!«

Er umarmte sie und trug sie durchs Zimmer. Marie war mitgekommen und lehnte sich an Karr, während auf einem Stuhl in der Ecke, einen Schal um die Schultern, Wang Ti saß und mit einem strahlenden Lächeln Maries Baby im Arm hielt.

»Ist sie nicht süß?« sagte sie und hob das Gesicht, als Chen sie zur Begrüßung küßte. Er ging in die Hocke und betrachtete das in Decken eingewickelte kleine Mädchen. Sie war zu früh und erheblich untergewichtig zur Welt gekommen, und selbst jetzt, nach fünf Monaten, wog sie nur halb soviel, wie sie sollte. Chen holte einmal angestrengt Luft, dann sah er zu seinem alten Freund hinüber, der einen Arm um seine Frau gelegt hatte. Es war schwer zu glauben, daß etwas so Kleines und Zerbrechliches einer solchen Verbindung entstammen konnte. Er hätte mit einem Riesen von einem Sohn gerechnet, aus demselben Holz geschnitzt wie Karr und seine Lebensgefährtin, aber nicht dieses … dieses kleine Wunder.

»Sie ist wirklich hübsch«, sagte er und schaute das Kind an.

»Nicht wahr?« flüsterte Wang Ti und sah an ihm vorbei. »Wer ist das denn?«

Chen drehte sich um und stand auf. »Entschuldigung, das ist Hannah. Karr, du hast sie schon kennengelernt.

Das ist seine Frau Marie und ihr Töchterchen May. Und das hier ist meine Frau, meine liebe Wang Ti.«

Hannah lächelte und trat vor. »Sie ist schön«, sagte sie und betrachtete das Baby. »Und ganz wie ihre Mutter.«

»Meinen Sie?« fragte Karr.

»Papa!« rief Ch'iang Hsin aufgeregt und zupfte an Chens Hosenbein. »Du hast *mich* nicht vorgestellt!«

»O ja«, sagte Chen und schob sie vor sich. »Und das ist *mein* kleiner Schatz Ch'iang Hsin.«

Hannah hielt ihr die Hand hin. »Ich bin Hannah, und ich freue mich sehr, dich kennenzulernen, Ch'iang Hsin.«

Ch'iang Hsin strahlte und machte eine unbeholfene Verbeugung. »Arbeiten Sie mit Papa zusammen?«

»Hmm ...« Sie lachte und stand auf. »Kao Chen ... arbeiten wir zusammen?«

»Das kann man wohl behaupten«, erwiderte er und nickte. »Ich sollte dazu sagen, daß Hannah eine Schriftstellerin ist. Eine sehr gute Schriftstellerin, auch wenn sie noch nicht viel veröffentlicht hat.«

Wang Ti blickte verwirrt auf. »Wirklich? Was schreiben Sie denn?«

Hannah warf erst Chen, dann Karr einen Blick zu. »Ich ... ich weiß nicht, wie man es nennen soll. Berichte, könnte man sagen.«

»Essays«, behauptete Chen und sah seine Frau bedeutungsvoll an. »Aber kommen Sie, ich mache *Ch'a*. Sie müssen völlig ausgetrocknet sein.«

Wang Ti sah Chen nach, denn senkte sie den Blick, als hätte sie verstanden. Sie beugte sich vor, schnüffelte an dem Bündel in ihren Armen, dann wandte sie sich an Marie.

»Ich könnte mich irren, aber ich glaube, May braucht neue Windeln. Ich trage Sie rüber. Wenn du mitkommen willst ...«

Marie sah Karr von der Seite an. Karr nickte.

»Gut«, sagte sie mit einem trockenen Lächeln. »Ich merke schon, wenn wir nicht gebraucht werden.«

»Wir haben etwas Geschäftliches zu besprechen«, sagte Karr, lachte leise und klopfte ihr aufs Hinterteil, als sie sich an ihm vorbeizwängte. »Wir lassen euch *Ch'a* bringen, wenn ihr wollt.«

»Oh, macht euch keine Umstände«, sagte Wang Ti und trat zwischen sie. »Marie und ich werden uns etwas stärkeres als *Ch'a* gönnen, nicht wahr, Marie?«

»Aber ganz bestimmt!«

Als die Tür zufiel, wandte sich Hannah an Chen. »Ich habe sie mir anders vorgestellt. Als Sie sagten …«

»Es geht ihr schon sehr viel besser«, unterbrach Chen. Er blickte mit einem Lächeln auf den Stuhl, auf dem eben noch seine Frau gesessen hatte. »Eine ganze Zeit war es so, als sei sie tot. Ich hatte die Hoffnung schon aufgegeben. Aber jetzt …« Er lachte. »Nun, das Baby hilft ihr sehr. Sie genießt es sehr, wenn Marie zu Besuch kommt. Das war eine hervorragende Idee, Gregor. Ich hatte Angst. Ich dachte … nun, ich habe befürchtet, es würde sie nur noch bitterer machen, aber schau sie dir an. Man könnte meinen, May sei ihr eigenes Kind.«

»Ich freue mich für beide«, sagte Karr und beugte sich über den Tisch. »Marie hat nicht gern da gearbeitet, wo ich sie kennengelernt habe. Sie hatte nichts mit den übrigen Kellnerinnen gemein. Hier dagegen … hier ist sie einfach ein anderer Mensch. Sie sind gut füreinander. Besser als ein Dutzend Ärzte.«

Chen grinste und nickte.

»Also?« fragte Karr, während Chen den *Ch'a* zubereitete. »Wie ist es gelaufen?«

»Es lief sehr gut«, antwortete Chen. »Die Leute, die du mir genannt hast … sie waren sehr interessiert. Wir scheinen ins Geschäft gekommen zu sein.«

»Großartig. Und was ist mit dem Material?« Karr lächelte Hannah zu. »Schon Reaktionen darauf?«

Hannah nahm ihm gegenüber Platz. »Es gab schon Gerüchte – vages Gerede über ein Unglück in Nantes, aber nichts Konkretes. Die *T'ing Wei* hat gute Arbeit geleistet, aber nicht gut genug. Es scheint zwei Augenzeugen zu geben, die der Treibjagd des Sicherheitsdienstes entkommen sind. Aber es gibt keine Beweise, und Sie wissen ja, wie das läuft. Je mehr Zeit vergeht, desto verschwommener werden die Informationen. Aber allein dank der Tatsache, daß es Gerüchte gibt, fangen die Leute an, Fragen zu stellen.«

»Und was haben Sie gesagt, als Sie gefragt wurden, woher die Dokumente stammen, die den Vorfall beweisen?«

»Ich sagte, sie seien aus der Villa eines hohen Beamten gestohlen worden. Was ja in gewisser Weise stimmt. Das hat ihnen gefallen. So wie der Eindruck, daß die Information ... nun, nur zufällig durchgesickert ist.«

Karr lehnte sich zurück und nickte zufrieden. »Hört sich gut an. Aber warten wir's ab, ja? Wenn sie ihre Arbeit gut machen, wird Ihr Flugblatt bis morgen abend über alle unteren Ebenen verteilt sein. Wenn nicht ...«

»... dann versuchen wir's noch mal«, sagte Chen, als er *Ch'a*-Schalen und einen Teller leichtes Gebäck brachte. »Bis wir jemanden gefunden haben, der das Zeug in der gewünschten Menge verteilen kann.«

Karr sah ihm in die Augen. »Macht dir das immer noch Sorgen, Chen?«

Chen lächelte. »Seltsamerweise nicht. Ich fühle mich ... so frei wie seit Jahren nicht mehr. Fast glücklich.« Er goß die Schalen voll. »Ich habe mich sogar entschlossen, von meinem Posten zurückzutreten. Wir verkaufen unser Apartment und ziehen raus.«

»Was heißt ›raus‹?«

Chen stellte den dampfenden *Ch'a*-Topf auf den Tisch. »Auf die Plantagen. Ich habe gestern abend mit Wang Ti darüber gesprochen. Sie war einverstanden. Ja, sie war regelrecht begeistert.«

»Und die Kinder?«

»Ch'iang Hsin und Wu scheinen ihre Begeisterung zu teilen. Jyan … nun ja, er ist in einem schwierigen Alter. Seine ganzen Freunde sind hier. Aber er wird mitkommen. Ich habe vor, ihn mitzunehmen, damit er sich ein eigenes Bild machen kann. Ich bin sicher, er wird …«

Chen drehte sich um. Jyan stand in der Tür.

»Vater?«

»Jetzt nicht, Jyan. Wir sind beschäftigt.«

»Aber Vater, da wird gerade etwas gesendet, das ihr sehen solltet. Du und Gregor. Eine Nachrichtensendung.«

Sie folgten Jyan in sein Zimmer und verfolgten die Bilder auf dem Monitor über Jynas Bett, während der Nachrichtensprecher seinen Kommentar abgab.

»Die Epidemie scheint in den Häfen von Marseilles und Neapel ausgebrochen zu sein, wo Arbeiter an den großen Interkontinentalfrachtern als erste mit der Seuche in Berührung kamen.«

»Aiya …« flüsterte Chen, als das flüchtige Bild eines kleinen Kindes – nicht älter als drei oder vier –, dessen leichenblasse Haut mit seltsam geformten Schwielen und Wunden bedeckt war, auf dem Bildschirm erschien. »Armes Ding!«

»Da geht etwas Großes vor«, sprach Karr in den Kommentar hinein. »Schau dir das an. Hast du so etwas schon jemals in den Nachrichten gesehen?«

Chen schüttelte den Kopf. »Nein. Die *T'ing Wei* hätte es nicht zugelassen. Das wird auf allen Ebenen Panik hervorrufen.«

»Warum jetzt?«

Die Antwort kam wenig später und begleitete Bilder von brachliegenden Hafenanlagen, die von behelmten Wachen abgesperrt wurden.

»Unter diesen unerwarteten und beispiellosen Umständen hat Kanzler Nan beschlossen, den Handel mit der Stadt Afrika auszusetzen und die Hafenanlagen unter Quarantäne zu stellen, bis die Situation unter Kontrolle gebracht worden ist. Die Verantwortlichen haben gebeten, daß sich jeder, der unter ersten Symptomen dieser Krankheit leidet, sofort bei seinem Deckarzt meldet. Es wird betont, daß eine rechtzeitige Behandlung das Leben retten kann.«

»So ist das also«, sagte Karr und ließ Atem ab. »Sie haben die Häfen geschlossen. Wang Sau-leyan wird das nicht gefallen. Ihm wird das überhaupt nicht gefallen.«

»Nein. Aber an Nan Hos Stelle würde mir die Seuche mehr Sorgen bereiten als der widerliche Wang. Wann ist so etwas das letzte Mal passiert? Vor hundert, hundertzwanzig Jahren? Und welche Gegenmaßnahmen können wir ergreifen? Wenn sich die Seuche ausbreitet, wird sie durch die Ebenen fegen wie ...«

Chen schüttelte den Kopf, und als ihm plötzlich wieder einfiel, daß Jyan im selben Zimmer war, wandte er sich seinem Sohn zu. Jyan blickte zu ihm auf und hatte nackte Panik in den Augen. »Komm«, sagte Chen, breitete die Arme aus und umarmte ihn.

»Wird es schlimm?« fragte Jyan mit zitternder Stimme.

»Ich weiß es nicht«, antwortete Chen und streichelte ihm über die Stirn. »Aber wir werden es überstehen. Das verspreche ich dir.«

»Sie haben eine Ausgangssperre verhängt«, sagte Karr und deutete auf den Bildschirm. »Das kommt mir vernünftig vor. Ich schätze, sie werden die Transitlifte und alle Zwischenstocktransporte schließen. Ein paar Tage lang wird Chaos herrschen.«

Hannah, die bisher geschwiegen hatte, sagte: »Das erinnert mich an etwas, das ich in den Büchern meines Vaters gelesen habe. Einer der verbotenen Texte, die in seinem Bücherregal standen.« Sie machte eine Pause, um sich die Worte ins Gedächtnis zu rufen, dann sprach sie weiter.

»Da ließ der Herr Schwefel und Feuer regnen vom Himmel herab auf Sodom und Gomorra und vernichtete die Städte und die ganze Gegend und alle Einwohner der Städte und was auf dem Lande gewachsen war.«

Sie brach ab und sah nach einem verlegenen Blick auf Chen zu Boden.

»Schwefel und Feuer, häh?« sagte Karr mit grimmiger Miene. »Vielleicht ist das nicht so weit von der Wahrheit entfernt. Wie auch immer … in den nächsten Tagen müssen wir auf uns selbst aufpassen und hoffen, daß die Götter uns freundlich gesonnen sind.«

Aus dem Flur tönte das regelmäßige Summen des Videophons.

»Das wird Bremen sein«, sagte Karr und sah Chen in die Augen. »Du nimmst ab, ich erzähle es den Frauen. Kann sein, daß wir eine Weile unterwegs sein werden.«

Chen nickte, ließ vorsichtig Jyans Hand los und ging in den Flur. Wang Ti und Marie waren neugierig an die Schlafzimmertür gekommen. Karr schob sie ins Zimmer zurück und schloß die Tür. Erst dann hob Chen ab.

»Ja?« sagte er, als eine uniformierte Gestalt auf dem Monitor erschien. »Hier ist Major Kao. Was gibt's, Hauptmann?«

»Chieh Hsia …«

Li Yuan wandte sich von dem dunklen Fenster des Kreuzers ab und sah seinem Kanzler entgegen.

»Ja, Meister Nan?«

»Er ist in der Leitung. Er möchte Euch sprechen.«

Er war unzweifelhaft sein Vetter Wang. Auch der Grund für seinen Anruf war kein Geheimnis. Li Yuan seufzte. »Also gut. Ich komme rüber und spreche mit ihm. Geben Sie mir einen Moment, um mich zu sammeln.«

Nan Ho machte eine Verbeugung und duckte sich unter die Luke.

Li Yuan lehnte sich zurück, schloß die Augen und sagte ein *Chen Yen* auf, um innerlich Ruhe zu finden, aber es hatte keinen Sinn. Die Gedanken schwirrten nur so durch seinen Kopf.

Was immer er sagt, ich werde meine Zunge und mein Temperament zügeln. Es gibt keine Beweise dafür, daß er Auslöser der Krise ist. Nicht die geringsten. Aber ich werde unnachgiebig sein. Er würde uns alle vernichten, wenn er könnte, und welch bessere Gelegenheit als diese hätte er dazu?

Er war entschlossen, seinen Vetter nicht zu reizen. Doch er wußte, wie schwer es sein würde. Wenn er diese abstoßende, mondgesichtige Kreatur vor Augen hatte, kochte immer etwas in ihm über. Er stand auf und klopfte sich ab, mehr aus ungewohnter Nervosität denn aus Notwendigkeit. Dann holte er tief Luft und folgte seinem Kanzler.

»Vetter ...« sagte er und setzte sich vor den Monitor, Nan Ho neben sich, außerhalb des Blickwinkels der Übertragungskamera. »Was kann ich für dich tun?«

Wang beugte sich dem Monitor entgegen, und sein häßliches Gesicht füllte ihn von Rand zu Rand aus. »Du könntest damit anfangen, *Vetter,* die Häfen wieder zu öffnen. Und indem du mir eine volle Entschädigung für den Verlust an Handelseinnahmen und die Schädigung der Märkte leistest.«

»Verzeih mir, Vetter, aber so einfach ist das nicht. In meiner Stadt ist eine Epidemie ausgebrochen. Und in deiner auch, glaube ich, auch wenn deine Minister es noch nicht bestätigt haben.«

Wang rückte ein Stück ab, und der Zorn ließ seine Züge noch boshafter erscheinen. »Das ist völliger Unsinn, Yuan, und das weißt du! Wenn es irgendwelche Hinweise auf den Ausbruch der Krankheit in meiner Stadt gäbe, dann wüßte ich davon! Nein! Das ist nur ein Vorwand … eine Entschuldigung, mich zu beleidigen und meinen Interessen zu schaden!«

Li Yuan wollte etwas sagen – ihn mit einem scharfen Einwand zum Schweigen bringen –, beherrschte sich aber. Er holte Luft. »Das ist kein Vorwand, Vetter. Die Epidemie ist wirklich eine Gefahr, und sie bedroht deine *und* meine Interessen. Wenn es sich hinterher herausstellen sollte, daß die Krankheit nicht aus deiner Stadt eingeschleppt wurde, werde ich dir natürlich alle Verluste vollständig ersetzen. Ich möchte nicht, daß mein Vetter durch diese … diese *unvermeidlichen* Maßnahmen Schaden erleidet.«

Wang starrte ihn noch einige Sekunden lang streitsüchtig an, dann schien er sich etwas zu beruhigen und nickte. »Ich nehme an, damit ist das Turnier gelaufen?«

Li Yuan zögerte, weil er noch gar nicht darüber nachgedacht hatte. »Nein. Ich … ich glaube, es wäre eine gute Idee, wenn wir es fortsetzten. Es könnte sich als nützlich erweisen, wenn wir etwas haben, das … das unsere Bürger ablenken könnte. Wie du vielleicht gehört hast, habe ich über meine Stadt eine strikte Ausgangssperre verhängt. Es wäre unter den gegebenen Umständen gut, wenn wir den Menschen etwas geben könnten, das sie von den aktuellen Ereignissen ablenkt.«

Wang grunzte.

»Du wirst doch wohl kommen, hoffe ich?« fragte Li Yuan nach einer Pause.

»Oh, ich werde da sein, Li Yuan. Darauf kannst du dich verlassen.« Mit diesen Worten beugte er sich vor und unterbrach die Verbindung.

Weniger als die Hälfte der Gäste war eingetroffen, als Näheres über die Ausgangssperre gemeldet wurde. Michael hatte im großen Saal einen riesigen Bildschirm aufbauen lassen, und die Gäste hatten sich darum versammelt und verfolgten aufgeregt die Nachrichten.

Emily sah mit Gloria Chung von der Galerie aus zu und schauderte, als die jüngsten Bilder gesendet wurden. Sie hatte sich noch nie so hilflos, so machtlos gefühlt. Dies war *ihre* Stadt, und sie drohte entzweizubrechen.

»Jetzt passiert es schon wieder«, sagte sie leise, während sie auf dem Bildschirm verfolgten, wie ein *Hsien* ums andere dem Chaos anheimfiel.

»Nein ...« erwiderte Gloria. »Es wird schon gutgehn.« Doch ihre Finger gruben sich fest in Emilys Arm.

Unter ihnen ging Michael zwischen den Würdenträgern umher und versuchte sein Bestes, sie zu beruhigen und ihre Fragen zu beantworten, doch es war eine hoffnungslose Anstrengung. Ein Trupp von Elitewachmännern war vor dem Interebenenlift postiert worden, aber es bestanden keine Aussichten, daß jemandem die Heimfahrt gestattet wurde, zumindest nicht innerhalb der nächsten Stunden. Den Bildern, die gesendet wurden, nach zu schließen, wurde die Lage mit jeder Minute schlimmer, und es sah nicht so aus, als würden die amtlichen Mahnungen, die Ruhe zu bewahren, von irgend jemand beachtet. Berichten zufolge waren in der letzten Stunde mehrere Erstebenenvillas angegriffen und niedergebrannt und einige prominente Beamte ermordet worden.

Und was wurde aus dem gemeinen Volk? Was war mit ihm?

Aber die Medien der Ersten Ebene kümmerte das Schicksal der Menschen auf den unteren Ebenen nicht. Wen interessierten eine Millionen Tote? Oder fünfhundert Millionen, die angeblich während der Katastrophe in der Stadt Nordamerika umgekommen waren? Wen kümmerte es schon? Die Menschen hier waren nur um sich selbst besorgt; eine Festungsmentalität, die beispielhaft von einem nordeuropäischen Repräsentanten verkörpert wurde, der beim Anblick des Blutbades auf dem Bildschirm den Weinbecher gehoben und ausgerufen hatte: »Hoffen wir, daß sie gründliche Arbeit leisten, ja?«

Das war der Grund, warum Michael sie hier raufgeschickt hatte, bevor sie etwas sagte, das sie bedauerte.

Aber ich würde es nicht bedauern, einigen von diesen Mistkerlen den Kopf zurechtzurücken!

»Geht's dir gut, Em?«

Sie ließ den Atem ab, den sie angehalten hatte, dann nickte sie. »Ich bin schon in Ordnung. Es ist nur ...« Sie wandte sich ihrer Freundin zu. »Ach, es macht mich einfach nur krank. Die Menschen auf den unteren Ebenen ... sie haben Angst. Diese Krankheit, das ist etwas Neues, und die Götter mögen wissen, wie es ausgeht, aber diese Leute hier ...« Sie sah zu den Gästen hinunter und bemerkte, wie teuer, wie elegant sie gekleidet waren – jedes Kostüm kostete mindestens soviel wie das Jahreseinkommen eines Arbeiters auf den unteren Ebenen. »Schau sie dir doch nur an, Gloria. Sie haben keine anderen Sorgen als ihre Villen und Firmen. Aber wenn es um die Menschen geht, die sie in den Nachrichten sehen ... dann ist es ihnen egal, ob sie leben oder sterben. Ihnen ist das gleichgültig.«

»Und dir? Kümmert es dich?«

Sie fuhr herum, starrte ihre Freundin an und konnte nicht glauben, daß sie diese Frage überhaupt stellte. Aber war das so überraschend? Schließlich war auch sie in diese Gesellschaft hineingeboren worden. Für sie war es leicht zu vergessen, wieviel die Dinge kosteten. Sie hatte nie über den Wert der Dinge nachdenken müssen. Den *wahren* Wert der Dinge.

»Ich bin selbst dort gewesen«, sagte sie und versuchte dabei ihren Zorn und ihre Frustration zu zügeln. »Ich weiß, wie sie sich fühlen müssen.« Sie gab einen angewiderten Laut von sich und trat von der Brüstung weg. »Es war ein Fehler, diese Party zu veranstalten. Ich hab's gleich gewußt. Diese Leute … in ihrem tiefsten Innern sind sie gegen alles Leid abgestumpft. Solang es ihnen gutgeht, interessiert sie nichts weiter. Dort unten könnte alles niederbrennen, die Menschen millionenfach sterben, doch solang ihre kleine Enklave unberührt bleibt, ist es so, als sei nichts geschehen! Ist das nicht die Wahrheit?«

Gloria starrte sie schockiert an. »Das ist doch nicht dein Ernst, Em. Das sind gute Menschen da unten in der Halle. Unsere Freunde. Michaels Freunde. Es ist doch nicht so, daß ihnen gleichgültig ist …«

»*Nicht?* Warum raffen sie sich dann nicht auf und unternehmen etwas? Sie haben die Mittel. Sie haben mehr Geld, als sie ausgeben können. Warum setzten sie diesen Reichtum nicht für etwas Gutes ein? Warum verwenden sie ihn dazu, Statuen und Gemälde und anderen nutzlosen Unsinn zu kaufen? Warum geben sie ihn nicht für *Menschen* aus? Schließlich haben sie die Wahl, oder nicht?«

»Jetzt bist du ungerecht. Viele von ihnen spenden Geld für wohltätige Zwecke.«

»Für wohltätige Zwecke?« Sie klang jetzt höhnisch, und es schien sie nicht mehr zu kümmern, ob sie Gloria damit verletzte. »Ist das mehr als ein Trostpflaster … ein Vorwand, nicht zu *handeln,* nicht wirklich etwas zu tun?«

Gloria schüttelte den Kopf, das Gesicht vor Widerwillen angespannt. »Im Herzen bist du eine kleine Revolutionärin, nicht wahr? Ich dachte …«

»Du hast *was* gedacht? Daß ich gezähmt werden könnte? Daß man mich in die perfekte politische Gefährtin für Michael verwandeln könnte?« Sie schüttelte den Kopf. »Das hat Kennedy auch gedacht, und schau, wohin es ihn gebracht hat.«

»Das ist nicht fair, Em, und das weißt du.«

»*Nicht fair?* Scheiße … Ich bin's nicht gewesen, der sich mit Wu Shih abgesprochen hat!«

»Er hatte keine Wahl. Außerdem hat mir Michael von deinem Treffen mit Nan Ho erzählt.«

Sie erstarrte. »Er hat es dir gesagt? Wann?«

Gloria zuckte zusammen, als sie begriff, daß sie etwas Falsches gesagt hatte. »Ich … ich kann mich nicht daran erinnern. Irgendwann letzte Woche. Er sagte mir, daß …«

»Was hat er dir gesagt?« Emily sah weg und schürzte die Lippen. »Ihr seht euch also, wenn ich nicht hier bin?«

»Es ist nichts«, sagte Gloria rasch. »Ich …«

Sie verstummte. Michael stand hinter ihnen in der Tür.

»Was ist los? Ich habe laute Stimmen gehört …«

»Da fragst du besser deine Frau. Ich glaube, sie würde uns am liebsten allen den Krieg erklären.«

Er wandte sich ihr zu. »Em?«

Sie blickte ihn nicht an, als sie sagte: »Es geht nicht, Michael. Ich kann nicht Nan Hos Marionette spielen, an wie lockeren Schnüren auch immer. Und das … diese *Farce …* bei allem Göttern, das ist so *dekadent!* Auch hier grassiert eine Krankheit, nicht nur auf den unteren Ebenen. Sie grassiert *überall!*«

»Em … Du weißt nicht, was du sagst.«

»*Nein?*« Sie fuhr herum, und ihre Augen blitzten vor Zorn. »Nun, das solltest du besser mit deiner Freundin hier besprechen. Mit ihr scheinst du ja über alles zu diskutieren.«

»Aha ...« Er schüttelte den Kopf. »Hör zu, ich unterhalte mich einfach nur gern mit ihr. Wir kennen uns seit Jahren ...«

Aber Emily hörte nicht mehr zu. Abrupt drängte sie sich an ihm vorbei und lief zur Tür. Ihre Schritte hämmerten über die Marmortreppe, die in ihr Zimmer hinaufführte, dann wurde laut eine Tür zugeschlagen.

»Das ... es muß ihr schwer zu schaffen machen ...«

»Lauf ihr nach. Sie wird dich anhören, Michael.«

»Ich weiß nicht ...« Er starrte stirnrunzelnd auf die Tür. »Ich habe sie noch nie so erlebt. Wie wütend sie war ...«

»Es tut mir leid. Ich hätte unser Gespräch am Dienstag nicht erwähnen sollen. Sie glaubt ...« Sie lachte. »Sie glaubt, wir hätten eine Affäre.«

Michael starrte sie verdattert an, dann wandte er sich wieder der Tür zu. »Ach, du liebe Zeit! Und ich dachte ...« Er seufzte. »Ich rede besser gleich mit ihr, ja?«

»Das solltest du. Und Michael ...«

»Ja?«

Sie lächelte. »Wenn du mich brauchst, weißt du, wo du mich findest.«

KAPITEL · 8

Das Zeichen des Schöpfers

Kuei Jen lag im Bett, die Decke bis zum Hals hochgezogen, allein in dem großen, dunklen Zimmer. Die vertrauten Umrisse der Möbel erschienen ihm irgendwie bedrohlich, hatten sich im schwachen Licht kurz vor der Dämmerung in etwas Fremdes verwandelt. Kuei Jen hatte geweint, aber die Tränen waren getrocknet und die Augen wundgerieben. Er hatte in der Nacht Geräusche gehört – Geschrei und eilige Schritte –, aber niemand war gekommen, als er gerufen hatte, als sei dieser Abschnitt des Palastes völlig verwaist. Und dann war es still geworden – eine Stille, die er viel schrecklicher fand als den Aufruhr, der ihr vorangegangen war, denn da hatte er wirklich geglaubt, daß alle gegangen waren und ihn alleingelassen hatten, weil er böse gewesen war.

Er schnüffelte und spürte, wie ihn ein kalter Schauer durchfuhr. Trotz der Furcht, die er empfand, wünschte er sich, daß die Dunkelheit noch eine Weile andauern mochte. Wenn es hell wurde, wäre dieser Mann wieder da, und dann würde alles wieder von vorn anfangen – diese ganzen furchtbaren Übungen, all die schrecklichen Dinge, die er nie vernünftig meisterte.

Warum? fragte er sich immer wieder. *Warum?* Und stets fand er nur eine Antwort. *Weil er mich nicht mehr liebt. Weil ich böse gewesen bin und er mich nicht mehr liebt.* Er fuhr zusammen und war ein weiteres Mal den Tränen nahe. Aber wenn der Mann kam und sah, daß er geweint hatte, würde es Ärger geben. Er würde Kuei Jen dafür bestrafen.

Er kämpfte seine Furcht nieder, schlug die Decke zurück und schlüpfte aus dem Bett, dann lief er ängstlich durchs schattige Zimmer zur Tür und fummelte solang an dem sechseckigen Türknopf herum, bis er nachgab und sich quietschend die schwere Tür öffnete.

Der Korridor war leer. Von links, aus den Küchen, hörte er Geräusche, aber rechts, wo die Suite seines Vaters lag, war Stille. Er ging in diese Richtung, lief den breiten, dunklen Korridor hinunter, daß seine nackten Füße über die kalten Fliesen patschten und er hechelnd und stoßweise atmete. Vor der Tür zum Arbeitszimmer seines Vaters blieb er stehen, hörte von drinnen leise Stimmen und erinnerte sich daran, daß sein Vater ihn erst kürzlich ermahnt hatte, nicht einfach hereinzuplatzen. Doch er mußte mit ihm reden; er mußte ihm erklären, was er fühlte. Wenn es so weiterging wie bisher …

Er preßte die Augenlider zusammen, um den Tränen Einhalt zu gebieten, der Prinz zu sein, der zu sein sein Vater von ihm erwartete, aber es war schwer. Er hatte so wenig Übung darin.

Er drückte das Ohr an die Tür und lauschte. Es waren zwei Stimmen. Die eine gehörte seinem Vater, die andere – er hörte genauer hin – die andere gehörte Tsu Ma. Ja, er erkannte sie erst in dem Moment, als er Onkel Mas herzliches Lachen hörte. Es munterte ihn ein wenig auf. Aber dann fiel ihm ein, daß auch das der Vergangenheit angehörte. Alle Freude, alles Glück – das lag jetzt hinter ihm. Den heutigen und jeden kommenden Tag würde er mit dem trockenen Lo Wen verbringen und lernen, was es hieß, ein Prinz zu sein.

Er legte eine Hand an den Türknauf, erstarrte aber, als ihm klar wurde, was sein Vater da eben gesagt hatte. Eine Frau … Sein Vater nahm sich eine neue Frau.

Seine Lippen formten ein überraschtes ›O‹, während er sich langsam zurückzog. Und dann traf ihn die Erkenntnis mit aller Gewalt. *Das* war der Grund. Eine Frau! Sein Vater nahm sich eine neue Frau, und deshalb gab es in seinem Herzen keinen Platz mehr für ihn. Seine Lippen kräuselten sich, und ein leiser Schmerzenslaut wie das Winseln eines verwundeten Tiers entfuhr ihm.

Er liebt mich nicht mehr. Papa liebt mich nicht mehr.

»Kuei Jen?«

Er fuhr herum, die Augen voller Furcht. Es war Shen Lo-yen, der Hauptmann der Wachmannschaft. Shen starrte ihn an, völlig überrascht, ihn hier zu finden.

»Geht es Ihnen gut, junger Herr?«

Aber Kuei Jen ging es nicht gut. Mit einem Aufschrei warf er sich herum und lief davon, an seinem Zimmer vorbei und noch weiter, durch die Küchen und hinaus in den Westgarten, nahm jeweils zwei, drei Stufen auf einmal auf der breiten Marmortreppe, bis seine nackten Füße brannten, und lief noch weiter, den schmalen Gehweg entlang und durch das Tor in der Mauer … bis ihn die Dunkelheit unter den Bäumen in sich aufnahm.

Li Yuan blickte erschrocken auf, als sein Kanzler das Zimmer betrat. »Hat man ihn gefunden, Meister Nan?«

Nan Ho lächelte beruhigend. »Es ist alles in Ordnung, *Chieh Hsia*. Wir haben ihn im Obstgarten gefunden, wo er sich hinter einem Baum versteckt hat. Er war ein bißchen unterkühlt, aber unverletzt. Eure Mägde kümmern sich um ihn.«

»Den Göttern sei Dank!« Li Yuan seufzte erleichtert und wandte sich seinem T'ang-Kollegen zu. »Wenn Hauptmann Shen nicht Alarm geschlagen hätte, wer weiß, was dann passiert wäre? Aber warum nur? Warum sollte das Kind so einfach weglaufen?«

Tsu Ma zuckte die Achseln. »Da fragst du mich zuviel, Yuan. Ich habe nur wenig Erfahrung mit Kindern, um es vorsichtig auszudrücken.«

Nan Ho räusperte sich.

»Ja, Meister Nan?«

»Ich glaube, Ihr solltet mit ihm reden, *Chieh Hsia*. Über Eure bevorstehende Hochzeit. Der Junge braucht ... *Sicherheit*. Es könnte auch sinnvoll sein, ihn für heute von seinen Pflichten zu entbinden.«

»Wieso das? Sie haben doch selber gesagt, wie wichtig es ist, daß er täglich seine Übungen macht.«

Nan Ho verbeugte sich. »Ganz richtig, *Chieh Hsia*. Aber ist heute nicht ein besonderer Tag? Außerdem würde es einen guten Eindruck machen, wenn Euer Sohn auf dem kaiserlichen Podium neben Euch sitzt.«

Li Yuan lächelte. »Muß es immer politische Gründe geben, etwas zu tun, Nan Ho?«

»Ihr seid T'ang, *Chieh Hsia*. Alles, was Ihr tut, hat politische Dimensionen.«

»Alles?«

»Nun ... fast alles. Ich habe gehört, daß Ihr mit der neuen Magd sehr zufrieden seid, *Chieh Hsia*.«

»Und wenn es anders gewesen wäre?«

»Dann hätte ich eine bessere gesucht, *Chieh Hsia*.«

»Und für mich auch eine, hoffe ich«, sagte Tsu Ma mit einem Lachen.

Nan Ho wandte sich ihm zu. »Wenn der große T'ang es wünscht.«

Tsu Ma hob eine Augenbraue, dann lachte er wieder. »Vielleicht werde ich Sie beim Wort nehmen, Meister Nan ... natürlich nur, wenn mein Vetter nichts dagegen hat.«

»Wo denkst du hin, Vetter.«

Nan Ho räusperte sich ein zweites Mal.

»Ja, Meister Nan? Was gibt's noch?«

»Verzeiht mir, *Meister,* aber das Gelände, wo das das Turnier stattfinden soll, ist bereit für Eure Inspektion.«

»Dann bringen Sie mich hin.«

Die Sonne stand noch tief zu ihrer Linken, als sie auf die Treppe traten und über die große Südwiese hinaussahen. Unmittelbar vor ihnen, in etwa einer halben *li* Entfernung, war die neuerbaute Landebahn mit den Bannern der sieben Städte dekoriert worden, und die großen Seidenwimpel flatterten in der frühen Morgenbrise. Etwas näher waren ein Dutzend großer Jagdzelte aufgebaut worden; Diener eilten zwischen beiden hin und her und beförderten riesige Silberplatten in die Zelte. Vor ihnen war ein Gelände abgezäunt und eine große Anzahl von Sofas auf halbkreisförmig angeordneten Plattformen aufgebaut worden, wo die Neunundzwanzig, die Prinzen der Untergeordneten Familien und ihre Angehörigen untergebracht werden sollten.

Direkt vor ihnen befand sich die Turnierplattform, eine riesige kreisrunde Bühne, die mit einem überdimensionalen *T'ai Chi*-Symbol geschmückt war, zehntausend kleinen schwarzen und weißen Fliesen, aus denen sich die miteinander verschlungenen dunklen und hellen Wirbel zusammensetzten, in deren Brennpunkten man zwei *Wei Chi*-Bretter aufgebaut hatte. Wenn das Spiel lief, würden schwebende Kameras Aufnahmen beider Bretter an die riesigen Bildschirme senden, die man überall gut sichtbar aufgerichtet hatte.

Zu ihrer Linken, vor einer riesigen Markise aus goldener Seide, befand sich das kaiserliche Refugium. Hier würden sich die fünf großen T'ang versammeln, während ihre Meister – und die Meister von Nordamerika und Australien/Ozeanien – ihre Partien austrugen.

»Hervorragend«, sagte Li Yuan und nickte zufrieden. »Das wird ein beeindruckendes Spektakel für die Massen, nicht wahr?«

»Das hoffen wir, *Chieh Hsia*«, erwiderte Nan Ho düster.

Li Yuan sah ihn besorgt an. »Sieht es wirklich so schlecht aus, Meister Nan?«

»Oh …« Nan Ho zupfte sich am Bart und zog ein Gesicht, das einem Achselzucken entsprach. »Es sieht schon viel besser aus, *Chieh Hsia*. Wir haben den Großteil der Gebiete zurückerobert, die wir während der Nacht verloren haben. Aber es gibt immer noch ein paar Probleme. Die wirkliche Prüfung müssen wir heute abend bestehen. Unsere Streitkräfte können nicht achtundvierzig Stunden lang ohne Schlaf durchkämpfen.«

»Ich verstehe …« Er atmete schnaufend aus. »Können wir sonst nichts tun, um die Situation zu entschärfen?«

Nan Ho seufzte. »Wir haben alles Menschenmögliche getan, *Chieh Hsia*. Nur die Zeit wird zeigen, ob wir Erfolg gehabt haben.«

»Und während wir abwarten, schauen wir zu, wie unsere Meister mit Steinen spielen.«

»Es ist das älteste Spiel der Welt«, erinnerte ihn Tsu Ma. »Und ich persönlich könnte mir nichts Passenderes vorstellen. Es gibt nichts, was du oder ich tun können, Yuan. Diesmal liegt alles in den Händen der Götter.« Er lächelte. »Kennst du die Geschichte des Holzfällers Wang Chih?«

Li Yuan runzelte die Stirn. »Erzähl Sie mir noch mal.«

»Nun … es heißt, daß Wang Chih in die Berge ging, um Holz zu fällen, und auf dem Rückweg an zwei Greisen vorbeikam, die auf einem großen flachen Stein *Wei Chi* spielten. Er sah eine Weile zu, ohne zu ahnen, daß die Greise Unsterbliche waren, und als das Spiel vorbei war, ging er weiter. Unten im Tal hatte sich in der Zwischenzeit aber alles verändert. Sein Dorf war nicht mehr dasselbe und keiner seiner alten Nachbarn lebte noch. Als er seine Axt betrachtete, bemerkte er, daß ihr Stil verrottet war, und als er nach der Jahreszahl fragte, war er erstaunt festzustellen, daß tausend Jahre vergangen waren.«

Li Yuan lächelte amüsiert über die Geschichte. »Erstaunt? Oder entsetzt?«

»Vielleicht beides.«

»Und was ist die Moral der Geschichte, Vetter Ma?«

Tsu Ma lächelte breit. »Muß eine Geschichte immer eine Moral haben?«

»Nicht immer. Aber meistens ist es so.«

»Dann ist es vielleicht folgende: daß keine Ablenkung uns so verzaubern kann wie eine *Wei Chi*-Partie.«

»Es sei denn, es ist ein Spiel Rot gegen Weiß, Hart gegen Weich …«

Tsu Ma lachte schallend, während Nan Ho sich an seiner Seite ein Lächeln gestattete.

»Eine Magd, Vetter Ma. Du brauchst eine meiner Mägde.«

»Und wenn ich sie verschleiße?«

»Dann bekommst du eben noch eine.«

Mit diesen Worte klopfte Li Yuan seinem Vetter auf den Rücken und führte sie alle in den Palast zurück.

Chen blieb stehen, sah sich in der ausgebrannten Ruine des Hauptkorridors um, dann winkte er den ersten Trupp herein. Er trug einen vollständigen Kampfanzug und die große standardmäßige Automatikwaffe vor die Brust geheftet. Sie waren jetzt seit fünfzehn Stunden im Dienst und hatten zwanzig Stöcke freigeräumt. Glücklicherweise hatten sie nur geringfügige Verluste erlitten – zwei Tote und sechs Verletzte –, aber die Nacht hatte auf andere Weise ihren Tribut gefordert. Was sie gesehen hatten, das hatte sie verändert. Kinder verletzen zu müssen, wie notwendig es auch sein mußte, sie niederzuhalten, war etwas Neues, das er nicht noch einmal tun wollte, noch war ihm wohl angesichts des irren Ausdrucks in den Gesichtern vieler Menschen, die sich den Truppen entgegengestellt hatten.

Chen klappte das Visier an seinem sperrigen Helm hoch und rieb sich den Hals. Er hatte schon öfter Aufstände niedergeschlagen und erlebt, wie normalerweise geistig gesunde Menschen alle Hemmungen abstreifen und sich wie wilde Tiere gebärden konnten, aber nichts hätte ihn auf die vergangene Nacht vorbereiten können. Es war, als seien sie in eine tiefere, dunklere Ebene vorgestoßen – als habe sich die Hölle selbst in diese irdische Welt der Ebenen entleert. Die Krankheit, was immer sie sein mochte, hatte sie alle aus dem Gleichgewicht gebracht, und ihre Furcht hatte sie zu Exzessen getrieben, die selbst die abgebrühtesten Männer seiner Truppe noch nie erlebt hatten.

Nun herrschte aber seit einiger Zeit wieder Ruhe, und sie konnten sich einen Eindruck vom ganzen Umfang der Zerstörungen machen. Nach allem, was er gesehen hatten, war es schrecklich. Es war kaum ein Korridor unverschont geblieben, und viele – so wie dieser – waren völlig verwüstet. Wenn es überall in der Stadt so aussah, waren die Kosten, die diese Nacht verursachen würde, nahezu unvorstellbar.

Er leckte sich die Lippen und fragte sich, welche Folgen das für seine Pläne haben würde; ob es ihm nach all dem noch möglich wäre, mit seiner Familie auf die Plantagen umzuziehen. Waren auch sie betroffen? Hatte dieser Wahnsinn auch auf die großen osteuropäischen Anbaugebiete übergegriffen? Wenn ja, dann kam noch weiterer Ärger auf sie zu, denn die Nahrungsmittelverknappung würde den Teufelskreis des Chaos nur beschleunigen. Er schauderte, als er zum ersten Mal in vollem Umfang begriff, welch ein zerbrechliches Gebilde die Stadt war.

»Sir!«

Er blickte auf. Zwei seiner Männer standen mit blassen Gesichtern in einer Tür in der Mitte des Korridors und nickten ihm zu. Er ging hinüber.

»Was ist los?«

»Sie sollten sich das besser selbst ansehen, Sir!«

Er wollte eintreten, aber sein Sergeant hielt ihn auf. »Klappen Sie besser Ihr Visier runter, Sir. Es gib Hinweise darauf, daß diese Leute infiziert waren.«

»Ach ja …« Er klappte es herunter, rastete es ein und vergewisserte sich, indem er zweimal tief durchatmete, daß der Filter noch funktionierte. Dann folgte er seinem Sergeant in den Raum.

»Hier rein, Sir.«

Es war einmal ein Operationssaal gewesen – das sah er auf einen Blick –, aber das Inventar war zertrümmert und die chirurgischen Instrumente lagen überall verstreut.

»Im Hinterzimmer, Sir.«

Er trat ein und mußte sich zusammenreißen, als er sah, was auf dem nackten, gefliesten Boden des Operationsraums lag.

»*Aiya* …« flüsterte er, zugleich bewegt und entsetzt. In einer Pfütze aus geronnenem Blut lagen die verstümmelten Leichen von drei kleinen Kindern. Er schauderte und mußte sich überwinden, ehe er näher trat, sich hinkauerte und sie genauer betrachtete. Es waren saubere Schnitte, als habe man ein scharfes Hackmesser benutzt; sie sahen nicht im mindesten wie das Werk eines Geisteskranken aus. Es gab keine Stichwunden, keine Schlagspuren so wie anderswo. Nein, Köpfe, Arme und Beine waren sorgfältig von den Torsos abgetrennt worden, die Hände von den Armen, die Füße von den Beinen, und alles ordentlich ausgebreitet, als habe ein gräßliches Ritual stattgefunden.

Es waren Han, und bei ihrem Anblick konnte er sich nicht von dem Gefühl freimachen, daß dies seine eigenen Kinder waren. Einen Moment lang war dieses Gefühl so stark, so überwältigend, daß ihn schwindelte. Der Älteste war gerade sechs, der jüngste – er stöhnte vor Schmerz – erst zwei, höchstens drei.

»*Warum?*« fragte er leise. »Warum, in aller Götter Namen, tut jemand so etwas kleinen Kindern an?«

»Schauen Sie sich die Haut an, Sir«, sagte der Sergeant, und etwas in seiner Stimme verriet, daß es auch ihn größte Überwindung kostete, die kleinen Leichen anzusehen. »Diese winzigen Rötungen. Woran erinnert Sie das?«

Chen schluckte und sah genauer hin. »Das ist merkwürdig.« Er sah noch einmal hin, dann durchfuhr ihn ein kalter Schauer. Die Hautveränderung bestand nicht aus einfachen roten Flecken, sondern aus unverkennbaren Schriftzeichen. Ein Piktogramm, das sich auf der ganzen Haut endlos wiederholte. Für ein ungeübtes Auge sah es aus wie eine schlecht gezeichnete Ziffer neun, gefolgt von einem kleinen t, verbunden von einer Linie, die auf ihnen wie ein Sargdeckel lag.

Si hieß das Zeichen. *Tod.*

Chen drehte sich um und blickte zu seinem Sergeanten auf. Der Mann nickte.

Er begriff sofort. Dies war kein Unfall, keine natürliche Form der Vergeltung. Es war *geplant* worden. Diese Rötung … das war eine Visitenkarte. Aber wessen?

»Suchen Sie sie nach Abdrücken und anderen Spuren ab und verbrennen Sie sie dann«, sagte er und deutete auf die Leichen. »Und dann will ich, daß jeder, der sich noch in diesem Deck aufhält, festgenommen und verhört wird. Wir werden schon herausfinden, wer ihnen das angetan hat.«

Und dann?

Er richtete sich auf und fühlte sich müde und elend nach allem, was er gesehen hatte. Es würden hier heute keine Prozesse stattfinden, keine Vertreibungen und Degradierungen. Wenn er herausgefunden hatte, wer hierfür verantwortlich war, würde er sie wegschaffen und umbringen. Das hieß, wenn sie nicht bereits tot waren.

Furcht. Die Furcht trieb Menschen zu solchen Taten. Aber Furcht war keine Entschuldigung. Ein Mensch hörte nicht auf, ein Mensch zu sein, wenn er Angst hatte. Er war immer noch für seine Handlungen verantwortlich.

Chen trat zur Seite und ließ die beiden Männer ihre gräßliche Arbeit tun, dann löste er das Handset vom Gürtel und tippte den Sicherheitscode von General Reinhardt ein. Es wurde Zeit, daß er ihm Bericht erstattete; Zeit, daß die herrschenden Mächte erfuhren, was vor sich ging.

Sie warteten ab, während das Schiff aufsetzte. Winzige Kameras schwebten ins diskreter Entfernung von der kleinen Gruppe von T'ang, die auf dem Rasen unterhalb der Landebahn standen.

Als sich klirrend die Lukenschlösser öffneten und die Tür mit einem Zischen nach oben klappte, winkte Li Yuan seinen Sekretär nach vorn.

»Gehen Sie, Tseng-li. Begrüßen Sie Ihren älteren Bruder!«

Der junge Mann lächelte, verbeugte sich respektvoll, dann drehte er sich um und rannte fast dem Kopter entgegen. Als die Gangway ausgefahren wurde, bremste er ab, blieb stehen und fiel mit gesenktem Kopf auf die Knie.

»*Chieh Hsia*«, sagte er, als eine Gestalt auf der obersten Stufe erschien.

Wei Chen Yin schritt die Rampe herunter, zog seinen Bruder auf die Füße und schloß ihn fest in die Arme. »Wie ist es dir ergangen, kleiner Bruder? Hast du meinem Vetter gut gedient?«

Tseng-li wich etwas zurück, dann erwiderte er widerwillig, wie es schien, doch nicht ohne Wärme die Umarmung seines Bruders. Einen Moment lang sahen sie einander in die Augen, dann senkte Tseng-li wieder den Blick.

»Ich habe mein Bestes versucht, *Chieh Hsia*.« Dann fügte er leise hinzu: »Es tut gut, Euch wiederzusehen, Chen Yin. Es ist so lange her.«

»Viel zu lang«, stimmte Wei Chan Yin zu und drückte seinem Bruder die Arme. »Aber komm, laß mich meine Vettern begrüßen.«

Tseng-li trat zurück, ließ seinen Bruder vorbei und sah zu, wie er unter die kleine Gruppe von T'ang trat, erst Li Yuan, dann Tsu Ma und schließlich Hou Tung-po begrüßte, den jungen T'ang von Südamerika.

Wei Chan Yin drehte sich um und sah in die Runde. »Ich dachte, ich sei der letzte. Wo ist Wang Sau-leyan? Er kommt doch wohl, nehme ich an?«

»Das sagte er jedenfalls«, sagte Li Yuan in gedämpftem Ton, das Gesicht so abgewandt, daß die Kameras nicht mitbekamen, was er sagte.

»Ich komme ungern zu spät«, sagte Wei Chan Yin und senkte dabei selbst die Stimme, als er sich der schwebenden Kameras bewußt wurde, »aber mir ist etwas dazwischengekommen. Ich werde es euch später erzählen ...«

»Das ist nicht weiter schlimm«, erwiderte Li Yuan. »Wir müssen uns jetzt allerdings entscheiden, ob wir noch etwas warten oder gleich anfangen wollen. Es wäre wenig sinnvoll, die Eröffnung zu lang hinauszuschieben. Das Volk wird unruhig.«

»Ganz und gar nicht«, pflichtete Wei Chan Yin ihm bei, »aber wir sollten unserem Vetter die Gelegenheit geben, zur Eröffnung hier zu sein. Warum beauftragen wir Tseng-li nicht damit, sich bei Wangs Kanzler zu erkundigen?«

Li Yuan drehte sich um. »Tseng-li? Haben Sie das gehört?«

»Ich werde mich darum kümmern, *Chieh Hsia*.« Er verbeugte sich nacheinander vor jedem T'ang. »Ich bin sobald wie möglich wieder da.«

»Gut.« Li Yuan lächelte und sah sich um. »Bis dahin werden wir die Zeit sinnvoll nutzen, ja?«

Er schnippte mit den Fingern. Sofort lief sein Haushofmeister herbei, warf sich vor ihm auf die Knie und drückte das Kinn fast auf die Brust.

»Haushofmeister Ye … sagen Sie den Oberhäuptern der Untergeordneten Familien, daß ihre T'ang sich zu ihnen gesellen werden, während wir auf Vetter Wang warten. Und Ye … unternehmen Sie etwas wegen dieser Kameras, ja? Bis das Turnier beginnt …«

Hung Mien-lo wandte sich von dem wieder leeren Bildschirm ab und sah durch sein Arbeitszimmer zu den drei Männern hinüber, die mit gesenkten Köpfen auf ihre Anweisungen warteten.

Er atmete tief durch und versuchte seine Gesichtsmuskeln unter Kontrolle zu bringen; niemand sollte ihm seinen inneren Aufruhr ansehen. Noch vor fünf Minuten hatte alles kristallklar ausgesehen, aber jetzt hatten sich die Dinge geändert. Wei Tseng-li hatte ihn über etwas aufgeklärt, was er ansonsten nicht erfahren hätte. Wang Sau-leyan war unterwegs nach Tongjiang.

Wußte er Bescheid? fragte sich Hung, stand auf und

trat hinter dem Schreibtisch hervor. Denn am Abend zuvor, als er ihn darauf angesprochen hatte, da hatte der T'ang nicht die Absicht erkennen lassen, das Turnier zu besuchen – nicht nachdem Li Yuan ihn derart beleidigt hatte.

»Sie sollen ruhig warten«, hatte er wütend gesagt. »Sie sollen alle wie ausgestopfte Idioten vor den Kameras stehen, bis ihnen dämmert, daß ich nicht komme.«

Aber jetzt hatte er es sich offensichtlich anders überlegt und war abgereist.

Das ist ungewöhnlich, dachte Hung und trat vor die drei wartenden Männer. Seit Jahren hatte Wang nichts mehr getan, ohne ihn vorher in seine Absichten einzuweihen. Und heute plötzlich ...

Er muß Bescheid wissen. Es gibt keine andere Erklärung. Was hätte ihn sonst dazu veranlassen können?

Doch wenn er Bescheid wußte, hätte man ihn, Hung Mien-lo, schon längst getötet, ihm wie diesen drei Männern die Kehle durchgeschnitten und den Bauch aufgeschlitzt und ihre Eingeweide Wangs Aasfressern überlassen.

Also was? Warum war Wang abgereist, ohne ihn darüber zu unterrichten?

Er starrte die Männer an, dann entließ er sie mit einer abrupten Geste. *Ein andermal vielleicht.* Aber so, wie die Dinge sich entwickelten, waren seine Pläne vielleicht bald überholt.

Er holte tief und zittrig Luft.

Diesmal hast du noch Glück gehabt, Wang Sau-leyan. Denn wenn du nicht abgereist wärst, hätten meine Attentäter dich im Bett niedergemacht – dich und dieses widerwärtige Weib.

Unter den gegebenen Umständen würden sie dazu für einige Wochen keine Gelegenheit mehr haben. Die Wachen, die er bestochen hatte, würde man kurzfristig versetzen, und neue zu bestechen, würde eine gewisse Zeit dauern, denn es war ein gefahrvolles Unterfangen. Wangs Spione …

Er ging zum Schreibtisch zurück und nahm die neueste Liste in die Hand. Jeden Morgen erhielt er eine neue Liste von Geköpften; jeden Abend fanden weitere tausend Männer und Frauen den Tod. Und die ganze Zeit über durchkämmten Wangs Spione die Ebenen und griffen wahllos Schuldige und Unschuldige heraus. Und Wang Sau-leyan unterschrieb bedenkenlos alle Todesurteile, die man ihm vorlegte.

Er stützte sich mit zitternden Händen auf den Schreibtisch. Schritt für Schritt hatte er Wang seinem Untergang nahegebracht. Schritt für Schritt hatte er darauf hingearbeitet, daß die Menschen ihren widerwärtigen Herrn haßten, so daß es am Ende, wenn er endlich zuschlug, so aussehen würde, als habe Ch'eng-huang, der große Gott der Stadt, persönlich gehandelt. Er hatte es sich lebhaft vorgestellt: hatte sich in Gedanken vor den Kameras stehen sehen, den abgeschlagenen Kopf des Tyrannen in den Händen, während er dem Volk erklärte, daß das Mandat des Himmels verletzt worden war und ein neues und besseres Zeitalter für die Stadt Afrika anbrechen sollte. Er war so nah dran gewesen. So verdammt nah …

»Er muß es gewußt haben. Er *muß* …«

Er schluckte, weil die Ungewißheit an ihm nagte. Sollte er jetzt nicht besser fliehen? Vielleicht nach Europa, um sich der Gnade Li Yuans und seines Kanzlers zu unterwerfen? Oder würde er damit nicht einfach sein Schicksal besiegeln? Nein, er brauchte Gewißheit. Er mußte irgendwie herausfinden, ob Wang ihn in Verdacht hatte. Aber wie?

Die Frau. Die *Hsueh Pai*. Wenn er sie ausfragen und herausfinden konnte, was sie wußte …

Er schüttelte den Kopf. Nein, das war ein zu großes

Risiko. Das würde nur Wangs düsterste Vermutungen bestätigen.

Hung Mien-lo seufzte schwer. *Nichts. Bis zu seiner Rückkehr kann ich nichts tun.* Aber die bittere Enttäuschung – Frustration, daß ihn seine Hoffnungen getrogen hatten – schwelte in ihm wie feuchte Kohlen. Er packte die Liste an beiden Enden, riß sie einmal längs, einmal quer durch und verstreute die Fetzen über den Schreibtisch.

Li Yuan, der unter den Oberhäuptern der Untergeordneten Familien stand, sah zur Treppe, als Tseng-li auf der obersten Marmorstufe erschien. Der junge Mann suchte ihn offensichtlich, und als er ihn ausgemacht hatte, arbeitete er sich zu ihm vor.

»Verzeiht mir, *Ch'un tzu*«, sagte Li Yuan mit einem Lächeln und löste sich aus ihrer Mitte. »Ich muß mich muß da um etwas kümmern.«

Sie verbeugten sich, machten ihm Platz, ihr eigener hoher Rang überstrahlt von seinem.

»Nun, Tseng-li?« fragte er, als er neben der großen Plattform mit dem jungen Mann zusammentraf. »Was sagt mein Vetter?«

Tseng-li verbeugte sich. »Ich habe mit seinem Kanzler gesprochen, *Chieh Hsia*. Er sagt, Wang Sau-leyans Kopter wird in vierzig Minuten eintreffen.«

»In vierzig Minuten ...« Li Yuan strich sich nachdenklich übers Kinn. »Das ist zu lang für uns. Ich werde mit meinen Vettern sprechen und hoffe, daß wir uns einigen können. In der Zwischenzeit bereiten Sie bitte in der Einfriedung Erfrischungen für uns vor. Wir sind hier bald fertig und kommen dann.«

Tseng-li verbeugte sich und wollte schon gehen, als ihm noch etwas einfiel. »Verzeiht mir, *Chieh Hsia*, aber Marschall Tolonen und General Reinhardt sind eingetroffen. Sie wünschen Euch dringend zu sprechen.«

Li Yuan seufzte. »Na gut. Richten Sie ihnen aus, daß ich nach der Eröffnungsansprache Zeit für sie haben werde.«

Tseng-li verbeugte sich und ging.

Li Yuan sah ihm lächelnd nach, dann ging er zu seinen Vettern zurück, die sich unter die Untergeordneten Familien gemischt hatten.

»Meine Vettern«, rief er und winkte sie zu sich. »Unser Vetter Wang wird sich weitere vierzig Minuten verspäten. Unter diesen Umstände fürchte ich, sind wir gezwungen, das Turnier ohne ihn zu eröffnen. Es sind viele Partien zu spielen, und es wäre unfair gegenüber unseren Meistern, ihre Zeit noch weiter einzuschränken.«

»Er kommt also?« fragte Tsu Ma mit einem ironischen Lächeln auf den Lippen. Dann flüsterte er Li Yuan ins Ohr: »Wahrscheinlich hat er Schwierigkeiten gehabt, einen Kopter zu finden, der groß genug ist, um seinen fetten Wanst zu transportieren!«

Li Yuan unterdrückte das Lächeln, dann straffte er sich und wandte sich an seine T'ang-Kollegen.

»Wenn ihr mir bitte folgen wollt, meine liebe Vettern, dann werden wir gleich anfangen. *Ch'un tzu*«, richtete er sich dann an die Familienoberhäupter, die hinter der kleinen Runde der T'ang standen. »Wir werden uns später, während der Feierlichkeiten, weiter unterhalten. In der Zwischenzeit amüsieren Sie sich bitte. Was immer Sie wünschen, Sie brauchen nur meine Diener zu fragen, und sie werden ihr Bestes tun, um ihre Wünsche zu erfüllen.«

Es erhob sich zufriedenes Gemurmel, während die Gäste auf ihren Sofas Platz nahmen. Li Yuan wandte sich seinen T'ang-Kollegen zu und ging ihnen voran.

Chen stand auf der Plattform des Glockenturms, die auf die Hauptstraße hinausging. Unter ihm hatten sich sämtliche Einwohner dieses Decks versammelt, eine riesige Menschenmenge, die das ganze freie Gelände ausfüllte. Sie saßen mit gekreuzten Beinen auf dem Boden, Männer, Frauen und Kinder, und hatten die Hände über dem Kopf gefaltet, während seine Männer an der Peripherie entlangpatrouillieren und ihre schweren Automatikwaffen auf den Boden richteten. Von den Balkonen ringsum sahen andere hinunter, die Waffen im Anschlag.

Er hatte den Raum von einer Mordkommission untersuchen lassen und alle vorliegenden Kameraaufzeichnungen angefordert. Es war nicht viel dabei herausgekommen. Die meisten Überwachungskameras waren in den ersten Stunden des Aufruhrs zertrümmert worden. Doch es gab einige interessante Bruchstücke. Auf einem davon war ein großer, schmalgesichtiger Han zu sehen, der etwas wie ein bluttriefendes Hackmesser schwang und einem Mob von dreißig oder vierzig krakeelenden Männern voranlief.

Chen drehte sich um und rief seinen Sergeant herbei. »Gut. Machen wir uns an die Arbeit. Verteilen Sie die Ausdrucke, die wir vom Gesicht des Mannes gemacht haben, und lassen sie ein Dutzend Männer da unten nach ihm suchen. Wenn er noch hier ist, will ich ihn haben. Wenn nötig, werden wir ein Geständnis aus ihm herausprügeln.«

»Und die Ausdrucke, Sir?«

Unzureichend, lautete die Antwort. Der Computer hatte mehr als zwanzig mögliche Entsprechungen ausgespuckt, und keine stammte aus diesem Deck.

»Dann mal los«, erwiderte er und sah auf die versammelten Massen hinunter.

Mehr denn je war er entschlossen, diesen Beruf aufzugeben. Wenn er es bisher nicht gewußt hatte, dann hatte er am vergangenen Abend erfahren, was es bedeutete, ein Diener des großen T'ang zu sein. Mehr als jede andere Arbeit verrohte dieser Job einen Mann. Ein Teil dieser langen Befehlskette zu sein bedeutete, kein denkendes, entscheidungsfähiges Wesen mehr zu sein; man wurde zu einem Ding, einem Werkzeug und niedriger als der *Kwai,* der er einmal gewesen war.

Ja, dachte er, *aber dann und wann hat man die Chance, die Dinge zu richten, diese Macht zu etwas Gutem zu verwenden.*

Er griff in die Tasche und zog den zerknäulten Handzettel heraus. Seine Leute waren überall darauf gestoßen. Sie hatten sie in den Taschen der Leichen und verstreut in den verwüsteten Zimmern gefunden. WAS WIRKLICH IN NANTES GESCHEHEN IST lautete die Überschrift, und darunter war das Bild abgedruckt, das Hannah besorgt hatte.

Hannahs Flugblatt. Sie hatten es in den ersten Stunden verteilt und so die Flammen geschürt.

Er schauderte, als er sich fragte, wie viele Menschen deswegen gestorben waren.

Das haben wir nicht gewollt …

Sicher. Aber was hatten sie denn eigentlich beabsichtigt? Sie wollten für ein wenig Unruhe sorgen. Die Menschen sollten zu fragen beginnen, was eigentlich geschehen war. Aber der Zeitpunkt war ungünstig gewählt, und was sie geschrieben hatten, um das Gewissen der Menschen aufzurütteln, war von anderen dazu verwendet worden, um diese armen Hunde dazu aufzustacheln, daß sie sich gegenseitig die Kehle durchschnitten und die Wohnungen verbrannten. Aber war das *ihre* Schuld?

Diesmal wußte er nicht recht. Er wußte nur, daß er hier die Hölle gesehen hatte. Und je schneller er und seine Familie fort von hier waren, desto besser.

Während seine Männer durch die Reihen der sitzenden Menschen gingen, sah er angespannt und erwartungsvoll zu. Eine Zeitlang geschah nichts, dann drehte sich einer der Soldaten um und rief ihm etwas zu.

»Sir! Ich glaube, ich habe ihn!«

Als der Soldat den Mann vom Boden hochzog, liefen andere herbei und halfen ihm. Seltsamerweise wehrte sich der Mann nicht einmal, sondern ließ sich mit gesenktem Kopf und in seltsam unterwürfiger Haltung abführen. Er war groß und dünn, ähnlich wie der Mann auf den Überwachungsbändern, aber sie mußten nicht unbedingt identisch sein.

»Sucht weiter!« befahl Chen, als die anderen Soldaten innehielten und zu ihm heraufsahen. »Ich komme runter.«

Nach dem strahlenden Sonnenlicht auf der Südwiese war es im Audienzzimmer kühl und dunkel, und seine Stiefelschritte hallten von den steinernen Fliesen wider. Li Yuan entließ die Wachen und begrüßte die beiden Männer.

»Marschall Tolonen ... General Reinhardt ...«

»*Chieh Hsia*«, sagten beide wie aus einem Mund und senkten die kahlgeschorenen Köpfe.

»Haben Sie Neuigkeiten?«

Tolonen sah Reinhardt an, dann antwortete er. »Ja, *Chieh Hsia.* Etwas von entscheidender Bedeutung für die gegenwärtigen Ereignisse.«

Li Yuans Blick erstrahlte. »Dann haben Sie sie also zurückverfolgt, ja? Sie haben herausgefunden, von wo die Krankheit stammt!«

Tolonen zögerte, dann gab er ihm einen Ordner, den er unterm Arm trug.

Li Yuan schlug ihn auf und runzelte die Stirn. »Was ist das denn?«

»Es ist eine Fotografie, *Chieh Hsia*«, antwortete Reinhardt. »Eine Nahaufnahme der kranken Haut eines der Opfer.«

»Aber das ist ja …« Li Yuan starrte das Foto verdattert an. »*Si*«, flüsterte er. »Es heißt *Si*.«

»Richtig, *Chieh Hsia*«, erwiderte Tolonen. Sein steinernes Gesicht war noch grimmiger als sonst. »Die Krankheit ist künstlich hervorgerufen worden.«

Li Yuan blickte auf. »Wang Sau-leyan …«

Tolonen schluckte und schüttelte den Kopf. »Ich fürchte nicht, *Chieh Hsia*. Diesmal hat Euer Vetter seine Hände nicht im Spiel. Der Erreger stammt von hier, aus den GenSyn-Laboren. Er ist … irgendwie entwichen, fürchte ich. Wir haben ihn in eine Forschungsstation in Nordafrika geliefert …«

»In *Nordafrika?*« Er konnte nicht glauben, was er da hörte. »Wir verschiffen den Erreger einer ansteckenden Krankheit?«

Tolonen senkte verlegen den Blick, als sei es sein Fehler. »Es war ein Schreibfehler, *Chieh Hsia*. Ein Mißverständnis.«

»Ein Schreibfehler!« rief Li Yuan. »Die Götter mögen uns beistehen! Und ist der verantwortliche Sekretär für dieses … dieses *Mißverständnis* bestraft worden?«

»Als er erfuhr, was geschehen ist, hat er sich das Leben genommen, *Chieh Hsia*.«

»Aha …« Li Yuan senkte nachdenklich den Blick. »Heißt das, wir haben ein Gegenmittel?«

Der finstere Ausdruck in Tolonens Gesicht lichtete sich ein wenig. »Haben wir, *Chieh Hsia*. Wir haben sofort umfangreiche Schutzimpfungen in den betroffenen Gebieten organisiert.«

»Dann gibt's ja doch noch gute Neuigkeiten, was?« sagte Li Yuan und war dabei außerstande, seine Stimme von Bitterkeit freizuhalten. Welch eine Inkompetenz! Welch eine kriminelle Schlamperei! Es war schwer zu glauben, daß jemand so sorglos sein konnte! Er gab einen schweren Seufzer von sich. »Niemand darf davon erfahren. Haben Sie mich verstanden? Wenn das bekannt wird …« Er zögerte. »Tun Sie alles, was erforderlich sein sollte, um diese Sache geheimzuhalten. Und seien Sie gründlich. Das Weiterbestehen unserer Stadt hängt davon ab.«

Chen stand dem Mann gegenüber, die Beine gespreizt, die Hände hinter dem Rücken verschränkt. Der Gefangene war entkleidet und geprügelt worden. Nun hockte er auf den Knien vor ihm, den Rücken gekrümmt, die Hände an den Pfahl gebunden, den man ihm in den Nacken gelegt hatte. Einer von Chens Soldaten stand hinter ihm und hielt ihn aufrecht. Das Gesicht des Gefangenen war blutverschmiert, und eine riesige Schramme bedeckte die rechte Hälfte seiner Brust, wo ihm jemand einen brutalen Tritt mit einem genagelten Stiefel versetzt hatte. Dennoch hatte der Mann nicht geredet.

Allerdings hatten sie auch noch nicht damit begonnen, ihn richtig zu verhören.

Chen drehte den Kopf, bis er auf den Bildschirm an der Wand zu seiner Linken sehen konnte, und zeigte darauf. Im selben Moment wurde ein Standbild aus den Aufzeichnungen der Überwachungskameras eingeblendet – eine bearbeitete Fassung der Aufnahme, die den Mann mit dem Hackmesser zeigte.

»Sind Sie das, Tung Cai?«

Der Soldat riß Tungs Kopf hoch und zwang ihn, Chen anzusehen. Tung schüttelte den Kopf.

»Natürlich sind Sie das, Tung. Wir haben die Aufnahme von einem Computer analysieren und den Netzhautabdruck mit dem vergleichen lassen, der von Ihnen archiviert ist. Man soll es kaum glauben, aber sie sind identisch. Und jetzt beantworten Sie mir eine

Frage, Tung Cai. Ist das ein Hackmesser, das sie da in der Hand halten?«

Diesmal hob Tung von allein den Kopf. Er sah das Bild eine Weile an, dann nickte er.

»Und das Zimmer, in dem wir uns hier aufhalten? Erkennen Sie es wieder? Waren Sie schon einmal hier? Heute morgen vielleicht?«

Tung starrte ihn an. Ein Muskel unter seinem Auge zuckte. Tung schüttelte den Kopf.

»Ich glaube, daß Sie lügen. Ich glaube, daß Sie und Ihr Hackmesser hier waren, Tung Cai. Ich glaube ...«

»Ich war's nicht!« platze er heraus. »Ich weiß, worauf Sie hinauswollen, aber ich war das nicht! Ich habe ihnen gesagt, daß es Wahnsinn ist! Ich habe sie angefleht ...«

Chen beruhigte sich, indem er tief Luft holte. »Dann wissen Sie also, worüber ich rede, Tung Cai?«

Tung sah weg und nickte vage.

»Und Sie wissen, wer's getan hat?«

Wieder bewegte er unmerklich den Kopf.

»Also wer?« schnauzte Chen. »Ich bin kein geduldiger Mensch, Tung Cai, und wenn Sie mir nicht bald einen Namen nennen, werden Sie herausfinden, *wie* ungeduldig ich sein kann.«

Tung murmelte mit tiefer Stimme etwas Zusammenhangloses.

»Noch mal, Tung Cai. Und diesmal so deutlich, daß wir es alle verstehen können.«

»Es war der *Wu*«, sagte Tung und sah ihn wieder an, diesmal mit unverhohlener Furcht im Blick. »Er sagte, er würde jeden verfluchen, der darüber spricht. Er sagte ...«

»Der *Wu?* Wie ist sein Name, Tung Cai? Ich will seinen Namen wissen.«

Tung stöhnte, als litte er Schmerzen. »Der Alte Chang«, sagte er schließlich.

Chen warf dem Hauptmann einen Blick zu, der in der Tür stand. »Los. Versuchen Sie ihn zu finden.«

Er wandte sich wieder dem Gefangenen zu. »Und der Alte Chang … hat er die Kinder zerstückelt? Er ganz allein?«

Tung fuhr zusammen und stöhnte wieder, ein tiefer, verzweifelter Laut. Aber Chen empfand kein Mitleid mit ihm. Er hätte an seiner Stelle etwas unternommen, die Morde irgendwie zu verhindern versucht, aber dieses Tier … nun, das Bild an der Wand sagte alles: Tung Cai hatte sich in der Gewaltorgie ausgetobt. Außerdem war noch die Frage offen, woher das blutige Hackmesser stammte.

»Also, Tung Cai, noch einmal von vorn. Erzählen Sie mir einfach, was passiert ist. Und fangen wir damit an, wie Sie an dieses Hackmesser gekommen sind, ja? Fangen wir damit an.«

»Was für ein schöner Tag«, sagte Tsu Ma und lehnte sich in seinen Stuhl zurück, als ein Diener kam, um seinen Weinbecher nachzufüllen. »Strahlende Sonne und kein Wölkchen am Himmel.«

Hinter ihm, im Eingang zum großen Zelt, hing das goldene Banner der Sieben so schlaff herunter, daß der *Ywe Lung* zwischen den Stoffalten verschwand. Auf der Plattform begann eben eine Partie, und die beiden Meister verbeugten sich gerade voreinander. Unweit gingen die anderen Spiele weiter, und das Klicken der Steine auf Holz wurde von Verstärkern über die ganze Südwiese hinweggetragen.

Tsu Ma nippte am Wein und sah zu Wei Chan Yin hinüber. »Jetzt bräuchten wir nur noch ein paar schöne Frauen und alles wäre perfekt, nicht wahr, Vetter?«

Wei Chan Yin lächelte. »Das stimmt. Aber ich bin überrascht, daß du nie geheiratet hast, Vetter Ma. Gab es nie eine Frau, die dir das Herz geraubt hat?«

»Oh, viele. Und viele haben mir auch noch den Geldbeutel geraubt. Aber eine Ehefrau! Nun … gewöhnlich liebt man seine Ehefrau gar nicht. Eine Frau ist … ach, da kommt Li Yuan. Am besten läßt du dir von ihm erzählen, wie man seine Frauen auswählt …«

Wei Chan Yin runzelte die Stirn. Gewöhnlich war Tsu Ma nicht so taktlos. Oder war ihm etwas entgangen?

»Und, Yuan«, sagte Tsu Ma und wandte sich ihm zu, als er näher kam. »Ist alles in Ordnung?«

Li Yuan nickte, ließ sich auf einen Stuhl neben seinem Sohn nieder und schickte einen Diener weg, der nähergetreten war, um ihm Wein anzubieten.

»Alles läuft«, sagte er, blickte zum Brett auf und studierte die aktuelle Spielsituation. »Nan Ho hat mich darüber unterrichtet, daß seine Leute die letzten unruhigen Bezirke gesichert und einen Durchbruch bei der Bekämpfung der Krankheit gemacht haben. Wir scheinen einen Impfstoff zu haben.«

Ringsum erfreutes Gemurmel.

»Das sind ja wunderbare Neuigkeiten, Yuan!« rief Wei Chan Yin. »Jetzt können wir alle wieder ruhig schlafen!«

Hou Tung-po, der durch seinen Feldstecher einige der jungen Prinzessinnen der Untergeordneten Familien beobachtet hatte, ließ das Fernglas sinken und hob zu einem Trinkspruch seinen Weinbecher. »Das war gute Arbeit, Yuan. Ich wünschte, meine Leute wären auch so tüchtig.«

Aber Tsu Ma sah Yuan seltsam an. *Später,* flüsterte Li Yuan ihm wortlos zu, dann blickte er wieder auf den Bildschirm.

Chen stand über dem Gefangenen, als sein Hauptmann ins Zimmer zurückkam. Er drehte sich um und sah ihn finster an.

»Was ist los, Hauptmann Jacobson?«

Der Hauptmann sah an Chen vorbei zu Tung Cai, der winselnd zu Chens Füßen kauerte. »Sie sollten besser kommen, Major Kao.«

Chen wischte sich die Hand an seiner Jacke ab. »Warum?«

»Es geht um unsere Leute ... sie wollen ihn nicht anrühren.«

»Wen?«

»Den *Wu*. Sie sagen, es bringe Unglück.«

Chen starrte seinen Hauptmann an, dann ging er wortlos durchs Zimmer und drängte sich grob an ihm vorbei.

Als er die Hauptstraße betrat, sah er sofort, was vor sich ging. Ein Dutzend seiner Männer hatten einen großen Kreis um den Mann gebildet, der auf dem Boden saß. Alle anderen waren zurückgewichen. Chen kämpfte sich durch die Reihen, ignorierte die neugierigen Gesichter und trat in den Kreis, der den *Wu* umgab.

Chang war wirklich ein alter Mann, mindestens Ende Siebzig, und als Chen sich vor ihm aufbaute, trat ein Lächeln ins faltige Gesicht des *Wu*.

»Major ... Was kann ich für Sie tun?«

Der *Wu* hatte ein Orakel befragt. Die Schafgarbenstengel lagen wie Strohhalme vor ihm ausgebreitet. Chen warf einen flüchtigen Blick darauf.

»Man hat mir gesagt, daß Sie diese Kinder umgebracht haben. Ist das wahr?«

Das Lächeln des *Wu* wurde breiter. »Sie lagen schon im Sterben, Major. Sie hatten diese Krankheit.«

»Aber haben Sie sie getötet?«

Der *Wu* nickte. »Haben Sie nicht ihre Haut gesehen? Sie waren verflucht, gezeichnet von Yen Wang, dem Herrn der Hölle. Sie trugen sein Zeichen.«

Chen schauderte. »Sie waren nicht verflucht, Alter,

sondern nur krank. Außerdem gibt es eine Heilung für die Krankheit. Eine Medizin, die die Rötungen verschwinden läßt. Wir hätten die Kinder retten können.«

Er hörte das überraschte Gemurmel, das Plappern aufgeregter Stimmen, als die Umstehenden den Leuten in den hinteren Reihen erzählten, was er eben gesagt hatte.

»Sie waren *verflucht*«, beharrte der *Wu*, und sein Lächeln erstarrte. »Das war keine Krankheit. Sie trugen Yen Wangs Zeichen. Sie haben es doch selbst gesehen. Und sehen Sie … schauen Sie sich dieses Orakel an. Sehen Sie, was es uns sagt! Es lautet *Ku*, Verfall. Es gemahnt uns, an dem zu arbeiten, was verdorben ist. Und hinterher … hinterher wird wieder Ordnung herrschen.«

Chen spürte, wie ihm vor Wut kalt wurde. »Wie können Sie es nur wagen, den Wahren Weg zur Rechtfertigung Ihres Tuns anzuführen! Sie elender Wurm!«

Er stieß die Schafgarbenstengel mit dem Fuß weg und zog den Alten rücksichtslos auf die Beine. Einen Moment lang starrte er ihn finster an, dann beförderte er ihn mit einem wuchtigen Schlag zurück auf den Boden.

»Das waren Kinder, Sie Scheißkerl! Kranke kleine Kinder!«

Er zog sein Messer.

»*Kao Chen!*« rief sein Sergeant erschrocken. »Tun Sie nichts, was Sie später bereuen würden!«

Aber Chen wußte schon, was er da machte. Vor seinem geistigen Augen sah er die drei kleinen Leichen und erinnerte sich, was er in dem Moment empfunden hatte, als er sie sah – was er empfunden hätte, wenn es *seine* Kinder gewesen wären. Er stieg über den Greis und packte ihn an den Haaren. Dann riß er ihm brutal den Kopf nach hinten und zog ihm das Messer durch die Kehle, ignorierte die Schreie ringsum und hielt den zappelnden Mann nieder, bis er bewegungslos dalag.

»Er ist da …«

Die Turbinen des Kreuzers, der auf die Landebahn zusteuerte, dröhnten durchs Tal. In der Einfriedung standen die vier T'ang auf und gingen hinüber.

»Vierzig Minuten, natürlich«, sagte Tsu Ma leise, als er zur großen Uhr neben der Plattform aufblickte. »Über anderthalb Stunden. Wo, zum Teufel, hat der Fettsack so lang gesteckt?«

»*Tsu Ma …*« zischte Li Yuan aus dem Mundwinkel. »Paß auf, was du sagst … hier schwirren überall Schwebekameras herum.«

»Du hättest ihn ausladen sollen«, erwiderte Tsu Ma und schloß sich ihm an. »Und Wangs Meister gleich mit. Er ist viel zu gut für seine armen Konkurrenten. Hast du gesehen, wie er meinen Mann fertiggemacht hat? Ich habe so etwas noch nie erlebt!«

Li Yuan lächelte. »Das ist richtig. Er spielt wie ein Besessener.«

»Dann wollen wir hoffen, daß sein Herr ihn gut belohnt. Auch wenn unser Vetter nicht gerade für seine Großzügigkeit bekannt ist.«

Li Yuan senkte nachdenklich den Blick. Als sie an der Plattform vorbeigingen, standen die *Wei Chi*-Meister hastig auf und verbeugten sich tief.

»Er kann nicht anders, Vetter. Seine Stadt ist arm.«

Tsu Ma beugte sich zu ihm. »Vielleicht. Aber wer ist schuld daran? Sein Vater Wang Hsien hat die Stadt stark gemacht – stärker als je zuvor. Aber dieser Tunichtgut …« Er schnaubte angewidert.

Li Yuan lächelte und antwortete mit gesenkter Stimme. »Die Welt beobachtet uns, Vetter. Laß uns ihretwegen wenigsten so tun, als möchten wir ihn.«

»Ihretwegen wäre es das beste, wenn dieser perverse Fettsack gar nicht mehr lebte.«

Li Yuan wandte sich ihm zu. »Meinst du das im Ernst, Ma?«

Tsu Ma sah weg. »Das denken wir doch alle. Selbst Hou Tung-po, nur will er es nicht zugeben. Denk doch mal nach, Yuan. Hat uns dieser Mann je etwas anderes gebracht als Ärger und Uneinigkeit?«

Er hatte recht. Dennoch schockierten ihn Tsu Mas Worte, vor allem weil er sie so unverhohlen geäußert hatte. Natürlich wurden alle Bilder, die die Kameras einfingen, sorgfältig überprüft und mit einer Minute Verzögerung gesendet. In einem Regieraum im Herzen des Palastes war ein Team von Medienexperten eifrig damit beschäftigt, darüber zu urteilen, was dem Volk von Chung Kuo zugemutet werden konnte und was zurückgehalten werden sollte, und sie hatten strikte Anweisungen, kein Wort zu senden, das zwischen den T'ang fiel. Dennoch wußte er, wieviel allein aus der Körpersprache geschlossen werden konnte, und die Möglichkeit, daß Tsu Mas Äußerungen zu Wang Sauleyan durchdringen würden, war nicht gering einzuschätzen.

Vor ihnen hatten sich die Oberhäupter der Untergeordneten Familien, ihre Söhne und Töchter, Frauen und Gefolgsleute erhoben und den Kopf gesenkt, als die vier T'ang zwischen ihnen hindurchgingen.

Als sie den Rasen unter dem Hangar erreichten, befand sich Wangs Kreuzer im Landeanflug. Eine Ehrenwache formierte sich am Rand des Landefeldes zu den gebrüllten Befehlen ihres Hauptmanns.

Li Yuan wollte weitergehen, aber Tsu Ma faßte ihn am Ärmel. »Nein, Yuan«, rief er durchs Lärmen der Turbinen. »Der Idiot hat uns warten lassen. Soll *er* doch zu *uns* herunterkommen.«

Li Yuan sah in die Runde seiner T'ang-Kollegen, aber sie schienen wie Tsu Ma entschlossen, an Ort und Stelle stehenzubleiben und auf ihren Vetter zu warten.

Er zuckte unmerklich die Achseln. *Wir sind wie zankende Kinder. Aber vielleicht hat Tsu Ma recht. Vielleicht hat Wang uns dazu gemacht. Ich werde sicher nicht weinen, wenn ich von seinem Tod erfahre.*

Er sah zu, wie der Kreuzer unter den anderen kaiserlichen Kreuzern aufsetzte und die Landestreben leicht einknickten wie riesige Spinnenbeine, als sie das Gewicht des Kopters aufnahmen. Für einen Moment schwoll der Turbinenlärm zu einem Crescendo an, dann erstarben die Geräusche. In der Stille, die folgte, hörte er das Flattern der Fahnen.

»Nun ...« sagte Tsu Ma leise. »Hoffen wir, daß er es schafft, sich durch die Tür zu quetschen, sonst werden wir noch lange Zeit hier stehen.«

Er hörte ein lautes metallisches Klirren, als die Türschlösser automatisch geöffnet wurden, dann ein Zischen, als die Luke nach oben klappte.

»Lächeln, Vetter«, flüsterte Li Yuan in Tsu Mas Ohr, der gleich zu seiner Linken stand. »Vergiß nicht ... die ganze Welt sieht uns zu.«

»Und was wird die Welt sehen? Welches Bild von den Sieben gibt denn unser dicker Vetter Wang ab?«

Li Yuan warf Tsu Ma einen Seitenblick zu und war ein weiteres Mal von der Bitterkeit in seinen Worten überrascht.

»Was ist los, Vetter?« fragte er leise. »Das sieht dir so gar nicht ähnlich.«

Tsu Ma deutete mit dem Kinn auf die gehobene Luke. »Es liegt an ihm, Yuan. Er macht uns alle zum Gespött. Allein der Gedanke, daß ein solcher Mann T'ang werden kann ...«

Li Yuan blickte hinauf. Die Luke hatte sich inzwischen ganz geöffnet und sah wie ein einzelner Insektenflügel auf dem dunklen Leib des Kreuzers aus. Er strengte die Augen an, versuchte ins dunkle Innere zu sehen, aber es war schwer auszumachen, was dort vor sich ging.

»Der Scheißkerl wird uns wieder warten lassen«,

sagte Tsu Ma. »Da kannst du sicher sein. Er wird es bis zum letzten hinauszögern …«

Tsu Ma hatte die Worte kaum ausgesprochen, als ein tiefes Grollen zu hören war und etwas über ihnen durch die Luft flog.

»Was, zur …«

Die Explosion war ohrenbetäubend. Die Erde bebte. Li Yuan fuhr entsetzt herum. Auf der anderen Seite der Gärten, wo die große Markise stand, stieg eine schwarze Rauchwolke in die unbewegte, klare Luft auf. Für einen kurzen Moment herrschte schockierte Stille, dann brach in unmittelbarer Nähe Gewehrfeuer los.

»Ko Ming!« schrie Tsu Ma und stieß Li Yuan nieder. »Verdammte *Ko Ming!«* Und dann explodierte wenige Schritte weiter der Boden.

Chen saß mit straff gefesselten Händen in der behelfsmäßigen Zelle, und zwei Wachen beobachteten ihn von der Tür her. Sie hatten ihn bis zum Lendenschurz ausgezogen und über seine Rechte belehrt, dann für eine Stunde allein gelassen, während sie über Funk um Anweisungen baten.

Die Wachen fühlten sich unwohl, das spürte er, deshalb verhielt er sich ruhig und sah sie nicht an, um ihnen ihre Arbeit nicht schwerer zu machen, als sie ohnehin schon war. Es war nicht ihre Schuld, daß er so empfand. Und nicht ihre Schuld, daß das System korrupt und böse war.

Als Hauptmann Jacobson zurückkam, stand er auf und trat ihm entgegen. »Und?«

Jacobson senkte den Blick, brachte es nicht fertig, Chen in die Augen zu sehen. »Wir sollen Sie nach Bremen bringen. General Reinhardt will Sie verhören.«

»Reinhardt … Ach ja …« Chen nickte. »Ist … ist draußen alles in Ordnung?«

Jacobson sah ihn kurz an, dann schaute er wieder weg. »Es ist jetzt ruhig. Wir haben die Leichen weggebracht, aber ich werde für alle Fälle die Wachen verdoppeln.«

Chen nickte. Das hätte er selbst auch getan. »Es tut mir leid, Hauptmann. Ich werde in meinem Bericht erwähnen, daß Sie nichts mit der Sache zu tun hatten.«

Jacobson blickte auf. »Danke, Sir.« Dann fügte er mit einem unbeholfenen Nicken hinzu: »Wir verstehen, was Sie getan haben, Sir. Viele unserer Männer haben Kinder. Sie ...« Er schluckte, bevor er fortfuhr. »Ich glaube, ich will damit sagen, daß ich mich für Sie aussprechen werde, wenn Sie ein Charakterzeugnis brauchen. Und es gibt zwei Dutzend andere, die dasselbe tun werden.«

Chen senkte den Blick, gerührt von dem unerwarteten Angebot. In der ganzen Zeit, die er dieses Fähnlein der Sicherheitskräfte nun anführte, hatte er sich seinen Männern noch nie so nahe gefühlt. Und nun, da ihm das Kommando entzogen werden sollte, fühlte er sich plötzlich wie ... wie einer von ihnen, durch Blut und Leid mit ihnen verbunden. Dennoch war der Tod dreier Kinder und eines alten Mannes erforderlich gewesen, um an diesen Punkt zu gelangen. Der Tod – *Si* – schien allem seinen Stempel aufzudrücken.

Er blickte auf und lächelte. »Das ist sehr freundlich von Ihnen, Dan Jacobson, aber ich muß meine eigenen Kämpfe ausfechten. Ich habe aus freien Schlüssen gehandelt. Und für das, was wir aus freien Schlüssen tun, müssen wir bezahlen, nicht wahr? Was immer auch geschieht, es war mir eine Freude, mit Ihnen zu dienen. Sie sind ein guter Offizier.«

Jacobson lächelte und salutierte, bevor er sich zurückzog. »Befreien Sie den Major von seinen Fesseln und geben Sie ihm seine Uniform zurück. Dann bringen Sie ihn rüber. Wir müssen in zwei Stunden in Bremen sein.«

Li Yuan rollte herum, setzte sich mit klingenden Ohren auf und sah umher. Tsu Ma lag auf der Seite und stöhnte, war aber noch bei Bewußtsein und starrte mit offenen Augen in den Himmel. Ein Stück weiter lag Hou Tung-po mit blutleerem Gesicht tot auf dem Boden, und blutige Metallsplitter ragten aus seinem Hals, seinen Schultern und Oberarmen. Wei Chan Yin lag beunruhigend still neben ihm. Beide schienen tot zu sein.

»*Aiya* …« flüsterte Yuan und holte zittrig Luft. Das Feuer war eingestellt worden, aber er hörte hinter sich Schreie und von der anderen Seite der Landebahn ein scharfes Prasseln, als die ineinander verkeilten, brennenden Kreuzer eine dichte Rauchwolke in den blauen Himmel schickten.

Unmittelbar vor ihm, nicht mehr als zwanzig *ch'i* von dort, wo er saß, war eine große flache Grube entstanden, wo die Mörsergranate eingeschlagen war. Noch ein paar Meter und sie wäre mitten unter ihnen explodiert. Überall lagen Schutt und Erde verstreut.

»*Chieh Hsia!*« rief jemand aus der Ferne. »*Chieh Hsia!*«

Er verschaffte sich rasch Klarheit darüber, in welchem Zustand er selbst war. Sein Seidengewand war seitlich aufgeschlitzt, aber das schien alles zu sein. Er legte die Hände in den Hals, fuhr sich über den Kopf und spürte die tauben Stellen, wo er sich offensichtlich verletzt hatte. Ihm klebte etwas Feuchtes an den Wangen, aber als er seine Hände wegzog, sah er, daß es nur Erde war.

Er schauderte und wandte sich wieder seinen gefallenen Vettern zu. Erst jetzt bemerkte er, daß Tsu Ma in lautloser Qual das Gesicht verzerrt hatte. Ein Fuß … – Li Yuan keuchte und schluckte schwer – ihm war ein Fuß abgerissen worden!

»Tsu Ma …« sagte er, beugte sich über ihn und versuchte ihn zu beruhigen, indem er ihn sanft über die Wange streichelte. »Tsu Ma ...« Und als er bemerkte, daß noch immer Blut aus der Wunde pulsierte, zog er seine Jacke aus und versuchte den Stumpf abzubinden.

»Ich hole Hilfe«, sagte er. »Halt durch. Es dauert nicht lang.«

Er wandte sich dem Palast zu. Eine Gruppe von Männern lief über die Wiese auf ihn zu. Er bedeutete ihnen, sich zu beeilen.

»*Schnell!*« rief er. »Beeilt euch! Er verblutet sonst!«

Er stand auf und durchsuchte in einigen Metern Umkreis das Gras. Dann sah er ihn. Er lag acht, vielleicht zehn *ch'i* entfernt wie ein weggeworfener Schuh. Er vermied es, das zerfetzte Fleisch zu berühren, als er ihn aufhob und zurücktrug.

Er beugte sich über Tsu Ma, sah in sein schmerzverzerrtes Gesicht und sah ihn gequält an. »Das wird schon wieder, Ma. Sie werden den Fuß wieder annähen. Unsere Ärzte sind sehr gut.«

Aber Tsu Ma schien ihn kaum wiederzuerkennen. Li Yuan stöhnte, schloß die Augen, und Tränen traten ihm in die Augen.

Plötzlich fuhr er zusammen. *Wer war das? Wer waren diese Männer?*

Er wandte sich um, wollte ihnen nochmals zurufen, aber sie hatten ihn schon erreicht.

»Sein Fuß«, sagte er und deutete auf das abgetrennte Körperteil. »Er hat seinen Fuß verloren.«

Einer von ihnen beugte sich über Tsu Mas mächtigen Brustkasten und horchte, dann richtete er sich mit blassem Gesicht auf und murmelte einem seiner Kollegen etwas zu.

»Was ist los?« fragte Li Yuan, als er bemerkte, welche Blicke sie wechselten. »Stimmt etwas nicht?«

»*Chieh Hsia*«, sagte einer von ihnen und wandte sich

ihm zu. »Ihr müßt auch versorgt werden. Wir werden uns um den T'ang kümmern. Er ist jetzt in guten Händen.«

»Was stimmt mit ihm nicht?« wiederholte er ungeduldig.

Der Mann atmete tief durch, ehe er antwortete. »Es ist seine Brust, *Chieh Hsia*. Er hat eine schwere Brustverletzung.«

Li Yuan runzelte die Stirn. »Nein, es ist sein Fuß. Sehen Sie doch!« Er hielt ihn hoch.

»Chieh Hsia«, mahnte eine Stimme hinter ihm. »Ihr solltet auf den Doktor hören. Ihr braucht Hilfe.«

Er drehte sich um. Es war Nan Ho.

»Meister Nan«, sagte er und war erleichtert, daß sein Kanzler heil davongekommen war. Dann fiel ihm mit einem Schock wieder ein, wie das Überfall angefangen hatte.

»Kuei Jen ...« wimmerte er, stand auf und ließ den abgetrennten Fuß achtlos zu Boden fallen. »Wo, in aller Götter Namen, ist Kuei Jen?«

Tolonen befahl dem Piloten, langsam und tief über dem Palast hereinzufliegen. Auf den ersten Blick sah er, daß die Südwiese völlig verwüstet war. Die Feuer waren inzwischen erloschen, doch die Wracks von mindestens zwanzig Koptern schwelten noch auf der anderen Seite der Landebahn. Anderswo waren große Krater zurückgeblieben, und nach der Anzahl der verhüllten Gestalten zu urteilen, die neben dem ausgebrannten Zelt im Gras lagen, hatte der Anschlag mehrere hundert Todesopfer gefordert.

Er schnappte nach Luft, als er seine schlimmsten Befürchtungen bestätigt fand. Nur ein Elitetrupp des Sicherheitsdienstes hätte in so kurzer Zeit solche Verheerungen anrichten können.

»Landen Sie am Osttor«, sagte er und zeigte an dem

jungen Leutnant vorbei. »Und stellen Sie Reinhardt durch, wenn Sie ihn erreichen können. Ich will von ihm sofort über den Vorfall unterrichtet werden.«

Er tätschelte dem Jungen den Arm, dann ging er nach hinten und wartete neben der Luke, während der Kopter aufsetzte. Sie waren eine halbe Stunde unterwegs gewesen, als sie die Nachricht erfuhren. Er hatte den Kopter sofort wenden und zurückfliegen lassen. Eine halbe Stunde … das war nicht lang, doch ihm war es wie eine kleine Ewigkeit vorgekommen, vor allem weil die Sendekanäle die meiste Zeit überlastet gewesen waren und die wenigen Berichte, die sie aus Tongjiang erhielten, sich widersprachen und nur noch Verwirrung stifteten.

Als die Luke sich zu heben begann, duckte er sich unter ihr weg und lief auf das Osttor zu. Vor dem Tor standen Wachen. Sie hoben die Waffen und wollten ihn aufhalten, doch als sie erkannten, um wen es sich handelte, traten sie mit gesenktem Kopf zurück. Er lief weiter, blieb schließlich auf dem höchsten Punkt des Marmorweges stehen und sah auf die Südwiese hinaus.

Er entdeckte Li Yuan und spürte, wie ihn eine Welle der Erleichterung durchfuhr. Der junge T'ang saß neben einem Sanitätswagen und hielt seinen Sohn im Schoß.

»Den Göttern sei Dank«, hauchte Tolonen.

In Li Yuans unmittelbarer Nähe saß Tsu Ma in einem Campingstuhl und hielt sich den Arm, während ein Sanitäter ihn behandelte. Er hatte einen Blutfleck am Ellbogen, und man konnte durch den zerrissenen Stoff seiner Jacke weiße Knochen glänzen sehen. Außerdem steckte sein rechtes Bein in einer automatischen Schiene, als habe er es sich gebrochen. Er sprach mit Li Yuan und lachte, obwohl ihm seine Verletzungen sichtlich Schmerzen bereiteten, und machte Scherze, um den Schock zu mildern. Aber Tolonen kannte ihn und wußte, daß dieser Stimmung bald eine Zeit des Zorns und dann eine der Betrachtung folgen würde.

Er lief die Treppe hinunter und hastete über die Wiese. Zehn *ch'i* vor seinem T'ang fiel er mit gesenktem Kopf auf die Knie. »*Chieh Hsia*«, keuchte er mit vor Erregung zitternder Stimme. »Ich bin außer mir vor Freude, daß Ihr es heil überstanden habt. Und der junge Prinz …?«

»Ihm geht's gut«, erwiderte Li Yuan und drückte Kuei Jen noch fester an sich. »Als wir unseren Vetter Wang begrüßen wollten, hat er sich gelangweilt und lief weg. Aber diesmal bin ich froh darüber, daß er ungehorsam gewesen ist. Wenn nicht …«

Tolonen drehte sich um und sah mit eigenen Augen den großen Krater, wo die kaiserliche Einfriedung gewesen war. Dann drehte er sich um und sah umher, als suche er noch jemanden.

»Und Wei Chan Yin?«

Li Yuan sah zu Boden, und seine Züge verfinsterten sich. »Mein lieber Vetter ist tot. Und Hou Tung-po. Die zweite Explosion hat sie getötet.«

Tolonen starrte ihn einen Moment lang entsetzt an. Seine Stimme verebbte zu einem Flüstern. »Und wie sieht es bei den Untergeordneten Familien aus?«

Tsu Ma antwortete an Li Yuans Stelle. »Neun Oberhäupter sind tot und über vierzig der Prinzen. Die Götter wissen, wie viele verletzt sind!«

Tolonen stöhnte. Nie zuvor in ihrer Geschichte hatte sich eine solche Katastrophe ereignet! Nie zuvor waren in so kurzer Zeit so viele wichtige Menschen gestorben.

»Aber wer kann das getan haben, *Chieh Hsia?*«

Li Yuans Stimme klang kalt und hart. »Da gibt's nicht viel zu raten. Die Kerle, die das getan haben, gehören Wang Sau-leyans Elitetruppen an – seiner *Lan Tien*, seiner ›Blauer Himmel‹-Division.«

»Der Blaue Himmel …« Tolonen nickte. Das ergab einen Sinn. Nur das Motiv fehlte.

»Ja«, sagte Tsu Ma und kicherte gequält. »Tja … heute sind sie wirklich aus dem blauen Himmel gekommen, was? Wie ein Schwarm von Teufeln. Wenn die Ehrenwache nicht so tapfer gekämpft hätte, wären wir jetzt *alle* tot.«

Tolonen starrte ihn an, dann wandte er sich wieder Li Yuan zu. »Aber wenn wir wissen …?« Er verstummte und legte die Stirn in tiefe Falten. »Ist mir etwas entgangen, *Chieh Hsia?* Wenn es wirklich dieser miese Wang war, dann wissen wir wohl, was wir zu tun haben, oder? Das bedeutet Krieg.« Er hob die Stimme, sprach jetzt eindringlicher. »Diesmal haben wir keine Wahl!«

Li Yuan sah ihn an; ein kalter, klarer Blick, der Tolonen lebhaft an Li Shai Tung, den Vater des T'ang erinnerte. So hatte ihn der alte Mann immer angesehen, wenn er rasches Handeln über Vorsicht stellte. Auch der Alte hatte wie ein Fels dagesessen, wenn Unglück drohte. Er senkte demütig den Kopf.

»Verzeiht mir, *Chieh Hsia.* Ich werde auf Eure Befehle warten.«

»Und ich werde sie erteilen. Aber erst muß ich mit Tsu Ma reden. Erst müssen wir überlegen, was zu tun ist.«

KAPITEL · 9

Unter dem Himmelsbaum

Li Yuan trat zurück und sah zu, wie der Sanitätskreuzer vom Kraterfeld aufstieg, dann wandte er sich Nan Ho und Tolonen zu.

Der Palast im Hintergrund war ein Bienenstock an Aktivität. Zwei ganze Bataillone waren eingeflogen worden, verschanzten sich an der Peripherie und bauten ihre Batterien auf, um die Verteidigungsanlagen des Palastes zu unterstützen. Wenn ein weiterer Angriff stattfand, waren sie darauf vorbereitet.

»Schlechte Neuigkeiten«, sagte Nan Ho ohne Einleitung. »Wei Hsi Wang ist tot, von einer seiner eigenen Wachen in den Rücken geschossen, und Hou Tung-pos Familie auch. Eine einzige Bombe hat sie ausgelöscht.«

Li Yuan schluckte. »Dann sind nur noch wir drei übrig. Tsu Ma, Wei Tseng-li und ich.« Er drehte sich halb um, als der Kreuzer sich schräg legte und über sie hinwegglitt. Tsu Ma war an Bord und wurde in eine spezielle Klinik in Pei Ch'ing gebracht, wo man hoffentlich seinen Fuß retten konnte.

»Und meine Stadt?« fragte er mit einem Blick auf Tolonen.

»Reinhardt hat das Kommando, *Chieh Hsia*. Die Ausgangssperre ist in Kraft, und es ist sehr ruhig – bisher jedenfalls.«

»Das ist richtig, *Chieh Hsia*«, fügte Nan Ho hinzu und warf Tolonen einen Blick zu. »Aber wie lang wird das anhalten? Überlegt einmal, welchen Eindruck das Ganze gemacht hat. Die Übertragung wurde abrupt unterbrochen und keine Erklärungen abgegeben. Die

Menschen werden das Schlimmste befürchten. Sie werden Angst haben, *Chieh Hsia*, unter Schock stehen. Sie werden sich fragen, was geschehen ist. Wir müssen umgehend etwas unternehmen, ehe ihr Schock in Wut umschlägt und ihre Wut in Rebellion.«

»Und Sie, Knut? Was meinen Sie?«

»Er hat recht, *Chieh Hsia*.« Er rümpfte die Nase. »Aber wir müssen uns genau überlegen, was wir tun.«

»Überlegen?« Li Yuan klang fast amüsiert. »Ist das der Marschall Tolonen, den ich kenne? Raten Sie mir wirklich zur Vorsicht, Knut? Was veranlaßt Sie dazu?«

Tolonen lachte mürrisch. »Ich weiß, wie Euch das vorkommen muß, *Chieh Hsia,* aber hört mich an. Ich habe in den letzten Stunden viel darüber nachgedacht.«

»Dann reden Sie, aber während wir zurück in den Palast gehen, ja? Ich muß mich da um etwas kümmern.«

Die drei drehten sich um und gingen zum Palast zurück, Tolonen zu Li Yuans Linken, Nan Ho zu seiner Rechten.

»Taktisch gesehen ist die Lage alles andere als klar, *Chieh Hsia*«, fuhr Tolonen fort. »Die Krankheit und ihre Folgen haben die Situation erheblich kompliziert. Die Lage ist unsicher und der Druck auf unsere Sicherheitskräfte enorm. Die Stadt Eures Vetters Wu Shih ist unter viel geringerem Druck gefallen. Wir stehen kurz vor dem Zusammenbruch. Noch ein Zwischenfall, und wir sind erledigt.«

Li Yuan nickte. »Und dann gibt es noch diesen Li Min …« Er sah Nan Ho an. »Haben wir schon etwas von unserem ›loyalen Untergebenen‹ gehört?«

»Nichts, *Chieh Hsia*. Er scheint auf den passenden Augenblick zu warten.«

»Wie eine Gottesanbeterin, was?« Er schnaufte. »Ich hätte mich schon früher um ihn kümmern sollen, ohne

Rücksicht auf Nantes. Ich hätte ihn wie ein Insekt zertreten sollen.«

Tolonen hatte, wie er wußte, eine klare Meinung, was diesen Mann anging, doch er sagte nichts und senkte nur kurz den Kopf. »Wir können keinen Krieg an drei Fronten führen, *Chieh Hsia*«, sagte er nach einer Pause. »Deshalb müssen wir genau überlegen, welches Handeln angemessen ist. Wenn wir in Wangs Stadt die Rebellion schüren könnten ...«

Li Yuan bemerkte Tolonens grimmige Miene. »Und wie lang würde das dauern?«

»Schwer zu sagen ... Natürlich hassen die Leute diesen Mistkerl, aber sie fürchten ihn auch. Er hat rigorose Vorkehrungen getroffen, um Aufruhr zu unterdrücken. Ich habe gehört, daß er allein in den letzten zwei Monaten über fünfzigtausend Menschen hat hinrichten lassen.«

»Das ist mir auch zu Ohren gekommen. Doch es könnte einen Versuch wert sein, nicht?«

Nan Ho räusperte sich. »Verzeiht mir, *Chieh Hsia*, aber ich kann nur davon abraten. Eine Revolte ist leicht anzustacheln, aber schwer niederzuhalten. Wenn sie auf unsere Stadt übergreift ... nun, dagegen wären unsere jetzigen Probleme nichts. Außerdem ist noch nicht geklärt, ob wir die Stadt Afrika unter Kontrolle halten oder hinnehmen wollen, daß es ihr wie Nordamerika geht. Es wäre schwer, sie zurückzuerobern, wenn sie einmal verloren ist. Es könnte ... nun, es könnte Generationen dauern.«

Li Yuan nickte, ernüchtert von Nan Hos Ausführungen. Sie hatten den kleinen Rasen vor der Treppe erreicht. Li Yuan hielt inne und sah seinen Kanzler an. »Was schlagen *Sie* vor, Meister Nan?«

»Krieg, *Chieh Hsia*. Einen offenen Krieg gegen Euren Vetter Wang.«

Er lachte überrascht. »Ist das nicht ein erstaunlicher

Tag? Erst rät Knut mir zur Vorsicht, dann rät mir mein übervorsichtiger Kanzler, einen Krieg anzufangen.«

»Aus guten Gründen, *Chieh Hsia.* Wie Knut schon sagte, können wir keinen Krieg an drei Fronten führen. Aber vielleicht ist das auch gar nicht nötig. Wenn wir öffentlich bekannt machen, was Euer Vetter heute angerichtet hat, werden die Menschen vor Wut über diese feige Tat außer sich sein. Ihr erster Gedanke wäre, gegen den Täter zurückzuschlagen, vor allem wenn er physisch so abstoßend ist wie Wang Sauleyan.«

»Vielleicht. Aber wissen wir denn, ob die Sympathie der Massen noch auf unserer Seite ist? Könnten sie das nicht als eine Gelegenheit betrachten, sich von der Herrschaft der Sieben überhaupt zu befreien? Ich habe Ihre Berichte gelesen, Meister Nan, und sie sind nicht gerade ermutigend. Auf den Unteren Ebenen haben wir schwer an Rückendeckung verloren, und ein solches Risiko einzugehen …«

»Was immer wir tun, ist mit Risiken verbunden. Unsere Aufgabe besteht darin, die Risiken zu minimieren. Aber hört mich weiter an, *Chieh Hsia.* Ich glaube, es genügt einfach nicht, nur die Sympathie der Massen zu gewinnen. Solche Stimmungen sind flüchtig und könnten sich schnell wieder gegen uns wenden. Wir müssen sie aktiv in unsere Unternehmen einbeziehen.«

»Einbeziehen?« Tolonen legte die Stirn in tiefe Falten. »Wie meinen Sie das?«

»Ich rede von einer Armee, *Chieh Hsia.* Wir müssen aus dem Volk eine Armee rekrutieren.«

»Unmöglich!« rief Tolonen, offenbar schon über den Vorschlag entsetzt. »Wir können aus diesem Pöbel keine Armee formen!«

»Verzeihen Sie, Knut, aber Sie haben nicht begriffen, worum es mir geht. Unsere Absicht bestünde nicht darin, über Nacht eine schlagfertige Truppe aufzubauen, sondern alle Aggressionen zu kanalisieren, die sich auf den unteren Ebenen aufgestaut haben, sie *nach außen* zu lenken, statt sie gegen uns selbst zu richten.«

Tolonen grunzte. »Trotzdem ...«

»Nein, Knut«, unterbrach Li Yuan. »Für mich hört sich das gut an. Aber finden Sie nicht auch, daß es da noch ein Problem gibt, Meister Nan? Wenn eine solche Truppe erst einmal existiert, wer sollte sie kontrollieren? Und wenn – oder sagen wir *falls* – die Bedrohung durch Wang Sau-leyan bewältigt ist, gegen wen sollen wir diese Aggression dann richten?«

»Gegen Li Min ...«

Li Yuan lächelte. »Mhm ...«

Er drehte sich um und schritt die breite, geschwungene Marmortreppe hinauf. Tolonen und Nan Ho mußten sich beeilen, um ihn einzuholen.

»Nun, *Chieh Hsia?*« fragte Nan Ho atemlos, als er die oberste Stufe erreichte.

Li Yuan sah an seinem Kanzler vorbei und nahm mit einem Blick die ganze Verheerung auf der Südwiese in sich auf. »Es ist ein großer Schritt, Meister Nan. Ein unwiderruflicher Schritt, denke ich. Es hätte wenig Sinn, ein solches Wagnis zu übereilen.«

»Die Zeit drängt, *Chieh Hsia*.«

»Ich weiß«, antwortete er ernst. »Und doch muß ich genau wissen, was ich tue. Wenn ich schließlich handle, darf ich keine Zweifel mehr haben. Ich muß genau wissen, *wie* ich handele und *warum*.«

Er fuhr sich mit der Hand übers Kinn. Dann lachte er scheinbar abrupt auf. »Er hat es fast geschafft! Ist Ihnen das klar? Der Scheißkerl hat fast gewonnen!«

Er drehte sich um und sah seinen Kanzler an. »Meister Nan ... verständigen Sie Ben Shepherd. Richten Sie ihm aus ... richten Sie ihm aus, daß ich mit ihm reden will.«

Nan Ho verbeugte sich. »Ich habe schon mit ihm gesprochen, *Chieh Hsia*. Er ist unterwegs.«

Li Yuan lächelte. »Und der Krieg, Meister Nan? Wissen Sie auch, wie der ausgehen wird?«

»Der Krieg, *Chieh Hsia*? Nein. Nur daß er unvermeidlich ist.«

Wang Sau-leyan streckte seine fleischige Hand aus und ließ sich aus der großen, in den Boden eingelassenen Wanne helfen. Drei seiner Mägde standen bis zur Hüfte im Wasser und hatten alle Mühe, ihm herauszuhelfen. Einige Schritte weiter sah eine vierte zu und hielt einen Stapel Handtücher in den Armen.

Während sie ihm die Marmortreppe hinaufhalfen, klopfte jemand ungeduldig an die Tür.

»Schau mal nach, wer das ist«, befahl er einer Magd mit einem Wink. »Aber laß ihn nicht rein. Nicht bevor ich fertig bin.«

Er ließ sich schwer aufs Sofa niedersinken, spreizte die Beine und schnaufte nach der Anstrengung, dann sah er an sich hinunter. Seine Speckwülste waren vom heißen Wasser fast rosig geworden. Er lachte, hob die Arme und überließ den Mägden die anstrengende Aufgabe, ihn abzutrocknen.

»Gefällt dir, was du siehst?« fragte er eine der Mägde und wußte dabei natürlich, daß sie ihn anlog. Denn wer sagte einem T'ang schon die Wahrheit? Wer wagte zu sagen: ›Ich finde Euch fett und abstoßend‹? Zumindest keins von diesen süßen kleinen Dingern.

»Mein Herr strahlt wie ein Neugeborenes«, antwortete sie und lächelte ihn an, als liebte sie ihn.

Eine gute Antwort, dachte er, *denn heute fühle ich mich wie neugeboren.*

Er lächelte und tätschelte ihr den Kopf, dann sah er zur Tür, wo die andere Magd ein leises, aber aufgeregtes Gespräch führte.

»Wer ist da?« rief er ihr zu. *Und was wollen sie von mir?* hätte er hinzufügen können, aber er wußte bereits, was sie wollten. Die letzten drei Stunden hatten sie nichts so sehr verlangt, als mit ihm zu reden.

»Es ist Kanzler Hung, *Chieh Hsia*. Er sagt, er wünscht Euch dringend zu sprechen.«

Wang lächelte, schloß die Augen und genoß die sanfte Behandlung durch seine Mägde.

»Sag ihm, ich komme bald. In einer Stunde.«

Er lachte leise, weil er wußte, daß Hung Mien-lo darüber innerlich rasen würde. *Vielleicht wird er sogar über mich fluchen oder versuchen, mich umbringen zu lassen … wieder einmal.*

Wie durchsichtig … sie waren alle so durchsichtig.

»Oh, und sag ihm, daß wir uns in der Großen Halle treffen«, fügte er hinzu und neigte leicht den Kopf. »Und er soll sich förmlich anziehen.«

»Setzen Sie sich, Major Kao. Wir haben zu reden.«

Chen machte eine Verbeugung, dann nahm er Reinhardt gegenüber Platz.

Der General überflog den Bericht, dann musterte er Chen unbewegt. Sein Verhalten war kühl und förmlich; eine Seite an ihm, die Chen erahnt, aber nie erlebt hatte. Er räusperte sich, dann kam er zur Sache.

»Nun, um es gleich zu sagen, das letzte, was ich jetzt gebrauchen kann, ist ein hoher Offizier, der auf den Unteren Ebenen die Nerven verliert. Abgesehen davon, daß es dem Ansehen der Truppe schadet, ist es wichtig, daß von den höchsten bis zu den niedrigsten Rängen die Disziplin gewahrt bleibt. Die Männer müssen einander Vorbilder sein. Wenn die Männer sehen, daß ihr vorgesetzter Offizier verantwortungslos handelt, werden sie sich früher oder später fragen, warum sie selbst verantwortungsvoll handeln sollten. Und wenn *das* geschieht …«

Reinhardt schüttelte langsam den Kopf, lehnte sich zurück und musterte Chen mit einer Mischung aus Strenge und Bedauern, wie er vielleicht ein ungehorsames Kind angesehen hätte.

»Sie waren nie der ideale Vorgesetzte, Kao Chen. Ihre Dienstakte war innerhalb gewisser Grenzen zufriedenstellend, aber ihr soziales Umfeld hat viel zu wünschen übriggelassen. Es genügt nicht, wenn ein Offizier einfach seine Pflicht tut, er hat auch eine soziale Aufgabe zu erfüllen. Es würde Ihnen gut zu Gesichte stehen, wenn Sie etwas mehr wie ...«

Reinhardt suchte nach einem Namen.

»... wenn ich vielleicht mehr wie Hans Ebert wäre, Sir?«

Reinhardt nahm eine bedrohliche Haltung hat. »Es nützt Ihnen wenig, Unverschämtheiten zu der Liste Ihrer Verfehlungen hinzuzufügen, Major Kao!« Er wurde sichtlich steif in seinem Stuhl. »Nun zur Sache. Der Tod des *Wu* ... Chang Te Li.«

»Ich spucke auf seine Ahnen!«

Reinhardt sah Chen fassungslos an. »Sie tun *was?*«

»Er war ein Verbrecher, Sir. Ein böser Mensch, der seine Mitmenschen terrorisiert hat. Ich bedauere es nicht, ihn getötet zu haben. Was er diesen Kindern angetan hat ...«

Reinhardt hob die Hand. Chen verstummte sofort und senkte den Blick.

»Es sieht so aus, als blieben uns zwei Möglichkeiten«, erklärte Reinhardt nach einer Pause. »Ich kann Sie entweder zum Hauptmann degradieren, was den üblichen Gesichtsverlust mit sich bringen würde, oder Sie können anbieten, den Sicherheitsdienst zu verlassen.«

Statt zu antworten, griff Chen in die Tasche seines Uniformrocks und reichte Reinhardt eine zusammengefaltete Notiz. Reinhardt faltete sie auseinander und las sie durch. Er nickte, als stelle sie ihn zufrieden, und wollte sie gerade der Akte beilegen, als ein Detail seine Aufmerksamkeit erregte.

»Aber das ist auf vorgestern datiert, Major Kao.«

Chen sah ihm in die Augen. »Da hatte ich meinen Entschluß schon gefaßt, Sir.«

Reinhardt starrte ihn einen Moment lang mit zusammengekniffenen Augen an. »Und hat diese Entscheidung Ihr Verhalten da unten beeinflußt?«

Chen überlegte, dann zuckte er die Achseln. »Kann sein, Sir. Ich weiß es nicht. Aber ich habe mich schon geraume Zeit im Dienst nicht mehr wohlgefühlt. Was den *Wu* angeht, war er ein geständiger Kindermörder, und ich habe ihn exekutiert. Ich weiß, daß das nicht meine Aufgabe war. Aber ich kann damit leben.«

Reinhardt nickte. »Ich will nicht heucheln und behaupten, daß ich Sie vermissen werde, Kao Chen. Sie haben zu unseren Einsatzbesprechungen nie viel beigetragen, und ihre Papierarbeit ... nun, das Wort unpünktlich ist da noch eine Beschönigung. Trotzdem wünschte ich Ihnen das Beste. Haben Sie schon darüber nachgedacht, was Sie jetzt machen werden?«

»Ich habe vor, mit meiner Familie auf die Plantagen umzuziehen, Sir.«

»Die Plantagen?« Reinhardt hob eine Augenbraue. »Die Götter mögen uns beistehen ... Sind Sie ganz sicher?«

Chen nickte.

»Ist Ihnen nicht klar, was geschehen ist?«

»Ich habe unterwegs die Berichte gehört. Die Plantagen sind offensichtlich weitgehend verschont geblieben.«

»Das ist richtig. Aber ich habe nie ganz verstanden, warum auf den Plantagen Ruhe herrschen sollte, während die übrige Stadt im Chaos versinkt. Vielleicht liegt es an dem Menschenschlag, der dort lebt.«

Oder an der Art zu leben, dachte Chen.

Reinhardt holte tief Luft. »Nun gut, Kao Chen. Das war's dann wohl. Ich werde die offiziellen Unterlagen ausfertigen und ihnen zuschicken lassen. Sie werden Ihre Pension erhalten, wenn auch in reduzierter Höhe, und den Ehrentitel eines Hauptmanns führen dürfen. Ansonsten ... viel Glück.«

Reinhardt erhob sich und hielt ihm eine Hand hin. Chen stand auf, beugte sich über den Schreibtisch und erwiderte den festen Händedruck. Aber sein Lächeln war gekünstelt, nur ein Zeichen von Höflichkeit. Sie waren nie besonders gut miteinander zurechtgekommen.

»Danke, Sir«, sagte Chen und ließ seine Hand los. Er trat zwei Schritte zurück, ging in Habachtstellung und vollführte ein letztes Mal eine förmliche Verbeugung vor seinem Vorgesetzten. Dann machte er auf den Hacken kehrt und marschierte aus dem Büro.

»Mary! *Mary!* Komm bitte da raus!«

Die Tür flog auf. Emily stand ihrem Mann gegenüber. Sie war zum Ausgehen gekleidet, hatte ihr Haar frisch frisiert und hielt eine kleine Reisetasche in der Hand.

»Was hast du vor?« fragte er entgeistert.

»Ich gehe, Michael. Ich verlasse dich.«

Er gab einen ungläubigen Laut von sich. »Aber das kannst du nicht. Ich meine, es ist nichts gewesen. Gloria und ich ... wir sind alte Freunde. Wir sind Freunde, seit wir zwei, drei Jahre alt waren. Und mehr ist nie gewesen, das schwöre ich dir, Em. Ich kann nicht glauben, daß du ...«

Er verstummte. Es war, als ob sie gar nicht zuhörte.

»Was ist denn?« fragte er ruhiger. »Warum willst du denn weg?«

Sie zuckte die Achseln. »Ich muß einfach, das ist alles.«

»Aber das kannst du nicht«, wiederholte er. »Das lasse ich nicht zu.«

»Nein?«

Eine Regung wilden Zorns überflog sein Gesicht; ein Ausdruck, der sie lebhaft an seinen Vater erinnerte. »Hör zu … können wir nicht vernünftig darüber reden? Wenn du unzufrieden bist …«

»Unzufrieden?« Sie lachte säuerlich. »Du begreifst nichts, Michael. Du begreifst einfach nichts!«

»Aber ich dachte …« Sein Gesicht war nun gleichermaßen von Schmerz und Verwirrung gezeichnet. Er senkte den Blick wie ein gescholtenes Kind. »Ich dachte, du liebst mich.«

Sie seufzte. »Bei allen Göttern, das tue ich auch. Aber …«

Er blickte ihr in die Augen, suchte nach etwas, das ihm Hoffnung gab. »Warum gehst du dann?« fragte er. »Wenn du mich liebst, wie kannst du mich dann verlassen? Warum können wir es nicht gemeinsam durchstehen? Es war doch schließlich nur ein Streit. Jedes Paar streitet sich einmal. Aber das ist doch wirklich kein Grund, sich zu trennen. Ich liebe dich, Em. Und wenn dich etwas stört – wenn du willst, daß sich etwas ändert … dann sag's mir. Ich werde dir zuhören. Und ich werde mich bemühen. Das weißt du doch.«

Sie starrte ihn an, und ihr Blick wurde weicher. Dennoch blieb sie entschlossen. »Es liegt nicht an dir, Michael. Versuch das zu begreifen. Du bist viel besser, als es deine Herkunft ahnen läßt. Aber …« Wieder zuckte sie die Achseln. »Ich schätze, es liegt an mir. Dieses Leben … Ich bin nicht dafür geschaffen.«

Er runzelte die Stirn, begriff immer noch nicht. Aber war das so verwunderlich? Er kannte sie überhaupt nicht. Und vielleicht würde er sie nie richtig kennenlernen. Nicht auf die Art, wie sie es sich wünschte.

»Ich liebe dich immer noch, Michael, aber das genügt nicht mehr.«

»Warum?«

Sie schauderte. Gab es keine Möglichkeit, diese Szene zu vermeiden? Konnte er ihr nicht einfach aus dem Weg gehen und sie ziehen lassen? Sie schüttelte den Kopf. »Das willst du nicht wirklich wissen.«

»*Was?* Wie kannst du so etwas sagen? Wie, zur Hölle, kannst du das behaupten?«

Es war das erste Mal, daß er über sie fluchte. Und das erste Mal, daß er wirklich die Geduld mit ihr verlor. Er hob beschwichtigend die Hand. »Entschuldige … ich wollte nicht …«

»Nein«, sagte sie leise. »Ich auch nicht. Du willst also wissen, warum?«

Er nickte, und sein Blick verriet, daß er nicht schlau aus ihr wurde.

Sie ließ die Tasche sinken und holte tief Luft. »Es ist schwierig. Es …« Sie spürte den Schmerz in sich emporsteigen – spürte, wie sich die Muskeln in ihrem Gesicht anspannten –, aber sie war schon zu weit gegangen, um jetzt einen Rückzieher machen zu können. »Es hat vor vielen Jahren angefangen …«

Sie sah, wie er die Augen aufriß, und schüttelte den Kopf. »Nein, Michael. Es ist kein anderer Mann.«

Nein, dachte sie. *So einfach ist es nicht.*

»Es ist ein … ein Gefühl in mir. Ein Glaube. Es … Ich schätze, es ist mein wirkliches Ich. Ich bin gern mit dir zusammen, Michael. Daran darfst du nicht zweifeln. Mehr als ich es je für möglich gehalten habe. Aber das hat mir nicht genügt. All die Jahre …« Sie schluckte, und die angestaute Frustration ließ sie die Faust ballen und heben. »Ich habe mich immer wieder selbst verleugnet, bis ich es einfach nicht mehr ertragen konnte. Ich habe in den Spiegel gesehen und mich gefragt, wer ich eigentlich bin. Gestern abend …«

Sie holte Luft und zügelte den Schmerz und den ungestillten Zorn, den sie empfand. »Gestern abend wurde es mir zuviel. Ich habe in die Halle hinuntergesehen, mich dann im Spiel betrachtet und mich gefragt, was ich da eigentlich mache. Wer bin ich? Nun ... es ist an der Zeit, es herauszufinden, da weiterzumachen, wo ich damals aufgehört habe.« Sie machte ein Pause, sah ihm in die Augen und wünschte sich, daß er sie verstand. »Ich muß nach unten, Michael.«

»Nach *unten?*« Er starrte sie an, als habe sie den Verstand verloren. »Auf die unteren Ebenen?«

»Warum nicht?« fragte sie ruhiger, als sie sich fühlte. »Von da komme ich ...«

Er kniff die Augen zusammen. »Was sagst du da?«

»Ich sage nur, daß ... daß du mich nicht kennst, Michael Lever. Ich sage ...«

Er öffnete die Lippen. »Wer bist du eigentlich?«

Sie starrte ihn eine ganze Weile an, sagte nichts und versuchte sich angestrengt zu erinnern, wie es gewesen war, als sie ihn noch nicht gekannt hatte. Und vor allem versuchte sie sich vorzustellen, wie es ohne ihn sein würde.

»Emily ...« sagte sie, und das Wort klang seltsam aus ihrem Mund. »Emily Ascher.«

»Em ...« flüsterte er fassungslos. Dann änderte sich langsam sein Gesichtsausdruck. »Dann war das alles eine Lüge. Von Anfang an.«

Sie schüttelte den Kopf und konnte seinen anklagenden Blick kaum ertragen. »Nein. Ich habe dich wirklich geliebt. Ich habe wirklich versucht, mich deiner Welt anzupassen. Aber es ist mir nicht gelungen, Michael. Deine Freunde ...«

Sie verstummte entsetzt. Er weinte. Michael weinte.

Sie fuhr zusammen. *Nein,* dachte sie. *Bitte nicht.* Und bevor die Reue sie packte, hob sie ihre Tasche auf, stürmte an ihm vorbei und lief die Treppe hinunter.

Li Yuan stand unter dem Himmelsbaum und sah über die vom Wind bewegte Oberfläche des langen Teichs hinweg. Einige Schritte weiter, in die dunkle nordchinesische Erde eingebettet, stand die Familientafel, ein mächtiger Quader aus hell cremefarbenem Stein, in den die Symbole seiner Ahnen eingemeißelt waren. Er starrte ihn an und versuchte zu begreifen, wofür er stand; sich alle Hoffnungen und Ängste, das Glück und das Leid, den Haß und die Leidenschaft vorzustellen, die in jeden Namen kondensiert waren.

Stein. Alles zu Stein geronnen …

Es war Abend, und in der Stille des ummauerten Gartens dachte er unwillkürlich zurück, erinnerte sich an den weißen Blütenzweig, den er an dem Tag, als sie seinen Bruder begraben hatten, aus seinem feinen, dunklen Haar klaubte.

Und der Wind blies. Und der Stil der Axt verrottete …

Er blickte zu den Ästen des Baumes auf. Der Mond stand hoch, berührte die höchsten Zweige.

»Geister …« sprach er in den dämmernden Himmel. »Diese Welt ist voller Geister.«

Auch nur hierzustehen, kam ihm unwirklich vor. Überhaupt am Leben zu sein, kam ihm seltsam, *unwahrscheinlich* vor, als könne er jeden Moment aus dem Traum des Lebens erwachen und sich in der stillen Gruft kühl und regungslos an der Seite seines Vaters und seines Bruders wiederfinden.

Geister … heute abend wandelten sie in dieser ummauerten Enklave.

Als er den Blick wieder senkte, schwang das hölzerne Tor in der Mauer auf der anderen Seite des Gartens langsam auf. Eine Gestalt erschien in der Öffnung.

»Ben? Bist du das?«

Shepherd schloß das Tor und kam herüber. Er war größer, als Li Yuan in Erinnerung hatte, und breiter in den Schultern. Außerdem hatte er sich einen Bart wachsen lassen, einen kurzen, dunklen Seemannsbart. Es hatte ihn verändert. Doch seine Augen waren noch dieselben, von einem lebhaften Grün, das in der leicht gebräunten Glätte seines Gesichts glühte.

»Ihr habt mich rufen lassen, Yuan.«

»Und wenn nicht?«

»Dann wäre ich auch so gekommen.«

Yuan lächelte. »Wie hast du es erfahren?«

»Es war nicht schwierig. Als die Bildschirme schwarz wurden, wußte ich, daß etwas geschehen sein mußte. Ich habe mich gleich verbinden lassen und mit Meister Nan gesprochen.«

Yuan hob überrascht eine Augenbraue. »Dann hast du also zugesehen?«

»Das Spiel … Von meiner Arbeit abgesehen, gehört es zu den wenigen Dingen, die mich noch interessieren.«

»Das wußte ich nicht. Dann hätte ich dich eingeladen.«

Ben lächelte und wandte den Blick keinen Moment lang von Li Yuans Gesicht ab. »Dann bin ich froh, daß Ihr es nicht getan habt. Ich habe gehört, daß von der kaiserlichen Einfriedung nur noch ein großes Loch übrig ist.«

Yuan nickte.

»Und?« Ben sah zum ersten Mal anderswo hin, die Augen wie zwei Kameras, die alles erfaßten – den Teich, den Baum, die Tafel und dahinter den versiegeltem Eingang zur Gruft. Dann richtete er seinen Blick wieder auf Yuan. »Ihr wollt reden?«

»Ich will … mir Klarheit verschaffen.«

»Ach ja … *Klarheit!*« Ben lachte. »Wieviel Zeit haben wir denn? Eine leichte Verwirrung können wir erreichen, aber Klarheit?« Sein Lächeln war spitzbübisch. »Dann habt Ihr wohl einen Entschluß gefaßt, ja, Yuan?

Ihr wißt schon, was Ihr zu tun habt. Aber Ihr möchtet Euch wohler dabei fühlen. Ihr wollt, daß ich Euch die nagenden Zweifel ausrede, daß ich Euch Rückendeckung gebe, ja?«

Bei der letzten Bemerkung – die gar nicht zu Bens natürlicher Ausdrucksweise paßte – fuhr Li Yuan herum.

»Ich muß selbst damit klarkommen. Menschen werden sterben …«

»Es werden ohnehin Menschen sterben, Li Yuan. Ihr seid kein Gott. Ihr habt die Menschen nicht geschaffen. Noch habt Ihr sie zu so gehässigen, zänkischen Wesen gemacht. Ihr wißt, wie sie sind. Nein, Yuan … Ihr seid ein *König*. Also reden wir über Könige, ja?«

Yuan sah ihn dankbar an. Er hatte selbst nicht recht gewußt, warum er Ben sprechen wollte, aber jetzt begriff er es.

»Was empfindet Ihr?« fragte Ben.

»Erleichterung … daß Kuei Jen und Tsu Ma überlebt haben … und Tseng-li.«

»Und was noch?«

Yuan zögerte, als warte er auf etwas, aber nichts geschah. Er zuckte die Achseln.

»Also keinen Zorn? Keine brennenden Rachegelüste?«

Er schüttelte den Kopf. Seltsamerweise empfand er nichts. Menschen waren gestorben, sein Palast angegriffen worden, und er … er empfand nichts. Nun, da die Dinge sich überschlagen hatten, schien er nichts mehr empfinden zu können. Es war keine Taubheit, sondern eine schlichte Loslösung von den Ereignissen.

Vielleicht hatte er in den letzten Jahren zuviel gelitten, und er war über solche Gefühle hinausgewachsen – gegen sie *immun* geworden. Wie auch immer, es war, als sei ein Schirm herabgefallen, der ihn von dieser Seite seines Ichs abtrennte.

Ben drehte sich um, ging in die Hocke und steckte die Hand in die dunkle Oberfläche des Teichs. »Meister Nan sagte, daß Ihr vorhin fast bewundernd von Wang gesprochen, daß Ihr gelacht habt. Er konnte das nicht begreifen – wie kann man lachen, nachdem Wang einem so etwas angetan hat? Aber ich sagte ihm, es sei ganz natürlich. Angst und Gelächter – das sind natürliche Bundesgenossen.«

Yuan betrachtete die sich ausbreitenden Wellen. »Weißt du, daß ich wieder heiraten werde?«

»Tatsächlich?« Ben hob eine Augenbraue, dann nickte er. »Das ist gut, Yuan. Ein T'ang braucht eine Frau. Aber nicht immer im Bett …«

Yuan lächelte. Ben hatte ihn wieder einmal genau verstanden.

Ben drehte sich um und blickte zu ihm auf. »Vermißt Ihr Eure Frauen, Yuan? Denkt Ihr oft an sie?«

»Ich … ich träume von ihnen.«

Das hatte er noch niemandem erzählt. Noch niemandem.

Ben nickte nachdenklich. »Träume … wißt Ihr, Yuan, manchmal träume ich davon, an Euerer Stelle zu sein.«

»Wirklich?«

»Ja … In diesem Traum sitze ich auf einem Thron, ein Dutzend Minister knien vor mir und hängen an jedem Wort, das ich sage. Und wißt Ihr, was ich tue?«

Yuan sah ihn fasziniert an. »Nein …«

Ben stand auf, warf sich in eine steife, herrische Pose, als säße er auf einem Thron. Yuan lachte.

»›*Du da!*‹ rufe ich und zeige auf einen von ihnen. ›Bring mir den kaiserlichen Nachttopf!‹ Und er trottet davon, um den kaiserlichen Nachttopf zu holen. Ich wende mich einem anderen zu. *›Du!‹* sage ich und schreite zu ihm herunter. Er kniet vor mir. ›Knöpf die kaiserliche Hose auf!‹«

Li Yuan lachte. »Und?«

»Nun ja … der Bursche gehorcht und wendet dabei

natürlich den Blick ab, denn einen Blick auf die edelsten kaiserlichen Körperteile zu werfen, ist ein Verbrechen, das die Todesstrafe verdient. Ich schaue mich herrisch um. Und als der erste mir den kaiserlichen Nachttopf bringt, lasse ich mich darauf nieder ...« – Ben tat so, als nähme er Platz und verzog wie in größter Anstrengung das Gesicht – »... und scheiße einen Riesenhaufen.«

Li Yuan kicherte und schüttelte den Kopf.

»Und als ich fertig bin, befehle ich Ihnen, sich vor dem kaiserlichen Scheißhaufen zu verbeugen und ernenne ihn zu meinem Premierminister.«

»Einen Scheißhaufen?« Li Yuan krümmte sich vor Lachen. »Und was passiert dann?«

Ben richtete sich auf und zwinkerte ihm zu. »Sie verbeugen sich ... mit großer Würde natürlich, und schwören dem Haufen Ergebenheit, und dann ... dann wache ich auf. Und mir wird klar, daß ich nur ein Mensch bin und daß meine Scheiße ... tja, einfach nur Scheiße ist.«

Li Yuan holte tief Luft, dann nickte er. »Ich verstehe ... aber trotzdem ... also, ein König zu sein ... das ist wirklich etwas anderes. Was man tut – wie man sich verhält – betrifft viel mehr Menschen als nur einen selbst.«

»Daran zweifle ich nicht, Yuan. Doch Könige vergessen gern, daß sie Menschen sind. Vor allem dann, wenn sie versuchen, wie Götter zu handeln und ihre Sterblichkeit und die Tatsache vergessen, daß auch etwas schiefgehen kann. Nehmt Euch zum Beispiel.«

»Mich?«

»Ja ... in all den Jahren war Euer Leben von einer Anzahl gottgleicher und praxisferner Ideale bestimmt, und Ihr hattet den Eindruck, als sei mit der Welt etwas nicht in Ordnung, obwohl das eher auf Euch selbst zutraf.«

Li Yuan sah ihn fassungslos an.

»Ich habe Euch beobachtet, Li Yuan. Es war, als wäret Ihr Euer ganzes Leben lang in ein enges Korsett eingebunden gewesen. Die ganze Geschichte mit Fei Yen … Euer Glaube, daß es etwas wie eine perfekte, ungetrübte Liebe geben könne, ist die Art von Unsinn, die nur jemandem einfallen kann, der nie die Liebe einer Mutter erfahren hat. Nicht nur das, sondern auch Eure Weigerung, den Menschen das Schlimmste zuzutrauen, bis Ihr bis zum Hals in der Scheiße steckt …« Ben zuckte die Achseln, trat näher, und sein Gesicht glänzte im Mondlicht. »Für sich genommen ist nichts davon allzu schlimm. Es sind sogar bewundernswerte Charakterzüge … eines Unschuldigen oder eines Narren, aber für einen erwachsenen Menschen sind sie … nun, um offen zu sein, Yuan, höchst bemitleidenswert, und für einen König … schlichtweg verhängnisvoll!«

Li Yuan starrte ihn an, fühlte sich verletzt und gereizt und regte keine Miene. »Ist das also dein Rat, Ben Shepherd? Daß ich zu einem Schwein wie mein Vetter Wang werden und es soweit treiben soll, bis mich meine Untergebenen hassen und verachten?«

Ben blickte zum hellen Mond empor. »Versteht mich nicht falsch, Yuan. Ich habe das nicht gesagt, um Euch zu beleidigen. Ihr seid ein freundlicher Mensch – aber Freundlichkeit gehört nun mal nicht zu den Tugenden eines Königs. Ihr wollt ein guter Konfuzianer sein – Ihr wollt der Moral genüge tun –, aber ich habe die Erfahrung gemacht, daß Moral und Politik selten zusammenpassen. Versucht man sie unter einen Hut zu bringen, kommt es nur zu Konflikten.« Er sah Yuan in die Augen. »Die Welt ist, wie sie ist, Yuan, nicht wie wir sie uns wünschen.«

Li Yuan starrte ihn eine Weile an, dann nickte er andeutungsweise. »*Du* hättest T'ang werden sollen, Ben Shepherd, nicht ich.«

»Vielleicht, aber die Dinge sind so, wie sie sind. Es nützt nichts, sich etwas anderes zu wünschen. Was tatsächlich der Fall ist, sollte von jetzt an die Grundlage unserer Politik sein.«

»Was soll ich also tun?«

Ben lächelte. »Ihr müßt lernen, den Tod nicht zu fürchten. Und vor allem müßt Ihr die Dunkelheit umarmen, Li Yuan, sie *akzeptieren* – nur dann werdet Ihr Euch in ihr zurechtfinden.«

Li Yuan erwiderte seinen Blick. »Du sprichst, als wärst du gut mir ihr vertraut.«

Ben lachte. »Manchmal habe ich auch den Eindruck. Wißt Ihr, ich bin einmal im Lehm gewesen, Yuan. Ganz unten in dieser staubtrockenen Dunkelheit. Und es war ... nun, es war einfach unglaublich. Diese Rauheit ... die *Reinheit* aller Dinge dort unten!«

Li Yuan nickte und senkte den Blick. Seit dem Tod seiner Frauen hatte er sich von der Welt abgekapselt. Aber Ben hatte recht. Wenn die Welt in die Dunkelheit abdriftete, mußte er sich mit ihr beschäftigen. Es war einfach nicht möglich, weiterzumachen wie bisher.

Er seufzte. Es ging nicht anders. Und doch hatte er Angst – schreckliche, qualvolle Angst – vor dem, was aus ihm werden mochte. Der erste Schritt schien so einfach. Er mußte nur ein paar Worte äußern, das genügte schon. Es würde zum Krieg kommen. Und trotzdem ... wenn er diesen Weg erst einmal eingeschlagen hatte, wohin würde er ihn führen? In welche Dunkelheit würde er seine Schritte lenken?

Er starrte angestrengt auf die mondbeschienene Familientafel, dann schüttelte er den Kopf.

Ben hatte recht. Die Nacht war angebrochen, und er mußte lernen, die Dunkelheit willkommen zu heißen – sie mit einem klareren, kühleren Blick zu durchschauen. Das Unvermeidliche mußte sein Weggefährte werden. Dennoch würde er einen Teil von sich vor dieser Dunkelheit, diesem Versickern des Lichts bewahren. Denn es würde sicher eine Zeit kommen …

»Weniger Mensch und mehr wie … würdest du mich so lieber sehen, Ben Shepherd?«

Aber Ben sagte nichts. Er stand einfach unter dem Himmelsbaum, sein blasses Gesicht leuchtend wie der Mond, seine Augen wie Türen in die Dunkelheit … und lächelte.

Hung Mien-lo eilte durch den gruftartigen Korridor und die breite Treppe hinunter, einen Mantel um die Schultern geschlungen, als sei ihm kalt. Vier Stunden hatte der Mistkerl ihn warten lassen! Vier Stunden! Während ringsum seine Stadt unterging!

Als die Wachen sich beeilten, die großen Türen vor ihm aufzuziehen, schickte er sie, aller Formalitäten müde, mit einem Wink weg und zwängte sich durch den Spalt in die Große Halle. Er ging zwei Schritte, einen dritten … dann hielt er verdutzt inne.

Am anderen Ende der Halle, unter einem Schmuck aus roten Seidenbannern, stand Wang Sau-leyan an der Seite dieser *Hung Mao*-Frau, während zwei neukonfuzianische Beamte die letzten Worte eines vertrauten Rituals murmelten.

Mit offenem Mund nahm er die Drachen- und Phönixsymbole zur Kenntnis, mit denen die Halle auf allen Seiten geschmückt war. Die hellroten Seidengewänder, die das Paar trug, und die Art, wie Wang dastand, ließen erahnen, daß es bereits zu spät war.

»Chieh Hsia …« keuchte er.

Wang drehte sich halb um. »Ah, Kanzler Hung, kommen Sie. Wir sind fast fertig.«

Er ging langsam, wie in einem Traum weiter, bis er neben dem Paar stand.

»Was ist los, Hung?« fragte Wang ungeduldig. »Auf die Knie vor Ihrer Königin!«

Hung sah zu den Priestern hinüber, die inzwischen ihre Bücher zugeschlagen hatten und schwiegen, aber die beiden Männer sahen weg.

Bei allen Göttern, dachte er. *Der Kerl ist verrückt geworden!*

Wang drehte sich um und hob die Hand seiner Braut wie eine aufgedunsene Spinne, die mit einer Grille tanzte. »Los, Mann!«

Hung fiel auf die Knie und machte vor der Frau eine tiefe Verbeugung. »Euer … Hoheit!«

Er hob leicht den Kopf. Wang hatte etwas seltsam Berauschtes im Blick, als er seine Braut ansah. *Weiß er eigentlich, wie lächerlich er aussieht?* fragte sich Hung. Als ihm einfiel, weshalb er eigentlich gekommen war, rappelte er sich wieder auf.

»*Chieh Hsia* … wir müssen reden. Da draußen herrscht Chaos … völliges Chaos!«

Wang lächelte ihn nachsichtig an. »Später, Meister Hung. Haben Sie kein Gefühl für … für *Schicklichkeit?* Ich habe gerade geheiratet. Wollen Sie mir nicht gratulieren?«

»Äh … herzlichen Glückwunsch«, stammelte er, mehr denn je davon überzeugt, daß Wang den Verstand verloren hatte. Erst der Überfall und jetzt das. Er würde sie noch alle ins Unglück reißen!

»Gut. Gehen wir rüber und trinken wir einen Becher Wein zusammen. Es kommt nicht jeden Tag vor, daß ein großer T'ang heiratet.«

Hung wich zurück, und seine Gedanken überschlugen sich. Wenn Wang verrückt geworden war … Mit einer Verbeugung trat er noch ein paar Schritte zurück und ließ das Paar vorbei. Er ballte vor Sorge die Fäuste, als er ihnen folgte. Wenn die Berichte zutrafen, hatten sie bereits die Kontrolle über große Teile der südlichen Stadt verloren, und das Fünfte Banner …

»*Chieh Hsia!*« machte er seiner Unruhe Luft. »Wir müssen unbedingt etwas unternehmen!«

Wang blieb stehen und drehte sich um, das Gesicht finster vor Zorn. »Sagen Sie mir *niemals,* was ich tun oder lassen soll, Kanzler Hung! Nicht wenn Ihnen Ihr Leben etwas wert ist.«

Hung erstarrte vor Angst, dann warf er sich auf den Boden und drückte die Stirn auf die Fliesen. »Verzeiht mir, *Chieh Hsia!* Ich bin nur ein Wurm!«

Er hob leicht den Kopf und wartete, dann hörte er, wie der T'ang sich umdrehte und langsam davonging. Mit einem langen Seufzer rappelte er sich wieder auf, lief hinter seinem Meister her und hatte nun keine Zweifel mehr, daß Wang den Verstand verloren hatte.

»Chen? Bist du das?«

Wang Ti kam im Morgenrock aus der Küche, und als sie Chen in der Tür stehen sah, lief sie auf ihn zu und umarmte ihn.

»Chen?« fragte sie, küßte ihn und trat ein Stück zurück, um ihn anzusehen. »Bist du in Ordnung?«

»Mir geht's gut«, sagte er mit einem Lächeln und erwiderte ihren Kuß. »Hast du dir Sorgen gemacht?«

»Ich habe gehört …« Sie drehte sich um. Die Kinder standen hinter ihr in der Küchentür. Sie lachte. »Fort mit euch! Laßt uns kurz allein. Ihr werdet noch genug Zeit haben, euren Vater zu begrüßen.«

Sie wandte sich wieder Chen zu, als hinter ihr die Tür zufiel.

»Also, Kao Chen … was ist passiert?«

»Ich habe General Reinhardt den Brief gegeben«, sagte er. »Ich habe es getan, Wang Ti. Ich habe den Dienst quittiert.«

»Und was hat er gesagt?«

Chen sah für einen Moment nachdenklich ins Leere. »Er hat mir viel Glück gewünscht …«

»Viel Glück?«

»... und eine reduzierte Pension!«

»Ach so ...« Sie lachte. »Was soll's? Da, wo wir hinziehen, könnten wir mit soviel Geld sowieso nichts anfangen, oder?«

Er lächelte und küßte sie noch einmal, diesmal leidenschaftlicher, worauf sie gleich einging. »Sollen wir ...?«

Sie schüttelte den Kopf und lächelte ihn sanft an. »Jetzt nicht. Später. Kümmere dich erst um die Kinder. Sag ihnen, was du getan hast. Dann ... na ja, vielleicht könnte ich sie dann zu ihrer Tante Marie schicken, was meinst du?«

Er lachte und drückte sie fester an sich. »Das würde mir gefallen ... oh, und Wang Ti ...?«

»Ja, mein Mann?«

»Wann habe ich dir das letzte Mal gesagt, daß ich dich liebe?«

Wang ließ sich schwerfällig in den Thron sacken und winkte seinen Kanzler zu sich.

»Nun, Hung, warum wollten Sie mich sprechen?«

Hung schüttelte den Kopf und konnte nicht glauben, daß der T'ang so gelassen war. Er sah zu, wie Wang einen Pfirsich aus der Obstschale nahm, in der Hand drehte und auf faule Stellen untersuchte, dann bis zum Stein in das Fruchtfleisch biß, daß der Saft ihm übers Kinn tropfte.

»Der Angriff, *Chieh Hsia* ... auf Li Yuans Grundstück in Tongjiang.«

»Was ist damit?«

Was damit ist? Er verfiel wieder in Gestammel. »I-Ihr w-wißt davon?«

»Natürlich w-weiß ich davon, Sie Dummkopf! Wer, meinen Sie, hat ihn geplant und befehligt?« Er biß noch mal in die Frucht und sagte mit vollem Mund: »Und? Wie ist es gelaufen? Habe ich sie alle erwischt?«

»*Chieh Hsia?*«

»Meine Vettern ... habe ich sie alle erwischt?«

Hung stand mit offenem Mund da. »Ich ...« Er schüttelte den Kopf und versuchte das Gespräch in vernünftigen Bahnen zu lenken. »Ich glaube nicht, *Chieh Hsia*. Es gibt wenige bestätigte Berichte. Die Medien haben in den letzten Stunden eine totale Nachrichtensperre verhängt. Aber ... nun, ich glaube, daß einige von ihnen überlebt haben.«

Wang beäugte ihn neugierig. »Wie kommen Sie darauf?«

Er senkte den Blick. Jetzt, da er gefragt wurde, wußte er es selbst nicht mehr genau. Doch es war nicht bloß eine Ahnung. Er bekleidete sein Amt schon so lang, daß er die Zeichen zu deuten wußte. Sie lebten noch. Zumindest einige von ihnen. Es sei denn, daß Tolonen die Fäden zusammenhielt, während sie etwas aus den Trümmern zu bergen versuchten. Aber daran glaubte er nicht. Je mehr er darüber nachdachte, desto unwahrscheinlicher fand er es.

»Ich weiß nicht, *Chieh Hsia*«, antwortete er schließlich und bemühte sich, nicht die Fassung zu verlieren. »Ich habe nur den Eindruck.«

»Den Eindruck ...« Wang spuckte den Stein aus. »Und Ihre Spione, Hung Mien-lo? Könnten die nicht Näheres in Erfahrung bringen?«

»Mein Spione sind tot, *Chieh Hsia*.«

»Ach so ...« Wang lächelte. »Dann müssen wir wohl warten, was?«

»Warten, *Chieh Hsia?*« Der Gedanke, noch länger zu warten, erschreckte ihn. Er wollte Wang auffordern, endlich etwas zu unternehmen, dann fiel ihm ein, wie Wang das letzte Mal darauf reagiert hatte, und er schluckte den Gedanken hinunter. »Wenn ... wenn wir jetzt über die Vorgänge in Eurer eigenen Stadt reden könnten, *Chieh Hsia* ...«

»Wenn sie tot sind«, sprach Wang dazwischen. »Wenn sie wirklich tot sind, dann erbe ich alles. Wußten Sie das, Hung?«

»*Chieh Hsia?*«

»Das war dreist, was, Hung? Sehr direkt.«

Hung nickte und konnte das Ganze plötzlich mit Wangs Augen sehen.

»Dazu gehört *Kühnheit*, kleiner Hung. Und eine *Vision*. Und der *Wille*. Drei Qualitäten, die meine Vettern vermissen lassen.«

Und eine kalte, reptilienhafte Natur …

Hung zögerte und wartete, bis sein Atem und seine Gedanken sich beruhigt hatten.

»Und wenn Sie wirklich noch am Leben sind, *Chieh Hsia?*«

Wang nahm noch einen Pfirsich, untersuchte ihn und warf ihn weg, dann einen weiteren. Er lächelte Hung Mien-lo fast wie ein Freund an. »Ich habe etwas riskiert, Hung. Und wissen Sie was? Ich habe es fast geschafft. Vielleicht ist es schon vollbracht. Wer weiß?«

»Aber wenn Sie noch leben, *Chieh Hsia?*«

Wang lächelte, dann biß er noch einmal tief in den Pfirsich hinein. Er schien sich zu amüsieren. »Dann warten wir ab …« Er kaute und schluckte. »Dann werden wir sehen, ob meine Vettern den Willen zu kämpfen haben oder nicht.«

»Und wenn?«

»Dann haben wir wohl nichts mehr zu verlieren, was, Hung?« Er lächelte, dann stemmte er sich mit einem Grunzen hoch. »Aber kommen Sie, Hung Mien-lo. Wir wollen zu unserem Volk sprechen. Wir wollen es beruhigen. Sie und ich.«

Er grinste und legte einen Arm um Hung Mien-los Schultern. »Sie, mein *verläßlichster* Mann, und ich …«

Emily schob die Münze ins Schloß und drückte die Tür auf. Die Kabine dahinter war relativ sauber. Jedenfalls besser als viele andere, die sie gesehen hatte. Sie schloß die Tür, stellte ihre Taschen auf die Lattenbank und sah sich um.

Es gab eine Waschstelle und einen halbhohen Spiegel. Ein Krug mit dampfendem Wasser stand auf dem Regal neben einer leeren Plastikschüssel. Die Wände waren mit der üblichen Graffiti beschmiert und ein paar Dingen, die sie noch nirgendwo gesehen hatte. Sie nahm sich etwas Zeit, sie näher zu betrachten, weil sie wußte, daß sie eine Methode waren, die Zustände hier unten zu ertragen. ›Li Min ist ein Schwanzlutscher‹ stand da unter anderem, und gleich darunter ›Das hättest du wohl gern!‹ mit dem üblichen Sammelsurium pornographischer Kritzeleien. Aber was sie am meisten interessierte, war der Umriß einer schwarzen Hand – ein Symbol, das sich fünf-, nein, sechsmal auf den Wänden wiederholte. In den Händen standen Sprüche wie ›Brennt die Mauern nieder!‹, ›Das Leben ist billig, das Fleisch im Überfluß!‹, ›Fünf Finger für die Sieben!‹ und ›Zerstört, was euch stört!‹

Sie kannte die Schwarze Hand – sie war in Nordamerika aktiv gewesen –, aber sie hatte sie für ein lokales Phänomen gehalten. Wenn sich ihre Anhänger hier herübergerettet hatten …

Sie schüttelte die Schuhe von den Füßen und machte sich an die Arbeit. Sie kippte die kleine Reisetasche aus, kramte durch die Second-Hand-Kleidung, die sie gekauft hatte, suchte etwas heraus, in dem sie ganz anonym aussah, und legte es beiseite. Dann begann sie mit einem Blick in den Spiegel ihre teure Erstebenenkleidung abzulegen und stopfte sie in die leere Tasche.

Nackt trat sie vor den Spiegel, goß heißes Wasser aus dem Krug in die Schüssel und wusch sich ihr Make-up aus dem Gesicht.

Als sie damit fertig war, betrachtete sie sich wieder im Spiegel. *Immer noch dieselbe,* dachte sie. *Aber nicht lang.* Sie ging zu ihrem Reisekoffer, durchsuchte die Taschen und holte den elektrischen Rasierapparat und ein kleines Plastikpäckchen heraus. Sie legte das Päckchen neben den Krug und trat wieder vor den Spiegel.

Als sie fertig war, drehte sie den Kopf und betrachtete die glatte Wölbung ihres Schädels. Er wirkte elegant, fast wie der einer Statue. *Wenn du mich jetzt sehen könntest, Michael Lever,* sagte sie sich und empfand ein leises Bedauern, das an ihr nagte. *Wenn du nur wüßtest, was ich plane.* Aber er würde es nicht erfahren. Niemals.

Sie senkte den Blick, rümpfte die Nase und machte weiter. Das Päckchen fühlte sich in ihrer Hand glitschig an. Sie legte es weg, schaute umher und nahm eine der gebrauchten Jacken, die sie weggelegt hatte, um sich damit die Hände abzuwischen. Dann holte sie vorsichtig die Linsen aus dem Päckchen, legte sie zur Seite und setzte sie sich in die Augen.

So, dachte sie und spürte, wie sie sauber an die richtigen Stellen über ihre Pupillen rutschte. *Das ist schon besser.*

Ihre Augen, bisher braun, waren nun grün. Sie lächelte. Vor allem würden die Netzhaut-Scanner sie jetzt als Rachel DeValerian und nicht mehr als Mary Lever identifizieren.

Sie holte die lange, schwarze Perücke und den Spezialklebstoff aus der Tasche und trat wieder vor den Spiegel.

Wie oft hast du das schon gemacht? fragte sie sich.

Ein dutzend-, vielleicht fünfzehnmal, beantwortete sie sich selbst die Frage und spürte, wie die alte Erregung sie wie die Wirkung einer Droge erfaßte. Erst jetzt wurde ihr klar, wie sehr sie das vermißt hatte.

Die Perücke verwandelte sie. Sie musterte sich im Spiegel, betrachtete sich dann im Profil.

Das Haar war noch nicht ganz richtig. Sie würde es schneiden müssen, sonst …

Sie lächelte. »Auf Wiedersehen, Mary Lever«, flüsterte sie und wandte sich der schwarzen Hand an der Wand zu. *Und hallo, Rachel DeValerian.*

Nah Ho kam zu ihm, als Ben gegangen war, und wartete geduldig in der Dunkelheit neben dem Teich, eine schlanke Gestalt im Mondlicht. Seine Stimme klang ernst und bedeutungsvoll in der ummauerten Abgeschiedenheit.

»Nun, *Chieh Hsia?* Haben Sie einen Entschluß gefaßt?«

Li Yuan nickte. »Verständigen Sie Marschall Tolonen und verbinden Sie Tsu Ma und General Reinhardt mit meinem Arbeitszimmer. Ich werde gleich dort sein.«

Nan Ho zögerte und starrte die Gestalt des jungen T'ang an. Schließlich zog er sich mit einer Verbeugung zurück.

Li Yuan blickte ihm nach, dann seufzte er und sah sich ein letztes Mal um. Im Mondlicht sah der Teich wie ein Spiegel aus, und die Tafel …

Er trat auf den weißen Stein der Tafel und betrachtete die Namen unter seinen Stiefeln. Vater und Bruder, Großvater und Urgroßvater, elf Generationen.

Er ging in die Knie, schrieb mit den Fingerspitzen seinen eigenen Namen auf den weißen Stein und blickte mit gemischten Gefühlen auf. War es *das*, was ihn von den anderen unterschied? Diese Perversität, das seltsame Gefühl, den Tagen, die auf ihn zukamen, nicht gewachsen zu sein? Hatten die anderen auch schon solche Gefühl geplagt? Oder war dieses Morbide ein Zug seiner Zeit?

Er zitterte, teils vor Kälte, teils vor der Intensität seiner Gefühle in diesem Augenblick. Eines Tages würde ein Mann sich hier aufs Polster knien und Li Yuans Name mit liebevoller Hingabe in den Marmor meißeln. Und was würde dieser Mann dabei denken? Würde er über den Tod dieser Herrscher nachdenken? Oder würde er sich, was wahrscheinlich war, mehr um seinen knurrenden Magen sorgen – oder um das Mädchen, das er begehrte?

Er lächelte, weil er den Gedanken seltsam beruhigend fand. Schließlich rappelte er sich wieder auf und schritt über die Wiese zum offenen Tor. Er wußte, was er zu tun hatte.

Wang Sau-leyan stand auf dem Balkon und sah sie durchs Zimmer gehen. Draußen war es kühl und dunkel. Der Halbmond stand hoch im Westen.

»Komm rein, mein Schatz«, rief sie lächelnd und schlug das Seidenlaken zurück.

»Gleich …« erwiderte er und genoß die vergängliche Vollkommenheit des Abends. Bald wäre alles vorbei. Staub im Wind. Alle Dinge. Alle Erinnerungen und Visionen.

Er atmete tief durch und witterte die Spur ihres Dufts in der kühlen Abendluft.

Ein Moment, dachte er. *Ein einziger Moment der Vollkommenheit, und dann …* Er lächelte. *Dann nichts mehr …*

Er trat ein und durchschritt ihre Parfümwolke wie eine Schranke in ein Schlafzimmer aus roten und goldenen Seidenlaken, feinen Spitzenschleiern und durchsichtigen Vorhängen.

»Komm her, Schatz«, sagte sie von den aufgehäuften Kissen aus. Ihr heller Körper hob sich von der blutroten Seide ab. *»Hierher …«*

Er ging auf sie zu.

Plötzlich klopfte jemand ungeduldig an die äußeren Türen.

Er fuhr herum.

Wieder das Klopfen, diesmal lauter.

»Mein Liebling …«

Er streckte die Hand aus. »Moment … es wird nicht lang dauern.«

Er verließ das Zimmer und trat vor die verriegelten Türen. »Wer ist da?«

»Ich bin's, *Chieh Hsia!* Euer Kanzler Hung Mien-lo!«

Er schob den schweren, drachenköpfigen Riegel zurück und machte Platz, als die Türen langsam nach innen aufschwangen.

Es hatten sich einige Wachen und Minister im Flur versammelt, und angeführt wurden sie von einem blassen Kanzler.

»Also, Mann, was ist los?«

Er sah es ihren Augen an. Weit aufgerissene, erschrockene Augen, wie die Augen ängstlicher Kinder.

»Und?«

»Wir haben Krieg, *Chieh Hsia!* Li Yuan hat uns den Krieg erklärt!«

KAPITEL · 10

Flut

Die letzten Sachen waren eingepackt, die Zimmer ein letztes Mal überprüft worden, um sicherzugehen, daß sie nichts übersehen hatten. Jetzt waren sie bereit zu gehen. Als Chen im Hauptschlafzimmer stand, ging ihm durch den Kopf, was in dem jetzt so seltsam leeren Raum alles geschehen war.

In gewisser Weise war alles wie ein Traum gewesen, der an Substanz verlor und in der Erinnerung verblaßte, nachdem nun alles vorbei war. Alle Freude und das ganze Leid, das er in diesen Zimmern erfahren hatte, wohin waren sie verschwunden?

Er lächelte schief und wunderte sich, warum er plötzlich in so morbider Stimmung war. Ein neues Leben winkte – ein Leben, das er plante, seit er vor zwölf Jahren einen ersten Blick auf die Plantagen geworfen hatte –, und er stand hier und grübelte über die Vergangenheit nach.

Zwölf Jahre … Er runzelte die Stirn. Warum hatte es ihn soviel Zeit gekostet? Warum hatte er es soweit kommen lassen? Doch ein Teil von ihm verstand warum. Das Leben verlief nie so einfach, wie man es plante. Man folgte einem festgelegten Weg, und es war schwer, einen anderen einzuschlagen. Der Dienst für den T'ang, seine Kinder, seine Schwierigkeiten mit Wang Ti – all das hatte ihm auf seinem Weg aufgelauert.

»Chen …?«

Er drehte sich um. Wang Ti stand in der Tür und beobachtete ihn.

»Ich habe nachgedacht«, beantwortete er ihre unausgesprochene Frage. »Mich erinnert.«

Sie trat an seine Seite, legte einen Arm um seine Hüfte und drückte einen Kopf an seine Schulter. »Wirst du das alles vermissen?«

»Ich weiß nicht. Es bleibt so viel von uns hier übrig. Wir bringen unsere Habseligkeiten anderswohin, doch etwas von uns bleibt zurück, nicht wahr?« Er machte eine Pause, einen besorgten Ausdruck in seinem rauhen, bäuerlichen Gesicht. »Ich denke die ganze Zeit daran, daß wir hier unsere Kinder aufgezogen haben ...«

»Ja ...« Er spürte, wie sie ein leichter Schauer durchfuhr, aber als er sie ansah, lächelte sie.

Er lachte. »Wofür war das denn?«

»Ich habe an das Positive gedacht. Die guten Zeiten.« Sie richtete sich auf die Zehenspitzen auf und küßte ihn auf die Nase. »Du bist ein guter Mann, Kao Chen. Nur wenige Männer hätten das so durchgestanden wie du.«

Er betrachtete ihr hübsches Gesicht, das ihm so vertraut war. »Ich habe getan, was ich tun mußte. Ich hatte gar keine Wahl.«

»Nein ...« Aber er sah ihr an, daß der Gedanke sie rührte. Er drückte sie mit geschlossenen Augen an sich und genoß den warmen Druck ihres Körpers an seinem.

Da gibt's kein Geheimnis, dachte er. *Das ist der Grund. Genau das hier.*

»Sind die Kinder fertig?« fragte er und vergrub die Nase in ihrem Haar.

»Marie hat sie zurechtgemacht.«

»Gut.«

Jemand klopfte an die Außentür.

»Das müßte Gregor sein«, sagte sie. »Er sagte, er würde noch vorbeikommen, wenn er es schafft.«

Chen nickte und ließ sie zur Tür gehen.

Heute abend würden sie endlich die Plantage von Kosaya Gora erreichen, über sich einen offenen Himmel, unter ihren Füßen weiche Erde, und all das hier – diese Welt der Mauern und Ebenen – würde hinter ihnen liegen. Er lächelte. *Ja, ich freue mich darauf, wieder Sonnenlicht und Regen zu sehen.*

Er ging in den Flur und begrüßte Karr, indem er ihn fest umarmte. Karr trug eine vollständige Kampfuniform. Er würde heute abend auch abreisen, allerdings nach Afrika.

»Ist alles fertig?« fragte Karr und betrachtete die im Flur gestapelten Kisten.

»Hat lang genug gedauert«, sagte Chen lachend. »Und du? Weißt du endlich, wo man dich hinschickt?«

»An die Goldküste«, antwortete Karr. »Ich habe gehört, dort sind schwere Kämpfe im Gange.«

»Ach ja ...« Chen nickte bedrückt.

Karr war zum Kommandanten der ersten ›Volksarmee‹, wie sie in den Medien hießen, ernannt worden. Im letzten Monat hatte er die unfertigen Rekruten mit den Grundlagen des Soldatenhandwerks vertraut gemacht, doch nach dem, was er Chen bereits erzählt hatte, würde er frühestens in sechs Monaten einsatzbereit sein.

»Mir gefällt das auch nicht, Chen, aber was sein muß, muß sein, wie es so schön heißt.« Er lächelte. »Mein T'ang befiehlt.«

»Ihr hättet uns begleiten sollen, Gregor. Du und Marie und die kleine May.«

Der Riese lächelte und schüttelte den Kopf. »Nein, Chen. Es gibt auf keiner Plantage zwei Aufseherstellen. Und was sollte ich dort sonst anfangen? Kannst du dich mir beim Umgraben vorstellen?«

»Nein.« Chen lachte. »Ich glaube, du hast recht. Aber ich werde dich vermissen, Gregor. Besuch uns doch mal, wenn die Kämpfe vorüber sind, ja? Wir werden dir zeigen, was dir entgeht, wenn du weiter hier lebst.«

Karr grinste und faßte ihn an den Oberarmen. »Ich freu mich schon darauf.«

»Und viel Glück, alter Freund. Paß auf dich auf, ja?«

Karr nickte und sah an ihm vorbei zu seiner Frau, die neben Wang Ti in der Küchentür stand und sein Kind im Arm hielt. »Das werde ich«, sagte er leise. »Die Götter wissen, daß ich allen Grund dafür habe.«

General Reinhardt trat zur Seite, als der große behelfsmäßige Bildschirm herabgelassen wurde. Als er sich davon überzeugt hatte, daß der Bildschirm richtig positioniert war und die Kameras funktionierten, gesellte er sich zu seinen Offizieren am anderen Ende des langen Tisches.

Reinhardt gegenüber stand Major Dehmel vom Fünfzehnten Banner der Stadt Afrika, hinter ihm sein Stabsoffizier. In der großen Halle unter der Galerie, auf der sie sich versammelt hatten, standen die übrigen Mitglieder des Fünfzehnten Banners – insgesamt etwa achtunddreißigtausend Mann –, bewacht von einer doppelten Reihe von Reinhardts Truppen in voller Kampfmontur. Sie saßen auf dem Boden und warteten schweigend darauf, daß über ihr Schicksal entschieden wurde. Ihre Moral war auf einem Tiefstpunkt angelangt, die Waffen hatte man ihnen abgenommen. Drei Wochen lang hatten sie sich südwärts zurückgezogen, von Beni Suef bis Asyut, hatten ein verzweifeltes Nachhutgefecht ausgefochten und Stock um Stock aufgeben müssen, bis sie schließlich überwältigt worden waren. Mehr als vierhunderttausend Mann aus ihren Reihen waren gefallen oder gefangengenommen worden. Jetzt waren sie an der Reihe, um Gnade zu flehen.

Als der große Bildschirm flackerte, wandten sich

beide Gruppen von Offizieren ihm zu und machten tiefe Verbeugungen.

Von seinem Drachenthron schaute die riesenhafte Gestalt von Li Yuan, fünfzig *ch'i* hoch und zwanzig breit, auf sie herab.

»General Reinhardt ...« sagte er ernst. »Major Dehmel ... Können wir anfangen?«

»Chieh Hsia«, sagte Reinhardt und bedeutete Dehmel und seinen Leuten, sich zu setzen.

Der große Tisch war auf Hochglanz poliert worden und sein dunkles Holzfurnier leer bis auf zwei Dokumente aus Propatriapapier und eine Garnitur Tinte und Federn. Ein Dokument wurde Reinhardt vorgelegt, als er Platz nahm, das andere, eine Kopie der Kapitulationserklärung, dem Major.

»Bevor wir zur Sache kommen«, sagte Reinhardt und richtete sich steif auf, als er zu den Männern ihm gegenüber sprach, »möchte ich sagen, daß ich den Männern und Offizieren des Fünfzehnten Banners größten Respekt entgegenbringe. Sie haben gegen eine Übermacht tapfer gekämpft. Was Sie heute tun werden, ist keine Schande.«

Er sah das zufriedene Nicken und fuhr fort. »Also ... fangen wir an.« Er wandte sich halb dem Bildschirm zu. »*Chieh Hsia?* Wünscht Ihr etwas zu sagen, bevor wir unterzeichnen?«

Li Yuan nickte, und dabei zoomte die Kamera auf sein Gesicht, das schnell den ganzen Bildschirm ausfüllte.

»Major Dehmel, *Ch'un tzu* ... Ich möchte unterstreichen, was Major Dehmel gesagt hat. Ich habe erlebt, wie gut sich Ihr Banner unter einem enormen und anhaltenden Druck, ungeachtet entsetzlicher Verluste und unter den schwierigsten Bedingungen geschlagen hat. Sie haben Ihre Pflicht gegenüber Ihrem Meister bis zum Letzten erfüllt und die ganze Schuld der Loyalität bezahlt, die Sie ihm schulden. Aber jetzt ... jetzt hat sich alles geändert. Vor uns liegt die Arbeit der Wiedervereinigung und des Wiederaufbaus, und ich brauche so gute und loyale Männer wie Sie, die mir dabei helfen.«

Der junge T'ang machte eine Pause und schien jeden einzelnen Mann in der Halle anzusehen. »Unter den gegebenen Umständen bin ich bereit, jeden Offizier des Fünfzehnten Banners in meine Dienste zu nehmen, der willens ist, mir in der kommenden Kampagne zu dienen. Entsprechend soll jeder gewöhnliche Angehörige des Banners, der für mich an der Waffe dienen will, die Gelegenheit dazu bekommen.«

Es erhob sich überraschtes Gemurmel. Li Yuan wartete, bis es sich legte. Einen Moment lang sah er einfach auf die Männer hinunter, seine Züge streng, doch gnädig, mächtig, doch wohltätig, dann sprach er weiter.

»Jene, die nicht genug Mumm für den bevorstehenden Kampf haben, werden für die Dauer der Kampagne bei halber Ration interniert. Wer sich stark genug fühlt und mir heute noch den Treueeid leistet, bekommt zwei Wochen frei, erhält sofort volle Rationen und ...« – er machte eine bedeutungsvolle Pause – »... allen ausstehenden Sold ausbezahlt.«

Diesmal wurde es in der Halle erheblich lauter.

Langsam entfernte sich das Gesicht des T'ang. Der Bildschirm zeigte ihn wieder in voller Körpergröße auf dem Thron. Eine kühle, leicht entrückte Gestalt wartete auf ihre Antwort.

Reinhardt sah Dehmel über den Tisch hinweg an und stellte fest, daß Li Yuans Rede bei ihm Wirkung hinterlassen hatte. Der Major sah nach rechts und links und traf auf die Blicke seiner Offizierskollegen; sie nickten und senkten den Blick, als hätten sie zu einer schweigenden Übereinkunft gefunden.

Als Dehmel ihn wieder ansah, lächelte Reinhardt den Mann unwillkürlich an und freute sich, daß sich nach einem Monat schwerer Kämpfe etwas zum Besseren wandte.

Dehmel beugte sich ihm, Reinhardt, entgegen. »Darf ich mit meinen Männern sprechen, General?«

»Natürlich ...« Reinhardt stand auf, und seine Offiziere erhoben sich mit ihm.

Dehmel ließ sich von einem seiner Hauptmänner den Stuhl zurückziehen, kam hinter dem Tisch hervor und trat an den Rand der Galerie.

»Männer!« wandte er sich an die Masse der vor ihm sitzenden Männer. Seine Stimme wurde von einem Reversmikrophon aufgenommen und durch den geräumigen Saal verstärkt. »Ihr habt den großen T'ang gehört. Ihr habt sein großzügiges und unerwartetes Angebot gehört. Und ihr habt auch gehört, welches Schicksal euch erwartet, falls ihr nicht mehr kämpfen wollt.«

Er machte eine Pause und hatte ein dünnes Lächeln aufgesetzt, als er nickte. »Also ... Ihr seid große Kämpfer. Das habt ihr tausendmal bewiesen. Ihr habt getan, was ich von euch verlangt habe, und mehr ...« Wieder nickte er, und dabei strahlte er einen grimmigen Stolz aus. »Ja, Wu Song[5] persönlich wäre stolz gewesen, jeden von euch seinen Bruder zu nennen!«

Er hörte Gelächter, aber auch vernehmliches Gemurmel der Zustimmung.

»Also, was sagt ihr? Sollen wir das großzügige Angebot des großen T'ang annehmen? Oder wollen wir uns verkriechen wie geprügelte Hunde und unsere Wunden lecken?«

»Nein!« schrien die Männer. Viele waren aufgesprungen.

»Und?« fragte Dehmel und blähte den Brustkasten. »Was sagt das Fünfzehnte Banner denn nun?«

Es fing langsam an. Anfangs waren es nur wenige Stimmen, doch binnen Sekunden fanden sie überall in der Halle Widerhall, zwei Worte, die zunächst von dem Lärm gedämpft wurden, als die Männer des Fünfzehnten Banners aufstanden, dann wie von einem Donnerbrausen unterstützt wurden, als Tausende Stiefel im Einklang mit den Sprechchören aufstampften.

»Li Yuan! ... Li Yuan! ... Li Yuan! ... Li Yuan! ...«

Dehmel hob beide Hände. Langsam wurde es wieder ruhig. Er drehte sich um, sah zum Bildschirm empor und senkte den Kopf. Hinter ihm taten achtunddreißigtausend Mann – der Rest einer einstmals großen Armee – dasselbe.

»*Chieh Hsia* ...« erklärte Dehmel mit vor Rührung zitternder Stimme. »Das Fünfzehnte Banner gehört Euch!«

Li Yuan stieg vom Drachenthron herunter und gab seinem Kanzler einen Wink.

»Meister Nan, berichten Sie meinen Vettern die guten Nachrichten, dann schicken Sie Tolonen herein. Ich muß mit ihm reden.«

Nan Ho verbeugte sich. »*Chieh Hsia* ...«

Li Yuan sah ihm lächelnd nach und freute sich, daß der heutige Tag so gut gelaufen war, dann ging er hinüber zur Großen Karte.

Er war stolz auf die Karte. Das Ganze war ihm eingefallen, als er an seinem Schreibtisch gesessen, die Karten studiert und über den Ausgang des Krieges nachgegrübelt hatte. Er haßte das Rumsitzen. Er ging gern spazieren, wenn er nachdenken wollte. Warum also nicht einfach eine überdimensionale Karte bauen, auf der man spazierengehen konnte? Nan Ho hatte sich gleich darum gekümmert, daß seine Idee verwirklicht wurde, das Ding von Handwerken entwerfen und anfertigen lassen und sogar einige Details hinzugefügt, die ihm selbst eingefallen waren.

Eingebettet zwischen den Säulen am anderen Ende seines Audienzsaals erhob sich die riesige Karte eine Mannshöhe über den steinernen Boden. Eine steile Rampe folgte den Konturen des Kartenrandes und erlaubte einen Aufstieg auf die Oberfläche, die von Spots an der Decke beleuchtet wurde.

Er stieg die Rampe hinauf, blieb am südlichen Rand stehen und sah zwanzig Schritte nach Norden.

Afrika ... der Kontinent war so gewaltig, daß man ganz Europa in der großen Landmasse zwischen Dakar im Westen und Asmara im Osten unterbringen konnte.

Er ging weiter, bis er oberhalb von Asyt stand, die Füße zu beiden Seiten des Bereichs, wo das Fünfzehnte Banner sich ihm unterworfen hatte, dann sah er in die Runde und hatte dabei das Gefühl, die Karte schon zum tausendsten Mal zu studieren. Die Oberfläche der Karte war durchsichtig und enthüllte die unwandelbaren Einzelheiten der Geographie, die der Mensch nicht hatte austilgen können. Darunter befand sich eine zweite halbdurchsichtige Schicht, die die Grenzen der Stadt, die Wachstumszonen und andere Details von sozialer Bedeutung zeigte – See- und Raumhäfen, Kasernen und Paläste. Darunter – und das war Nan Hos Beitrag – wurde ein ständig aktualisierter Datenbestand angezeigt, der Aufschluß über die Stellung von Truppen und Nachschubbasen, Kommandeuren und Bewegungen feindlicher Truppen gab. Außerdem brauchte er nur mit dem Zeh auf die Oberfläche zu drücken und der Computer würde ihn mit dem jüngsten Bericht aus diesem Gebiet versorgen. Es war ein wunderbar hilfreiches Werkzeug, und er hatte viele Nächte hier verbracht und die Karte zu Rate gezogen, um sich Klarheit darüber zu verschaffen, was getan werden mußte, bevor er sich mit seinen Vettern beriet.

Er sah sich um. Die Stadt selbst bedeckte weniger als zwanzig Prozent dieser großen Landmasse. An manchen Stellen wie an der Goldküste, in Nordafrika oder der Ostküste schmiegte sie sich, eingedämmt von Bergen oder Wüsten, an die Küste, an anderen – wie im alten Ägypten, dem Kongo, dem alten Nigeria oder im Süden –, bildete sie riesige Blöcke, die von schmalen Korridoren verbunden wurden. Weitere achtunddreißig Prozent wurden von den Anbaugebieten eingenommen, den großen Plantagen, die Afrikas traditionelle Stärke gewesen waren. Der Rest, über ein Drittel der Gesamtfläche – ein höherer Prozentsatz als bei jeder anderen Stadt, Ostasien ausgenommen – bestand aus Bergen oder Wüste.

Es war eine große Stadt. Zumindest war sie das vor vier Wochen noch gewesen. Nun bestand sie im Grunde aus sechs getrennten Städten.

Seine Truppen kontrollierten einen breiten Korridor von Alexandria am Mittelmeer tausend *li* südlich bis nach Asyut am Nil – ein Gebiet, das die Hälfte des alten Ägyptens umfaßte und einen beträchtlichen Teil des früheren Libyens. Darüber hinaus hatte er eine zweite Front bei Freetown eröffnet, und seine Truppen hatten den Streifen der Stadt befreit, der sich von Dakar im Norden bis Tiassale im Osten entlang der Küste erstreckte, zweihundert *li* vor der Bezirkshauptstadt Abidjan. Dort stand sein Viertes Banner Wang Sau-leyans Zwölftem in einer mit jedem Tag blutigeren Konfrontation gegenüber.

Er drehte sich um und ging hinüber. Tsu Mas Truppen standen im Kongo, Wei Tseng-lis an der Küste von Mozambique. Beide hatten nicht viel Erfolg gehabt und feststellen müssen, daß die Einnahme einer feindlichen Stadt in der Theorie viel einfacher war als in der

Praxis. Es war wie eine *Wei Chi*-Partie in drei Dimensionen. Wenn man die Gebiete, die man durchquert hatte, nicht völlig zerstörte und die Einwohner vor sich hertrieb, mußte man damit rechnen, daß die Bürger sich, wenn man erst zehn Stöcke weiter war, hinter den eigenen Reihen erheben würden. Natürlich konnte man Garnisonen stationieren, und sowohl Tsu Ma wie Wei Tseng-li hatten das auch getan, doch der zusätzliche Truppenaufwand war enorm und verschärfte die schon horrenden Probleme der Logistik noch. Regelmäßige Abwürfe auf das Dach der Stadt genügten nicht, und die Nahrungs- und Munitionsvorräte näherten sich der Erschöpfung. Eine schwere Niederlage einer der beiden Truppen, und sie würden sich ganz zurückziehen müssen.

Das Problem wurde noch schlimmer dadurch, daß im Süden bereits große Teile der Stadt rebelliert und Wangs Herrschaft abgeschüttelt hatten. Zwei neue Königreiche waren ausgerufen worden, und obwohl die Herrschaft ihrer Könige eine kurzlebige Angelegenheit zu sein schien und ihre zusammengewürfelten Truppen für die Allianz keine wirkliche Bedrohung bedeutete, boten sie ein schlechtes Beispiel. Im Wirbel des Krieges schien das Volk der Stadt Afrika der Herrschaft der Sieben über geworden zu sein, und der unter Wang lange Zeit unterdrückte revolutionäre Druck stieg an die Oberfläche.

Auch das war nicht das einzige Problem. So wie beim Untergang vom Nordamerika waren massenhaft Flüchtlinge aus den oberen Ebenen der Stadt Afrika in die anderen Städte geströmt. Aber während es bisher – *gerade noch* – genug Platz gegeben hatte, um den plötzlichen Zustrom zu bewältigen, hatte sich die Situation diesmal zugespitzt. Viele Flüchtlinge hatten mit einer für ihre Verhältnisse dürftigen Unterbringung zehn oder gar fünfzehn Ebenen tiefer vorlieb nehmen müssen. Die Unruhe, bis dahin ein Fremdwort auf den höchsten zwanzig Ebenen der Stadt, hatte zu häßlichen Zwischenfällen geführt, und er hatte eingreifen müssen, um die Lage zu befrieden. Im Moment herrschte Ruhe, aber wie lang würde das andauern?

Die großen Türen am anderen Ende des Saals schwangen auf, und Tolonen trat ein. Der alte Mann sah herüber und senkte den Kopf.

»Ihr wolltet mich sprechen, *Chieh Hsia?*«

»Ja, Knut. Kommen Sie her. Ich muß mit Ihnen reden.«

Als Tolonen auf die Karte stieg und auf seinen T'ang zukam, sah er, wie Li Yuans Blick die Oberfläche überflog und alle Einzelheiten registrierte.

»Haben Sie das vom Fünfzehnten Banner gehört?«

Tolonen grinste. »Das sind hervorragende Neuigkeiten, *Chieh Hsia*. Und mit Karrs neuen Truppen zur Unterstützung des Vierten in Abidjan sollten wir von dieser Front auch bald gute Nachrichten hören, nicht wahr?«

Vielleicht, dachte er und behielt seine Zweifel für sich. Aber das war nicht der Grund, warum er Tolonen hergebeten hatte. Er ging noch einmal nach Asyut hinüber, drehte sich um und sah den alten Marschall an.

»Wo ist er, Knut? Wo steckt der Mistkerl?«

Tolonen zuckte die Achseln. »Tot, *Chieh Hsia?* Es ist mindestens zwei Wochen her, seit er in der Öffentlichkeit gesehen wurde. Also ist er vielleicht …«

Aber Li Yuan schüttelte den Kopf. »Wenn er tot wäre, hätten wir es inzwischen erfahren. Nein, er lebt noch. Die Tatsache, daß seine Armeen immer noch kämpfen, ist ein Beweis dafür. Sie würden es nicht tun, wenn er tot wäre.«

Das war die überraschende Wahrheit. Anfangs war er schockiert darüber gewesen, wie entschlossen Wangs Banner für ihn kämpften. Aber langsam hatte er begriffen, woran es lag. Sie kämpften nicht für Wang persönlich, sondern für seine Verkörperung als T'ang der Stadt Afrika. Eine solche Loyalität war tief verwurzelt. Ohne sie hätten die Soldaten keinen Zweck erfüllt, als Truppe keine echte Identität gehabt, und deshalb kämpften sie – für Afrika und für ihren T'ang.

Er sah umher, schritt langsam über die Karte und bewegte sich von einem Palast Wangs zum nächsten – Alexandria, Casablanca, Ibadan, Kinshasa, Kimberley, Lusaka … er hatte sie alle überrannt. Nur Luxor war übrig. Aber angeblich war Luxor verlassen.

»Wenn wir ihn finden könnten«, überlegte er laut genug, daß Tolonen mithören konnte. »Wenn wir ihn aufspüren und ihn umbringen könnten … nun, vielleicht wäre die Schlächterei dann vorüber.«

Er blickte auf und trat vor Tolonen hin.

»Luxor«, sagte Tolonen. »Ihr müßte als nächstes Luxor angreifen.«

»Und wenn er nicht dort ist?«

»Dann werden wir weiterkämpfen, *Chieh Hsia*. Niemand hat gesagt, daß es einfach sein würde. Ein Krieg wie dieser … er könnte Jahre dauern.«

Li Yuan nickte. Genau das befürchtete er auch. Lange Kriegsjahre – wie würde sich das auf Chung Kuo auswirken? Und wenn am Ende Afrika verloren wäre, was würde dann aus Europa und den anderen Kontinenten werden? Würde alles in Finsternis versinken?

»Also Luxor«, sagte er. »Wollen wir beten, daß wir ihn diesmal finden.«

In der Halle herrschte wiederhallende Stille. Wang Sau-leyan sah von seinem hohen Thron auf die acht Gefangenen herab, und seine blutunterlaufenen Augen glühten vor Haß. Die Frau an seiner Seite schaute weg und hatte Furcht – oder war es Angewidertheit? – in den Augen.

Die Gefangenen knieten und hielten die Köpfe gesenkt, mehr vor Erschöpfung denn aus Unterwürfigkeit, und hatten die Hände hinter dem Rücken gefesselt – so stramm, daß Blut die Stricke tränkte. In ihrem Rücken wartete eine Reihe kaiserlicher Wachen mit gezogenen Schwertern hinter ihrem Hauptmann.

Auf eine Geste des T'ang wurde der Bildschirm hinter ihm hell und zeigte die vier Gefangenen, wie sie um einen Eßtisch saßen, ihre nun verdreckten Seidengewänder strahlend hell, ihre jetzt verschrammten und blutigen Gesichter heiter.

Wang beugte sich vor und umklammerte mit beiden Händen die Lehnen des Throns.

»Wollen Sie es immer noch abstreiten? Nach allem, was Sie gesehen haben? Nach allem, was ich Ihnen gezeigt habe?« Er fuchtelte ohne hinzusehen in Richtung des Bildschirms. »Sind das da oben acht andere Männer, die lachen und von meinem Tod reden … die Pläne schmieden, mich umzubringen?«

Er ließ sich zurücksinken und wischte sich den Speichel von den Lippen. »Sie verräterischer Abschaum! Ich habe Sie wie Brüder behandelt, und so vergelten Sie es mir! *So!*«

Er fuhr zusammen, und ein Ausdruck schieren Ekels überflog sein Gesicht. Sein Arm schoß hervor und zeigte auf einen der Gefangenen. »Hauptmann, schneiden Sie dem Halunken die Kehle durch!«

Einige der Gefangenen blickten auf. Als einer von ihnen feststellte, daß Wangs ausgestreckte Hand auf ihn zeigte, wimmerte er vor Angst. »Nein, *Chieh Hsia* … Ihr mißversteht das alles …«

Der Hauptmann packte ihn brutal, klemmte seinen Kopf unter den linken Arm und zog ihm das Messer durch die Kehle. Blut sprudelte aus der Wunde. Er ließ ihn zu Boden sacken.

»Und jetzt der da!« knurrte Wang wild und zeigte auf einen anderen.

Der Hauptmann gehorchte pflichtbewußt.

Die anderen sechs zitterten jetzt. Der Gestank von Kot hing in der Luft.

»Ihr jämmerlichen Gestalten …« schnaubte Wang, stand schwankend auf und taumelte drei Stufen herunter, bevor er sein Gleichgewicht wiederfand. »Ihr seid ein … ein Haufen Dreck!«

Er kam die restlichen Stufen herunter, nahm seinem Hauptmann das blutige Messer ab und baute sich vor einem der übrigen sechs auf.

»Bettle …« sagte er leise und beugte sich über ihn. »*Bettle* um dein jämmerliches Leben.«

Der Mann warf sich vor ihm zu Boden. *»Ch-chieh Hs-hsia«,* stammelte er. »Die Götter wissen …«

Er grunzte, als Wang ihm mit seinem ganzen Gewicht das Messer in den Rücken stieß. Wang richtete sich auf. Das Messer steckte bis zum Heft.

»Und du?« fragte er und wandte sich dem nächsten zu.

Der Mann fiel in Ohnmacht.

»Kocht sie«, sagte Wang, entließ seine Wachen und wischte sich die Hände an seinem Seidengewand ab. »Stellt einen großen Kessel auf und kocht sie bei lebendigem Leibe. Und macht es irgendwo in der Nähe. Ich will ihre Schreie hören.«

Er wandte sich seiner Frau zu und sah, wie sie auf ihn herunterstarrte, ihre Haut so blaß, daß sie fast durchsichtig wirkte. Sie hatte sich die letzten Tage krank gefühlt. Sie aß nichts mehr, und er hatte sie in der Nacht jammern gehört. *Die Nerven,* dachte er und klomm die Stufen zu ihr hinauf.

»Schon gut«, flüsterte er und beugte sich über sie. »Ich würde dir nie etwas tun. Das weißt du doch. Niemals.«

Dann rief er seinen Wachen hinterher, die gerade die Gefangenen wegschleiften: »Wo ist Hung Mien-lo? Wo steckt dieser elende Hung?«

Hung Mien-lo stolperte den Durchgang zwischen den Sitzen entlang und schnallte sich wieder an. Keinen Moment zu früh, denn der kleine Viermann-Kopter legte sich schräg und schlug den neuen Kurs ein, den er angegeben hatte.

Er warf einen Blick hinaus und sah das Dach der Stadt auf sich zukommen, dann wieder in die Horizontale einpendeln, als der Kopter aufs Meer hinausflog. Er schaute durch das gegenüberliegende Bullauge hinaus und sah die große weiße Mauer der Stadt langsam abfallen und immer weiter zusammenschrumpfen, während der Kopter beschleunigte.

Hung lehnte sich zurück und spürte den Druck des Kopters an seinem Körper, dann schloß er die Augen und versuchte sich zu entspannen, weil er wußte, daß er zum ersten Mal seit vier Wochen in Sicherheit war.

Hinter ihm wurde Afrika mit jedem Moment kleiner, wie ein schlechter Traum, der im Dämmerlicht verblaßte. Vor ihm lagen die verwüsteten Ebenen des Mittleren Ostens und dahinter Zentralasien und sein Ziel.

Er atmete tief, dann lachte er und fragte sich, was sein früherer Herr gerade machte. *Er kümmert sich bestimmt um seine Frau,* dachte er und spürte, wie ihn eine dunkle Welle der Befriedigung durchfuhr.

Es hatte sich als unmöglich erwiesen, Wang selbst zu vergiften. Ein Dutzend Vorkoster waren im Laufe der Jahre bei verschiedenen Versuchen gestorben. Aber seine Frau … Hung lachte wieder. Es war so einfach gewesen. Es wäre nicht einfacher gewesen, wenn er ihr das Zeug pur eingelöffelt hätte.

Er gab ihr höchstens einen Tag. Und Wang selbst?

Hung Mien-lo gab einen schweren Seufzer von sich. Auch Wang Sau-leyans Tage waren gezählt. Das hatte er von Anfang an gewußt: von dem Augenblick in Wangs Räumen, als er – in einem Augenblick blendender Einsicht – begriffen hatte, daß Wang Sau-leyan der Mörder seines Vaters war. Dennoch hatte er sich gut gehalten. Sehr viel länger, als Hung erwartet hatte. Aber nun war das Spiel vorbei. Seine Minister waren geflohen und seine Generäle opponierten offen gegen ihn. In ein paar Tagen war es vorbei.

Er wandte sich dem Fenster zu. Dort draußen, unter einem tiefblauen Himmel, schimmerte das Meer wie ein Spiegel. *Perfekt,* dachte er und erinnerte sich aus irgendeinem Grund an die blauen Augen der Frau. In diesem Moment hörte er das Klicken des Auslösemechanismus unter seinem Sitz und das langsame Surren des Zünders, der einen Halbkreis drehte, bevor er …

Die Männer sprangen aus dem Kopter, als er landete, und hasteten über das Dach des großen Palastes auf die Ventilationsschächte zu.

Sie hatten mit Abwehrfeuer gerechnet, aber die Batterien des Palastes hatten geschwiegen, die Ausgucks waren unbesetzt gewesen. Dennoch nahmen sie die vorgesehenen Positionen ein und gingen die Schritte durch, die sie Hunderte Male gepaukt hatten. Sie hörten die dumpfen Detonationen von Granaten, dann hatten sie die Schächte erreicht, schlüpften hinein und kletterten in die oberen Korridore hinab.

Oben auf der großen Treppe blieb der Einsatzleiter stehen, sog prüfend Luft ein und hob die Hand, damit seine Männer sich ruhig verhielten. Es hing ein seltsamer Geruch wie von zu lang gekochtem Fleisch in der Luft. Er lauschte. Nichts geschah. Es schien sich niemand mehr hier aufzuhalten. Dann hörten sie tief im Innern des Palastes ein lautes Stöhnen.

Sie stiegen weiter hinab, nun etwas langsamer, überprüften jedes Zimmer, jede Kreuzung, bevor sie weiterschlichen. Vier Treppenfluchten abwärts, dann eine fünfte, bis sie endlich die Große Halle und den Thronsaal dahinter erreicht hatten.

Dort, im Eingang zur Halle, unter den verblaßten Hochzeitsbannern, fanden sie die Kessel – vier in einer Reihe, unter jedem die verkohlten Überreste eines Feuers. Die glotzäugigen Toten, die in ihnen lagen, waren rosig angelaufen wie Krabben, ihre Haut aufgedunsen und grotesk gefleckt. Die Kessel waren noch warm, wie das Wasser – das noch übrig war.

Der Einsatzleiter winkte seine Männer weiter. Hinter dem Thronsaal lagen die Büros des T'ang, und darüber …

Er trat näher, hörte wieder das Stöhnen, diesmal näher und lauter. Die großen Türen zum Thronsaal waren halb geschlossen und verstellten ihm die Sicht.

Da lang! sagte er lautlos und gab einem seiner Männer ein Zeichen. Sofort durchquerte der Mann den Saal, verschwand hinter einer Säule und kam weiter unten wieder zum Vorschein.

»Bleibt, wo Ihr seid!« rief eine Stimme aus dem Thronsaal.

Er sah, wie sein Mann erstarrte und sich wieder zurückzog.

Ein einziger Schuß knallte. Er sah seinen Mann fallen, hörte seine Waffe zu Boden klirren.

Die Türen wurden langsam zugezogen.

»Los!« rief er, hakte eine Granate vom Gürtel, zog sie ab und warf sie in den schmaler werdenden Spalt.

Die Explosion schleuderte ihn zurück.

Er rappelte sich hoch und feuerte in die rauchenden Überreste der Türen. Der Lärm seiner Männer, die ebenfalls feuerten, dröhnte ihm in den Ohren.

Im Thronsaal, unmittelbar hinter den zerschmetterten Türen, lagen sechs bewegungslose Körper. Der Einsatzleiter kroch keuchend durch den Schutt und schaute umher. Der Thron war leer, der Saal bis auf die Leichen ebenfalls.

Er drehte sich um und gab Befehle. »Stewart, Blofeld, sichert die Tür zum Quartier des T'ang. Edsel, Graham, überprüft das Vorzimmer.«

Ihm entfuhr zischend der Atem. Wenn Wang hier war, dann oben in seinen Privatzimmern. Die Gefallenen waren ihren Uniformen nach *Lan Tian*, Mitglieder von Wang Sau-leyans Elitedivision »Blauer Himmel«, die auch den Angriff auf Tongjiang durchgeführt hatte. Sie hätten diese Tür nicht verteidigt, wenn es keinen guten Grund dafür gegeben hätte.

Wieder hörte er das Stöhnen, diesmal noch lauter – ein schrecklicher, gequälter Laut, ein Todesstöhnen.

Es kam von oben.

Er bahnte sich einen Weg durch die Trümmer und drückte sein Gewehr an die Brust. Am Fuß der Treppe zum Thron blieb er stehen und betrachtete die drei Leichen, die dort in ihrem Blut lagen, das zu einer riesigen klebrigen Pfütze geronnen war. Das war Wangs Werk, daran hatte er keinen Zweifel. Er verzog angeekelt das Gesicht, winkte seine Männer heran und blickte zur Tür des Vorzimmers.

»Alles in Ordnung«, sagte Edsel.

»Gut.« Er wartete, bis sie sich um ihn versammelt hatten, dann wies er sie leise ein. »Ihr wißt, was ihr zu tun habt. Li Yuan will seinen Vetter lebendig. Ihm soll für den Angriff auf Tongjiang der Prozeß gemacht werden.«

Die Männer nickten ernst und nahmen auf seinen Wink hin ihre Positionen neben der Tür ein, die in Wangs Gemächer führte.

Er schickte vier Männer vor, um die Büros zu überprüfen. Sie waren sicher. Und nachdem er ein geflüstertes Gebet an Kuan Yin, den Gott des Krieges gerichtet hatte, stieg er, seine Waffe im Anschlag, die Treppe hinauf.

Wang Sau-leyan saß auf der Bettkante und starrte seine Frau an. Ihre Augen waren geschlossen, ihre Lider fast durchsichtig. Schweiß perlte über ihren kahlen Schädel, über den sich straff vergilbte und mit kleinen Pusteln übersäte Haut spannte. Fasziniert von ihrem Leid, sah er zu, wie sie sich in Qualen wand, und als sie wieder stöhnte, fand der Laut irgendwo in ihm einen Widerhall.

Der Tod. So also war der Tod. Er spürte ihn. Er war ganz nah.

Er nahm die Pistole mit dem Silbergriff vom Nachttisch und stand auf. Er hörte draußen die Eindringlinge, ihr Geflüster und ihre leisen Schritte. Gleich würden sie eindringen.

Komm nur, dachte er ohne Angst vor dem, was auf ihn zukam. *Tu deine Pflicht, Tod. Ich bin dir jedenfalls nicht unterworfen. Ich werde nicht vor deiner Tür kauern. Ich bin ein T'ang – ein Sohn des Himmels!*

Er lachte und fragte sich dabei, wie sie sein Lachen deuten würden. Hielten sie ihn für verrückt? Nun … sollten sie ruhig. Wen interessierte schon, was *Hsiao jen* dachten? *Ihr* Schicksal verdiente es nicht, erwähnt zu werden. Ihr Tod würde nicht in den Geschichtsbüchern verzeichnet sein.

Er trat vor den Spiegel und betrachtete sich. Er fuhr herum, als er ein leises Summen hörte. Zuerst konnte er es nicht identifizieren, dann sah er, daß es eine winzige Kamerasonde war, die sich an der gefliesten Decke entlangtastete.

Sie bremste ab, hielt nicht mehr als zehn *ch'i* vor ihm an und richtete ihre winzige Kamera auf ihn.

Lächelnd setzte er sich wieder auf die Bettkante und legte sich die Waffe in den Schoß.

Der erste Mann wagte sich langsam ins Zimmer und ging links von der Tür neben einer großen Vase in die Knie. Der zweite war nervöser. Er kam geduckt herein und schlich sich auf seine Position auf der rechten Seite. Beide richteten ihre Automatikwaffen auf ihn. Er nahm belustigt zur Kenntnis, wie sie ihn zu beobachten versuchten, ohne ihm in die Augen zu sehen. Wie ihre Befehle auch lauten mochten, so widersprach es doch ihren tiefsten Instinkten, einen T'ang zu töten.

Er reckte den Hals und drehte sich um, als er seine Frau hörte. Sie biß wie im Starrkrampf die Zähne aufeinander, lebte aber immer noch. Eine Weile atmete sie in kleinen, keuchenden Stößen, dann entspannte sie sich wieder.

Nicht mehr lang, dachte er und drehte sich um, als der Hauptmann das Zimmer betrat.

»*Chieh Hsia* …«

Wang Sau-leyan starrte den Mann eine Zeitlang an, dann stemmte er sich vom Bett hoch und stand auf, angestrengt darum bemüht, sich wie ein König zu bewegen.

»Sie sind hier nicht willkommen, Hauptmann. Dies sind meine Privatgemächer.«

Der Mann senkte geringfügig den Kopf. Er ging zwei Schritte auf Wang Sau-leyan zu. »Ich …«

Wang richtete seine Waffe auf ihn.

Der Hauptmann schluckte. »Legt die Waffe weg, *Chieh Hsia*. Wir sind nicht hier, um Euch zu verletzen. Meine Befehle lauten …«

Wang zog den Abzug durch.

Ein lauter Knall, dann herrschte für einen Moment schockierte Stille. Die beiden Männer an der Tür starrten Wang fassungslos an, feuerten aber immer noch nicht.

Der Hauptmann lag stöhnend auf dem Boden, hielt seine Bauchwunde und vergoß Blut auf die polierten Fliesen.

Wang Sau-leyan blickte in die Linse der Sonde auf und lächelte. »Nun, Vetter Yuan? Willst du *das?*«

Er wandte sich den beiden Männern an der Tür zu und richtete die Waffe mal auf den einen, mal auf den anderen. »Den? ... Oder *den?*«

Er ließ die Waffe sinken, überlegte kurz, dann richtete er sie wieder auf den anderen. »*Den*, würde ich sagen.«

»Mein Mann ...«

Es war ein Flüstern von der anderen Seite des Bettes. Wang wandte sich seiner Frau zu. Sie hatte sich aufgesetzt, und ihre Augen, die aus dem kranken Fleisch zu quellen schienen, starrten ihn an wie aus der Hölle.

Mein Mann ...

Der Schuß erschütterte ihn. Es war, als habe man ihn mit einem rotglühenden Eisen aufgespießt. Er sah an sich hinunter und fand die Stelle, wo die Kugel ihn durchbohrt hatte. Mit einem sengenden Schmerz breitete sich der rote Fleck aus. Die Waffe entglitt seiner Hand. Langsam sackte er auf die Knie.

Er drehte den Kopf und versuchte zu begreifen, was geschehen war. Die beiden Wachen waren erstarrt. Sie hatten die Waffen gesenkt, und der Schock hatte ihre Gesichter gezeichnet. Zwischen ihnen hatte sich der Hauptmann hochgestemmt und seine Waffe umklammert. Wang sah, wie ein schwacher Rauchfaden aus dem Lauf aufstieg.

»Ahh ...« stöhnte er und grinste durch die Schwärze vor seinen Augen. »Ah ...«

»*Chieh Hsia*«, flüsterte der Mann, während er in die klebrige Masse zurücksackte, die ihn umgab. »*Chieh Hsia ...*«

EPILOG
WINTER 2213

Sonnenschein und Regen

»Wer andere kennt, ist klug.
Wer sich selber kennt, ist weise.
Wer andere besiegt, hat Kraft.
Wer sich durchsetzt, hat Willen.
Wer sich genügen läßt, ist reich.
Wer seinen Platz nicht verliert, hat Dauer.
Wer auch im Tode nicht untergeht, der lebt.«

– Lao Tzu: *Tao-te Ching*, Kapitel 33[6]

Chen saß auf dem Zaun neben der Plankenbrücke und sah über die Felder zum Dorf zurück. Hinter ihm, an der Kreuzung der beiden großen Bewässerungskanäle, stand das Aufseherhaus, dessen drei Stockwerke im Umkreis von zehn *li* das höchste Gebäude waren.

Es war ein frischer, klarer Tag, und von dort aus, wo er saß, konnte er Gestalten auf der breiten, grasbewachsenen Straße zwischen den Blockhäusern umhergehen sehen.

Kosaya Gora war die größte Plantage in der Region Moskau und verfügte neben den üblichen Schlafgebäuden über zwei Dutzend große Farmhäuser, die von Familien bewohnt wurden – drei Generationen, die sich zwölf geräumige Zimmer teilten. Als Aufseher hatte Chen eines davon zugewiesen bekommen. Bei seinem Anblick hatte Wang Ti den Kopf geschüttelt. »So viele Zimmer, die saubergemacht werden müssen«, sagte sie, wie um ihn zu schelten, aber ihr Blick hatte etwas anderes ausgedrückt. Sie hatte sich mit weit aufgerissenen Augen umgesehen, war wieder zum Kind geworden, und Jyan erst! – selbst Jyan hatte gelächelt, als er gesehen hatte, wie es hier war.

»Es ist ja so groß, Papa«, hatte er geplappert. »Der Himmel ...« Er war vor Staunen verstummt. »Ich hätte nie gedacht ...«

Chen senkte den Blick. Es hatte am Morgen geregnet, und das Gras am Ufer war noch feucht. Er sprang hinunter, ging in die Hocke und legte die Hand auf die dunkle, kühle Erde. Dann riß er ein Blatt aus, führte es an die Lippen und schloß die Augen.

So real, daß es wie ein Traum erscheint ...

Er lächelte. Zwölf Jahre hatte es gedauert. Zwölf

Jahre des Exils von der Erde, dem Boden … und von sich selbst.

Er öffnete die Augen, schaute über das glänzende Wasser hinweg, dann betrachtete er aufmerksam das Blättchen in seiner Hand. Sonnenlicht und Regen, mehr hatte er nie gewollt. Das begriff er jetzt. Sonnenlicht und Regen.

Er stand auf, drehte sich einmal um die eigene Achse und nahm alles in sich auf. Im Norden und Osten, in zwei, drei *li* Entfernung, befanden sich die Lagerhäuser – massiv gedeckte Getreide- und Reissilos. Etwas näher lagen die Quartiere der Aufseher, drei einstöckige Bunker in einer Zickzacklinie. Im Süden, jenseits des Blockhauses, befanden sich die Arbeiterunterkünfte, ein Dutzend lange, flache, halb in den Boden eingelassene Baracken.

Und die Stadt?

Chen lächelte. Von Kosaya Gora konnte man die Stadt nicht sehen. Man konnte ewig hinausschauen und keine Spur von Mauern und Ebenen entdecken. Er lachte, dann wandte er sich wieder dem Dorf zu.

Zwei Gestalten hatten sich von den anderen gelöst und liefen über die Felder auf ihn zu. Im Licht des späten Nachmittags mußte er blinzeln, um auszumachen, um wen es sich handelte. Schließlich lächelte er und ging ihnen entgegen.

Er hörte ein schrilles Geschrei der Begrüßung, dann ein langgezogenes Geheul, letzteres von dem zwölfjährigen Wu. Aber es war seine Tochter Ch'iang Hsin, die ihn zuerst erreichte.

»Papa!« rief sie atemlos. »Sie wollen eine Feier veranstalten! Eine Begrüßungsfeier! Für *uns!*«

Er grinste, hob sie hoch und wirbelte sie herum. »Ich weiß«, sagte er und umarmte sie fest. »Und sie werden Kuchen backen und uns was Tolles zum trinken machen!«

Als Wu ihn erreichte, wuchtete er ihn mit dem anderen Arm hoch und trug die beiden lachend zurück. Die Kinder kicherten und kreischten unter seinen Armen.

Als er später auf der Treppe des Blockhauses saß, Ch'iang Hsin an seine Seite gekuschelt, sah Chen zu, wie die Dorfbewohner die Tische deckten. Die Tür hinter ihm stand offen, und durch das Fenster zu seiner Linken konnte er Wang Ti aus der Küche singen hören, während sie den Fußboden schrubbte.

»Und?« fragte er die Achtjährige und legte einen Arm um ihre Schulter. »Glaubst du, daß es dir hier gefallen wird?«

Sie nickte schweigend, und in ihrem Blick spiegelte sich der seltsame Zauber dieser Landschaft.

Er lächelte. »Es ist schön, nicht? Du solltest es erst mal im Sommer sehen ...«

Er hob den Blick und versuchte ein weiteres Mal die überwältigende Offenheit der Gegend, die unendliche Weite des Himmels in sich aufzunehmen. Der Himmel war jetzt noch, Wochen bevor der erste Schnee fiel, tiefblau.

Mein zweites Leben, dachte er und zitterte, nicht vor Kälte, sondern weil er sich an eine Sommernacht vor zwölf Jahren erinnerte. Er kniff die Augen zusammen und dachte an die bezaubernden Klänge von Flöten und Saiteninstrumenten, die unter einem dreiviertel vollen Mond durch die Nacht gehallt hatten; an die Dorfbewohner, die mit glänzenden Gesichtern um ein offenes Feuer tanzten, im Schein des Feuers ein Lachen in den dunklen Augen.

Und an andere Dinge. Er erinnerte sich an Pavel, den Jungen mit dem krummen Rücken, und was mit ihm geschehen war. Heute war er nur noch Staub, doch für einen kurzen Augenblick erwachte er in Chens Kopf wieder zum Leben, und sein langes Gesicht lächelte ihn aus der Dunkelheit an, seine leisen Worte waren wie das Flüstern eines Geistes.

»Danke, Kao Chen … aber ich glaube, ich würde da drin sterben. Keine Felder. Kein offener Himmel. Kein Wind. Kein fließendes Wasser. Keine Sonne. Kein Mond. Keine wechselnden Jahreszeiten. Nichts. Nichts als Mauern.«

Der Gesicht wich zurück, seine Stimme verstummte. Er war nur noch Staub …

Chen rückte ein Stück vor und drückte Ch'iang Hsin fest an sich. Pavel hatte recht gehabt. In der Stadt gab es nichts.

Für eine Weile lang rührte er sich nicht und lauschte den Geräuschen seines neuen Lebens – der Brise, die durch die Felder rauschte, die weichen, harmonischen Stimmen der Dorfbewohner, das Pfeifen und Klappern aus einem Dutzend Küchen, während die Frauen die Feier vorbereiteten. Aber ein Laut übertönte alle anderen – der Klang von Wang Tis Stimme, als sie beim Arbeiten sang, wie ein Vogel, der aus seinem Käfig entkommen war und in den Zweigen eines hohen Baumes zwitscherte.

Er seufzte, dann küßte er seiner Tochter aufs Haar. »Wir sind hier«, sagte er, ebenso zu sich selbst wie zu ihr. »Endlich sind wir hier.«

»Ja«, antwortete sie leise, beugte sich vor und zeigte über die Dächer im Westen. »Schau mal, Papa … Wolken … schau dir die Wolken an!«

ANHANG

中國

NACHBEMERKUNG DES VERFASSERS

Die Transkription des Standard-Mandarin in eine europäische alphabetische Form wurde erstmals im Siebzehnten Jahrhundert von dem Italiener Matteo Ricci vorgenommen, der 1583 die erste Jesuiten-Mission in China gründete und bis zu seinem Tod im Jahre 1610 leitete. Seitdem sind Dutzende Versuche unternommen worden, die Lautstruktur des Chinesischen, die von mehreren zehntausend unterschiedlichen Piktogrammen repräsentiert wird, auf eine leicht verständliche Phonetik für den westlichen Gebrauch zu reduzieren. Für eine geraume Zeit dominierten jedoch drei Systeme – jene, die von den drei bedeutendsten westlichen Mächten benutzt wurden, die im korrupten und zerfallenden Chinesischen Kaiserreich des Neunzehnten Jahrhunderts um Einfluß wetteiferten: Großbritannien, Frankreich und Deutschland. Bei diesen Systemen handelte es sich um das Wades-Giles (Großbritannien und Amerika – manchmal bekannt als das Wade-System), das École Française de l'Extreme Orient (Frankreich) und das Lessingsche (Deutschland).

Seit 1958 haben sich aber auch die Chinesen selbst um eine einheitliche phonetische Form bemüht, die auf dem deutschen System beruht und als *Hanyu pinyin fang'an* (Schema für ein chinesisches phonetisches Alphabet) bezeichnet wird, allgemein als *Pinyin* bekannt, und in allen fremdsprachigen Büchern, die seit dem ersten Januar 1979 in China veröffentlicht wurden, ist *Pinyin* gebraucht worden. Außerdem wurde es neben den chinesischen Standard-Buchstaben in Schulen gelehrt. Für dieses Werk habe ich allerdings auf das ältere und, meiner Ansicht nach, elegantere Transkriptions-System zurückgegriffen, das Wade-Giles (in modifizierter Form). Für jene Leser, die an die härteren *Pinyin*-Laute gewöhnt sind, mag das Folgende (angelehnt an Edgar Snows *The Other Side of the River;* Gollancz, 1961) als grobe Richtlinie für die Aussprache dienen:

Chi wird wie ein stimmhaften *Dschi* ausgesprochen, *Ch'i* klingt eher wie *Tschi*, *Ch'in* ziemlich genau wie *Tschin*.

Chu ähnelt einem stimmhaften *Dschu, Ch'u* dagegen der Silbe *Tschu.*

Tsung klingt wie *Dsung;* das ›ts‹ in *Ts'ung* etwas härter wie das ›tz‹ in ›patzig‹.

Tai entspricht der Silbe *Dai; T'ai* der Lautfolge *Tai.*

Pai wird wie *Bai* und *P'ai* wie *Pai* ausgesprochen.

Kung klingt etwa wie *Gung;* das ›k‹ in *K'ung* wie der entsprechende Laut in ›Kessel‹.

J entspricht einem rollenden R.

Das H vor einem S wie in *Hsi* ist das Äquivalent eines Hauchlautes, wird aber häufig weggelassen wie in Sian für Hsian.

Vokale sind im Chinesischen in der Regel kurz oder mittellang, nicht lang und flach. Daher klingt *Tang* wie *Dong,* nicht wie unser *Tang. T'ang* läßt sich mit *Tong* annähern.

a wie in Vater	ih – Gehör
e – Mann	o – Glucke
eh – gehn	ou – wie im englischen go
i – sie	u – suchen

Durch den Gebrauch des Wades-Giles-Systems hoffe ich, der weicheren, poetischeren Seite des originalen Mandarin gerecht geworden zu sein, der mit dem modernen *Pinyin* meinem Empfinden nach schlecht gedient ist.

Diese Umschrift entspricht vielen bedeutenden Referenzwerken, die im Westen zur Verfügung stehen: den (geplanten) sechzehn Bänden von Denis Twichetts und Michael Lowes *The Cambridge History of China,* Joseph Needhams monumentales, mehrbändiges Werk *Science and Civilization in China,* John Fairbanks und Edwin Reischauers *China, Tradition & Transformation,* Charles Huckers *China's Imperial Past,* Jacques Gernets *A History of Chinese Zivilisation,* C. P. Fitzgeralds *China: A Short Cultural History,* Laurence Sickmans und Alexander Sopers *The Art and Architecture of China,* William Hintons klassische Sozialstudien *Fanshen* und *Shenfan* und Derk Boddes *Essay on Chinese Civilization.*

Der chinesische Weise Chuang Tzu wird in meinem Text mit einem Zitat genannt, das sich auf den Glauben bezieht, daß die Strähnen tierischen Fells im Herbst besonders fein wachsen, und ›die Spitze eines herbstlichen Haares‹ ist ein chinesischer Gemeinplatz, mit dem etwas sehr Kleines gemeint ist.

Chinua Achebe, einem der besten Schriftsteller des zwanzigsten Jahrhunderts, schulde ich großen Dank für das Glossar der Ibo-Wörter im Anhang seines Romans *Onkonkwo,* das ich für die auf dem Mars spielenden Kapitel gnadenlos geplündert habe.

Das Spiel *Wei Chi,* das in diesem Band immer wieder erwähnt wird, ist übrigens besser unter seinem japanischen Namen *Go* bekannt und nicht bloß das älteste, sondern auch das eleganteste Spiel der Welt.

David Wingrove, Mai 1993

GLOSSAR
DER MANDARIN-BEGRIFFE

Ai ya! – gebräuchlicher Ausdruck der Überraschung oder des Entsetzens.

Chen yen – ›wahre Worte‹; die chinesische Entsprechung eines Mantras.

Ch'a – Tee.

ch'i – ein chinesischer Fuß; ungefähr 36 cm.

Ch'i – ›innere Kraft‹; eine der beiden fundamentalen ›Entitäten‹, aus denen sich alle Dinge zusammensetzen. *Li* ist die ›Form‹, das ›Gesetz‹ oder (um Joseph Needham zu zitieren) das ›Organisationsprinzip‹ hinter den Dingen, *Ch'i* dagegen die ›Materie-Energie‹ oder der ›Geist‹ in den materiellen Dingen, ungefähr entsprechend dem *Pneuma* der Griechen oder dem *Prana* der alten Hindus. Wie der Weise Chu Hsi (1130–1200 n. Chr.) sagte, ist »*Li* das *Tao*, das über jeder Form steht, und die Quelle, der alle Dinge entspringen. Das *Ch'i* ist die Materie [wörtlich: das Instrument], die in der Form verkörpert ist und somit das Mittel zur Schöpfung der Dinge … Im ganzen Universum gibt es kein *Ch'i* ohne *Li*, kein *Li* ohne *Ch'i*.«

Chieh hsia – bedeutet ›Euer Majestät‹ und leitet sich von dem Ausdruck ›Unter den Stufen‹ ab. Es war die förmliche Anrede der Minister, die ›unter den Stufen‹ standen, gegenüber dem Kaiser.

Ch'in – eine lange (120 cm), schmale, lackierte Zither mit flacher Oberfläche und Resonanzlöchern an der Unterseite, sieben Seidensaiten und dreizehn Bolzen, die die harmonischen Positionen der Saiten markieren. Die ältesten bekannten Exemplare stammen aus Grabkammern aus dem fünften Jahrhundert vor Christi, entwickelt hat sich das Instrument aber wahrscheinlich schon im vierzehnten oder dreizehnten Jahrhundert v. Chr. Es ist das angesehenste chinesische Instrument und hat einen angenehm weichen Klang.

Ching – wörtlich ›Spiegel‹; hier als Bezeichnung für von GenSyn hergestellte, perfekte Kopien von Menschen. Unter dem Edikt der Technologischen Kontrolle gibt es lediglich

Kopien der herrschenden T'ang. Im Volksglauben wurden Spiegeln einzigartige Eigenschaften zugeschrieben, unter anderem sollten sie die Seele sichtbar machen können. Buddhistische Priester benutzen besondere ›magische Spiegel‹, um den Gläubigen die Gestalt zu zeigen, in der sie wieder zur Welt kommen würden. Wenn ein Mensch in einen dieser Spiegel sieht und sein eigenes Gesicht nicht erkennen kann, soll das außerdem ein Zeichen dafür sein, daß sein Tod nicht weit ist.

Chung – eine Porzellanschale für *Ch'a* mit Deckel.

Ch'un tzu – ein alter chinesischer Begriff aus der Zeit der Streitenden Reiche, der eine bestimmte Klasse von Edelmännern bezeichnet, die von einem Kodex der Moral und Ritterlichkeit – bekannt als die *Li* oder Riten – bestimmt wurde. Hier wird dieser Begriff grob, und manchmal ironisch, als ›Gentlemen‹ übersetzt. *Ch'un tzu* ist ebenso ein idealer Verhaltenszustand – wie er von Konfuzius in den *Lün Yü* beschrieben wurde –, als auch eine tatsächliche Klasse in Chung Kuo, obwohl ein gewisses Maß an finanzieller Unabhängigkeit und ein hoher Ausbildungsstandard als Voraussetzung betrachtet werden.

Hei – wörtlich ›schwarz‹ – das chinesische Piktogramm für diesen Begriff stellt einen Mann mit Kriegsbemalung und Tätowierungen dar. Hier bezieht er sich auf die von GenSyn gentechnisch produzierten Halbmenschen, die als Polizeikräfte eingesetzt werden, um Aufstände auf den unteren Ebenen niederzuschlagen.

Hsiao jen – ›kleiner Mann/kleine Männer‹. In den *Analekten*, Buch XIV, schreibt Konfuzius: »Der Gentleman erreicht das, was oben ist; der kleine Mann erreicht das, was unten ist.« Diese Unterscheidung zwischen ›Gentlemen‹ (*Ch'un tzu*) und ›kleinen Männern‹ (*Hsiao jen*), die schon in Konfuzius' Zeit nicht stimmte, ist dennoch eine Frage der sozialen Perspektive in Chung Kuo.

Hsien – historisch ein Verwaltungsbezirk von variabler Größe. Hier bezeichnet der Begriff ein besonderes administratives Gebiet: eines aus zehn Stöcken, von denen jeder aus dreißig Decks besteht. Jedes Deck ist ein sechseckiger Wohnbereich aus zehn Ebenen, zwei *li* oder annähernd ein Kilometer im

Durchmesser. Ein Stock kann man sich als eine Honigwabe im gewaltigen Bienenkorb der Stadt vorstellen.

Huang Ti – ursprünglich war Huang Ti der letzte der ›Drei Erhabenen‹ und der erste der ›Fünf Kaiser‹ der alten chinesischen Tradition. Huang Ti, der Gelbe Kaiser, ist der erste Kaiser, den der Historiker Ssu-ma Ch'ien (136–85 v. Chr.) in seinem großen historischen Werk *Shih Chi* nennt. Traditionell haben in der Folgezeit alle chinesischen Herrscher (und Möchtegern-Herrscher) sich zu direkten Nachkommen des Gelben Kaisers, dem ›Sohn des Himmels‹, erklärt, der dem schwarzhaarigen Volk die Zvilisation gebracht haben soll. Sein Name wird heute synonym mit dem Begriff ›Kaiser‹ gebraucht.

Hua pen – wörtlich ›Geschichtenwurzeln‹, gemeint sind Bücher, die den Geschichtenerzählern auf den Straßen Chinas in den letzten zwei Jahrtausenden als genaue Richtlinien gedient haben. Die Hauptereignisse einer Geschichte wurden in diesen *Hua pen* zum Nutzen der Geschichtenerzähler festgehalten, die ihre Kunst noch nicht beherrschten. Während der Yuan- oder Mongolen-Dynastie (1280–1368 n. Chr.) mündete die Entwicklung dieser *Hua pen* in die Schauspielkunst und später, währen der Ming-Dynastie (1368–1644 n. Chr.) ging daraus eine Form populärar Romane hervor, von denen die *Shui-hu Chuan* oder ›Die Räuber vom Liang-shan Moor‹ einer der beliebtesten geblieben ist.

Hung Mao – wörtlich die ›Rotköpfe‹, die Bezeichnung, die die Chinesen den holländischen (und später den englischen) Seefahrern gegeben haben, die im siebzehnten Jahrhundert mit China Handelsbeziehungen zu knüpfen versuchten. Weil ihre Aktivitäten (darunter die Plünderung chinesischer Schiffe und Häfen) einen seeräuberischen Charakter hatten, hat der Name die Nebenbedeutung der Piraterie.

Huojen – wörtlich ›Feuermänner‹.

Kang – der chinesische Herd, der als Ofen und in kalten Wintern als Schlafstelle dient.

Kan pei! – ›auf eure Gesundheit‹ oder ›Prost‹ – ein Trinkspruch.

Ko ming – ›Revolutionär‹. Das ›T'ien Ming‹ ist das Mandat des Himmels und wird angeblich von Shang Ti, dem Höchsten Ahnen, an sein irdisches Gegenstück, den Kaiser (*Huang Ti*) weitergereicht. Dieses Mandat konnte nur solang ausgeübt werden, wie der Kaiser seiner wert war, und die Rebellion gegen einen Tyrannen – der durch seinen Mangel an Gerechtigkeit, Wohltätigkeit und Aufrichtigkeit gegen das Mandat verstieß – wurde nicht als kriminell, sondern als rechtmäßiger Ausdruck des Himmlischen Zorns betrachtet.

Kuan Yin – die Göttin der Gnade. Ursprünglich der männliche Bodhisattva Avalokitsevera (von den Han übersetzt als ›der den Klängen der Welt lauscht‹ oder *Kuan Yin*). Die Han hielten die wohlentwickelten Brüste des Heiligen für die einer Frau und verehrten Kuan Yin seit dem neunten Jahrhundert als eine solche. Bildnisse von Kuan Yin zeigen sie gewöhnlich als die Madonna des Ostens, die ein Kind in ihren Armen wiegt. Sie wird außerdem gelegentlich als die Frau von Kuan Kung betrachtet, dem chinesischen Gott des Krieges.

Kwai – eine Abkürzung für *Kwai tao,* ein ›scharfes Messer‹ oder ›schnelles Messer‹. Es kann auch bedeuten, schnell oder scharf (wie ein Messer) zu sein. Eine Nebenbedeutung ist ein ›Klumpen‹ oder ein ›Krümel Erde‹. Hier bezieht sich der Begriff auf eine Klasse von Kämpfern unter dem Netz, deren Fähigkeiten und Selbstdisziplin sie von den üblichen gedungenen Killern unterscheiden.

Lao jen – ›Alter‹; normalerweise ein Ausdruck des Respekts.

li – eine chinesische ›Meile‹, ungefähr ein halber Kilometer oder eine Drittel Meile. Bis 1949, als in China metrische Maße eingeführt wurden, konnte das *li* von Ort zu Ort variieren.

Liumang – Punks.

Maotai – ein starker, auf Zuckerhirse basierender Likör.

Men hu – wörtlich ›die an der Tür steht‹; eine gewöhnliche Prostituierte.

mou – ein chinesischer Morgen, ungefähr 800 m^3. Etwa sechs *mou* ergeben einen westlichen Morgen, und ein 10000-*mou*-Feld mißt rund 1666 Morgen oder etwas über zweieinhalb Quadratmeilen.

Nu shi – eine unverheiratete Frau; gleichbedeutend mit ›Fräulein‹.

Pau – ein schlichtes langes Gewand, das von Männern getragen wird.

Pien hua – wörtlich ›Veränderung‹.

Ping Tiao – ›einebnen‹; niederreißen oder planieren. Hier auch der Name einer terroristischen (Ko Ming) Organisation, die sich das Ziel gesetzt hat, die Stadt niederzureißen (einzuebnen).

Shen Ts'e – eine Eliteeinheit; benannt nach der ›Palastarmee‹ der T'ang-Dynastie.

Shih – ›Meister‹. Hier verwendet als Ausdruck des Respekts, der ungefähr unserer Anrede ›Herr‹ entspricht. Der Begriff wurde ursprünglich für die untersten Ränge der Staatsbeamten verwendet, um sie von den gewöhnlichen ›Herren‹ (*Hsieng sheng*) unter und den ›Gentlemen‹ (*Ch'un tzu*) über ihnen zu unterscheiden.

Tai – ›Taschen‹; bezeichnet hier Repräsentanten, die von verschiedenen einflußreichen Gruppen (ursprünglich den Sieben) gekauft wurden (und daher ›in ihren Taschen stecken‹).

Tai ch'i – der chinesischen Kosmologie zufolge das Eine oder Ursprüngliche, dem die Dualität aller Dinge (Yin und Yang) entspringt. Im Allgemeinen verbinden wir mit *Tai ch'i* das taoistische Symbol, ein von einer Wellenlinie geteilter Kreis mit einer schwarzen und einer weißen Hälfte, der vermutlich ein Ei (vielleicht das *Hun Tun*) mit getrenntem Dotter und Eiweiß darstellen soll.

Te – ›spirituelle Kraft‹, ›wahre Tugend‹ oder ›Virtualität‹, von Alan Watts definiert als die ›Realisierung oder der Ausdruck des Tao im wirklichen Leben‹.

T'ing Wei – die oberste Gerichtsbehörde. Siehe Buch 5 (*Der weiße Berg*) für ein Beispiel, wie diese Regierungsabteilung arbeitet.

Ti yu – das ›Erdgefängnis‹ oder die Unterwelt der chinesischen Legende. Es gibt zehn chinesische Hauptböllen, angefangen vom Gerichtssaal, in dem der Sünder verurteilt, bis dorthin, wo er als menschliches Wesen wiedergeboren wird. Dazwischen gibt es eine enorme Anzahl von Unterhöllen, jede mit ihrem eigenen Richter und ihren eigenen grausamen Wächtern. Die Hölle ist immer finster, ohne Unterschiede zwischen Tag und Nacht.

Wei Chi – das ›Umgebungsspiel‹, im Westen besser unter seinem japanischen Namen ›Go‹ bekannt. Angeblich wurde das Spiel im Jahre 2350 v. Chr. von dem legendären chinesischen Kaiser Yao erfunden, um den Verstand seines Sohnes Tan Chu zu schulen und ihm beizubringen, wie ein Kaiser denkt.

Wu – ein Wahrsager; traditionell sind dies ›Medien‹, die von sich behaupten, über besondere psychische Kräfte zu verfügen. *Wu* können Frauen oder Männer sein.

Wu – ›Nicht-Sein‹; wie Lao Tzu sagt: »Ist der Block erst geschnitzt, gibt es Namen.« Aber das *Tao* ist unbenennbar (*Wu-ming*) und vor dem Sein (*Yu*) kommt das Nicht-Sein (*Wu*). Ohne Existenz, Form oder Namen zu sein ist *Wu*.

Wushu – das chinesische Wort für Kampfkünste, das sich auf jede von einigen hundert Schulen beziehen kann. *Kung Fu* ist eine besondere Schule darunter und bedeutet die ›Gabe, oberflächliche Schönheit zu überwinden‹.

Wuwei – Nicht-Handeln; ein altes taoistisches Konzept. Es meint die Harmonie mit dem Lauf der Dinge – nichts tun, um in diesen Lauf einzugreifen.

Yang – das ›männliche Prinzip‹ der chinesischen Kosmologie, das mit seinem Gegenstück, dem weiblichen *Yin*, das *T'ai chi* bildet, das vom Ursprünglichen abstammt. Aus der Vereinigung von *Yin* und *Yang* entstehen die ›fünf Elemente‹ (Wasser, Feuer, Erde, Metall, Holz), aus denen wiederum die ›zehntausend Dinge‹ (die *Wan wu*) hervorgehen. *Yang* schließt den Himmel und den Süden ein, die Sonne und Wärme, Licht, Vitalität, Männlichkeit, Eindringen, ungerade Zahlen und den Drachen. Berge sind *Yang*.

Yin – das ›weibliche Prinzip‹ der chinesischen Kosmologie (siehe *Yang*). Yin schließt die Erde und den Norden ein, den Mond und die Kälte, Dunkelheit, Ruhe, Weiblichkeit, Aufnahme, gerade Zahlen und den Tiger. Das *Yin* liegt im Schatten der Berge.

Yu – wörtlich ›Fisch‹, doch weil dieses Wort lautgleich mit dem Begriff für ›Überfluß‹ ist, symbolisiert der Fisch Reichtum. Allerdings gibt es auch ein Sprichwort, das besagt, daß ein Fisch, er den Fluß hinaufschwimmt, ein Vorzeichen für Aufruhr und Rebellion ist.

Yuan – die Grundwährung von Chung Kuo (und des heutigen China). Umgangssprachlich (wenn auch nicht hier) auch als *Kwai* – ›Stück‹ oder ›Klumpen‹ – bezeichnet. Zehn *Mao* (oder förmlich *Jiao*) ergeben ein *Yuan*, während ein *Yuan* aus 100 *Fen* (oder ›Cents‹) besteht.

Ywe lung – wörtlich der ›Monddrache‹, das Rad der Sieben Drachen, das in CHUNG KUO die herrschenden Sieben symbolisiert: »In der Mitte trafen sich die Schnauzen der fürstlichen Bestien und bildeten einen Zirkel wie die Blütenblätter einer Rose, und in jedem Auge glühte ehrfurchtsgebietend ein riesiger Rubin. Ihre geschmeidigen, kräftigen Körper waren wie die Speichen eines mächtigen Rades nach außen gebogen, während am Rande ihre miteinander verschlungenen Schwänze den Radkranz bildeten.« (aus ›Der Monddrache‹, Kapitel 4 von *Das Reich der Mitte*).

DANKSAGUNG DES VERFASSERS

Dank gebührt wie immer meinen Herausgebern für ihre Geduld und ihren anhaltenden Enthusiasmus: Carolyn Caughey von der New English Library (weil sie ›Nein‹ gesagt hat), Jeanne bei Dell (ein weiterer Fan, der zum Herausgeber geworden ist) und Alyssa Diamond (Über-Mutter und Herausgeberin!) und John Pearce bei Doubleday (Kanada), auch meinen Ex-Herausgebern Brian DeFiore und Nick Sayers, beide gute Freunde.

Für die aufmerksame Lektüre der frühen Entwürfe (und für die Biere und ihre Freundschaft) habe ich Vikki Lee France und Steve Jeffery, Andy Sawyer und Mike Cobley zu danken.

Dank auch Sylvie und Nicholas Chapuis, Michael Iwoleit und meinen vielen anderen Übersetzern und Stewart Robinson, Robert Gillies und Alan Martin – gemeinsam bekannt als Tranceport – für die Aufnahme von ›A Spring Day At the Edge of the World‹. Ich freue mich schon auf das Album!

Für Robert Carter, dem besten aller Freunde, hoffe ich, daß *Talwar* die reichen Belohnungen erntet, die er verdient. Und Andy ›The Slut‹ Mui danke für die Bänder – wir sehen uns in der Kellerbar *Moon on the Green!*

Brian Griffin, meinem ersten Kritiker, ein riesengroßes *Merci* für alles, was du in letzter Zeit für mich getan hast. Dein Beitrag war von unschätzbarem Wert.

Großer Dank gebührt auch den Spielern und dem Management des Queens Park Rangers Football Clubs – Ray, Les, Andy und die Jungs –, weil sie viel zum Tao meines Lebens beigesteuert haben. Wir sehen uns Samstag!

Meiner Frau Susan und meinen schönen Mädchen Jessica, Amy und Georgia Liebe und Dank dafür, daß sie mein Leben so bereichert haben.

Einen mehrbändigen Roman wie diesen zu schreiben, erfordert eine Menge Sitzen und Nachdenken, und wie sollte ich das schaffen ohne musikalischen Hintergrund? Diesmal schulde ich besonderen Dank Tangerine Dream, H. P. Zinker, Tranceport und The Guo Brothers.

Schließlich John Patrick Kavanagh, Freund und Mitarbeiter, ein lautes *Kan pei!* für THE EMPIRE OF ICE. Wir sehen uns an der Küste …

ÜBER DEN VERFASSER

David Wingrove wurde 1954 in Battersea im Süden Londons geboren und besuchte die Battersea Grammar School. Er verließ die Schule 1972 für eine Karriere im Bankgewerbe und wurde eines der jüngsten Mitglieder im Institute of Bankers überhaupt. Erfolgreich, aber zutiefst enttäuscht verließ er die Bank 1979 am Tag vor seinem fünfundzwanzigsten Geburtstag und setzte seine Ausbildung fort, die er 1982 mit einem Abschluß in englischer und amerikanischer Literatur an der University of Kent in Canterbury beendete. Vom Erfolg berauscht, bewarb er sich um und erhielt eines von nur zehn Forschungsstipendien, die in diesem Jahr vom Ministerium für Bildung und Wissenschaft Großbritanniens vergeben wurden, und arbeitete die nächsten drei Jahre an seiner Doktorarbeit, die eine Würdigung der Werke von Thomas Hardy, D. H. Lawrence und William Golding enthielt. Nach dem Erwerb des Magister-Titels verfranste er sich in verschiedenen Projekten – der Renovierung eines alten viktorianischen Hauses, diversen Bänden SF-Kritik, einer Teilzeittätigkeit als Herausgeber, der Pflege seiner drei kleinen Töchter Jessica, Amy und Georgia und einem Roman mit dem Titel A SPRING DAY AT THE EDGE OF THE WORLD (später in CHUNG KUO umbenannt) – was dazu führte, daß er 1986 seine Doktorarbeit abbrach. In diesem Jahr erschien auch der umfangreiche und gewichtige Band DER MILLIARDEN-JAHRE-TRAUM: DIE GESCHICHTE DER SCIENCE FICTION, den er zusammen mit Brian Aldiss verfaßte – ein Buch, das im selben Jahr, neben anderen Auszeichnungen, den begehrten Hugo Award für das beste Sachbuch im Science Fiction-Bereich erhielt. Er lebt heute in Stoke Newington im Norden Londons.

ANMERKUNGEN DES ÜBERSETZERS

1 Zitiert nach: Mao Tse-tung: *Ausgewählte Werke. Band 1*, Verlag für fremdsprachige Literatur, Peking 1968, S. 403.

2 Zitiert nach: Lao-tse: *Tao te king*, Aus dem Chinesischen übertragen und erläutert von Richard Wilhelm, Eugen Diederichs Verlag, Düsseldorf/Köln 1957, S. 69.

3 Nurhaci (1559–1626), Fürst der mandschurischen Dschurdschen-Stämme im Grenzgebiet des chinesischen Kaiserreichs und einer der Begründer der Ch'ing-Dynastie, die bis Anfang des zwanzigsten Jahrhunderts in China eine Fremdherrschaft aufrechterhielt, stellt in vieler Hinsicht eine mandschurische Entsprechung zum mongolischen Eroberer Dschingis Khan dar. Nach dem Tod seines Vaters und seines Großvaters wurde er zunächst Anführer der Chien-chou, einem von fünf Dschurdschen-Stämmen, die im östlichen Grenzgebiet zu China um die Vorherrschaft stritten und abwechselnd kooperierten oder sich bekriegten. Nach der Unterwerfung seiner von der Ming-Dynastie, die die Rivalität zwischen den Stämmen zu fördern suchte, unterstützten Konkurrenten besetzte er den chinesisch kontrollierten Teil der Mandschurei und gründete einen eigenen mandschurischen Staat, der die Stammeskultur in eine Miltärbürokratie nach chinesischem Vorbild umwandelte und durch Handel mit Perlen, Fellen und Ginseng die ökonomischen Grundlagen für weitere Eroberungsfeldzüge legte. Bei seinen anfangs auch diplomatischen Beziehungen zur Ming-Dynastie berief er sich als Khan (Kaiser) wie in der chinesischen Tradition auf das T'ien Ming, das Mandat des Himmels, und erklärte seine Hou Chin- (später Chin-)Dynastie zur Folgedynastie eines Dschurdschen-Herrscherhauses des 12. Jahrhunderts. Seinen ersten, durch überlaufende chinesische Stadtkommandanten erleichterten Einfall in China unternahm er 1618 durch die Eroberung der Stadt Fushun. Die angebliche Unterstützung seiner Feinde durch das Ming-China und chinesische Verwicklung in den Tod seines Vaters und seines Großvaters dien-

ten schließlich als Vorwand für eine direkte Konfrontation mit den kaiserlichen Truppen. Nach seinem Tod 1626 gelang erst seinem Sohn Prinz Dorgon die vollständige Eroberung Chinas, der 1644 in Peking die Etablierung der Mandschu-Dynastie folgte.

4 Zitiert nach: *I Ging. Text und Materialien,* Übersetzt von Richard Wilhelm, Diederichs Gelbe Reihe, Eugen Diederichs Verlag, München 1973, S. 183.

5 Wu Song, ein früherer Militäroffizier, der als buddhistischer Mönch untertauchen mußte, um seiner Entdeckung durch die Regierungstruppen zu entgehen, ist eine Gestalt aus dem berühmten Roman *Shui-hu Chuan* (*Die Räuber vom Liang-shan Moor*). Näheres dazu unter Anmerkung 7 in Band 9.

6 Zitiert nach: Lao-tse: *Tao te king,* a. a. O., S. 73.

DANKSAGUNG DES ÜBERSETZERS

Ohne die Unterstützung verschiedener Freunde und Kollegen hätte diese Übersetzung in ihrer vorliegenden Form nicht zustande kommen können. David und Susan Wingrove danke ich für ihre Gastfreundschaft bei diversen Besuchen in London, ihm für seine zahllosen Hinweise und Anregungen, besonders aber für seine geduldige Hilfe bei der Kompilierung des Kommentars. Meinem Lektor Wolfgang Jeschke und seinen Mitarbeiterinnen Frau Friedel Wahren und Frau Gisela Frerichs danke ich für ihre große Geduld bei der Verwirklichung dieses umfangreichen Projektes. Vielen Dank auch dem Wahl-Chinesen Thorsten Lauf und seiner Frau Wen, die mir in der Hinsicht eine unschätzbare Hilfe waren, daß sie mir eine Ahnung vom Umfang meiner Ahnungslosigkeit verschafft haben. Die Ermutigung durch meinen Kollegen Horst Pukallus war mir stets eine Stütze bei schwierigen Phasen dieser Arbeit. Ihnen allen hoffe ich irgendwann auf ähnliche Weise behilflich sein zu können.